KB139154

이상은 이상
이상이었다

한길사

누구나 눈 뜨고 살아 있는 한 외로운 때는 있는 법이다.
외롭고 따분하니까 인간은 노래하고 그림 그리고
공부를 하고 시를 쓴다.
나는 이날 이때까지 탑 속에 유배된 독사를 본 적도 없거니와,
탑 속에 유배된 독사처럼 지하에 한 그루 나무로 박혀
다시는 움직일 수 없었노라고 고백할 만큼
혹독하게 외로움을 탄 적도,
그런 자신이나 타인을 만나본 적도 없다.
이것은 어느 누구도 내려가보지 못한 외로움의 밑바닥을 치고
돌아오는 위대한 시인의 통곡이며 절규다.
그리고 80여 년의 세월이 흐르고 「오감도」「시제7호」는
한 늙은 가수의 심금을 한 번 더 울리고 있는 중이다.

● 조영남

읽어도 그만, 안 읽어도 그만인 머리말

• 개정판을 내면서

이상 시 읽기에 들어가면서 몇 가지 일러둘 말이 있다. 우선 나는 지금까지 '죽기 전에 이상에 관한 책은 꼭 한번 쓴다'고 마음먹어왔다. 아마 20대 중반 때부터 그랬나보다. 좀더 정확히 말해 이상한테 열광한 것은 대학을 다니던 20대 초반부터였고, 그래서 책을 꼭 쓰겠다고 생각한 것은 30대 중반 때부터였던 것 같다. 막연히 그랬다. 내 성격상 무슨 희망이나 포부 같은 건 품고 사는 스타일이 아닌데 이상에 관한 책만은 여기서 예외였다.

말은 이상 책을 쓴다고 큰소리를 쳐놓고 나는 그동안 엉뚱한 책만 계속 써냈다. 『조영남 양심학』『천하제일 잡놈 조영남의 수다』를 비롯해 몇 권의 수필집과, 종교문제를 다룬 『예수의 샅바를 잡다』, 사회 문제에 관해 쓴 『맞아 죽을 각오로 쓴 100년 만의 친일선언』 그리고 최근에 『현대인도 못 알아먹는 현대미술』과 나의 사랑 문제를 다룬 『어느 날 사랑이』 등등이 그것이다.

드디어 나는 이상에 관한 책을 쓰게 되었다. 타이밍이 나를 그렇게 몰아갔다. 타이밍이란 '2010년은 이상 탄생 100주년이 되는 해이다. 젊은 시절부터 그를 연모한 나로서 뭐 기념할 만한 책 한 권은 있어야 하는 게 아니냐, 때는 이때다' 이렇게 된 것이다. 그러나 나는 2005년, 한일수교 40년, 광복 60주년, 한일합병 100년이라는 기막힌 타이밍에 맞춰 일본에 관한 우리 생각의 중간 검증 차원에서 『중앙일보』와 합작으로 『맞아 죽을 각오로 쓴 100년 만의 친일선언』이라는 책을 썼다가 작살난 전력이 있다. 만약 이번에 또 이상 탄생 113주기라 해서 이상에 관한 이상한 책을 써낸다면 시쳇말로 아예 아작이 나는 게 아닌가 심히 걱정되는 바이다.

여기까지가 이 책을 쓰게 된 동기였고 이번에 다시 이 책을 출간하게 된 사연은 따로 있다. 글쎄 별건 아니다. 몇 주 전인가 친구들과 저녁을 하면서 수다를 떨다가 누군가가 tvN 「알쓸신잡」이라는 프로그램에 나오는 출연자들이 이 시대의 천재 1호가 누구냐 하면서 세계 최고의 천재를 시인 이상李箱으로 꼽았다는 것이다. 나는 그 프로그램을 아직 못 봤다. 찾아볼 생각도 못 했다. 그 프로그램 멤버 중엔 맥주 테라 광고에 출연한 경희대학교 김상욱 교수도 있었다는 것이다.

사실 나는 속으로 크게 놀랐다. 어! 이게 뭐지? 어떤 연유로 시인 이상을 아인슈타인을 능가하는 최고의 천재로 알고 있는 사람들이 나 말고 또 있었다는 건가? 그럼 나는 지금부터 뭘 믿고 살지? 이건 날더러 한강으로 뛰어내려 자살하라는 신호가 아닌가. 뭐 그런 정도로 내 비밀을 들켜버린 허탈한 맘이 들었던 것인다. 나 혼자만 아는 극비 사항인데 느닷없이 세상에 까발려진 셈이다.

다시 한번 참고로 책 제목에 대해 말하겠다. '이상李箱은 이상理想 이상以上이었다'일 수도 있고 그냥 '이상李箱은 이상異常 이상以上이었다'일 수도 있다. 재미있게 읽어주길 바란다.

2023년 4월

조영남

세 번째 묶음 –「3차각 설계도」

네 번째 묶음 –「건축무한육면각체」

다섯 번째 묶음 –「오감도」Ⅱ

여섯 번째 묶음 –「역단」

일곱 번째 묶음 –「위독」

여덟 번째 묶음 – 「꽃나무」

아홉 번째 묶음 –「척각」

첫 번째 묶음

「이상한 가역반응」으로 들어가면서

나를 진정 감홍시키는 사람은 아나키스트적인 사람이다.
나는 완벽한 아나키스트를 딱 한 명 알고 있다.
바로 이상이다.
그는 자신의 독립정부를 차려놓고 완전히 정치적으로 독립했다.
자질구레한 역사로부터, 허접스러운 인습으로부터,
우리한테 뭐라 말 한 번 걸지 않은 자연으로부터도
멀리 떠나 있었다.

〈첫 번째 묶음에 관한 자포자기적 질문〉

왜 이상을 난해하다고들 하는가

그렇다. 이상의 시는 어렵다. 누가 봐도 난해하다. 뭐가 뭔지 도통 모르겠다. 아예 우리말 같지 않다. 이런 불가사의가 이상으로 대표되는 말이다. 알아먹으려야 알아먹을 수가 없다. 그런데 왜 이상이냐, 지금 나는 이 질문에 대답을 해야 한다. 뚝 잘라 말하겠다. 이상의 시가 최고의 시이기 때문이다. 어느 정도인가. 단연 세계 최고다. 얼추 80여 년 전에 한국 사람 이상이 써놓은 시가 내가 지금까지 읽은 모든 세계 현대시 중에 단연 최고의 시로 보인다는 얘기다. 과격하게 말해서 동양은 물론 서양의 그 유명한 보들레르 · 랭보 · 에드거 앨런 포 · T.S. 엘리엇보다도 더 위대한 시를 써놓았다. "어떻게 그런 뻥을 칠 수 있느냐." 흥분하지 마시라. 천천히 성심껏 설명해드리겠다. 무엇보다도 나는 지금 독자들께 살아생전에 이상 시를 한 번씩 읽어보라고 권하는 거다. 그것은 마치 음악에서 바흐의 무반주 첼로 모음곡을 들어보자는 소리나 미술에서 피카소의 그림을 꼭 볼 줄 알아야 한다는 소리나 마찬가지다.

바흐의 음악도 처음 들으면 어렵고 그 유명한 베토벤의 운명교향곡도 처음 듣는 사람은 잘 모른다. 너무나 시끄럽고 복잡한 소리가 한꺼번에 들려와 뭐가 뭔지 알 수 없다. 다른 방법은 없다. 자꾸만 반복해 들어야 서서히 재미를 느낄 수가 있다. 그 유명하다는 바흐의 무반주 첼로 모음곡은, 처음 들으면 간다는 소린지 온다는 소린지 구분조차 할 수 없다. 피카소의 그 유명한 그림 「아비뇽의 처녀들」도

처음 보면 처녀 얼굴이 왜 저 모양인지, 저 그림이 왜 유명하다는 건지 짜증만 날 수 있다. 이상의 시도 마찬가지다. 그래도 이상의 시는 한 번쯤 쫙 훑어봐야 한다. 이 시대의 경음악을 얘기하면서 서태지와 비틀스를 지나칠 수는 없는 일 아닌가.

자! 이제 본문으로 들어가자. 우리가 읽어야 하는 제일 첫 번째 묶음 「이상한 가역반응」은 1931년 7월 『조선과 건축』이라는 문예잡지에 실린 시다.

시인이 1910년생이니까 1931년에 발표되었으면 시인의 나이 22세 때 쓴 게 된다. 22세가 어린 나이인지 아닌지 나는 잘 모르겠다. 단지 내 경우에 비추어 22세에 이런 어마어마한 시를 발표했다는 건 실로 놀라 자빠질 일이다.

랭보는 이상이나 소월보다 훨씬 어린 열대여섯 살 때부터 명품시를 써놓았고, 나도 스물한두 살 무렵부터 시를 쓰긴 썼다. 그런데 내가 쓴 건 순수문학시가 아니고 외국 가요를 번안하는 형식의 시였다. 나는 대학 2학년 때 미8군 가수로 아르바이트를 시작했기 때문에 한때 아마추어 번안 작가로 행세한 적이 있다. 그 당시 내가 번안했던 몇몇 노래 「딜라일라」Delilah, 「고향의 푸른 잔디」Green, Green Grass of Home, 「물레방아 인생」Proud mary, 「내 고향 충청도」Bank of Ohio, 「내 생애 단 한 번만」Mazia 등은 지금까지도 아주 잘된 명품 번안시로 남아 있다.

이상은 글보다 한발 앞서 그림으로 재능을 보인다. 특히 일본어 잡지 『조선과 건축』 표지도안 현상모집에 1등과 3등으로 동시에 당선된 건 실로 놀라운 일이다. 지금 봐도 탁월한 디자인의 표지다. 표지 디자인은 아직도 곱게 남아 있다.

백남준의 행위예술 모두가 난해하고 윤이상의 모든 음악도 난해

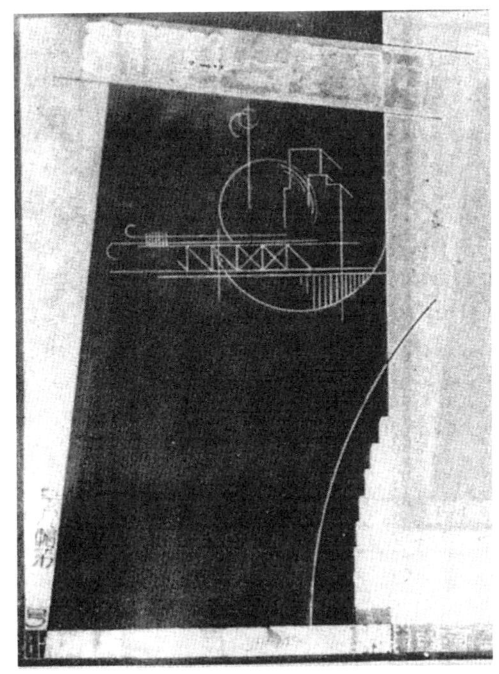

이상의 『조선과 건축』 표지도안 공모전 당선작

이상은 『조선과 건축』 표지 현상모집에 1등(왼쪽)과
3등(오른쪽)으로 동시 당선되었다.
지금 보아도 글씨체나 조형미가 파격적이다.

하다. 칸트의 순수이성비판도 난해하고 프로이트의 꿈에 관한 해석도 난해하다. 아인슈타인의 상대성이론도 난해하기 그지없다. 칸딘스키나 피카소의 그림도 마찬가지다. 그런 뜻에서 세상의 모든 것은 난해한 것으로 시작되었다 해도 과언은 아니다. 단지 우리는 이상의 시를 포함한 모든 난해한 것들을 공부해볼 만한 가치가 있다는 것이다.

그의 글이 난해해 보이는 것은 다분히 초기에 일본어 시와 우리말 시를 발표한 것 때문인데, 다행이 후반기엔 그래도 읽기 편한 우리말로 글을 발표했다. 그런데 일본어 글이든 우리말 글이든 어렵고 난해하게 쓴 것만은 틀림없다. 왜 이상은 난해한 시를 썼는가. 그건 너도 모르고 나도 모른다. 천만다행인 건 고맙게도 시만 어렵게 썼다는 점이다.

이상한 가역반응

임의의반경半徑의원圓(과거분사의시세時勢)

원내圓內의한점과원외圓外의한점을결부한직선

두종류의존재의시간적영향성
(우리들은이것에관하여무관심하다)

직선直線은원圓을살해하였는가

현미경
그밑에있어서는인공도자연과다름없이현상되었다.

×

같은날의오후
물론태양이존재하여있지아니하면아니될처소處所에존재하여있었을뿐만아니라그렇게하지아니하면아니될보조步調를미화하는일까지도하지아니하고있었다.

발달하지도아니하고발전하지도아니하고
이것은분노이다.

철책밖의백대리석건축물이웅장하게서있던
진진眞眞5"의각角바아의나열羅列에서
육체에대한처분을센티멘탈리즘하였다.

목적이있지아니하였더니만큼냉정하였다.

태양이땀에젖은잔등을내리쬐었을때
그림자는잔등전방에있었다.

사람은말하였다.
"저변비증환자는부잣집으로식염食鹽을얻으려들어가고자희망하고있는것이다"라고
…………

이 시는 1931년 시인 이상이 최초로 일본어 실력을 발휘해 세상에 발표한 것으로 알려진 작품이다. 시인이 22세에 발표한 시라는데도 이 모양이다. 무지하게 난해하다. 무슨 뜻인지 못 알아먹으라고 고의로 어렵게 쓴 것도 같다. '가역반응'可逆反應이라는 낱말도 어색한데 한 술 더 떠서 '이상한 가역반응'이란다. 가역반응은 통상 A에서 B로 생성되어가는 물질이 상황에 따라서 반대로 B에서 A로 갈 수 있는 역반응 현상을 말한다.

이 시에서의 가역반응은 도대체 무슨 반응을 말하는 것일까. 여기부터는 깜깜한 방 안에서 문고리 찾듯이 더듬거려야 한다. 냄새를 맡아야 한다. 힌트 같은 것도 없다. 있다고 해봐야 겨우 "직선은 원을 살해하였는가" 정도다. 직선은 남성, 원은 여성으로 그렇게 상정해버릴 수밖에 없다. 따라서 가역반응이란 주로 남자와 여자 사이에 일어나는 이상한 가역반응을 얘기하는 것이다.

남녀 사이의 이상하게 웃기는 가역반응에 대해서는 그 옛날 대중가요 작사가 손석우가 「청춘고백」이라는 노랫말에서 이미 풀어놓았고, 가수 남인수가 그것을 시원하게 불러젖혔다. "헤어지면 그리움

고 만나보면 시들하고 몹쓸 것 이내 심사." 헤어지면 그립고, 헤어져 그리워하던 사람을 만나면 당연히 반가워야 되는데 그만 시들해지는 것이 바로 '이상한 가역반응' 같은 거다. 설명이 불가능한 가역반응이다. 논리가 텅 빈 반응이다. 이것이 남녀관계의 본질이다.

따라서 시인 이상은 우리의 삶 전체를 가역반응의 결과물로 결론짓고 있는 것이다. 그러므로 「이상한 가역반응」이라는 괴상망측한 시 제목은 김소월의 「진달래꽃」, 정지용의 「향수」, 보들레르의 「악의 꽃」, 랭보의 「술취한 배」, 엘리엇의 「황무지」보다 훨씬 우리의 삶을 리얼하게 표현해낸 시 제목이다. 좀 미로처럼 여겨지지만 말이다.

"임의의 반경의 원." 즉 그저 그렇게 생긴 여자가 있다. 언제 어디서 왜 하필 그 여자가 존재했는지는 아무도 모른다. 하여간 과거부터 그런 여자가 존재한다. 남자 옆에는 항용 여자가 따라붙게 마련이다. 물론 그 반대일 수도 있지만. 그다음에 원 안의 한 점과 원 밖의 한 점을 결부시키는 직선 하나를 긋는다. 원과 직선, 그것은 도넛 구멍에 소시지가 끼인 모형이다. 여자와 남자의 관계가 성립되었다는 의미일 게다. 남녀라는 두 종류의 존재가 어떠한 시간적 역할을 쌍방에 미치고 있는지, 우리들은 그것들에 관해서는 전혀 알지 못한다. 그래서 이제부터 22세에 시를 쓰는 청년 수사관이 직선과 원의 원한관계를 철저하게 탐문수사했는지 알아보기로 한다.

"직선은 원을 살해했는가." 답변은 없다. 한마디로 미궁이다. 아마도 시인 수사관 자신의 당면 문제를 탐문수사하고 있는지도 모른다. 키크겠다, 잘생겼겠다, 귀공자 타입이겠다, 게다가 경성공고 건축과 출신이겠다, 평소 여자들한테 얼마나 인기가 많았겠는가. 시인은 여러 여자를 살해했을 수도 있다. 미수에 그쳤을 수도 있다. 남녀관계라는 것이 그렇다. 매 순간 서로를 살해한다. 올라타거나 밑에 깔려 사랑하거나 살해하거나다. 남녀관계, 그것은 정녕 가역반응의 연속이다.

그런데 이상한 가역반응을 일으키는 남녀의 문제도 현미경처럼 신경을 써가며 잘만 들여다보면 훤히 보인다. 자연현상과 눈곱만치도 다름이 없어 보인다. 개도 수놈 암놈이 있고 꽃도 수꽃 암꽃이 있듯이, 사람도 똑같은 수놈 암놈 관계로 이어질 뿐이다.

같은 날 오후, 시인이 시를 쓴 그날 태양은 여전히 내리쬘 곳을 내리쬔다. 이럴 때 한 쌍의 남녀가 누이 좋고 매부 좋은 식으로 맺어지는 일은 실로 아름다운 현상이다. 일부러 그런 관계를 떠들 필요도 없다. 자연적으로 일어나는 일이기 때문이다. 그런데 실제로 아무 일도 일어나고 있지 않다. 남녀관계가 "발달되지도 않고 발전되지도 않았다." 세상에 이럴 순 없다. 이 무슨 해괴망측한 가역반응이란 말인가. 분통 터지는 일이다.

결핵균은 시인을 철책처럼 묶고 있다. 결핵균이 몸속에 퍼지기 전에는 시인의 몸은 하얀 대리석 건축물처럼 나름 울퉁불퉁 웅장했다. 지금은 겨우겨우 5초짜리의 생식기능만 가능할 뿐이다. 5초짜리 남성만 나열되어 있을 뿐이다. 결핵 때문이다. 이토록 보잘것없는 남성을 어떤 방식으로 처분할 수 있단 말인가. 어찌 여자를 만족시킬 수 있겠는가. 다분히 시인을 감정적으로 흐르게 만들고 있다. 특히 오랜 시간 뒷간에 앉아 있을 때는 더욱 그럴 것이다. 시에 나오는 처소를 변소간으로 해석하는 건 절대 무리가 아니다. 젊은 시인은 뇌 구조가 난공불락의 시를 써낼 정도로 복잡하다보니 신경이 날카로워져 소화가 안 됐을 것이다. 소화가 시원찮다보니 변비가 생겼을 것이고, 변비가 생기다보니 뒷간에 오래 앉아 있을 수밖에 없고, 뒷간에 앉아서는 무한대의 공상에 젖어 「이상한 가역반응」 같은 괴상망측한 시를 구상해냈으리라.

시인은 어떠한 목적도 세울 수가 없다. 몸이 말을 안 듣기 때문이다. 다시 냉정을 찾아야 한다. 그리하여 시인은 5초짜리 성행위에 돌입한다. 태양이 땀에 젖은 잔등을 내리쬔다. 여기서는 그림자조차도 가역반응적이다. 그림자는 잔등 아래로 드리워져야 마땅하다. 그림자는 반드시 후방에 존재하는 것이기 때문이다. 그런데 여기선 그림자가 잔등 전반을 비추고 있다. 태양과 그림자의 구별이 없다. 피카소가 인체를 그리는 방식과 흡사하다. 입이 코의 자리에도 붙고, 귀가 눈 위에도 붙을 수 있다. 이 역시 이상한 가역반응이다.

결핵에 변비증까지 겹친 저 환자는 과연 누구일까? 틀림없이 시인 자신이다. 겨우 5초짜리 남녀관계로, 혹은 변비나 배뇨문제로 땀을 많이 흘렸기 때문에 부잣집으로 식염을 얻으러 들어가길 희망하고 있다. 식염이 왜 필요한가? 땀도 많이 흘렸고 무엇보다 피를 많이 흘렸기 때문이다. 왜 하필 부잣집인가? 행여 건강한 삶, 풍요로운 삶이 거기 있어 보이기 때문인가? 딱한 가역반응이다.

내가 어렸을 때 이불에 오줌을 싸면 엄마가 키를 머리에 씌우고 옆집에 가서 소금을 얻어오라고 시켰다. 그렇지 않아도 오줌을 싼 것이 창피해 죽겠는데 그 창피함을 공공연히 동네사람들한테 까발리는 것이다. 우리 가족은 알고 있었는가. 필시 이상한 가역반응을 자연스럽게 추종했던 세력이었다는 것을.

독자께서 가역반응이 흥미롭게 느껴진다면 두 줄 정도는 외워두는 것이 좋다. "목적이 있지 아니하였더니만큼 냉정하였다." 번역이 옛날식으로 되어 있는데 요즘 말씨로 표현한다면 "목적이 없었던 만큼 냉정할 수가 있었다" 정도가 될 것이다. 모순이다. 아니, 모순에조차도 삐딱하게 어긋난다는 얘기다. 3차원, 4차원으로 웃긴다. 그래서 3차원 4차원의 가역반응이다.

파편의 경치
△은 나의 AMOUREUSE이다

나는하는수없이울었다.

전등電燈이담배를피웠다.
▽은1/W이다

×

▽이여! 나는괴롭다

나는유희遊戯한다
▽의슬립퍼어는과자와같지아니하다
어떻게나는울어야할것인가

×

쓸쓸한들판을생각하고
쓸쓸한눈나리는날을생각하고
나의피부를생각하지아니한다

기억에대하여나는강체剛體이다

정말로
"같이노래부르세요"
하면서나의무릎을때렸을터인일에대하여
▽은나의꿈이다

스틱크! 자네는쓸쓸하며유명하다

어찌할것인가

×

마침내▽을매장한설경雪景이었다

눈을 뜬 사람 앞에는 언제나 '경치'가 펼쳐져 있다. 그러나 우리는 경치의 온전한 모습을 송두리째 볼 수가 없다. 까다롭게 말하는 게 아니라 실제가 그렇다. 우리는 건물 너머의 경치도 못 보고 산 너머의 경치도 볼 수가 없다. 우리는 실제로 손에 들고 있는 사과 한 알의 바깥 부분도 볼 수가 없다. 오로지 신만이 모든 경치를 한꺼번에 다 볼 수 있다. 우리 인간의 눈에 비치는 경치는 시인의 말대로 '파편의 경치', 일부분의 경치일 뿐이다. 따라서 우리 앞에는 파편의 삶, 파편의 사랑, 파편의 쪼가리들만 펼쳐져 있을 뿐이다. 이 얼마나 슬픈 현실인가. 울음 터지는 일인가.

이상의 「파편의 경치」에는 밑도 끝도 없이 세워진 세모꼴(△)과 엎어진 세모꼴(▽)이 등장한다. 우리는 시인이 등장시킨 이 두 개의 세모꼴이 사실상 무엇을 의미하는지 똑 부러지게 알 수 없다. 그냥 세워진 세모꼴과 눕혀진 세모꼴이다. 시인이 그것을 설명해놓지 않았기 때문이다. 나 개인의 상식으로는 입체구성 각 사물의 최소각은 삼각형이다. 그래서 우리 이집트의 피라미드를 가리켜 가장 완벽한 기본형태를 스스로 보유한 건축물이라고 한다. 입체구조물로 더 이상 심플하고 단조로운 건축물은 나올 수가 없기 때문이다. 그럼 시인은 세모꼴의 뜻을 알고 있을까? 우리는 그것조차 알 수 없다. 시의 첫 부분에 "△은 나의 AMOUREUSE이다"라고 전제를 달아놓았지만 우리는 그것이 프랑스어로 '사랑'을 뜻한다는 사실만 알 수 있을 뿐, 그것이 어떤 사랑을 말하는 건지 알 수 없다. 한 가지 가능성은 사랑우위론을 펼치려는 것이다. AMOUREUSE 앞에만 유독 세워진 세모꼴을 놓았을 뿐 나머지 부분에는 엎어진 세모꼴로 일관한다.

이상을 매료시킨 초현실주의 문학, 다다이즘 문학은 말하자면 설명 가능한 문학에 대한 반동이었다. 이상식 표현으로 말하자면 알아먹을 수 있는 문학에 대한 가역반응이었다. 그들은 설명되는 것의 반대편에 존재하는 설명되지 않는 부분에 더욱 관심을 기울이기 시작했다. 설명되는 것은 일부분이고 오히려 설명 안 되는 부분에 뭔가 새로운 세계가 있다고 본 것이다.

1916년경 이상이 일곱 살 되었을 때쯤이다. 그때 스위스 쪽에서는 다다이즘이라는 운동이 태동되었다. 그들은 붓 대신 다른 도구로 전혀 색다르고 새로운 그림을 그리기 시작했고, 그런 다다이즘에 힘입어 피카소·브라크·칸딘스키도 보이지 않는 물체, 즉 저 건너편 쪽의 물체를 캔버스 앞으로 끌어들여 순전히 추상적으로 그리기 시작했다. 이런 다다이즘의 정신은 일본을 통해 조선 땅에 살던 이상에게까지 자연적으로 밀려왔던 듯싶다. 호기심 많은 미술학도이자 건축학도였던 이상은 보이지 않는 세계, 설명될 수 없는 세계에 대한 탐구를 시작했을 것이다.

"전등電燈이 담배를 피웠다"는 그대로 놔둬야 한다. 꼭 사람만 담배를 피울 수 있는 건가. 호랑이도 담배를 피울 수 있고, 어린아이도 담배를 피울 수 있는 것이다. 전등이 담배를 핀다고 상상하면 그만이다. 전등이 담배를 핀다, 얼마나 흥미진진한가. 섣부른 해석은 오히려 본질을 그르친다. 가령 너무나 상상력이 풍부해서 왕왕 우리를 피곤하게 만드는 이상 전문 평론가 한 분은 특유의 상상력을 발휘해서 희미하게 켜진 거리의 전등이 꼭 담배 피우는 모습을 닮았다고 친절하게 설명을 해놓았다. 그것은 참으로 무안스러울 정도의 유치한 상상력이다. 그런 정도의 단순한 상상력으로는 도저히 "▽의 슬리퍼는 과자와 같지 아니하다"까지 추리해서 설명해낼 수가 없다. 우리는 슬리퍼와 과자를 대비시키는 엉뚱함에 재미만 느끼면 된다.

그러다가 모처럼 모범적인 시의 형태로 나간다. 쓸쓸한 들판을 생각하고 쓸쓸한 눈 내리는 날을 생각하고 그러다가 자신의 피부까지 생각한다. '피부'라는 단어가 튄다. 들판과 눈 내리는 날까지는 멋지다. 전형적인 서정시다. 그러나 느닷없이 피부 얘기가 나와 판을 깬다. 얼마나 어이가 없는가. 그래서 오히려 재미있지 않은가. 느닷없이 자신의 기억에 대해 자신 있다는 얘기는 또 뭔가. 기억력을 자랑이라도 하고 싶은 건가.

계속 몽타주 식으로 덧붙여나간다. "같이 노래 부르세요"라고 애교를 떨다가 또 금방 "▽은 나의 꿈"이라고 근엄하게 선포한다. 종잡을 수가 없다. 종잡을 수 없음, 바로 이것이 재미다. 나는 요즘 젊은이들의 빠른 랩송을 죽었다 깨어나도 못 따라간다. 무슨 내용인 줄 모르기 때문이다. 그런데 그걸 알아듣는 머리 회전 빠른 젊은이들은 열광한다.

"스티크!" 지팡이 혹은 남성의 심볼에게 말한다. "자네는 쓸쓸하며 유명하다." 이게 바로 랩이다. 쓸쓸하다는 것과 유명하다는 것이 무엇인지는 나도 알 수 있다. 그들은 서로 다르지만 함께 섞이는 경향이 있다. 그래서 재미있다. "어찌할 것인가." 마침내 문제의 엎어진 세 모꼴을 매장해버린다. 빌어먹을! 사랑 없이, 연인 없이 살아보자는 배짱 같다. 글쎄, 사랑 없이 얼마나 우리의 일상이 지속될지는 모르지만 아주 잘한 짓이다.

아까부터 쓸쓸한 벌판에 눈이 내리더니 설경이 되었다. 눈은 세상 모든 것을 덮는다. 덮을 뿐만 아니라 백색의 새 세상을 탄생시킨다. 그 백색 속에 몰래 사랑하던 연인이 죽어 매장했을 수도 있고 남성의 심볼이 힘없이 죽어 매장했을 수도 있다. 항상 일시적이기 때문에 안타까운 파편의 경치이고 정반대로 경치의 파편이다.

▽의 유희

△은 나의 AMOUREUSE이다

종이로만든배암을종이로만든배암이라고하면
▽은배암이다

▽은춤을추었다

▽의웃음을웃는것은파격破格이어서우스웠다

슬립퍼어가땅에서떨어지지아니하는것은너무소름끼치는일이다
▽는눈은동안冬眼이다
▽은전등을삼등태양인줄안다

×

▽은어디로갔느냐
여기는굴뚝꼭대기냐

나의호흡은평상적平常的이다
그러한데탕그스텐은무엇이냐
(그무엇도아니다)

굴곡한직선
그것은백금과반사계수가상호동등한다

▽은이테이블밑에숨었느냐

×

1

2

3

3은공배수의정벌征伐로향하였다
전보電報는아직오지아니하였다

「▽의 유희」는 제목만 다를 뿐 앞에 실린 「파편의 경치」 후속편인 셈이다. 첫 구절 "△은 나의 AMOUREUSE이다"가 전편과 똑같다. 종이로 만든 뱀은 종이 뱀이고, 종이로 만든 장미꽃은 종이 장미꽃, 페이퍼 로세즈다. 가짜 혹은 짝퉁이라는 얘기다. 그렇다면 전편에 남성의 상징으로 스틱, 지팡이가 등장했듯이, 여기서 종이 뱀은 남자 역할을 제대로 못하는 남성의 상징일 수 있다. 시인은 종이 뱀이다. 짝퉁 뱀이다. 번식을 못하는 뱀이다. 종이 장미꽃이 향기 없는 장미이듯이.

앞의 시에서는 세워진 삼각뿔(△)을 사랑으로 대치시켰다. 그러나 엎어진 삼각뿔 즉 「▽의 유희」에서는 모든 삼각뿔이 반대로 엎어져 있다. 그것은 세워진 삼각뿔과 정반대로, 진실하고 온전한 사랑이 아닌 것을 의미한다고 추측할 수 있다. 엎어진 세모꼴의 경우 춤을 출 줄 안다. 그러나 우습다. 그래서 엎어진 삼각뿔이다. 나이 스무 살에 결핵균 때문에 번식을 못하는 뱀이 되었으니 너무도 안타깝다. 똑같은 엎어진 삼각뿔이다. 전편에서 엎어진 세모꼴의 슬리퍼는 과자를 닮지 않았다. 후속편 속의 슬리퍼는 땅에서 당최 떨어질 줄 모른다.

땅에 붙어 있다. 제 기능을 발휘하지 못한다는 얘기다. 눈도 마찬가지다. 뭘 볼 줄 모른다. 전등이 하나 켜져 있는데 그것을 삼등급 태양이 뜬 것으로 착각하고 있다. 태양에 등급을 매겼다. 시인은 우주를 컨트롤한다. 조물주와 동격이다.

풀 죽은 "▽은 어디로 갔느냐." 성불구자의 행방을 묻는다. 굴뚝 꼭대기로 올라갔단 말인가. 거기 뭐가 있다고, 뭐가 내려다보인다고 올라갔을까. 굴뚝 꼭대기는 남자라면 누구나 한 번쯤 기어올라가고 싶은 장소다. 가장 높은 곳에 솟아 있기 때문이다. 굴뚝같이 딱딱하고 긴 남성의 존재감을 심어주는 것인가. 시인의 호흡은 평상적이다. 그런데 시인의 몸통에 붙어 있는 '탕그스텐'엔 왜 불이 안 붙는가. '탕그스텐'엔 불이 붙어 있어야 한다. 뭐가 잘못된 건가. 그 무엇도 아니라면 도대체 무엇이 문제인가. 불이 꺼져 있다는 의미다. 직선이 삐뚤어졌으면 직선도 아니다. 남성의 상징이 흐물흐물 굴곡졌으면 남녀의 혼합 정사가 불가능하다. 뱀이 동면도 못 하고 번식도 못 하면 뱀이 아니다. 종이 뱀이다. 그것은 백금이지만 구리나 쇠붙이 노릇밖에 못하는 허깨비 백금일 뿐이다. "엎어진 세모꼴은 결국 테이블 밑에 숨었느냐" 창피해서 그렇게 되었다는 얘긴가.

제3자인 시인은 "공배수의 정벌"에 나선다. 둘의 타협 아래 이루어진 숫자가 공배수다. 한 번 할 것이냐, 두 번 할 것이냐. 어찌하든 지금까지 헛방을 친 것을 되찾아야 한다. 몇 배의 공배수로 되찾아야 한다. 정벌되었다는 소식, 남녀 교합이 이루어졌다는 소식을 아직 못 받았다. 그러나 곧 받아낼 것이다. 전보가 도착할 것이다.

고도를 기다리듯이 우리는 늘 사랑을 기다리다가 지쳐 죽는다. 정말 '이상한 가역반응'이다. 사랑의 유희가 바로 이상한 가역반응의 정점이다.

수염

(수鬚 · 자髭 · 그밖에수염일수있는것들 · 모두를이름)

1

눈이존재하여있지아니하면아니될처소處所는삼림森林인웃음이존재하여있었다

2

홍당무

3

아메리카의유령은수족관이지만대단히유려하다
그것은음울하기도한것이다

4

계류溪流에서—
건조한식물성이다
가을

5

일소대의군인이동서東西의방향으로전진하였다고하는것은
무의미한일이아니면아니된다
운동장이파열하고균열한따름이니까

6

삼심원三心圓

7

조粟를그득넣은밀가루포대
간단한수유須臾의월야月夜이었다

8

언제나도둑질할것만을계획하고있었다
그렇지는아니하였다고한다면적어도구걸求乞이기는하였다

9

소疎한것은밀密한것의상대이며또한
평범한것은비범한것의상대이었다
나의신경神經은창녀보다도더욱정숙한처녀를원하고있었다

10

말馬—
땀—
여余, 사무事務로써산보散步라하여도무방하도다
여, 하늘의푸르름에지쳤노라이같이폐쇄주의로다

시인 이상은 1937년에 죽었다. 그러니까 80여 년 전만 해도 이 세상에 살아 있던 사람이다. 이 글을 쓰고 있는 나의 아버지 조승초趙勝楚 씨와 동갑되는 사람이다. 이승만보다는 35세 아래, 김일성보다는 두 살 위다. 그래서 흑백 사진이 꽤 많이 남아 있다. 이상은 요즘의 기준으로도 미남 배우 뺨치는 얼굴이다. 사진들 중에는 머리가 덥수룩하고 얼굴 전체가 거무튀튀한 털로 덮인 사진이 몇 장 보인다. 일부러 모양을 낸 게 아니라 머리털이나 얼굴털 같은 것에 전혀 신경을 안 쓴 듯한 모습이다.

생리적으로 털이 많았기 때문에 「수염」이라는 시를 썼다고 생각된다. 나같이 애당초 수염이 없는 민둥족은 수염에 관한 시를 쓰거나 노래를 만들 리가 없다.

수염은 사람의 몸에서 나는 털이다. 사람의 몸은 사실상 머리끝에서 발끝까지 크고 작은 털로 덮여 있다, 온몸 구석구석에 퍼져 있다. 흙에서 풀이 돋아나듯 산에 나무가 자라듯 사람 몸에는 털이 자라난다. 사람들은 털이 생겨난 부위에 따라 달리 부르고 있다. 남자의 얼굴에 난 털을 수염이라 하고 여자의 얼굴에 난 털에는 따로 명칭이 없다.

우리의 시인은 턱수염鬚과 콧수염髭을 포함, 인체에 생겨난 모든 털의 본체를 까발리고 있다. 세계문학사적으로 이런 따위의 괴상망측한 소재를 시로 옮긴 예는 일찍이 없다. 절묘하게도 사람들은 털을 섹스와 결부시키는 경향이 있다. 우리는 얼굴에 난 털과 그밖에 다른 곳에 자라는 털을 심하게 차별한다. 이 시는 얼굴에 난 수염과 그밖에 다른 곳에 생겨난 수염을 차별하는 데에 대한 분노의 표시다. 그렇다. 이제까지 발표된 바 없는 인체의 털의 생성과 그 역할에 대한 철저한 연구논문쯤 된다.

1에서부터 10까지 단락으로 따라가보자. 눈이 존재해야 하는 처소는 어디인가. 우선 눈은 무엇인가. 인체에서 가장 소중한 기관이다. 왜 눈은 하필 얼굴 윗부분에 붙어 있는가. 눈 주위는 둥그렇게 삼림으로 둘러싸여 있다. 눈썹 얘기다. 눈썹 속으로 웃음이 존재한다.

또 다른 해석이 있다. 남자의 입장에서 볼 때 눈보다 더 소중한 부품은 무엇인가. 단연 여성의 성기다. 그래서 눈은 여성의 성기 부분 어딘가에 붙어 있어야 하는데 거기에는 눈 대신 삼림이 울창하게 우거져 있다. 삼림은 곧 '수염'이다. 털이다. 여자의 중요한 부분에 수염이 울창하게 자라나 있어서 웃음을 자아낸다는 얘기다. 그럼 웃음은 또 뭐냐. 수염은 얼굴 부위에 생겨나야 하는데, 하필 여자의 생식기 부분에 수북이 쌓여 있으니 얼마나 웃기는가. 더 웃기는 일은 남자의 수염과 여자의 국부 털이 수시로 만나 밤새 속삭이며 서로 비벼대고 있으니 얼마나 재미있느냐는 얘기다. 시에는 역설과 비약이 난무한다. 역설과 비약은 시인의 특권이다. 비약은 클수록 좋고 특권은 강할수록 좋다.

삼림을 닮은 여자의 울창한 국부 숲을 헤집고 다니는 것은 단연 홍당무를 닮은 발기된 남자의 성기다.

아메리카의 유령은 파마나 고데기로 머리털을 온통 지지고 볶은 폼으로 미친년처럼 여기저기 쏘다닌다. 아주 옛날에 모양 잔뜩 내는 여자를 '아메리카의 유령'이라고 야유한 적이 있다. 서양 귀신이라는 뜻이다. 그런 여자들은 유행이라는 수족관의 사각 테두리 속에서 활개를 치며 다니지만 한편 대단히 유려하다. 빤질빤질하다. 섹시하다. 그러나 몸의 털을 그토록 볶아대고 지져대며 학대하는 것은 어디까지나 음울하고 울적한 일이다.

계류溪流는 귀밑 부분이거나 목덜미거나 겨드랑이다. 열악한 환경에서 삐져나온 털들이기 때문에 건조한 식물성으로 보이지만 가을의 수확철처럼 풍요롭고 편안하다.

일소대의 군인은 남자 가슴팍에 퍼져 있는 털일 수도 있고, 홍당무 뿌리에 붙어 있는 일군의 털일 수도 있고, 한 여자를 찾아가는 열댓 명 남자의 무리일 수도 있다. "남북으로 전진했다"고 썼으면 위아래 개념으로 남녀의 교접을 상정할 수 있기 때문에 너무 뻔하고 유치하다. 그래서 "동서의 방향으로 전진하였다"고 썼을 수 있다. 고작 일소대 대원 열댓 명이 한 여성을 향해 공격했다면 그건 별로 대단한 사건이 아니다. 무의미한 사건이어야 오히려 의미 있게 보일 수가 있다. 적어도 이제 막 피어난 스무 살의 젊은 시인에겐 말이다. 동서남북 전후좌우 방향으로 전진했다는 것은 남자가 여자한테 할 수 있는 임무를 충실히 했다는 의미이리라.

의미를 따로 부여할 필요는 없다. 단지 운동장처럼 넓고 신축성 있는 여성의 가슴이나 급소 일부분에 잠시 작은 파열이나 균열 현상이 일어났을 따름이다.

이심원은 두 개의 축으로 그려지는 타원형이다. 삼심원은 해와 달에 나의 존재까지 추가해서 세 개의 축으로 그려지는 온전한 타원형이다. 차츰 알게 되겠지만 이상은 늘 자연현상에 자신을 추가시키는 이상한 버릇의 소유자다. 인체의 경우 삼심원의 중심은 배꼽에 해당하는데, 내 배꼽 주위에도 항시 서너 가닥의 털이 강력하게 자라 나부끼고 있다. 뽑아도 또 어느새 길게 자란다. 한도 끝도 없이 길게 늘어지는 나의 눈썹털처럼 말이다.

밀가루 포대에 밀가루가 들어 있어야 하는데 조가 가득 들어 있으니 참 재미있다. 여성의 가슴이나 성기에는 조를 만질 때의 느낌처럼 뭔가 사물사물하는 게 느껴진다. 이 시는 헨리 밀러의 『북회귀선』을 능가하는 음탕한 내용일 수 있다. 밀가루 포대에 가득 들어가 있는 조. 밀가루 포대를 여성의 몸체로, 조를 남성의 성기로 상상할 때 그렇다는 얘기다. 특히 청아한 달밤이면 잠시 잠깐씩 그런 간단한 상념에 사로잡히곤 한다.

훔쳐라도 와야 한다. 둘러업고라도 와야 한다. 강탈이라도 해와야 한다. 얼굴에 털 난 남자들이란 언제나 여자 하나를 도둑질할 일만 계획하고 있다. 도둑질이 안 되기 때문에 차선책으로 꼬드기고 껄떡대고 질퍽댄다. 그것도 안 되면 막판에 "한 번만 내 여자가 되어주세요" 하며 구걸 모드로 나가야 한다.

小疏한 것, 듬성듬성, 대충대충은 밀密한 것, 쫀쫀한 것, 빽빽함의 상대이며, 말하나마나 평범한 것은 비범한 것의 상대다. 따라서 남성스러움은 여성스러움의 상대다. 서로 상대하며 대립한다. 남성의 턱수염이나 콧수염은 여성의 겨드랑이 수염이나 급소 수염의 상대다.

남자는 온 신경을 다 써 정숙한 처녀를 원한다. 심지어 창녀보다 더 정숙한 처녀를 원한다. 물론 모순어법oxymoron, 반어법의 말장난이다. 모든 처녀가 창녀보다 정숙하다. 세상의 모든 처녀를 다 원한다는 얘기다. 안 그런 경우가 있을까. 그러나 시인의 몸은 하찮은 창녀라도 늘 허겁지겁한다. 정숙한 처녀를 원하긴 하지만 그건 애당초 원한다고 되는 일이 아니다.

시인은 말馬이다. 털투성이 말이다. 본연의 임무대로 뛰든가 순간의 쾌락을 위해 또 다른 작업에 열중하다보면 땀이 난다. 땀구멍이 호흡장애를 일으켜 수분을 발생시킨다. 그게 땀이다. 시인은 땀을 가라앉히기 위해 사무를 보는 것처럼 짐짓 산보라도 나가야 할 것 같다. 남자한테 여자 생각은 산보 수준이다.

시인은 헐떡헐떡거리다 지쳤다. 성행위의 끝은 지침이다. 성행위는 곧 하늘의 푸르름이다. 시인은 이제 하늘의 푸르름에 지쳤다. 피곤해졌다. 늘 그렇듯 남자들 모두는 하루 온종일 여자 털만 생각하면서 여자의 털을 터놓고 얘기하는 사람을 바람꾼으로 매도한다. 시인은 차라리 평생 빛 한 번 못 보는 여성 급소의 털에 참신한 이름 붙여주기 운동을 벌이는 폐쇄주의자로 남기로 한다.

BOITEUX · BOITEUSE

긴것

짧은것

열십자

×

그러나CROSS에는기름이묻어있었다

추락墜落

부득이한평행

물리적으로아팠었다
(이상以上평면기하학)

×

오렌지

대포大砲

포복匍匐

×

만약자네가중상을입었다할지라도피를흘리었다고한다면참멋적
은일이다

오—
침묵을타박하여주면좋겠다
침묵을여하如何히타박하여나는홍수와같이소란할것인가
침묵은침묵이냐

메스를갖지아니하였다하여의사일수없는것일까
천체天體를잡아찢는다면소리쯤은나겠지

나의보조步調는계적繼績된다
언제까지도나는시체이고자하면서시체이지아니할것인가

'부아퇴'boiteux는 남성형 절름발이, '부아퇴즈'boiteuse는 여성형 절름발이가 된다. '긴 것'은 남자 또는 남자 절름발이, 남자의 성기를 상징하고 '짧은 것'은 여자 또는 여자 절름발이, 여자의 성기를 상징한다.

'열십자'는 절름발이 남자와 여자가 포개진 상태, 하나가 된 상태다. 남녀가 하나로 겹쳐 사랑하는 상태다. 섹스를 하는 상태다. '크로스'CROSS는 열십자다. 그렇다. 거기엔 늘 기름이 묻어 있다. 종교에서의 크로스는 순수와 희생 정신과 사랑의 징표다. 거기에도 기름을 묻히는 의심이 따른다. 그러나 남녀의 결합을 의미하는 크로스에는 찝찝한 사람의 기름때가 묻어 있게 마련이다. 남자와 여자가 열십자의 모형으로 포개어지기까지는 필연적으로 사랑·애정·애욕·흥분·불안·초조·정자·난자 같은 부산물들이 끼어들게 마련이다. 이런 것들이 기름 같은 윤활유 노릇을 하기 때문이다. 기름을 안 치면 삐걱거려서 제대로 포개어지지 않는다.

"추락." 그곳이 천국이든 지옥이든 절름발이들이 원했던 곳으로 추락해 들어간다. 자진해서 풍덩 빠진다. 기진맥진한다. "부득이한 평행." 남녀가 포개어졌을 때, 서로 껴안았을 때는 열십자나 크로스 상태가 아니라 부득이하게 임시로 평행을 이룬다.

"물리적으로 아팠었다." 아픔을 자청하지 않으면 애당초 포개어지지도 않는다. 온몸운동을 했기 때문에 안 아픈 곳이 없다. 팔·다리·두뇌·입술·혓바닥·성기 모두가 얼얼하다. 아팠기 때문에 회복기간이 요구된다. 사랑을 깊게 하면 몸이 아프다. 이것이 기본적인 절름발이 남녀의 '평면기하학'이다.

어느 문학평론가는 '긴 것' '짧은 것' '열십자' '평행' '포개어진 숫자' 등을 숫자로 풀이하며 시인이 시를 쓴 나이 '22'를 밝혀냈다고 의기양양한데, 이런 경우 이상의 시를 KGB 암호 풀이식으로 풀어낸 건 당장 노벨 물리학상 후보감이지만 그렇게 너무 깊이 파고들면 자칫 해설이 본문보다 더 난해해질 수가 있어 심히 우려된다. 오렌지는 여성, 대포는 남성 혹은 남성의 성기, 포복은 남자가 성교에 임하는 자세를 의미한다.

"만약 자네가 중상을 입었다 할지라도 피를 흘렸다고 한다면 참 멋쩍은 일이다." 일반 전쟁에서 군인이 전쟁을 수행하다보면 중상을 입을 수도 있고, 피를 흘릴 수도 있다. 그건 멋쩍은 일이 아니다. 그러나 여기 절름발이 남녀의 사랑 전쟁에선 중상 정도는 괜찮지만 피까지 흘리는 건 좀 멋쩍은 일이 될 수 있다. 여자는 어쩌다 피를 흘릴 수 있지만 남자가 단순히 사랑의 행위 때문에 피를 흘리는 건 시쳇말로 '쪽팔리는' 일이다. 아마도 스물두 살의 젊은 절름발이 남자 시인은 한창 포복 중에 기침과 함께 산발적으로 각혈, 피를 내뿜었을 수도 있다. 아니면 그런 상황을 상상했을 수도 있다. 그랬다면 참 멋쩍었을 것 아닌가. 아니면 할 말이 없어 침묵이 이어졌을 수도 있고. 그래서 시인은 침묵을 원망하면서 절규했을 수도 있다. "오—침묵을 타박하여주면 좋겠다." 침묵은 곧 죽음이기 때문이다. 시인은 살아 있음을 증명하기 위해 남자의 물건을 휘두르고 대포를 쏘면서 마구 포복을 해야 한다. 사랑을 해야 한다. 침묵보다는 기침소리를 내는 게 낫다. 침묵보다는 각혈을 쏟는 게 낫다. 침묵을 타박해서 홍수가 난 것처럼 소란스러워야 한다. 상대하는 절름발이 여자를 흠씬 적시다 못해 물에 빠져 떠내려가게 만들어야 한다. 침묵은 안 된다. 끝장이기 때문이다. 죽음이기 때문이다.

"메스를 갖지 아니하였다 하여 의사일 수는 없는 것일까." 꼭 그렇지는 않다. 의사가 메스를 들었으면 메스를 든 의사일 수 있다. 가수라고 해서 다 노래를 잘 부르는 건 아니다. 노래를 못 부르는 가수도 있고 노래 부를 형편이 못 돼서 안 부르는 가수도 있다. 그러나 결핵 전문 의사가 각혈을 하고, 치과의사의 이가 홀랑 다 빠졌다면 그건 코미디다. 의사 짓을 그만둬야 한다. 너무 멋쩍지 않겠는가.

"천체를 잡아 찢는다면 소리쯤은 나겠지." 이 대목이 시의 하이라이트다. 천체를 자신의 손으로 찢는다. 아! 얼마나 장엄무쌍한가. 물론이다. 만일 상대방 여자 절름발이의 몸을 잡아 찢어 억지로 격정적인 신음이나 쾌락의 소리를 내게 했다면, 그는 즉시 변태 시인 칭호를 얻게 될 것이다. 그래서 절름발이는 절름발이끼리 나름의 보조를 맞춰가며 계속 절룩절룩 가야 한다. "언제까지도 나는 시체이고자 하면서 시체이지 아니할 것인가." 시체가 아닌 척하며 부질없이 꼼지락댈 수 있을까. 그것은 죽을 때까지다. 굳이 기다릴 필요도 없다. 우리는 언젠간 죽게 된다. 연탄중독사건이건 자연사이건 행여 추락사이건 간에 말이다.

공복

바른손에과자봉지가없다고해서
왼손에쥐어져있는과자봉지를찾으려지금막온길을5리나되돌아갔다

×

이손은화석化石하였다

이손은이제는이미아무것도소유하고싶지도않다소유된물건의소유된것을느끼기조차하지아니한다

×

지금떨어지고있는것이눈雪이라고한다면지금떨어진내눈물은눈雪이어야할것이다.

나의내면과외면과
이건件의계통인모든중간들은지독히춥다

좌우
이양측의손들이상대방의의리를저버리고두번다시악수하는일은없이
곤란한노동만이가로놓여있는이정돈整頓하여가지아니하면아니될길에있어서독립을고집하는것이기는하나

추우리로다
추우리로다

×

누구는나를가리켜고독하다고하느냐
이군웅할거를보라
이전쟁을보라

×

나는그들의알력軋轢의발열發熱의한복판에서혼수昏睡한다
심심한세월이흐르고나는눈을떠본즉
시체도증발한다음의고요한월야를나는상상한다

천진한촌락의축견들아짖지말게나
내험온驗溫은적당스럽거니와
내희망은감미로웁다

공복·상실감·허탈감 혹은 빈배·배고픔·굶주림에 관해 쓴 시다. 그러나 여기서는 그런 1차원적인 빈곤이 아니라 인간의 어쩔 수 없는 존재론적 궁핍을 그려낸 것 같다.

그럼에도 불구하고 이 시는 특이하다. 리듬과 톤이 어설프고 유치해보인다. 우선 이상의 시 같지 않다. 유치해서 오히려 재미있게 느껴진다. 첫 구절부터 요즘의 썰렁한 개그를 닮았다.

"바른손에 과자봉지가 없다고 해서 왼손에 쥐어져 있는 과자봉지를 찾으려 지금 막 온 길을 5리나 되돌아갔다." 영구나 칠뜨기가 하는 소리다. 바보 아닌가? 우리의 문학평론가들은 여기서도 바른손과 왼손이 현실과 이상을 표상하고, 현실적 자아와 이상적 자아의 화해라며 어쩌고저쩌고 잔뜩 의미를 부여하지만, 나는 그저 우리의 다다이스트 이상이 어쩌다 이런 팝아트적인 '막시'를 쓰게 됐는지 심히 의아할 뿐이다. 유치한 줄거리의 시는 계속된다.

"지금 떨어지고 있는 것이 눈雪이라고 한다면 지금 떨어진 내 눈물은 눈雪이어야 할 것이다." 이 또한 이수일과 심순애 식의 3류 통속극 대사다. 하늘에서 떨어진 눈의 물과 얼굴에서 떨어진 눈물을 비교한 것은 아무래도 쑥스럽다.

왼손과 오른손, 내면과 외면은 서로 동떨어져 있어 그 중간에 자리한 몸들은 지독히 춥다. 소통이 불가능하기 때문이다. 왼손과 오른손, 이 양측의 손들이 화해해서 혈족관계를 맺는 일 없이, 서로가 악수도 없이 한사코 빠져나가며 독립을 고집한다면 분명 춥게 된다. 이것은 어설픈 고독 따위의 문제가 아니다. 여기 손과 발, 얼굴과 몸체, 그 속의 창자와 곱창을 보라. 따로따로 논다. 군웅할거가 따로 없다. 잘 봐라. 이것이 전쟁이다.

시인은 그들의 삐걱거리는 알력에서 생긴 뜨거운 발열의 한복판에 쓰러져 혼수상태에 이른다. 짜자잔! 부드러운 음악이 깔리고 심심한 세월이 흐른다. 문득 눈을 떠본즉 전쟁에서 쓰러진 시체도 증발한 다음의 고요한 달밤. 생각해보시라. 태곳적부터 시작된 전쟁들, 거기서 죽은 시체들, 로마제국의 멸망으로 생긴 시체들, 군웅할거의 삼국쟁패에서 생긴 시체들, 세계대전에서 생긴 시체들, 유대인 학살에서 생긴 시체들, 6·25동란 때 생긴 시체들은 지금 다 어디로 증발했단 말이냐. 그럼 시인이 시체는? 순진한 시골 동네의 개들아, 달밤 어둠을 향해 짖지 말아라. 시인이 지금까지 겪은 세상살이는 매우 적당스러워 이젠 감미로운 희망만 남았을 뿐이다.

이상이 세상에 남긴 여러 편의 시 중에서 「공복」은 가장 알아먹기 쉬운 시라고 해도 과언이 아니다. 바른손과 왼손이 자기의 역할 문제로 싸운다. 그러다 둘 다 화석化石이 된다. 똥이나 된장을 분간 못하게 굳었다는 뜻이다. 손은 손의 역할을 못 하고 눈雪과 눈물을 못 가릴 정도로 떨떨해진다. 행여 독립적인 역할을 떠맡기 위해 고집을 부려보지만 안팎으로 춥기만 하다. 이건 고독과의 싸움이 아니다. 시인 혼자서 용을 쓰고 있는 거다. 전쟁을 일으키고 있는 거다. 혼자서 죽었다, 살아났다, 시체가 되었다, 부활했다, 난리 발광을 한다. 그러다가 혼자서 산다는 게 이런 것이구나, 그래도 희망이라는 것이 있구나, 그런 넋두리로 끝을 낸다.

이 시가 1931년에 발표되었으니까 79년 전 몸 상태가 안 좋았던 22세 청년이 쓴 시라는 것을 감안해서 읽어야 한다. 이 글을 쓰고 있는 내가 22세 때도 나름대로 자아성찰은 있었다. 클래식을 고집할까, 딴따라로 빠질까. 결국 '공복' 때문이었다. 그래서 이런 공복적인 공상은 돈 몇 푼짜리 앤티크로 취급하면 그것으로 충분하다.

두 번째 묶음

「오감도」로 들어가면서

시인은 「오감도」를 통해 삶의 본질과 사회현상을 통렬하게
비웃고 조롱하는 주인공 역할을 나무 위의 까마귀에게
슬쩍 떠맡긴다.
법적 대리인으로 까마귀를 내세운 셈이다.
이상의 「오감도」에 법적인 문제가 생기면
까마귀를 대신 검찰에 보내면 된다.

〈두 번째 묶음에 관한 자포자기적 질문〉

오감도는 단 한 편의 시 제목인가

천만의 말씀! 「오감도」는 여러 편 시의 대표 제목이다. 조영남 하면 「화개장터」, 김소월 하면 「진달래꽃」, 보들레르 하면 「악의 꽃」이 떠오르듯이, 이상 하면 뭐니 뭐니 해도 역시 「오감도」다. 그렇다고 이상의 대표작을 「오감도」라고 딱 부러지게 못 박을 수도 없다. 왜냐하면 그가 쓴 소설 쪽에는 「오감도」에 버금가는 「날개」라는 작품이 버티고 있기 때문이다.

나는 아직도 한국 현대소설 중에 「날개」같이 현대 문학성을 극대화한 작품을 만나본 적이 없다. 시 「오감도」나 소설 「날개」는 그것의 무게 면에서 막상막하다. 그러나 굳이 문학성을 놓고 따진다면 개인적으로 나는 「오감도」에 무게를 더 두는 편이다. 「오감도」의 임팩트가 훨씬 강력하기 때문이다. 그런데 「오감도」에는 그것을 읽기 전에 반드시 알아둬야 하는 두 가지 사안이 있다.

「오감도」는 단일 시의 제목이 아니고 여러 편의 시가 묶여 있는 소위 연작시들의 대표 제목이라는 점이다. 음악가 슈베르트의 「겨울나그네 Op.81, D911」가 여러 곡으로 달려 있듯이 각기 다른 이상은 「오감도」라는 시 제목을 두 곳에서 사용했다. 그러니까 연작시 「오감도」가 두 편이라는 얘기다. 처음 것은 우리가 지금 막 읽으려는 작품으로, 1931년 『조선과 건축』이라는 잡지에 실린 8편의 시에 「오감도」라는 제목을 붙였다. 그다음 시는 2년 뒤 1934년 『조선중앙일보』에 똑같은 「오감도」라는 제목으로 15편의 연재시를 발표한 것이다.

그러니까 22세와 25세 사이에 연속으로 「오감도」를 발표했다는 얘기다. 그래서 흔히 먼저 나온 것은 「조감도」로 불리고 뒤의 것은 「오감도」로 구분하기도 한다. 처음 「조감도」는 일본어로 썼고 두 번째 「오감도」는 순 한글로 썼는데, 왜 첨에 일본어로 썼느냐, 간단하다. 『조선과 건축』이라는 잡지가 일본어를 사용하는 고급 건축잡지였기 때문이다. 그다음에는 한글을 사용하는 중앙일보에 실려야 했기에 순 우리말을 썼을 뿐이다.

두 가지 중에서 우리에게 널리 알려진 것은 물론 '13인의 아해'가 등장하는 순 한글로 쓴 두 번째 「오감도」다. 보들레르도 그 유명한 「악의 꽃」이라는 연작시로 제목을 여러 번 반복해서 써먹었다. 본인이 생각하기에도 시 제목으로 「악의 꽃」은 너무나 멋졌기 때문에 여러 번 알겨먹은 것이다.

사람들은 이상이라고 하면 대뜸 「날개」와 「오감도」부터 떠올리곤 하는데 「날개」는 알아먹기가 비교적 쉽지만, 「오감도」는 무지하게 어렵다. 그럼 도대체 '오감도'는 무슨 뜻을 지닌 말인가. '오감도'는 원래 없는 말이다. 순전히 이상이 만들어낸 말이다. 건축용어 중에 비슷한 말인 조감도鳥瞰圖는 영어로 'a bird eye view', 즉 '새가 위에서 아래를 내려다보는 듯한 광경'이라는 뜻이다. 그런데 이상은 새를 뜻하는 조鳥에서 점 하나를 빼 까마귀 오烏로 바꾸어, 사람이 아니라 까마귀가 나무 위에서 비스듬히 아래를 내려다보는 것으로 의미를 굳혀버린 것이다. '조'나 '오'나 한자 모양도, 한글도 비슷할 뿐만 아니라 그것의 발음도 비슷하다. 하지만 보통 새 중에서 우리에게 불길한 새로 알려진 까마귀로 둔갑시킨 점을 고려해보면 이상이라는 시인이 얼마나 언어의 구조를 훤히 꿰뚫고 있었으며 언어를 자유자재로 구사했는지 새삼 놀라게 된다.

'오감도'는 세상에 존재한 적도 없는 전면적으로 새로운 언어일 뿐 아니라 그 의미가 너무도 까다롭고 오묘해서 서양의 언어로 번역한다는 것은 거의 불가능할 것이라는 게 내 생각이다. 번역 자체가 불가능하기 때문에 필경 이상은 퓰리처상도 못 타고 노벨문학상도 못 탄다는 것도 역시 내 생각이다. 시인 자체가 그런 번거로움을 원하지 않았을 가능성도 많다. 시 내용상으로는 그걸 원천 봉쇄한 느낌마저 든다. 그러나 세상일을 누가 알랴. 이상이 어느 날 세계적으로 각광받는 때가 도래할 줄을. 기원할 따름이다. 또 그렇게 안 된다는 보장도 없는 것 아닌가.

자! 그럼 전편「오감도」부터 살펴보기로 하자.

오감도I

2인……1……

기독基督은남루한행색으로설교를시작했다.
아아르 · 카아보네는감람산을산채로납촬拉撮해갔다.

1930년이후의일—.
네온사인으로 장식된어느교회입구에서는뚱뚱한카아보네가볼의 상흔傷痕을신축伸縮시켜가면서입장권을팔고있었다.

앞으로 이상의 시를 두루 살펴보면 알겠지만 그의 시는 난해하다. 그나마 120여 편 시 중에서 가장 덜 난해해 알아먹기 쉬운 시가 바로 두 편의 '2인' 시리즈라고 생각한다. 그러나 이 시들은 덜 난해하고 해석이 가능한 대신 독자들에게 가장 시급하면서도 무거운 종교 철학적 명제를 던지고 있다.

2인 시리즈는 사실 내용이나 길이나 흐름으로 보아 한 묶음의 시임이 분명한데, 그것을 구태여 두 편으로 쪼개버린 것은 바로 시가 지니고 있는 중량감 때문이다. 시의 주제가 너무 무겁기 때문에 둘로 나눈 것처럼 보인다는 얘기다. 이 시의 중요성과 철학적 무게는 대충 이렇다.

우선 '기독'은 무엇이며 기독교는 무엇이냐. 기독은 한마디로 수입종교의 이름이다. 우리 쪽의 단군 같은 것이다. 우리가 지금 살고 있는 나라는 대체로 오리지널 단군의 나라였다. 그런데 단군은 너무도 착했다. 당신보다 남을 더 생각했다. 다른 종교들을 너무나 쉽게 받아들였다. 단군은 당신의 집을 빼앗기고 길거리에 나앉는 신세가 되었다. 이것은 역사가 증명한다. 일찍이 사상가 함석헌의 입을 통해서 증명되었다. 고구려 때는 불교가 수입되어 들어오고, 조선왕조 500년 때는 불교가 밀려나고 유교가 다시 신상품으로 수입되어 들어왔다. 나철이라는 사내가 대망을 품고 단군을 지켜내려 했지만 너무도 힘에 겨웠다. 그래서 스스로 목숨까지 끊었다. 그런데 지금은 나철의 공로를 기억하는 사람이 거의 없다. 그런 틈새에도 우리 것을 놓치지 않으려는 몇몇 무리들은 차라리 동학이나 증산교 등으로 최소한의 자존심을 지켜왔다. 그러나 조선왕조 말엽부터는 신문명이라는 특대형 명칭과 함께 서양의 기독교가 맹렬히 들어와 우리 것의 자리를 뺏기게 된다. 이제 우리 한국은 가히 수입 종교의 천국을 구축했다.

이상의 「2인 1」은 여기서부터 시작된다. 이것은 시라기보다는 절규다. 하하하 웃으면서 화를 내고, 웃으면서 절규하고 있는 것이다. '2인'은 두 사람이라는 뜻이다. 그럼 두 사람은 누구인가. 두말할 것도 없이 그리스도와 알 카포네다. 남루한 차림으로 설교를 시작한 기독은 공자도 부처도 아닌 예수 그리스도다. 시인은 이 그리스도와 알 카포네를 한 팀으로 묶어버렸다. 이것은 흑과 백, 백과 흑의 세계에서 가장 아름다운 미학적 대칭구도다. 보들레르는 신을 그토록 저주하면서도 끝내 신과 결별하지 못하지만 랭보는 좀 다르다. 신을 일관되게 저주하면서 그리스도에겐 늘 분노한다. 노골적으로 분노를 터뜨린다. 그러다가 지쳤는지 금방 시쓰기를 중단하고 길게 잠적해버린다. 청년 철학자 니체는 신이 죽었다고 아우성치고.

그들에 비해 우리의 이상 형님은 그렇게 막강하게 밀고 들어온 서양의 예수 그리스도를 저주나 분노 대신 금세기에 가장 악명 높은 조직 폭력배 알 카포네와 동격의 인물로 취급해버렸다. 이건 조폭 수준의 횡포다. 제아무리 고결한 시인도 예수와 깡패 알 카포네가 한 팀이라고 말할 수는 없다. 면책이 허용될 수 없다. 우리네 국민 정서가 그렇지 않은가. 그래서 시인은 머리를 쓴다. 인간으로부터 공공연히 새대가리라는 빈축을 살 만큼 머리 나쁘고 성질 더러운 까마귀 한 마리를 내세운 것이다. 그래서 이 시의 큰 제목이 바로 '까마귀 오'「오감도」다. 시인이 그렇게 조작한 것이다. 까마귀 한 마리가 어느 나무 위에서 세상을 내려다보며 지껄이게 한다. "얼레리꼴레리! 그리스도하고 카포네가 한 패거리래요."

알 카포네가 누구인가. 카포네가 1899년부터 1947년까지 활약했으니 시인이 20세였으면 그는 이미 30대 청년이었을 것이다. 왼뺨의 칼자국 흉터 때문에 스카 페이스scar face로도 알려진 알 카포네는 원래 미국 출생 이탈리아계 사람이다. 소위 이민 1세대다. 얼굴에 새겨진 상처 혹은 스카 페이스를 씰룩거리며 집사님이나 권사님도 아닌 미국 시카고 지역의 깡패 두목 알 카포네가 교회로 들어가는 입장권을 사람들에게 팔고 있다. 참고로 말하지만 중세 교회에서는 친절하게도 면죄부까지 판 적이 있다. 돈을 내고 티켓을 사면 돈을 지불한 만큼의 죄가 탕감된다는 일종의 딱지 같은 것이다. 면죄부에 비하면 알 카포네의 입장권은 양호한 편이다.

카포네는 미국으로 이민 온 부모 밑에서 출생해 뉴욕 브루클린 빈민가에서 자라다가 1925년 시카고로 옮겨 밀주·매음·도박 등의 불법 사업으로 떼돈을 벌어 시카고 지역 암흑가의 갱 두목으로 군림해, 밤의 대통령이라는 별칭을 얻게 된다. 성 발렌타인 대학살을 지휘, 상대 조직을 총으로 제압했으나 증거 불충분으로 건재하다가 1932년 세금 포탈로 검거·투옥되었고, 1939년 석방 후에 조용히 은

조영남, 「1999년 서울시」, 1986

「1999년 서울시」라는 제목으로 십자가 가득한
서울시의 풍경을 그렸다.

퇴생활을 하다가 1947년 매독·폐렴 등으로 49년의 생을 마감하여 전설로 남게 된 사람이다. 그에 관한 실명 영화가 여러 편 있다. 얼마 전 나는 그가 수감 생활을 했던 샌프란시스코 금문교 근처에서 알카트라즈라는 이름이 박힌 큰 그림 하나를 기념으로 사왔다.

시인은 1930년 스무 살 무렵에 아연 그리스도와 알 카포네가 한통속임을 눈치채버린다. 세계 어디를 다 뒤져봐도 예수와 알 카포네처럼 매력적이며 드라마틱한 조합은 없다. 셰익스피어의 로미오와 줄리엣을 능가하고도 남는다. 내가 이상을 세계 최고 시인으로 박박 우겨대는 이유가 바로 여기에 있다. 감람산을 통째로 알 카포네에게 납촬당했다는 대목은 또 얼마나 웃기는가. 감람산을 통째로 카포네 일당에게 강탈당했으니 졸지에 그리스도의 행색은 남루할 수밖에 없다. 감람산은 유일하게 그리스도가 기도하고 예배드리는 본거지로 삼았던 곳이다. 그곳에 직원도 있고 회계장부도 있고 금고도 있었는데, 그곳을 강탈당했으면 파산한 것이고, 파산했으면 행색이 남루하고 초췌할 수밖에 없다.

우리의 이상 시인이 다녀본 교회가 어떤 교회인지는 몰라도 그가 말하는 대로 교회가 유치한 붉은색 네온사인으로 장식되어 있다는 건 종교가 겉보기에도 초라하고 남루해졌다는 의미다. 한편 감람산을 접수한 뚱뚱보 카포네는 동방의 대한민국 교회 십자가를 천편일률 붉은빛 네온사인으로 치장해버렸던 것이다. 그 십자가의 화려함이 동네 길목의 정육점 네온 빛깔이나 사창가의 핑크빛을 방불케 한다.

뚱뚱보 알 카포네가 얼굴 상처를 씰룩거리며 교회당 문 앞에서 교회에 들어가는 입장권을 팔아댔다는 건 한마디로 교회가 상업화되었다는 얘기다. 나는 카포네가 교회 입장권을 판다는 얘기가 너무도 우스꽝스러워 「2인 1」을 몽땅 캔버스에 옮긴 다음 화투 쪼가리를 추가시켜 그럴듯한 작품을 만들어놓았는데, 「그건 너」 「나 그대에게 모두 드리리」의 가수 이장희가 한사코 그 작품을 갖고 싶다고 해서 주어버렸다. 그런데 얼마 안 되서 그로부터 전화가 걸려왔다.

"형, 울릉도 집에 그림을 놔두고 외국 여행을 다녀왔는데, 다른 물건들은 그대로 다 있고 형이 준 그 그림 하나만 없어졌어!"

다른 건 다 좋다. 그런데 '납촬'해간 도둑님이 이장희의 그 그림이 「그리스도와 알 카포네」라는 무시무시한 제목의 그림인 줄 아는지 모르는지 나는 못내 궁금하다.

오감도I

2인……2……

아아ㄹ · 카아보네의화폐는참으로광이나고메달로하여도좋을만하나기독의화폐는보기숭할지경으로빈약하고해서아무튼돈이라는자격에서는일보도벗어나지못하고있다.

카아보가프렛상으로보내어준프록 · 코오트를기독은최후까지거절하고말았다는것은유명한이야기거니와의당한일이아니겠는가.

「2인 1」은 그리스도와 알 카포네가 하나로 합쳐진다는 내용을 담았고, 「2인 2」는 주변 정황을 더 구체적으로 묘사해, 두 사람이 계속 하나로 합쳐진다는 내용을 담고 있다. 두 사람을 하나로 합치게 만드는 매개체는 바로 양측의 화폐, 즉 돈이다. 알 카포네 쪽에는 비까번쩍 광나는 뭉칫돈이 오가고, 그리스도 쪽에는 보기 흉할 정도의 빈약한 쌈짓돈이 오가지만 모두 구원에 이르는 길은 결국 화폐라고 주장한다. 시인이 너무나 진지하게 화폐의 논리를 펼치기 때문에 얼핏 고급 조크나 반어법으로 들릴 정도다.

그리스도가 너무나 남루하고 초라해 보여 알 카포네가 멋진 연미복 한 벌을 선물로 보냈는데, 그리스도는 끝까지 알 카포네의 선물을 정중하게 거절했다는 제법 유명한 스캔들을 통해 시인이 우리에게 주는 메시지는 분명하다. 최소한의 체면, 그리스도 본인에 대한 최소한의 예우가 엿보인다. 짐짓 선물을 사양하는 너스레가 이상을 찬탄하고도 남을 만한 미학적 균형 감각 · 도덕적 균형 감각의 인물로 돋보이게 한다. 결과적으로 교회는 부티나기보다는 빈티나는 게 어울린다. 네온보다는 촛불이 어울리는 곳이 교회다. 바로 그런 메시지다.

한마디 더 보태면 이상은 이 시를 쓴 후로부터 약 80년이 흐르고 난 2023년쯤에는 그리스도의 화폐도 알 카포네의 화폐만큼 비까번쩍 광이 난다는 것을 짐작이나 했을까. 세계에서 교인 수가 제일 많고 좌석 수도 제일 많고 건평이 제일 넓은 교회당이 당신 조국의 땅 한가운데에 들어선다는 걸 짐작이나 했을까. 교회 현관 입구마다 일정 헌금, 주정 헌금, 월정 헌금봉투가 비치되어 있고, 각종 감사 헌금, 특별 헌금, 십일조 헌금, 건축 헌금, 선교 헌금 봉투가 비치된 것을 짐작이나 할 수 있을까.

그리스도는 알 카포네가 특별 선물로 보내준 '프록 코오트'를 최후까지 거절하는 정중함을 보여주었지만 실제의 상황은 정반대였다. 중세 시절부터 기독교는 누가 보내는 선물이든 현찰이든 사양하는 일 없이 넙죽넙죽 챙겨먹었다. 심지어는 면죄부라는 교묘한 상품을 자체적으로 팔아먹기도 했다. 요즘 보험상품처럼 팔아제껴 막대한 이익을 챙겼다. 면죄부는 아주 매력적인 보험상품이다. 자신의 부모나 형제자매는 물론, 사돈의 팔촌이 지은 죄까지 순전히 면죄부 한 장으로 탕감 가능한 것이다. 요즘 말로 컴퓨터만큼이나 현실적이고 기능적인 상품이었다.

그 바람에 독일의 젊은 목사 루터가 "이러면 안 된다" 하며 그 유명한 종교개혁을 일으켜 기존의 교단으로부터 과감하게 떨어져 나와 참신한 개신교단을 새로 만들었다. 그것이 구교와 신교로 갈라지게 된 원인이다. 이렇듯 기독의 모든 스캔들은 화폐와 관련된 것들이다. 시인 이상이 만들어낸 새로운 스토리, 깡패 알 카포네가 보내준 선물을 기독이 점잖게 사양했다는 스토리는 왕년 기독이 젊은 시절 그가 다니던 예루살렘 교회가 물건을 사고파는 장터로 변한 것을 홧김에 둘러엎은 에피소드와 매우 흡사하다. 최소한 똥과 된장은 구별할 줄 알았다는 얘기다. 그래서 궁금한 게 하나 있다. 가령 이 책을 쓰는 나의 치명적인 약점인 두 차례나 이혼한 죄, 그리고 자식을 멀리한 죄는 요즘 돈으로 얼마짜리 면죄부를 사야 탕감이 가능할까. 몇 천 몇 억이라도 기를 쓰고 사지 않았을까. 아파트를 팔아서라도 샀을 것 같다. 아! 그런 측면에서 면죄부를 팔던 시절이 갑자기 그립다.

오감도I

신경질적으로 비만한 삼각형

△은 나의 AMOUREUSE이다

▽이여 씨름에서이겨본경험은몇번이나되느냐.

▽이여 보아하니외투속에파묻힌등덜미밖엔없고나.

▽이여 나는호흡에부서진악기로다

나에게여하한고독은찾아올지라도나는××하지아니할것
이다.

오직그러함으로써만나의생애는원색과같하여풍부하도다.

그런데나는카라반이라고.

그런데나는카라반이라고.

세 번째 「오감도」는 말 그대로 신경질적으로 난해하다. 이 시는 너무 높고 먼 곳에 있다. 그러니까 아래에서 위로 이 시를 바라보는 사람들은 저마다 다른 해석을 내놓을 수밖에 없다. 제아무리 날고 기는 문학평론가라도 일목요연하게 비평을 해낼 방법이 없다. 비평을 길게 해낼수록 글은 횡설수설로 돌변할 것이기 때문이다.

내가 추천하는 이상 시 읽기의 방법은 좀 다르다. 그의 시는 어차피 100번을 읽어도 무슨 말인지 모른다. 그러니 그냥 단순하고 재미있게 읽으라는 것이다. 제목부터 재미있지 않은가. 삼각형이 비만하다. 그것도 신경질적으로 비만하다. 그래서 와! 재밌다.

△을 사랑이나 아내, 또는 애인 따위로 여긴다. 얼마나 재미있는가. ▽은 또 다른 인물인가 보다. 이젠 ▽에게 말까지 건다. 기하학적으로 말한다면 삼각형의 본질은 각도의 합이 항상 180도라는 것이

다. 그러나 형태는 무수히 많을 수가 있다. 그래서 엎어진 삼각뿔을 하찮은 인물로 대칭시켜 말까지 걸고 있는 것이다. "씨름을 해서 이겨본 경험이 있느냐." 이건 살짝 섹시한 느낌이 든다. 나는 씨름을 해서 이겨본 적도 있고 물론 져본 적도 있다. 내가 어렸을 때는 1년에 한 차례씩 '난장'이라는 동네 축제가 열렸는데, 그때마다 온 동네가 들떴다. 5일장이라 5일 낮밤으로 이어졌다. 대낮에는 '오굡'이라는 놀이가 인기 있었던 것 같고, 저녁에는 전국 씨름대회가 쇠전 특설무대에서 열렸다. 주로 충남지역 청장년이 출전했는데 내 초등학교 짝꿍 임중수의 큰형인 임현수 형이 연속으로 우승 황소를 끌고 갔다. 씨름은 중수나 내 친구 공군대령 출신 용식이가 나보다 훨씬 잘했다.

시인은 계속 ▽에게 말을 건다. ▽이나 △의 정체, 혹은 ××의 정체도 끝내 비밀인 채 말이다. 왜 외투 속에 파묻힌 등덜미밖에 안 보이느냐는 투정도 재미있고, 자신은 호흡에 부서진 악기라는 소리도 우스꽝스럽다. 비만한 삼각형과 고독의 관계도 웃기고, 누구의 생애인지는 몰라도 그 생애가 원색처럼 풍부하다는 얘기도 웃긴다. 이 시에서의 하이라이트는 '비만한 삼각형'과 '카라반'의 관계다. 도대체 신경질적으로 비만인 삼각형과 황량한 사막을 왔다 갔다 하는 사막의 대상隊商이 무슨 관계란 말인가. 너무나 황당해서 웃음이 절로 나올 수밖에 없다.

억지로 추론을 해보자면 시인은 10대 말부터 결핵균으로 몸이 수척해졌기 때문에 자연적으로 살이 빠지거나 찌는 것에 대해 신경질적인 반응을 보였을 수 있다. 호흡을 몰아쉬면서 누워 있는 시인에게 모래사막을 훨훨 횡단하는 카라반은 또 얼마나 부러웠겠는가. 더불어 22세 시인의 천재성과 무한대의 휴머니즘은 "나는 시에서 부서진 악기로다"에서 여실히 드러난다. 강력한 호흡으로 소리를 내야 하는 악기는 따로 있다. 트럼펫·트롬본·클라리넷·플루트 등 관악기가 그런 거다. 이상이 천재가 아니면 "호흡 때문에 악기가 부서졌다" 같은 세밀한 표현을 할 수 없다. 그런 정황을 관찰해낼 수가 없다. 호흡 때문에 부서져 나가는 악기들에 대한 측은지심은 그 자체가 지상 최대의 휴머니즘이다.

"나의 생애는 원색과 같하여 풍부하도다." 이 대목은 한평생을 공기나 물처럼 아무 표시도 없이 그냥 살아지는 대로 살다 죽겠다는 소박한 의지가 담겨 있어 자못 숙연하다. 그럼에도 불구하고 뚱뚱한 삼각형과는 아무 상관도 없는 것 같아 피식피식 웃음이 새게 한다.

오감도I

LE URINE

불길과같은바람이불었것만불었건만얼음과같은수정체水晶體는있다. 우수憂愁는DICTIONARIE와같이순백하다. 녹색풍경은망막에다무표정을가져오고그리하여무엇이건모두회색의명랑한색조로다.

들쥐와같은험준한지구地球등성이를포복匍匐하는짓은대체누가시작하였는가를수척하고왜소한ORGANE을애무하면서역사책비인페이지를넘기는마음은평화로운문약文弱이다. 그러는동안에도매장되어가는고고학은과연성욕을느끼게함은없는바가장무미하고신성한미소와더불어소규모하나마이동되어가는실糸과같은동화가아니면아니되는것이아니면무엇이었는가.

진녹색납죽한사류蛇類는무해롭게도수영하는유리의유동체流動體는무해롭게도반도半島도아닌어느무명의산악을도서島嶼와같이유동하게하는것이며그럼으로써경이와신비와또한불안까지를함께뱉어놓는바투명한공기는북국北國과같이차기는하나양광陽光을보라. 까마귀는흡사공작과같이비상하여비늘을질서없이번득이는반개의천체에금강석과추호도다름없이평민적윤곽을일몰전에빗보이며교만함은없이소유하고있는것이다.

이러구러숫자의COMBINATION을망각하였던약간소량의뇌장腦臟에는설탕과같이청렴한이국정조로하여가수상태假睡狀態를입술위에꽃피워가지고있을즈음번화繁華로운꽃들은모두어디로사라지고이것을목조의작은양이두다리를잃고가만히무엇엔가귀기울이고있는가.

수분이없는증기하여온갖고리짝은마르고말라도시원치않은오후의해수욕장근처에있는휴업일의조탕은파초선과같이비애에분열하는원형음악과휴지부, 오오춤추려무나일요일의비너스여, 목쉰소리나마노래부르려무나일요일의비너스여.

그평화로운식당도어에는백색투명한MENSTRUATION이라문패가붙어서한정限定없는전화를피로하여LIT위에놓고다시백색여송연을그냥물고있는데. 마리아여, 마리아여, 피부는새까만마리아여어디로갔느냐, 욕실수도코크에선열탕이서서히흘러나오고있는데가서얼른어젯밤을막으렴, 나는밥이먹고싶지아니하니슬립퍼어를축음기위에얹어놓아주려무나.

무수한비가무수한추녀끝을두드린다두드리는것이다. 분명상박上膊과하박下膊과의공동피로임에틀림없는식어빠진점심을먹어볼까—먹어본다. 만도린은제스스로포장하고지팡이잡은손에들고자그마한삽짝문을나설라치면언제어느때향선과같은황혼은벌써왔다는소식이냐, 수탉아, 되도록이면순사가오기전에고개수그린채미미微微한대로울어다오, 태양은이유도없이사보타지를자행하고있는것은전연全然사건이외의일이아니면아니된다.

URINE은 프랑스어로 '오줌'이라는 뜻이다. 오줌에 관한 시를 쓰기로 작정을 했다면 방광이 찼다든가, 그래서 상황이 급박하다든가, 아니면 참았던 오줌을 발사하게 되어 시원하다든가 하는 최소한 오줌에 관련된 얘기가 나올 법한데 시종 딴 얘기다. 열 번을 읽어도 스무 번을 읽어도 몽롱하고 난해하다. 그래서 책을 덮거나 다음 시로 넘어가도 상관은 없다. 하지만 다음 시로 넘어가봐야 똑같이 몽롱하고 난해한 시가 나온다. 이럴 땐 한번 오기를 부려보는 게 필요하다. 내가 그랬다. 뭐니 뭐니 해도 이상의 시는 해석하는 재미에 달렸다는 사실을 알아야 한다. 그의 시는 어려운 대신 누구한테나 열려 있다. 마치 현대 미술처럼 해석의 자유를 부여한다.

"「LE URINE」는 재미없는 시다, 엉터리 시다." 이런 해석조차 훌륭한 해석이 될 수 있다. 또 어떤 사람은 이 시를 한 권의 박사학위 논문으로 늘려서 해석할 수 있다. 이 책을 쓰면서 나는 세계 시문학 쪽을 대충 살펴보았다. 그래서 단정적으로 말할 수 있다. 세상에 이처럼 재미있고 절묘한 시는 또 없다. 이 시가 어렵다고 생각하는 사람은 나의 마구잡이식 해석을 한번 구경해보시라.

1930년대에 「LE URINE」이란 제목으로 시를 쓴 파격성에 우리는 탄성부터 질러야 한다. 정확히 1931년에 이 시가 발표되었는데 이때는 호랑이 담배 피던 시절이다. 도대체 스물두 살에, 단 한 차례도 외국을 나가보지 못한 서울토박이 청년이 어쩐 일로 유창한 불어 실력을 가다듬을 수 있었단 말인가. 어린 이상과 학창시절에 함께 그림을 그렸던, 지금으로 말해 중고등학교 친구들의 증언에 따르면 이상은 모든 유화물감의 색깔을 불어로 좔좔 외웠단다. 그림을 수십 년 그렸다고 제법 으스대는 나도 불어로 알고 있는 색깔 이름이 아직 두서너 개밖에 안 된다.

우선 도입부에 "불길과 같은 바람이 불었건만"은 신나게 뜨끈뜨끈한 오줌을 내갈겼다는 의미로 해석하면 무난하다. "얼음과 같은 수정체는 있다"는 포물선을 그리며 떨어지는 오줌 줄기는 마치 가느다란 고드름처럼 얼음 모양으로 생겼다는 의미로 해석하면 된다.

그다음 대목이 멋지다. "우수는 DICTIONARIE와 같이 순백하다"는 한 마디만으로도 오줌 얘기를 끝냈다고 말할 수 있다. 그렇다. 우리는 바쁜 하루 중에서 대여섯 번씩, 오줌을 눠야 하는 순간마다 우수에 잠긴다. 오줌을 누면서 딴 일을 보는 경우는 드물다. 그래서 참 웃기는 표현이다. 남녀를 불문하고 최소한 오줌을 눌 때만은 잠시나마 조용히 생각에 잠긴다는 얘기다. "DICTIONARIE"는 세상의 모든 이치를 한몸에 담고 있지만 시종 책꽂이 한편을 조용히 지키고 있다. 더 이상 순백해 보일 수 없다. 오줌 쌀 때의 조용함과 책꽂이에 꽂혀 있는 딕셔너리의 조용함 정말 비슷하지 않은가.

세상천지가 온통 녹색 풍경이라는 건 이 시를 쓸 때가 한여름이었음을 암시한다. 하여간 녹색 풍경은 우리에게 너무 지루한 색깔이라서 무표정의 느낌을 준다. 흑백의 중간색인 회색이야말로 우리한테는 무표정과 무의미를 던져준다. 그런 단조로움은 단조롭기 때문에 가뿐하고 명랑한 색조로 분류될 수 있다.

다음 대목은 정녕 우리의 골을 때린다. 들쥐처럼 험준한, 산등성이도 아니고 지구의 등성이를 포복하는 짓은 시인이 싸지른 오줌 물결이 마치 포복을 하듯이 산등성이를 기어내려간다는 얘기다. 곧이어 시인 자신의 신세타령이 등장한다.

"ORGANG"은 성기를 말한다. 성기가 너무도 수척하고 왜소해서 볼품없다. 시인의 온몸에 결핵균이 퍼져 있다는 사실을 감안할 필요가 있다. 그런 왜소한 물건이라도 애무하듯 꺼내들고 볼일을 보다보니 마치 부질없는 역사책의 내용 없는 빈 페이지를 넘기듯 한가함과 평화로움이 밀려온다. 그러는 동안에도 시인이 싸지른 오줌은 땅 밑으로 스며들어 흔적도 없이 옛날 옛적의 고고학으로 변해버린다. 더 이상 오줌은 시인으로 하여금 성욕을 느끼게 해주는 원동력이 못 된다. 남자가 자신의 성기를 붙들고 오줌을 눌 때야말로 가장 무미건조한 느낌이 들게 하고, 또 한편 가장 신성한 미소를 짓게 한다. '신선한 미소'와 '신성한 미소'는 근본부터 다르다. 그토록 낭만적으로 싸지른 오줌은 소규모이긴 하지만 마치 어린아이들의 동화에 나오는 얘기처럼 실과 같이 잔잔하고 구불구불하게 이어져 내려가지 않는가.

진녹색의 뱀과 오줌 줄기는 그것이 뱀처럼 보이긴 해도 무해하다. 해롭지 않다. 오줌 줄기는 마치 조선반도 모양으로 꾸불꾸불 이름 없는 산을 타고 내려오다가 두 줄기로 갈라졌다가 다시 한 줄기로 뭉치며 자연스럽게 가운데 쪽으로 작은 섬 모양을 만든다. 그 시간은 경이와 신비와 불안까지 함께 뱉어놓는바, 투명한 공기가 북극처럼 차기는 하나 저 태양을 보라! 그때 까마귀가 마치 공작처럼 날아오른다. 까마귀는 비늘을 질서 없이 번득이는 반쪼가리 천체에, 금강석과 추호도 다름없는 평면적 윤곽을 해 떨어지기 전에 얼핏 보인다. 교만함 없이 까마귀 자신의 고유한 자태를 소유하고 있는 것이다.

시간이 흘러 약간 소박한 두뇌는 오줌을 누면서 잠시 합리적인 세계를 망각했다. 시인은 오줌을 시원하게 누고 나서 자신의 왜소한 물건을 양손으로 부여잡고 잠시 이국 풍경을 느끼며 흐뭇한 미소에 빠져 있는 것이다. 그즈음 화려한 꽃들은 모두 어디로 사라지고 일몰 직전의 반쪽 태양과 번뜩이는 구름 풍경도 사라진다. 나무 재질로 조각된 순수한 양 한 마리가 두 다리를 잃은 채 '이제 어디로 가야 하나, 누가 날 찾으러 오지 않나' 하고 귀 기울이고 있다. 아흔아홉 마리 양보다 잃어버린 한 마리의 양을 더 귀하게 아시는 그리스도가 떠오른다.

액체가 증발하여 온갖 것을 담는, 마르고 말라도 시원치 않은 오후의 해수욕장 근처에 휴일의 바닷물을 데운 목욕탕이 있다. 파초의

잎 모양으로 만든 부채가 비애에 흩어지는 목욕탕 음악과 휴지부 같은 물방울. 오오 춤추려무나, 일요일의 비너스여. 쉰 목소리로나마 노래 부르려무나, 일요일을 찬양하는 사랑의 여신이여.

그 평화로운 식당 정문에는 백색 투명한 MENSTRUATION, 즉 월경이라는 문패가 붙어 있다. 한없는 전화질로 피곤하여 LIT 위에 전화를 놓고 다시 백색 여송연 담배를 그냥 물고 있다. "마리아여, 마리아여, 피부는 새까만 흑색 마리아여, 어디로 갔느냐." 욕실 수도 코크에선 열탕이 서서히 흘러나오고 있는데. 앗! 월경이 흘러나오는데 얼른 손을 써보렴. 월경이 흘러도 섹스를 시도해보렴. 밤이 아깝지 않느냐. 어차피 섹스가 안 되는 무용지물 슬리퍼 같은 나의 성기를 축음기 판 위에 바늘을 올려놓듯이 사뿐히 형식적으로나마 그녀의 육체 위에 올려놓아주렴.

"무수한 비가 무수한 추녀 끝을 두드린다." 분명 떡을 치듯 위에서 아래로, 아래에서 위로 그렇게 과격하게 육체운동을 하면 금세 공동피로가 올 것임에 틀림없는데, 그래도 식어빠진 낮거리를 또 한 번 해볼까나. 해본다. 이 글을 쓰고 있는 내 개인의 생각인데, 모든 예술가들은 과도하게 섹스를 하기 때문에 제 명을 다하지 못한 것 같다. 아니면 말고. 여인은 제스처로 알아서 나가라 한다. 지팡이 잡은 손으로 자그마한 모텔 문을 밀고 나설라 치니 어느새 바깥엔 향을 태워 올라오는 뭉게구름 같은 황혼이 와 있다는 것이냐, 수탉아! 되도록 순사가 오기 전에 고개를 수그린 채 미미한 대로 울어다오. 태양이 이유도 없이 태양이기를 거부하는 파업으로 사보타주를 자행하고 있는데, 이것은 정녕 우연이다. 이유가 없이 해가 서산을 넘어가진 않는다. 따지고 보면 제 할 일을 다했기 때문이다.

그런데 여기 젊은 시인은 이유 없이 태양이 파업을 한다고 찡얼거

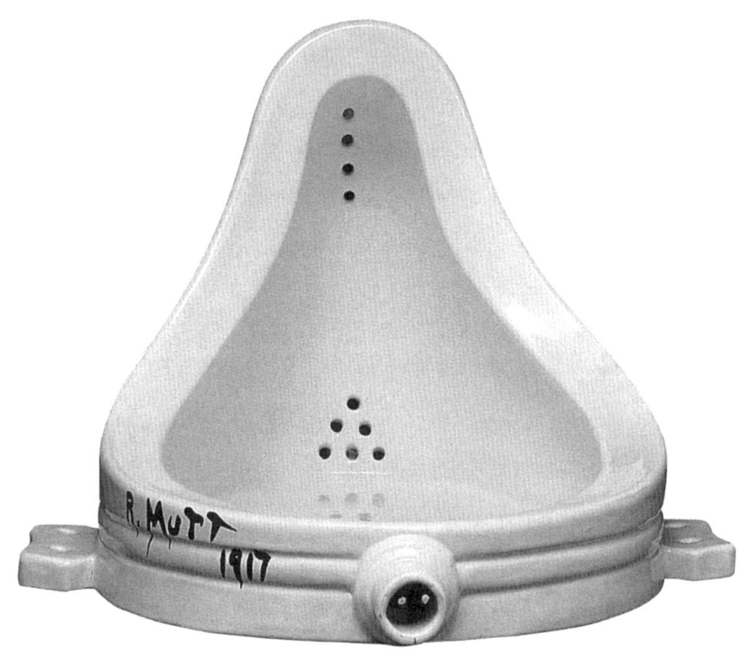

마르셀 뒤샹, 「분수」, 1917

마르셀 뒤샹을 일약 세잔, 피카소 반열에 오르게 한 변기통.
레디메이드라는 미술용어를 탄생시킨 작품이다.
레디메이드는 이미 만들어졌다는 의미다.
「분수」라는 제목을 주시해야 한다.
변기통은 오물을 밑으로 내리는 기능만 보유했다,
그것은 단순한 생각이다.
이 작품은 단순 사고로부터 떠나라는 얘기다.
내려보내야 다시 솟아오른다는 거룩한 가스펠(Gospel)이다.
진짜는 없어지고 한참 뒤에 만들어진 복제품만 남았다.

린다. 태양이 제 일을 잘 못한다고 투덜대는 것이다. 자연현상의 모순을 이토록 절묘하게 꼬집어낸 시인이 이상 말고 또 어디 있을까. 단순한 단어인 오줌으로 꼬투리를 잡아 우주의 삼라만상을 몽땅 시 한 편에 축약해놓았다. 나는 그저 놀라울 뿐이다.

몸이 쇠약해지면 자연스럽게 오줌 줄기의 내뻗는 힘이 약해진다. 시인은 이 시를 발표하기 두 해 전부터 결핵 기운을 느낀다. 그래서 일곱 번째 단락 끝머리를 신세한탄으로 마감한다. "수탉아, 제발 미미한 대로 울어다오." 컴컴한 밤을 태양의 이유 없는 사보타주로 그려낸 시인의 통찰력에 입이 다물어지지 않는다.

한마디 더. 이상 친구의 증언에 따르면 그는 서점에서 아무 책이나 뽑아들고 선 채로 5~6분 만에 읽어치우며 집에 돌아와서 책에 등장하는 이름이나 스토리를 거침없이 좔좔 쏟아냈다고 한다. 그런 특이한 두뇌의 소유자가 1930년에 「오감도」 연작시를 쓰면서 당시 서양 각지에서 선풍을 일으키기 시작한 다다이즘을 몰랐을 리 없다. 1915년에 팝아트와 다다이즘의 실질적인 선각자 마르셀 뒤샹이 '뮤트'라는 가명으로 일반 화장실에 설치되어 있던 남성 소변기를 그대로 떼어다가 뉴욕 전시장에 버젓이 「분수」Fountain라는 제목의 미술 작품으로 출품해 미술사적인 센세이셔널한 사건을 머리 똑똑한 이상이 몰랐을 리 없다는 얘기다. 뒤샹의 파문은 가히 혁명 수준이었다. 기존의 미술이론을 뒤집어엎는 팝아트나 다다이즘의 핵심은 그동안 버림받아온 모든 사소한 것들을 새로운 의미로 부각시키고 극대화한다.

마르셀 뒤샹이 기왕에 만들어져 있는, 즉 레디메이드된 남성의 오줌통을 예술품으로 상정했듯이, 우리의 이상은 노골적으로 오줌 자체를 서사시로 만들어놓는다. 이상의 위대함이 여기 있다.

시인의 친구들이 도처에서 증언한다. 언제 배웠는지 이상은 영어나 불어를 술술 해댔다. 나의 첫 번째 아내나, 친구인 가수 이장희도 영어를 따로 배운 적이 없는데 미국 학교까지 다닌 나보다 훨씬 잘한다. 그래서 나는 뒤늦게 언어구사가 노래나 그림과 마찬가지로 DNA에 의한 재능이라고 생각했다.

보라! 소피 · 소변 · 오줌, 혹은 작은 생리현상이라는 껄쩍지근한 제목보다 「LE URINE」은 얼마나 품격 있어 보이는가. 뒤샹은 소변기 통에 「분수」라는 반어적 제목을 달았다. 남성의 성기에서 아래쪽으로 쏟아져 내리는 오줌 줄기의 방향은 솟아올라야 하는 분수의 방향과 정반대다. 아이러니와 모순. 뒤샹은 그것을 분수로 규정했고, 이상은 「LE URINE」이라는 생뚱맞은 프랑스어 제목을 달아 일본어로 휘갈긴 장시 한 편을 세상에 제출해놓았다. 세계문학사에선 마땅히 이상이 「LE URINE」이란 시를 써낸 때가 진정한 현대시의 출발점이었다고 새롭게 기록해야 한다.

오감도I

얼굴

배고픈얼굴을본다.

반드르르한머리카락밑에어째서배고픈얼굴은있느냐.

저사내는어데서왔느냐.
저사내는어데서왔느냐.

저사내어머니의얼굴은박색薄色임에틀림없겠지만저사내아버지의얼굴은잘생겼을것임에틀림이없다고함은저사내아버지는워낙은부자였던것인데저사내어머니를취한후로는급작히가난든것임에틀림없다고생각되기때문이거니와참으로아해兒孩라고하는것은아버지보담도어머니를더닮는다는것은그무슨얼굴을말하는것이아니라성행을말하는것이지만저사내얼굴을보면저사내는나면서이후대체웃어본적이있었느냐고생각되리만큼험상궂은얼굴이라는점으로보아저사내는나면서이후한번도웃어본적이없었을뿐만아니라울어본적도없었으리라믿어지므로더욱더험상궂은얼굴임은즉저사내어머니의얼굴만을보고자라났기때문에그럴것이라고생각되지만저사내아버지는웃기도하고하였을것임에는틀림없을것이지만대체로아해라고하는것은곧잘무엇이나흉내내는성질이있음에도불구하고저사내가조금도웃을줄을모르는것같은얼굴만을하고있는것으로본다면저사내아버지는해외를방랑하여저사내가제법사람구실을하는저사내로장성한후로도아직돌아오지아니하던것임에틀림이없다고생각되기때문에또그렇다면저사내어머니는대체어떻게그날그날을먹고 살아왔느냐하는것이문제가될것은물론이지만어쨌든간에저사내어머니는배고팠을것임에틀림없으므로배고픈얼굴을하였을것임에틀림없는데귀여운외톨자식인지라저사내만은무슨일이있든간에배고프지않도록하여서길러낸것임에틀림없을것이지만아무튼아해라고하는것은어머니를가장의지하는것인즉어머니의얼굴만을보고저것이정말로마땅스런얼굴이구나하고믿어버리고선어머니의얼굴만을열심으로흉내낸것임에틀림없는것이어서그것이지금은입에다금니를박은신분과시절이되었으면서도이젠어쩔수도없으리만큼굳어버리고만것이나아닐까고생각되는것은무리도없는일인데그것은그렇다하더라도반드르르한머리카락밑에어째서저험상궂은배고픈얼굴은있느냐.

여기서 배고픈 얼굴은 말할 것도 없이 시인 자신의 얼굴이다. 저 사내가 어디서 왔느냐고 남의 일처럼 묻고 있어도 저 사내는 시인 자신이다. 그러니까 시인 자신의 얼굴을 타인의 얼굴인 것처럼 완전히 객관적으로 저편에 세워놓고 시치미를 딱 뗀 채 소묘해나가고 있다. 마치 거울 속에 비치는 자신의 얼굴을 보며 분석해나가는 형식이다.

문제는 '배고픈 얼굴'의 의미다. 많은 전문가들은 못생긴 얼굴, 가난해서 궁핍한 얼굴, 또는 험상궂은 얼굴로 가닥을 잡고 있지만 내 생각은 다르다. 고민하는 얼굴이라는 의미가 이 시 전체의 의미에 더 가깝다. 이 시는 내용에 큰 의미를 두고 있지 않다. 단지 시인 자신의 얼굴이 왜 그토록 죽상인지 또는 궁상인지 그것의 내력을 한 호흡으로 살펴볼 뿐이다. 실제로 앞부분의 넉 줄 이후에는 단 한 호흡으로 끝을 낸다. 물론 띄어쓰기나 구두점도 생략해버렸다. 그런데도 읽어나가는 데에는 전혀 불편함이 없다.

여기서 시인은 자기 얼굴이 잘생긴 아버지 말고 못생긴 어머니를

닮아 그렇다고 괜한 투정을 부리지만, 실제로 흑백사진으로 남아 있는 시인 이상의 얼굴 모습은 전혀 밥을 못 먹어 배고픈 얼굴이 아니다. 영혼에 굶주렸을 뿐이다. 험상궂은 얼굴은 물론 아니다. 시인의 얼굴이 시인이 한탄하는 대로 진짜 배고프고 험상궂은 얼굴이라면, 이 글을 쓰고 있는 나 조영남의 얼굴은 얼굴도 아니어야 한다. 괜히 하는 소리가 아니다. 시인도 어쩔 수 없이 엄마 쪽을 닮아 그렇게 되었다고 섭섭함을 표시하고 있는데, 아들은 엄마를 닮는다는 속설대로 나 역시 아버지 조승초 씨보다 어머니 김정신 권사님 쪽을 많이 닮아 오늘날 배고프고 볼품없는 몰골로 남게 되지 않았나 싶다.

배고픈 죽상의 얼굴만 무한히 대비될 뿐이다.

오감도I

운동

1층우에있는2층우에있는3층우에있는옥상정원에올라서남쪽을보아도아무것도없고북쪽을보아도아무것도없고해서옥상정원밑에있는3층밑에있는2층밑에있는1층으로내려간즉동쪽에서솟아오른태양이서쪽에떨어지고동쪽에서솟아올라서쪽에떨어지고동쪽에서솟아올라서쪽에떨어지고동쪽에서솟아올라하늘한복판에와있기때문에시계를꺼내본즉서기는했으나시간은맞는것이지만시계는나보담도젊지않으냐하는것보담은나는시계보다는늙지아니하였다고아무리해도믿어지는것은필시그럴것임에틀림없는고로나는시계를내동댕이쳐버리고말았다.

이상의 시들 중에서 보기 드물게 서정성을 띠고 있는 시다. 한국의 대표 국민시인 격인 김소월·윤동주는 물론이려니와 한국 시문학의 첨단 모더니스트로 분류되는 정지용·김기림도 불변의 법칙처럼 서정시의 굳어진 틀에서 벗어나지 못했다. 외국의 유명한 시인들도 마찬가지다. 그네들도 시를 쓸 때에는 보통 시처럼 썼다. 결국 서정시를 썼다는 얘기다.

그러나 우리의 이상은 애당초 남들처럼 서정시를 써내지 않았다. 못했다가 아니라 써내질 않았다. 그림에서 마크 로스코나 잭슨 폴록처럼 처음에는 형태가 있는, 반추상적인 작품을 그리다가 어느 순간 완전 추상으로 돌변한 것이 아니라, 출발부터 반反서정시의 옷을 입고 전혀 다른 형식의 시를 썼다는 얘기다. 앞에서 읽은 「얼굴」도 기존의 형식에서 크게 벗어난 괴상망측하고 우스꽝스런 시다.

여기 있는 「운동」이라는 시만 해도 그렇다. 제목부터 반서정적이다. 시 제목으로선 너무 생뚱맞다. 내용도 그렇다. "1층 위에 2층, 2층 위에 3층, 남쪽을 봐도 없고 북쪽을 봐도 없고 동쪽에서 올랐다 서쪽으로 떨어지고 또 동쪽에서 올랐다 서쪽으로 떨어지고." 이게 무슨 애들 돌림노래이지 서정시냐. 읽는 사람을 툴툴거리게 만든다.

이 시를 발표했을 당시, 시인의 이런 과도한 반서정적 성향 때문에 이 땅에서 문학평론으로 밥 먹고 사는 몇몇 비평인들은 초장부터 이상 시에 반기를 들고 유치하다, 어린애 장난이다, 다다이즘의 아류다, 뭘 얘기하려는지 갈피를 잡을 수가 없다, 이런 괴이한 시를 왜들 자꾸 천재적인 시로 몰아가느냐, 서정시의 틀을 벗어난 자유시를 썼다 해도 내용을 살펴보면 별로 진지한 것도 아니고 깊이가 느껴지는 것도 아니지 않느냐며 단체로 어필했다. 시인의 짧은 작품활동 중 전반부에서는 대부분 일본어로 시를 썼는데, 당시 일본 땅에서도 그런 맹꽁이 같은 문학평론가가 존재했다는 점이 실로 놀랍다. 이상을 독립된 모더니스트로 인정하면서도 은근히 평가절하하는 몇몇 일본 평론가의 논문을 읽은 적이 있어서 하는 소리다. 하기야 남의 나라 시인을 그토록 심도 있게 연구해준 것만 해도 고마운 일이지만 말이다.

물론 평론은 자유로워야 한다. 마찬가지로 피카소가 그린 「아비뇽의 처녀들」을 보고, 거기에 등장하는 처녀들의 얼굴을 추하게 그린 건 화가의 그림 그리는 재능이 부족했다고 평론할 수도 있다. 칸딘스키의 추상화를 보고 뭐가 뭔지 알 수가 없기 때문에 그림의 의미나 깊이를 도무지 가늠해낼 수가 없다고 주장하는 미술평론도 얼마든지 있을 수 있다.

시인은 이 「운동」에 자기 취향이 아닌 기존의 서정성을 대폭 첨가시켰다. 물론 낱말 연결도 무시하고, 문장과 문장 사이에 넣어야 하는 구두점도 없애고, 띄어쓰기까지 생략했다. 숨 짧은 사람은 한 번 읽다가 숨 넘어가게 만드는 우스꽝스런 시로 만들어놓긴 했지만, 그나마 이 시에선 시인이 맘을 잡고 서정시의 기본 법칙을 상당 부분 따랐다. 시작과 끝, 프롤로그와 에필로그의 기둥을 세워놓고 가운데 전개부도 집어넣었다. 그래서 이상의 여느 시와 다르게 큰 어려움 없이 단숨에 읽어내려갈 수 있는 것이다.

왜 「운동」이라는 시를 알아먹기 쉽게 썼을까? 이유는 간단하다. 시인이 단 한 문장으로 된 짧은 시로 물리학의 가장 뜨거운 감자 중에 하나인 운동의 법칙을 해결하겠다는 야심찬 계획을 수립했기 때문이다. 시인은 건축학과 출신이다. 수학과 물리학을 모르면서 건축 공부를 했을 리 없다.

1905년 무렵, 20세기 물리학의 총아인 특수상대성이론이 무르익었고, 불과 5년 차이를 두고 1910년에 이상이 태어났다. 아인슈타인의 상대성이론과 피카소의 「아비뇽의 처녀들」은 이란성 쌍둥이다. 아인슈타인이 몇 시간 차로 형이고 피카소가 바로 그 밑 동생이다. 그리고 이상이 다섯 살 아래 막내로 태어났던 것이다. 큰형 아인슈타인, 작은형 피카소, 그리고 막내가 이상이라는 얘기다. 막내는 형들을 엄청 따랐다. 큰형을 따라 수학도 공부하고 물리학도 공부해서 건축가의 길로 들어서는 한편, 작은형을 따라 모던한 스타일의 그림을 그려 국전에 입선하기도 했다. 그러던 어느 날, 문득 양자역학의 원리에 입각하여, 큰형이 쌓아놓은 물리학의 쟁점을 시문학으로 옮겨보고 싶다는 야심을 품게 되었다. 그래서 조립해본 것이 「운동」이다.

물리학의 영원한 쟁점은 무엇인가. 시간과 공간에 관한 문제다. 그래서 시인은 시를 통해서 그렇게 썼다.

일찍이 5000여 년 전 예수라는 이름의 청년이 말해두지 않았던가. "진리가 우리를 자유롭게 한다." 1층 위에 2층 있고 태양은 동쪽에서 서쪽으로 기울고 운동과 정지는 동일한 작용이다. 바로 그것이 진실이었고 그 진실을 소화해낸 이후부터 우리는 완전히 자유로워질 수 있었다. 해방될 수 있었다. 더 알아야 할 것도 없고 더 바랄 것도 없는 상태가 자유의 상태 아니던가.

오감도I

광녀의 고백

여자인S옥양한테는참으로미안하오. 그리고B군자네한테감사하지아니하면아니될것이오. 우리들은S옥양의앞길에다시광명이있기를빌어야하오.

창백한여자

얼굴은여자의이력서이다. 여자의입口은작기때문에여자는익사하지아니하면아니되지만여자는물과같이때때로미쳐서소란해지는수가있다. 온갖밝음의태양들아래여자는참으로맑은물과같이떠돌고있었는데참으로고요하고매끄러운표면은조약돌을삼켰는지아니삼켰는지항상소용돌이를갖는퇴색한순백색이다.

등쳐먹으려고하길래내가먼첨한대먹여놓았죠.

잔내비와같이웃는여자의얼굴에는하룻밤사이에참아름답고빤드르르한적갈색赤褐色초콜레이트가무수히열매맺혀버렸기때문에여자는마구대고초콜레이트를방사放射하였다. 초콜레이트는흑단의사아벨을질질끌면서조명사이사이에격검擊劍을하기만하여도웃는다. 웃는다. 어느것이나모두웃는다. 웃음이마침내엿과같이걸쭉하게찐득거려서초콜레이트를다삼켜버리고탄력강기剛氣에찬온갖표적은모두무용이되고웃음은산산이부서지고도웃는다. 웃는다. 파랗게웃는다. 바늘의철교와같이웃는다. 여자는 나한羅漢을밴孕것인줄다들알고여자도안다. 나한은비대하고여자의자궁은운모와같이부풀고여자는돌과같이딱딱한초콜레이트가먹고싶었던것이다. 여자가올라가는층계는한층한층이더욱새로운초열빙결지옥焦熱氷結地獄이었기 때문에여자는즐거운초콜레이트가먹고싶지않다고생각하지아니하는것은곤란하기는하지만자선가로서의여자는한몫보아준심산이지만그러면서도여자는못견디리만큼답답함을느꼈는데이다지도신선하지아니한자선사업이또있을까요하고여자는밤새도록고민고민하였지만여자는전신이갖는약간개의습기를띤천공穿孔(예컨대눈기타)근처의먼지는떨어버릴수없는것이었다.

여자는물론모든것을포기하였다. 여자의성명도, 여자의피부에붙어있는오랜세월중에간신히생긴때垢의박막薄膜도심지어는여자의수선睡腺까지도, 여자의머리로는소금으로닦은것이나다름이없는것이다. 그리하여온도를갖지아니하는엷은바람이참강구연월康衢煙月과같이불고있다. 여자는혼자망원경으로SOS를듣는다. 그리곤덱크를달린다. 여자는푸른불꽃탄환이벌거숭이인채달리고있는것을본다. 여자는오오로라를본다. 덱크의구란勾欄은북극성의감미로움을본다. 거대한바닷개海狗잔등을무사히달린다는것이여자로서과연가능할수있을까, 여자는발광하는파도를본다. 발광하는파도는여자에게백지의화판花瓣을준다. 여자의피부는벗기고벗기인피부는선녀의옷자락과같이바람에나부끼고있는참서늘한풍경이라는점을깨닫고사람들은고무와같은두손을들어입을박수하게하는것이다.

이내몸은돌아온길손, 잘래야잘곳이없어요.

여자는마침내낙태한것이다. 트렁크속에는천갈래만갈래로찢어진POUDRE VERTUEUSE가복제된것과함께가득채워져있다. 사태死胎도있다. 여자는고풍스러운지도위를독모毒毛를살포하면서불나비와같이날은다. 여자는이제는이미오백나한羅漢의불쌍한홀아비들에게는없을래야없을수없는유일한안해인것이다. 여자는콧노래와같은ADIEU를지도의에레베에순에다고하고No.1~500의어느사찰인지향하여걸음을재촉하는것이다.

제목이 「광녀의 고백」, 풀어서 말하면 '미친 여자의 고백'이다. 실제로 고백이라고 해봐야 딱 두 마디다. "등쳐먹으려고 하길래 내가 먼저 한 대 먹여놓았죠." 그리고 "이내 몸은 돌아온 길손, 잘래야 잘 곳이 없어요." 나머지는 미친 여자의 고백이 아니라 미친 여자에 대한 상태를 설명하는 내용들로 가득 채워져 있다. 나이 스물 전후의 새파란 청년 시인이 어느 창녀에 대한 글을 쓰는 것이 좀 무안해서 그랬을까. 제목부터 창녀를 미친 여자로 슬쩍 바꾸어놓고 전체 내용은 그 창녀를 대신해서 시인 자신이 고백을 해주는 형식으로 비틀어놓았다.

그래서 그런 것일까? 본문에 비해 서두는 매우 평범하고 사무적이다. 이름이 '순옥'쯤 되는 당사자한테는 우선 미안하고, B군한테는 감사를 표시해야 한다는 걸 보면 사전에 모종의 거래가 있었던 것 같다. B군이 순옥 양을 시인에게 소개해주었는지도 모른다. B군한테 먼저 감사를 표시하고 이어서 시인과 B군이 순옥 양의 순탄한 앞길에 광명이 있기를 빌어야 한다고 다짐하고 있는데, 왜 그랬어야 하는지 우리로선 알 길이 없다.

여기까지는 제법 예의를 지켰다. 순진무구하다. 청순의 극치다. 그리고 이후부터는 창녀의 실상 탐구로 들어간다. 여자가 창백해보인다. 몸 파는 일에 찌들어서 그럴까. 얼굴에 그러한 사정이 이력서처럼 나타난다고 했다. 따져보면 여성의 경우만 그런 것은 아니다. 얼굴은 남성의 이력서일 수도 있다. 여기서 여자의 입은 무엇을 상징할까. 보통 여성의 입은 입 구라는 한자 때문에 '구멍'으로 통한다. 따라서 구멍이 작기 때문에 익사할 수밖에 없다는 얘기는 정녕 견디기 힘든 창녀의 생활을 노골적으로 상상케 한다. 여성이 자신의 작은 입에 남성의 성기를 쑤셔넣고 캑캑대는 모습이라니. 처음엔 남들처럼 보통 처녀였는데 조약돌을 삼켰는지 처녀의 모습이 졸지에 몸 파는 여자의 순백색 모습으로 퇴색해버렸다고 증언한다. 조약돌을 삼켰으니 얼굴이 하얘질 수밖에.

드디어 주인공 처녀가 고백한다. "등쳐먹으려 하길래 내가 먼저 한 대 먹여놓았죠." 남자가 돈 몇 푼 내고 자기를 농락하려고 시도하기에 자기가 먼저 상대 남자를 농락해버렸다라는, 뭐 특히 통상적인 자존심 얘긴 듯싶다. 요즘이라면 미투운동의 선각자쯤 된다. 그런데 남자는 오히려 자기가 당한 줄도 모른다. 대개의 경우 그렇게 된다. 언제나 남자들은 자기가 여자한테 한 방 먹은 줄을 모른다. 여자가 잔나비처럼 웃는 얼굴을 하고 있기 때문이다. 잔나비는 원숭이의 사투리다. 직업적으로 몸을 파는 여자들한테는 독특한 표정이 있다. 자아의식이 없는 듯한 표정, 영혼을 거세당한 듯한 표정, 백치미의 결정판이 그런 것들이다. 역사적으로 시인이 창녀를 좋아하고 옹호했던 이유는 매우 간단하다. 잔나비처럼 웃는 그녀들의 순수 백치미 때문이다. 따지고 들질 않을 것 같은 나름의 순수한 표정을 지녔기 때문이다.

이상의 시는 다른 시인들의 시와 다르다. 가령 김소월 · 윤동주 · 정지용 · 김기림 · 보들레르 · 엘리엇 · 랭보 · 포의 시들은 그냥 읽어 내려가면 된다. 하지만 이상의 시는 다르다. 읽기 전에 먼저 두 가지 중에 한 가지를 택해야 한다. 그냥 읽어내려갈 것이냐, 아니면 읽고 해석하며 갈 것이냐. 예를 들자면 이런 거다. 지금 우리가 읽고 있는 「광녀의 고백」에 적갈색 초콜레이트 얘기가 나온다. 이것을 첫 번째 방식으로 그냥 읽어내려갈 경우에는 초콜레이트를 그냥 먹는 초콜레이트로 읽어나가면 된다. 초콜레이트를 그린 그림을 보고 그냥 초콜레이트로 알고 지나가듯이 말이다. 그러나 이것을 진지하게 해석하며 읽고 싶은 경우, 우리는 잠시 호흡을 멈추고 한 문장 한 문장 되새기며 초콜레이트의 의미를 읽어내려가야 한다.

몸 파는 여자한테 하룻밤 사이에 아름답고 반드르한 적갈색 초콜레이트 열매가 무수히 맺혔다는 소리가 무엇이겠는가. 적갈색 남성의 성기가 여자의 몸속으로 들락거리며 수백만 열매가 맺혔다는 말이다. 여자가 방사했다는 것은 무슨 뜻이겠는가. 여기엔 한 가지 추측밖에 없다. 몸 파는 여자가 밤새 남자한테 질펀하게 몸을 팔았다는 얘기다. 물론 이때 아름답고 반드르한 적갈색 초콜레이트는 남자의 성기를 의미한다.

초콜레이트는 곧바로 흑단의 사아벨, 곧 거무튀튀한 색깔의 강력한 손잡이가 달린 군용 칼로 옮겨간다. 남성의 성기를 뜻하는 상징들이 격투를 하듯이 훨훨 날아다닌다. 남자들이 자신의 성기를 조자룡 헌 칼 쓰듯 휘둘러댄다는 의미다. 이때 여자한테서 나오는 찰라의 웃음은 과연 무엇을 의미하는가. 바로 여성의 성기다. 성기의 역할이다. 몸 파는 여자의 성기는 갖가지 종류의 남정네 성기를 모두 받아들인다. 적갈색 초콜레이트, 단단한 군용 칼을 닮은 남성의 성기에 혹사당해 성기가 걸레처럼 너덜너덜해졌어도 여자는 말없이 받아들인다. 마치 철로가 닳고 닳아 바늘같이 가늘어진 것처럼 여자가 남정네한테 시달려도 여자는 불만 없이 몽땅 받아들인다. 여자는 나한羅漢, 즉 계급 높은 한 수도승의 엿처럼 걸쭉하게 찐득거리는 성기가 자신의 성기로 밀려들어와도 넉넉하게 받아준다.

비록 창녀지만 정작 남자와 몸을 합치는 작업에 들어가면 점점 한 단계씩 올라간다. 급기야 쌍방이 활활 불타 지옥으로 떨어지는 느낌과 얼음덩어리의 지옥으로 떨어지는 최상의 쾌감을 맛보게 된다. 여자가 남자로부터 건네받은 돈 값에 비해 몇 갑절 높은 귀중한 쾌락을 제공했기 때문에 자동적으로 여자는 남자에게 자선사업을 베풀었다는 느낌이 들게 된다. 물론 여자는 돈거래가 아닌 사업이 그립다. 여성 입장에서 볼 때 남자의 몸은 언제나 그리운 법이다. 그러나 현실이 그것을 허락하지 않는다. 매일 사랑이나 애정이 동반되지 않는 자선사업을 펼쳐야 하기 때문에 늘 꺼림칙한 느낌을 버릴 수가 없다. 그래서 여자가 중간 고백을 하게 된다.

"이다지도 신선하지 아니한 자선사업이 또 있을까요."

쾌락을 느낄 수는 있지만 남자한테만 쾌락의 권리를 넘겨준 작업이기 때문에 온전한 자선사업이 될 수 없다. 말이 자선사업이지 몸만 버린 꼴이 되고 만다. 헤아릴 수 없이 많은 작업을 벌였기 때문에 소위 여자 자신의 성감대, 다시 말해서 신체상으로 구멍이 뚫린 눈·귀·입·배꼽, 그리고 여자의 성기와 항문 근처에는 뭇 남자들이 흘린 메스꺼운 흔적이 묻어 있다. 그 흔적은 평생 지워버릴래야 지워버릴 수가 없다.

자, 여기까지만 살펴봐도 「광녀의 고백」은 어느 미친 여자의 고백이 아니라 S옥 양이라는 이름을 가진 어느 창녀의 고백일 뿐이다. 그냥 선입견 없이 쭉 읽어내려가면 어느 미친 여자의 고백처럼 여겨지고, 신경을 곤두세워 읽어내려가다 보면 어느 창녀의 기구한 종교적 고해처럼 느껴진다.

이쯤 되면 아주 자연스럽게 두 가지 질문이 생겨난다. 첫째, 나이 스무 살 안팎의 새파란 문학청년이 무슨 연유로 몸 파는 창녀, 매음녀의 사생활을 이토록 상세하게 파악할 수 있었을까. 둘째, 「광녀의 고백」만큼 한 여성의 성애를 노골적으로 묘사한 고전적인 문장이 어디 또 있었던가. 국내외를 막론하고 말이다.

역사적으로 말해서 이 땅은 어디까지나 조용한 아침의 나라, 동방

예의지국이었다. 1930년대는 이 땅이 일본한테 통째로 넘어간 지 25년, 일본을 통해 소위 서구문명이 밀려들어오기 시작한 때다. 그로부터 80여 년이 지난 지금, 반쪽의 나라 대한민국은 아직도 총체적으로 보수적인 국가다. 연세대 국문학과 마광수 교수는 「가자, 장미여관으로」라는 시를 쓰고 음란퇴폐조장죄로 감옥생활을 치러야 했다. 이현세는 만화 『천국의 신화』를 그려, 역시 같은 죄로 유죄 처분을 받아야 했다.

겉은 선진국 운운하면서 속은 케케묵은 보수 꼴통의 괴상한 정신의 나라였다. 그렇다면 지금으로부터 80여 년 전의 사정은 훨씬 더 심각했으리라. 그런 상황에 어찌 20대의 떠꺼머리 총각이 단테의 『신곡』, 보들레르의 『악의 꽃』을 방불케 하는 방탕·음란·매음의 지옥을 훑어볼 수 있었느냐는 것이다. 그 당시 단테는, 그럼에도 불구하고 지옥을 피해 왔고, 보들레르는 제 발로 지옥의 불구덩이에 들어갔다고 소문이 났다. 보들레르는 10대 후반부터 방탕의 세계로 들어간 결과 매독이라는 병으로 시달리기 시작한다. 게다가 보들레르는 이상이 「광녀의 고백」을 발표하기 80년 전, 자유의 땅이며 남성 혹은 여성의 외도가 가장 너그럽게 묵인되는 곳으로 정평이 나 있는 프랑스에서 『악의 꽃』이라는 책을 펴내 음란퇴폐죄에 걸린다. 그중에서 여섯 편의 짧은 시는 삭제당하고 시인에게 300프랑의 벌금형이 처해진다. 여기서 웃기는 건 시의 내용이다. 프랑스를 대표하는 방탕한 시인과 조선을 대표하는 방탕한 시인을 단순 비교해보면 프랑스 시인은 가히 유치원생 수준이다. 삭제당한 여섯 편 시 중 하나인 「망각의 강」을 들여다봐야 이런 정도다.

네 냄새로 가득 찬 치마 속에 지끈지끈 아픈 머리 파묻고

꺼진 우리 사랑의 새콤달콤한 냄새를
시든 꽃인 양 들이마시고 싶구나.

일찍이 따스한 정 깃든 적 없는
그 볼록한 앞가슴 앙증맞은 젖꼭지에서
망우탕忘憂湯과 독당근을 빨아먹으며
나의 원한을 가라앉히리라.

이렇듯 보들레르의 경우 고작해야 치마 속에 머리를 파묻었다, 볼록한 앞가슴 앙증맞은 젖꼭지, 고름투성이의 가죽부대 정도로 음란 퇴폐죄 벌금을 받게 되는데, 거기에 비하면 우리 이상이 상징적으로 구사한 남성의 성기를 일컫는 적갈색 초콜레이트, 비대해진 나한, 여성의 성기를 일컫는 습기를 띤 청공 근처 같은 어휘들은 출판법에 의한 벌금형이 아니라 종신징역형을 받아야 할 만큼 음란 퇴폐의 강도가 짙다.

시의 형식에서도 차이가 크다. 보들레르는 그냥 보통 시를 썼다. 운율과 리듬에 맞추어 전형적인 형식으로 진행하면서 파격적인 내용에 파격적인 어휘만 골라 썼다. 그러나 이상은 시의 규격을 아예 염두에 두지 않았다. 우리가 알고 있는 그대로 시를 쓴 것도 아니고 그렇다고 산문이나 수필 형식을 빌린 것도 아니다. 결과적으로 이것도 저것도 아닌 개판 형식이 오히려 전혀 새로운 형식으로 자리를 잡게 된 것이다. 구두점이나 띄어쓰기 같은 걸 무시한 것이 좋은 예다. 아라비아 숫자나 디자인 패턴 같은 것을 언어와 문장으로 끌어들인 것도 그러한 사례다. 단테나 보들레르가 지옥 출신이라면 이상은 천국과 지옥 양쪽을 넘나든 인물이다.

그러면 미친 여자의 고백은 결국 어찌 되어가는가. 여자는 자포자기한다. 이름도 포기한다. 이름을 불러줄 남자도 없기 때문이다. 켜켜히 낀 몸의 때도 씻기를 포기한다. 누가 굳이 깨끗한 몸을 요구하지도 않기 때문이다. 여자의 생리 기능도 포기한다. 당장 자식을 만들어낼 일도 없기 때문이다. 모든 것을 포기했기 때문에 몸이 깨끗해진다. 소금으로 소독을 하듯 빡빡 닦아냈기 때문이다. 그리하여 온도가 느껴지지 않는 엷은 바람이 쾌적하게 사방팔방으로 불어온다. 여자는 가장 편한 독신녀의 입장에서 남자들로부터 걸려오는, 살려달라는 SOS 구조신청을 접수한다.

여자는 다시 매음전선에서 맹활약을 펼친다. 남정네들이 벌거숭이인 채 탄환처럼 생긴 물건을 앞세워 달려오는 것을 본다. 여자는 희열과 쾌감의 강력한 불꽃이며 상징인 오로라를 본다. 작업장의 남녀는 쌍방이 북극성에서 우러나오는 후광 같은 감미로움을 보게 된다는 얘기다. 아! 연약한 여자가 바다의 대표 변강쇠를 여하히 받아들일 수 있을까. 그것이 과연 가능하기나 할까. 여자는 남자가 격렬함 때문에 몸까지 떠는 것을 바라본다. 격렬함으로 발광을 하던 남자는 여자에게 무색의 정액을 한판 뿌려준다. 남자가 속절없이 비벼대는 바람에 심하게 벗겨진 여자의 피부는 너덜너덜 선녀의 옷자락같이 바람에 나부낀다. 참으로 서늘하고 후련한 남녀의 결합이었다는 점을 깨달은 남녀는 무심결에 두 손을 들어 서로 고마웠다고 박수를 친다. 일본 포르노 영화의 한 장면. 서로 죽일 듯이 험악한 성교를 끝내고 두 손을 모으고 벌거벗은 채 서로를 향해 수고했다고 공손히 절을 하는 격이다.

여자가 최종적인 고백을 한다. "저는 옛날의 제가 아녜요. 저는 다시 태어났어요. 그런데 집이 없어요. 잘 곳이 없어요." 여자는 낙태까지 한 것이다. 그녀는 완벽하게 자유로워졌다. 트렁크처럼 단순하게 생겨먹은 옛날 집에는 천 갈래 만 갈래로 산산조각이 난 가짜 화장품들로 가득 채워져 있다. 여자는 모든 것을 집에 놔둔 채 집을 나온다. 가지고 나온 것 중에 낙태로 생겨난 죽은 아이의 탯줄도 있다. 여자는 옛날부터 내려오는 매춘의 세계에 이름을 올려놓고 선전물을 살포하면서 불나비처럼 사업을 번창시킨다. 여자는 이제 500명의 수도승, 다시 말해 찌든 냄새 풍기는 불쌍한 500명의 홀아비한테 없어선 안 되는 유일한 아내 역할을 혼자서 떠맡게 된다.

여자는 콧노래로 "아듀"라는 작별인사를 옛날의 구청 서류에 올려놓는다. 500명 중 어느 홀아비의 호출을 받았는지 돈을 줄 행운의 홀아비를 찾아 몸을 맡기기 위해 걸음을 재촉한다.

결혼한 남녀를 막론하고 모든 남녀관계엔 돈거래가 개입된다. 남자가 돈을 벌어 여자에게 가져다준다는 점에서 그렇다. 그리하여 매음이거나 혹은 매춘으로 승격되는 것이다.

오감도I

흥행물천사

—어떤후일담으로

정형외과는여자의눈을찢어버리고형편없이늙어빠진곡예상의눈으로만들고만것이다. 여자는실컷웃어도또한웃지아니하여도웃는것이다.

여자의눈은북극에서해후하였다. 북극은초겨울이다. 여자의눈에는백야가나타났다. 여자의눈은바닷개海狗잔등과같이얼음판위에미끄러져떨어지고만것이다.

세계의한류寒流를낳는바람이여자의눈물을불었다. 여자의눈은거칠어졌지만여자의눈은무서운빙산에싸여있어서파도를일으키는것은불가능하다.

여자는대담하게NU가되었다. 한공汗孔은한공만큼의형극이되었다. 여자는노래부른다는것이찢어지는소리로울었다. 북극은종소리에전율하였던것이다.

◇

거리의음악사는따스한봄을마구뿌린걸인과같은천사. 천사는참새와같이수척한천사를데리고다닌다.

천사의배암과같은회초리로천사를때린다.
천사는웃는다, 천사는고무풍선과같이부풀어진다.

천사의흥행은사람들의눈을끈다.

사람들은천사의정조의모습을지닌다고하는원색사진판그림엽서를산다.

천사는신발을떨어뜨리고도망한다.

천사는한꺼번에열개이상의덫을내어던진다.

◇

일력은초콜레이트를늘인增다.

여자는초콜레이트로화장하는것이다.

여자는트렁크속에흙탕투성이가된즈로오스와함께엎드러져운다. 여자는트렁크를운반한다.

여자의트렁크는축음기다.

축음기는나팔과같이홍도깨비청도깨비를불러들였다.

홍도깨비청도깨비는펭귄이다. 사루마다밖에입지않은펭귄은수종水腫이다.

여자는코끼리의눈과두개골크기만큼한수정눈을종횡으로굴리어추파를남발하였다.

여자는만월을잘게잘게썰어서향연을베푼다. 사람들은그것을먹고돼지같이비만하는초콜레이트냄새를방산하는것이다.

「광녀의 고백」이 전편이라면 「흥행물천사」는 후속편 같은 느낌이 든다. 그래서 '어떤 후일담으로'라는 부제가 달렸다. 전편에서는 주인공이 미친 창녀였는데 후편에서는 주인공인 그 미친 창녀가 극단적인 반어법에 의해 천사로 불리고 있다. 시인이 창녀와 천사를 동일 인물로 보고 있다는 얘기다. 한마디 덧붙이자면 이상의 시를 성깔 안 부리고 읽기 위해선 무엇보다도 창녀와 천사를 동일 인물로 대우할 줄 알아야 한다. 창녀와 천사의 구별 없음이 이상 문학의 특징이다. 전후좌우, 흑과 백, 아름다움과 추함이 따로 놀지 않는다. 언제나 그게 그거일 수 있다. 어차피 불특정의 잔치판이기 때문이다.

「광녀의 고백」에는 그나마 일관된 줄거리가 있었지만 「흥행물천사」에는 줄거리가 없다. 그냥 각기 다른 내용의 에피소드가 아무런 규칙도 없이 불특정하게 나열되어 있다. 각 에피소드의 공통점을 굳이 찾는다면 매번 여자나 천사가 등장한다는 점이다. 열세 가지쯤 되는 에피소드는 서로 연관되지도 않고 이어지지도 않는 듯이 보인다. 각자가 독립적인 내용을 담고 있기 때문이다.

천사는 우리가 아는 천사라고 쳐도, 그 천사가 독자를 위해 구사하는 흥행물이라는 게 뭘 말하는 건지 우리로선 도무지 눈치조차 챌 수가 없다. 여자가 웃는 것, 여자의 눈이 빙판에 미끄러지는 것, 여자의 눈물 같은 것이 흥행물이라는 건가, 걸인과 같은 허름함, 수척함 같은 게 흥행물인가. 화장하는 것, 트렁크를 운반하는 것, 축음기를 트는 것, 뭐 이런 짓거리를 흥행물로 치는 건가. 개요조차 잡아내기 힘들다. 그러므로 각기 다른 에피소드를 한데 묶어 천사의 흥행물이 과연 어떤 건지 총체적인 의미를 파악하는 일은 독자의 몫으로 남게 된다.

이상의 글은 다분히 익살적이며 '오감도'적이다. 즉, 까마귀가 높은 나무 위에 앉아서 삐딱하게 아래쪽을 내려다보는 형국이다. 시선 자체가 다르다. 기존의 글과는 전혀 다른 차원의 글을 구사한다는 얘기다. 이상의 시라는 게 기존의 시에 비해 전혀 다른 물건이라는 사실은 누구나 알 수 있다. 그래서 질문이 나온다. 그럼 이상의 시는 뭐냐? 이상의 시는 일단 당대에 빛을 내기 시작했던 정지용·김기림의 시와는 전면적으로 다르다. 지상 최대의 서정시인 정지용도 후배 이상의 시를 처음 받아보곤 난리법석을 떨던 동료들에게 이런 푸념밖에 할 수가 없었다. "내비 둬! 이런 시인도 한 명쯤은 있어야 혀!" 정지용은 충청북도 출신이다. 이상의 시는 서양의 보들레르나 베를렌의 시 형식과도 확연히 달랐다. 여기서 대답 하나가 나온다. 궁여지책으로 나온 옹색하기 그지없는 대답이다. 이상의 시는 다다와 초현실주의의 중간쯤에 매달려 있는 시다. 시가 아니다. 그냥 글이다.

장차 「오감도」의 「시제1호」인 "13인의 아해가 도로로 질주하오"에 가서 다시 얘기하겠지만 이상은 그냥 이상일 뿐이다. 천상천하 유아독존이다. 당시에 유행을 타기 시작한 다다나 초현실주의에는 먹을 것도 없고 배울 것도 없었다. 모든 예술이론을 무로 되돌려놓자는 앙드레 브르통의 혁명 구호는 제법 그럴싸해 보이지만 그것은 어디까지나 초현대적인 미술행위로만 실행 가능한 구호다. 언어와 글만 가지고는 구조적으로 다다나 초현실적인 행위에는 한계가 늘 따랐다. 그래서 그들이 남겨놓은 결과물은 초라하기 그지없다. 어린아이 옹알이하는 소리이거나, 여기저기 신문 쪼가리에 나와 있는 아무 글자나 숫자 따위를 가위로 오려내어 붙여댄 것이거나, 뜻도 없는 괴성을 지르거나 지랄발광을 해대는 것이 전부였기 때문이다.

일찍이 다다이즘이나 초현실주의 작가들이 실제로 문헌 속에 남긴 쓸 만한 그네들만의 문학은 불과 몇 페이지도 안 된다. 남아 있다고 해봐야 아무짝에 쓸모없는 전부 어린애 장난 같은 짓거리를 닮은 결과물들이다. 내가 지금 허풍을 떠는 게 아니다. 다다를 창설했다는 리하르트 휠젠베크, 트리스탄 차라는 차라리 일찌감치 이상을 찾아와 무릎을 꿇고 다다의 미래를 상의했거나 다다의 제왕으로 모셨어야 한다.

그렇다고 해서 이상이 다다의 원조라는 얘기는 아니다. 이상은 기존의 시문학을 A에서 Z까지 통틀어 발군의 제왕이다. 그는 과거와 미래의 포르멜formel과 앵포르멜informel을 동시에 움켜쥐고 있는 세계 시문학사에 독보적인 존재다. 이상은 우리네 삶의 정확한 본질을 세상 사람들에게 알리기 위해 글이라는 수단을 이용하면서 모더니즘이건 다다이즘이건 가리지 않고 뭉텅뭉텅 가져다 썼다. 「흥행물천사」 같은 글이 바로 그런 것이다.

이상은 오히려 다다이즘의 대표 그림쟁이 쿠르트 슈비터스가 다다적인 작품을 만들어가듯이 시를 썼다. 기존의 그림쟁이들은 꽃이면 꽃, 강이면 강이 감동적으로 보이게끔 똑같이 그렸지만 슈비터스는 달랐다. 그림을 직접 보면 알겠지만 감정 따위와 전혀 관계 없어 보이는 쓰레기 같은 물건들을 캔버스 위에 턱턱 올려놓거나 의미조차 없어 보이는 색을 마구 칠해놓았다. 보통 작가들과는 달리 작품을 보는 관람객에게 잘 봐달라거나 감동해달라고 절대로 구걸하지 않았다. "나는 그림을 이렇게 그렸습니다" 하고 내보일 뿐이었다.

열세 가지의 모호한 에피소드를 턱턱 쌓아올린 「흥행물천사」가 바로 그런 시다. 이상 고유의 표현에 익숙하지 않은 독자를 위해 필자가 대강 해석해보았다.

몸 파는 생활을 하다보니 자신도 모르게 낡고 찌든 얼굴로 변했고 될 대로 되라는 시큰둥한 표정만 짓게 된다.

매음의 세계는 북극처럼 밤의 세계다. 낮이 짧고 밤이 길다. 그토록 긴긴 밤 남자에게 몸을 맡기다보면 이따금씩 뜻하지 않은 오르가슴 같은 백야도 얼어 걸리게 되는 법이다.

여자가 몸 파는 세계는 춥고 어둡다. 웃음보다는 눈물이 앞서는 세계다. 여자는 몸 파는 세계에서도 행여 진정한 사랑을 붙들려 애쓰지만 여자의 마음은 빙산처럼 냉랭해서 진정한 사랑의 불씨가 여간해선 지펴지질 않는다.

물론 돈을 받고 나면 여자는 아무렇지도 않게 옷을 벗는다. 그러나 돈 때문에 몸을 맡겨야 하는 작업은 고통스런 일이다. 여자는 남자에게 찢어지는 소리로 울어 쾌감을 표시하기 때문에 밤의 세계에는 여자의 고통스런 비명과 남자의 쾌락의 비명이 밤새 이중창으로 울려퍼진다.

여자들은 거리에서 노랠 부른다. "들어오세요. 쉬었다 가세요." 몸 파는 여자는 구걸하는 거리의 천사다. 남자들을 위한 밤의 천사는 참새처럼 비쩍 말랐다. 에곤 실레의 그림처럼!

뱀처럼 흐물흐물한 남성의 성기는 여자의 몸속을 파고든다. 서로는 좋아 죽는다. 희열이 터져나갈 정도로 팽창한다.

몸 파는 일처럼 흥미로운 직업은 없다. 일본에 가보면 몸 파는 여자의 얼굴 사진이 가게 문 앞에 쭉 붙어 있다. 남자들은 여자의 얼굴 사진을 보고 맘에 드는 여자의 정조를 돈으로 사게 된다.

창녀는 애당초 가출을 결행했기 때문에 따로 어딜 갈 필요가 없다. 신발을 떨어뜨린 셈이다. 신발을 잃어버린 셈이다. 그리고 매음은 신발을 벗고 하는 작업이다. 몸 파는 여자는 신발뿐만 아니라 오로지 알몸으로 비즈니스를 이루어가기 때문에 완전히 자유롭다. 모든 사회의 덫으로부터 자유롭다.

세월이 흘러갈수록 그녀가 상대한 남자의 수는 늘어간다. 달력의 숫자를 훨씬 웃돌아 1년에 365명을 넘게 상대한다. 여자는 상대한

쿠르트 슈비터스, 「귀족부인을 위한 구성」, 1919
슈비터스는 음유시인 · 광대 · 환쟁이로 살면서
다다적 회화를 완성시켰다.
단 한 번도 밑바닥 인본주의에서 벗어난 적이 없다.

남자의 숫자대로 안전이 보장된다.

여자는 입었다 벗었다 하며 더럽힌 속치마와 팬티를 보면서 때론 허망한 세월을 탄식한다. 트렁크를 들고 어디로 옮겨가봐야 맨날 똑같은 삶이다.

여자의 삶은 축음기와 같다. 늘 같은 장소에서 몸을 팔아댄다. 여자는 나팔 같은 모양의 입으로 "들어오세요, 놀다 가세요"를 반복하며 이놈 저놈 불러들여 상대한다.

매음굴에 들어오는 남자의 모습은 모두가 어정쩡한 펭귄의 모습을 닮았다. 임질 매독에 걸렸기 때문에 '빤스' 하나만 걸친 남자의 자세는 늘 어정쩡하다. 그럼에도 불구하고 여자는 코끼리의 눈, 두개골만큼 큰 눈을 굴리며 남자들에게 추파를 사정없이 남발한다.

여자는 유방을 열어젖혀 남자들에게 그걸 잘게 씹도록 향연을 베풀어주고, 남자는 좋다고 여자의 유방부터 씹으며 커져만 가는 성기를 양껏 휘둘러댄다.

세 번째 묶음

「3차각 설계도」로 들어가면서

이상의 시는 독자적이다. 그는 지금까지 존재하지 않았던
제3의 시문학을 순차적으로 창조했다.
제1단계는 숫자를 언어화시킨 것이고,
제2단계는 언어화시킨 숫자를 기존의 언어 체계에
성공적으로 접목시키고
숫자와 언어가 합치된 제3의 지점을 창조해낸 것이다.
그는 다다와 초현실주의를 한번에 완성해버렸다.
이것이 내가 생각하는 「3차각 설계도」의 핵심이다.

〈세 번째 묶음에 관한 자포자기적 질문〉

이상의 시는 어떻게 살아남을 수 있었나

우리가 이상의 시를 못 알아먹는 건 죄가 아니다. 불법도 아니다. 공교롭게도 세 번째 묶음의 대표 제목이 「3차각 설계도」다. 그 밑에 「선에 관한 각서」라는 각각의 제목으로 일곱 편이 연달아 나간다. 연시인 셈이다. 표제가 「3차각 설계도」이고 제목이 「선에 관한 각서」다. 이런 이상야릇한 제목의 시, 무슨 건축설계도면 같은 괴상망측한 내용의 시를 실어준 잡지는 역시 『조선과 건축』이다. 고맙고 또 고마운 잡지였다.

내가 가수 경력을 KBS를 비롯 MBC · SBS와 같은 몇몇 방송국을 통해 펼쳤듯이, 이상의 시문학은 『조선과 건축』 『가톨릭청년』, 그리고 『조선중앙일보』 등 몇 안 되는 특정 지면을 통해서 세상에 알려졌다.

특히 건축 잡지 『조선과 건축』은 1931년부터 「이상한 가역반응」을 비롯해 「신경질적으로 비만한 삼각형」이 들어 있는 여덟 편짜리 「오감도」, 일곱 편짜리 「3차각 설계도」, 그리고 일곱 편짜리 「건축무한육면각체」와 같은 건축학적이고 기하학적인 시를 실어주는 결정적 역할을 했다. 『조선과 건축』이라는 진보적인 잡지가 아니었으면 이상의 「3차각 설계도」 같은 전대미문의 수학적 · 물리학적 시문학이 탄생할 수 없었고, 「선에 관한 각서」 같은 최고의 시들이 생겨나지 못했을 것이다. 그런데 군더더기 같은 얘기지만 그때 『조선과 건축』의 편집자들이 과연 이상 시의 진가를 알아보고 자기네 잡지에 실었는지, 그건 잘 모르겠다. 어쨌거나 그때 이상의 괴상망측한 시를 용기 있게 실어줬기 때문에 이상의 시가 지금까지 우리 앞에 멀쩡히 남아 있는 것이다.

그렇다면 시인 이상이 말하고자 하는 「3차각 설계도」라는 것이 뭘까. 내가 아는 거의 모든 사람들은 놀랍게도 시인 이상하면 대뜸 "아하! 「날개」와 「오감도」 그 이상한 이상 말이죠" 한다. 대개는 교과서에 실린 것들만 기억하고 있다. 이상은 「날개」와 「오감도」 말고도 순수시만 100편 넘게 써놓았고 여기 「3차각 설계도」는 그중 하나일 뿐이다. 나는 그것이 궁금해서 참고 서적들을 들추어보았다. 그런데 「3차각 설계도」가 무엇이라고 알기 쉽게 설명한 논문이나 비평서는 없었다. 있다고 해봐야 따분하고 장황한 얘기들뿐이다. 그나마 이어령만이 "3차각이라는 단어는 전문용어에 없는 말이다"라고 아주 오래된 책 귀퉁이에 주석으로 달아놓았다. 이어서 "3차각이라는 말은 시인이 임의로 만들어본 단어 같다"라고 부연해놓았다. '같다'라는 자신 없는 표현이 오히려 신선하게 느껴진다.

앞으로 우리는 「3차각 설계도」라는 표제가 붙은 일곱 편의 시를 읽어보겠지만 시 내용 중에 "아하! 이래서 3차각 설계도구나"라는 낌새를 느끼게 만드는 내용은 한 군데도 없다. 그냥 「선에 관한 각서」 일곱 편이 「3차각 설계도」의 전부인 셈이다.

그중에서도 지금 우리가 살펴보려는 「3차각 설계도」는 최악이다. 알아먹기 힘들다는 측면에서 그렇다는 얘기다. 이때 어느 누가 나더러 "그런 시 같지도 않은 시, 알아먹지도 못하는 그 시가 좋은지 나쁜지 어떻게 구별할 수 있느냐"고 물어오면 참 난감하다. 극히 당연한 질문이기는 한데 타당한 답변을 댈 수가 없기 때문이다. 그럼에도 불구하고 나는 말할 수 있다. "이상은 가장 완벽하게 알아먹을 수 없는 시를 정교하게 써놓았기 때문에 현대시의 제왕이다"라고 말이다.

물론 내 말은 모순이다. 그래서 또 다른 질문이 이어질 수 있다. "그럼 완벽하게 알아먹을 수 없는 시이기 때문에 완벽하게 모르고 지나가는 게 제왕의 시가 되느냐." 이럴 때는 짐짓 한 발짝 물러설 줄 알아야 한다. 내가 아는 바, 무릇 최고의 작품들은 알아먹기가 힘든 경향이 농후하다. 칸트의 『순수이성비판』이나 아인슈타인의 상대성이론도 알아먹기 힘든 건 마찬가지다. 따로 공부를 해야 겨우 알아먹을 수 있다. 윤이상의 음악, 지루할 정도로 어렵다. 웬만큼 공부하지 않고서는 알기 힘들다.

그러나 그것도 들러붙어 공부를 해보면 대충 알아먹을 수 있게 된다. 충분히 설명 가능하다. 윤이상의 음악은 동양의 소리와 선율을 서양의 그것과 혼합시킨 음악이다. 백남준의 미술, 그냥 보면 "도대체 저게 뭘까" 하는 소리만 나온다. 그러나 그것도 공부하다보면 설명 가능하다. 그는 비디오 시대를 예견했고, 오늘날 드디어 비디오 시대가 도래했다. 요셉 보이스의 해체론도 너무 난삽하다. 그러나 이것도 설명 가능하다. 따로 정해진 이론 같은 것은 없다. 케케묵은 이론은 다 무시해야 한다. 일단 무시해라. 따로 정해진 예술이란 없다. 모든 것이 예술이다. 보이스의 이론도 뭐 그런 거다. 피카소의 입체파 그림이나 살바도르 달리의 초현실주의 그림, 정말 어렵게 보인다. 그러나 약간 공부를 해보면 얼마든지 설명이 되고 이해 가능하다. 인간의 상상력은 신의 존재조차 믿거나 말거나, 긍정하거나 부정하거나까지도 맘대로 할 수 있을 만큼 장엄하다는 뜻이다.

나는 일본 사정을 잘 아는 이어령·이우환에게 직접 물어본 적이 있으나 변변한 대답을 받아내지 못했다. 예상대로였다. 그것으로도

부족해 나는 이 책을 내는 한길사 직원에게 부탁해 이화여대 도서관에 있는 우리말로 번역된 현대 일본 시를 몽땅 카피해오라 해서 일일이 살펴보았는데, 내가 생각해도 이상이 카피했음 직한 시가 단 한 편도 없었다. 참고로 영어 카피Copy는 복사라는 뜻도 있고 흉내를 낸다는 뜻도 있다. 그래서 흥미롭다.

유치한 발상이지만 우리의 이상이 세계 현대 시문학의 최고봉임을 증명해내기 위해선 그가 누구의 모방이나 하는 저급한 위인이 아니라는 걸 입증해내야 한다. 그런 와중에 혐의점 하나가 드러났다. 얼핏 생각해보면 이상한데, 총체적으로 불리할 수 있는 혐의점이다. 나는 자못 수사관이 된 듯한 기분이었고, 이상의 원작 혹은 원본이라도 나타나면 어쩌나 마음을 매우 졸였다. 이런 얘기였다.

1930년 중반, 정확하게 1934년에 이상은 『조선중앙일보』, 그러니까 메이저급 중앙지에 「오감도」를 발표해 세상을 시끌벅적하게 만든다. 그는 논란의 중심이 되고 동시에 스타덤에 오르게 된다. 이때 소위 말하는 문화그룹 「구인회」가 결성이 되고 이상은 창립 멤버 정지용·이태준·김기림 등과 약간의 차를 두고 뒤늦게 「구인회」에 합세한다. 이때 함께 합세한 멤버 중에 소설을 쓰는 조용만이 있었다. 바로 그 조용만이 남겨놓은 기록 중에 이상이 당시 쉬르레알리즘 경향의 일본 시인 하루야마 유키오의 『조류학』이라는 시집에 매료되었다는 대목이 나온다.

나는 아직 하루야마의 원본을 구입해 직접 읽어본 적이 없어 뭐라 깊이 참견할 수는 없으나 몇몇 사람이 그 문제에 대해서 언급한 것을 보면 이상이 하루야마의 영향을 받은 것 같기도 하다. 적어도 문체의 형식만은 상당 부분 채용한 듯이 보인다. 그렇다고 우리가 하루야마를 진품으로 상정하고 이상을 짝퉁으로 봐야 하는가. 하루야마의

『조류학』을 본따 이상이 「조감도」를 「오감도」로 슬쩍 비틀어 언어의 색다른 브랜드로 만들었다는 의구심을 가져야 하는가. 절묘한 점은 있다. 어차피 『조류학』도 새에 관한 이야기이고, 「오감도」 역시 까마귀가 등장하니까 새에 관한 얘기를 하는 건 마찬가지다.

이상의 시가 독창적이냐 아니냐, 굳이 형식을 따지는 건 부질없는 짓이다. 세계 현대시집을 들춰보면 다들 엇비슷하다. 베토벤과 브람스의 교향곡 악보를 들여다봐도 그게 그것처럼 보인다. 특히 피카소와 조르주 브라크의 입체파 그림들은 너무도 흡사해서 누가 그렸는지를 찾아보지 않으면 거의 구분을 못 할 지경이다. 그럼에도 불구하고 피카소는 피카소대로 브라크는 브라크대로 우뚝 서 있다. 예를 들어 「딜라일라」를 오리지널 톰 존스보다 짝퉁 조영남이 더 잘 불렀다면 조영남대로 인정을 받아야 한다. 안 그런가.

이상의 시 「3차각 설계도」, 물론 어렵고 까다롭다. 그렇다고 설명이 불가능한 것은 아니다. 너무 어렵기 때문에 실험정신이 모자라는 사람들은 왕왕 이상을 다다이즘의 부산물이라고 맥없이 내려놓는 경향이 있는데 정녕 웃기는 얘기다. 다다이즘이야말로 뭘 하다가 그만둔 사람들, 너무 아등바등대지 말고 쉽게 가자는 사람들의 이론이다. 기존의 잡다한 형식을 폐기하고 막 가보자는 사람들한테서 나온 축소하향식 문화운동이다. 냉정하게 말해서 그렇다는 얘기다.

내가 살펴본 바, 이상은 다다의 정신과 함께 출발했으면서도 끝머리에는 판이하게 다른 결론에 이른다고 볼 수 있다. 다시 말하자면 다다는 원래부터 한바탕 웃자고 시작된 운동으로, 고리타분한 이론이나 여타 학설들이 지겨워 생겨난 것이 다다이즘이었다. 여기까진 이상과 흡사하다. 그러나 다다가 이 세상에 남겨놓고 간 작품은 신통치 않다. 명품이 없다. 이게 다다입니다, 하고 내놓을 만한 변변한 물건이 거의 없다는 얘기다. 다다의 이론서들을 들추어봐야 맨 어설픈 선언문 쪼가리 따위나 아무 의미 없는 낙서장뿐이지 실제로 이렇다 할 만한 창작품 하나 없는 형편이다.

그도 그럴 것이 다다는 머리로 이해하는 게 아니라 몸으로 체험하는 사상으로 굳어졌기 때문이다. 고래고래 소리 지르고 웃고 욕하고 토하고 배고파 쓰러질 때까지 지랄 발광을 하다 만다. 그런 것이 다다가 했던 짓거리다. 그나마 쿠르트 슈비터스나 피카비아, 만 레이 정도가 소위 다다의 정신을 이어받아 의미 있는 그림 몇 점을 남겨 놓았을 뿐이다.

엉뚱하고 놀랍게도 우리는 피카소한테서 다다 스타일의 시 작품을 발견할 수 있다. 피카소는 나이 쉰 살 무렵에 미술 활동을 일체 접고 약 두 해에 걸쳐 시 쓰기에만 전념한 적이 있다. 왜 미술 행위를 접었는지 도무지 이유가 밝혀지지 않고 있는데, 내 생각엔 시 쓰는 일이 더 재미있고 멋져서 그렇게 된 것 같다. 공교롭게도 이상이 25세에 「오감도」를 발표해 파란을 일으킨 그다음 해인 1935년, 피카소의 나이 쉰에 약 2년 동안 그림을 완전히 때려치우고 시 습작에만 몰두하게 된다. 말하자면 이상과 피카소가 같은 시기에 시를 쓰게 된 거나 마찬가지다. 장난이 아니다. 피카소는 무려 350편의 시를 남겼다. 수치로 봐선 이상 후배보다 배 이상이다. 그런데 누가 믿겠는가. 둘 다 이상한 시, 괴상한 시, 누구도 알아먹을 수 없는 다다적인 시를 쓴 것이다.

피카소는 스페인어로 시를 쓴 후 그것을 프랑스어로 번역하는 작업에 대해 이런 식으로 말한 적이 있다. 1935년에 남긴 말이다.

"가령 내가 '개가 숲속에서 산토끼를 쫓고 있다'라는 문장을 스페인어에서 프랑스어나 다른 언어로 번역한다면 '모래 속에 네 다리를 단단히 박은 흰 나무 테이블이 자신이 너무도 어리석다는 사실을 알게 되자 두려움을 못 이겨 빈사 상태에 빠졌다'라고 표현할 수밖에 없다."

대부분의 피카소의 시 작품에는 제목이 없는 것이 특징이다. 시를 쓴 날짜가 제목 역할을 한다. 얼마나 효율적이며 자연스러운가. 그중에서 꽤 재미있는 시 한 편을 소개하겠다.

1936년 5월 3일

도3레1미0파2솔8라3시7도3
도22시9라12솔5파30미6레111/2도1
도333시150라1/4솔17파303레1미106시33.333.333
미10시150라9솔22파43미0-95

손에는 빛이 허락한 그림자가 딸려 있고 침묵의 잠 속으로 빠져들어 간다 숫자 2-5-10-15021-2-75의 합계와 맹수의 발톱에 휩쓸려 나부끼는 스카프 영원으로 열린 하늘 블라우스 무늬와 같은 줄이 간 푸름에 취해 자유롭게 펼쳐진 날개의 깃털

얼핏 보기만 해도 피카소의 시인지 이상의 시인지 구별이 안 될 정도다. 이쯤 되면 우리는 하루야마나 피카소나 이상이나 다 독자적으로 봐야 한다. 이쯤에서 세상에 널리 알려진 현대 시인들의 예를 한 번씩 들어보기로 하자. 내가 젊은 시절 많이 들어왔던 예프게니 예프투센코의 「뽐내지 말자」는 이렇게 나간다.

오만을 버리고 긍지를 가져라.
군기는 커버 속에서도 퇴색하지 않는다.
너를 사람들이 알아주지 않아도 한탄하지 마라.
언젠가는 누군가가 알아줄 테니.

뭐 이런 식이다. 푸시킨의 「삶이 그대를 속일지라도」 속편처럼 들린다. 미국에서 한때 젊은이들과 히피족의 멘토로 널리 알려진 앨런 긴즈버그라는 시인이 있었다. 여기서 잠시 그의 시 「너무 많은 것들」을 좀 보자.

너무 많은 공장들
너무 많은 음식
너무 많은 맥주
너무 많은 담배

너무 많은 경찰
너무 많은 컴퓨터
너무 많은 가전제품
너무 많은 돼지고기

이상의 「오감도」 「시제 1호」에서는 13명의 아해가 맹활약을 하지만 긴즈버그의 「너무 많은 것들」에서는 '너무 많은 것들'이 수십 개가 넘는다. 세계 최고의 시인 겸 가수로 알려진 밥 딜런이 긴즈버그와 절친인 것은 이미 널리 알려졌다. 딜런은 시를 잘 썼을 뿐만 아니라 작곡 솜씨도 뛰어났다. 「천국의 문을 두드려요」Knocking on Heavens

Door나 「구르는 돌처럼」Like a Rolling Stone은 가사나 곡조에 우리 쪽 김민기·한대수의 뺨을 친다고 봐도 된다. 그중에서도 「바람만이 아는 대답」Blowing in The Wind이 우리에게는 가장 친숙하다. 그게 너무 좋아 여기 적어본다. 영시를 번역하면 대략 이런 내용이다.

바람만이 아는 대답

사람이 얼마나 먼 길을 걸어봐야 비로소 참된 인간이 될 수 있을까?
흰 비둘기가 얼마나 많은 바다를 날아야 백사장에 편히 잠들 수 있을까?
얼마나 많은 포탄이 휩쓸고 지나가야 더 이상 사용되는 일이 없을까?
나의 친구, 그 해답은 불어오는 바람에 실려 있어.
바람만이 그 답을 알고 있지.

너무나 감동적이면서 너무나 알아먹기 쉽다. 2010년에 한국에 밥 딜런이 왔다. 나도 가봤다. 밥 딜런이 우리 쪽에 천하에 멋진 이상이 있었다는 걸 알기나 할까. 매력 만점의 시인 딜런 토머스를 너무 좋아한 나머지 이름까지 딜런으로 바꿨다고 해서 한마디 해본 소리다. 이상은 김해경보다 무엇이 좋아 이상한 이름 '이상'으로 바꿨을까. 중국은 언어 자체가 너무 무거워 현대시가 어울리지 않아 보인다. 일본은 서양의 다다를 통째로 물려받은 듯이 보이지만 속사정은 많이 다르다. 총체적으로 유럽 다다의 원산지로 칭찬받아 마땅하지만 일본은 생태적으로 다다가 어울리는 동네는 아니었다.

일본은 오물딱 조물딱의 나라다. 오물딱 조물딱한 맨밥에 날생선 한 점 얹은 음식인 스시를 세계 최고의 값비싼 음식으로 올려 세웠듯이 일본 문학이 이상을 능가하는 건 과격하게 말해 그쪽의 몇몇 글쟁이가 스스로 목숨을 끊는 행위에 특출한 실력을 발휘했다는 것뿐이다. 그런 식의 소매상 문화에서 그중 발군이었던 아쿠타가와 류노스케조차도 자기 앞의 삶을 스스로 감당하지 못하고 특정 서양 종교에 매달려 맥없이 헉헉대다 생을 마감한 걸 보면 이상이 거기서 카피하고 싶었던 건 아무것도 없었다고 봐야 한다.

이상은 무지막지하게 독자적이다. 폭이 짧은 단어 구사의 하루야마나 무의미한 단어 연결식의 피카소보다도 월등하게 독창적이다. 이상이 쓴 글은 행여 외계인이 지구에 왔다가 남기고 간 그쪽 외계의 암호가 아니냐고 할 만하다.

그렇다. 이상은 나이 22세에 지금까지 존재하지 않았던 제3의 시문학을 순차적으로 창조했다. 제1단계는 숫자를 언어화시킨 것이고, 제2단계는 언어화시킨 숫자를 기존의 언어 체계에 성공적으로 접목시키고 숫자와 언어가 합치된 제3의 지점을 창조해낸 것이다. 다다와 그의 배다른 쌍둥이 초현실주의를 한번에 완성해 통일시켜버렸다. 이상이 다다이건 초현실주의건 간에 전 유럽과 아메리카대륙 그리고 일본 현대문화사의 어느 인물도 이룰 수 없었던 일을 홀연히 해낸 것이다. 이것이 내가 생각하는 「3차각 설계도」의 핵심이다.

「3차각 설계도」 하나만 놓고 봐도 그렇다. 이상은 다다의 카피가 아니라 완성자다. 유일무이한 완성자다. 미술로는 슈비터스나 만 레이가 다다를 완성시켰고 언어로는 유일하게 우리의 이상이 완성시켰다. 「3차각 설계도」가 다다 그 자체이기 때문이다. 참고로 말해두지만 젊은 우리들을 그토록 매료시켰던 「25시」 「제8요일」 「13일의 금요일」 같은 기존의 어휘들은 우리 이상의 「3차각 설계도」에 비하면 멋스러움에서 한참 떨어진다. 한참 아래다.

3차각 설계도

선에 관한 각서 1

	1	2	3	4	5	6	7	8	9	0
1	•	•	•	•	•	•	•	•	•	•
2	•	•	•	•	•	•	•	•	•	•
3	•	•	•	•	•	•	•	•	•	•
4	•	•	•	•	•	•	•	•	•	•
5	•	•	•	•	•	•	•	•	•	•
6	•	•	•	•	•	•	•	•	•	•
7	•	•	•	•	•	•	•	•	•	•
8	•	•	•	•	•	•	•	•	•	•
9	•	•	•	•	•	•	•	•	•	•
0	•	•	•	•	•	•	•	•	•	•

(우주는멱羃에의하는멱에의한다)
(사람은숫자를버리라)
(고요하게나를전자電子의양자陽子로하라)

스펙톨

축X 축Y 축Z

속도etc의통제예컨대광선은매초당300,000킬로미터달아나는것이확실하다면사람의발명은매초당600,000킬로미터달아날수없다는법은물론없다. 그것을기십배기백배기천배기만배기억배기조배하면

사람은수십년수백년수천년수만년수억년수조년의태고太古의사실이보여질것이아닌가, 그것을또끊임없이붕괴하는것이라고하는가, 원자는원자이고원자이고원자이다, 생리작용은변이하는것인가, 원자는원자가아니고원자가아니고원자가아니다, 방사는붕괴인가, 사람은영겁인영겁을살릴수있는것은생명은생도아니고명도아니고광선인것이라는것이다.

취각臭覺의미각과미각의취각

(입체에의절망에의한탄생)
(운동에의절망에의한탄생)
(지구는빈집일경우봉건시대는눈물이나리만큼그리워진다)

참고 삼아도 그만 안 삼아도 그만이다. 여기서 일단 나의 이상 시 읽는 방법을 소개하겠다. 이건 극히 개인적이다. 「선에 관한 각서 1」의 경우 우선 그냥 내려다본다. 째려봐도 상관없다. 1·2·3·4…… 숫자가 가로세로로 펼쳐지고 그 가운데에 점이 가득 박혀 있다. 마치 맹인용 점자 비슷하다. 그 아래로 우주는 멱에 의한다는 등의 내용은 읽어도 무슨 소리인지 언뜻 납득이 잘 안 가는 글자들이다. 짧은 문장이지만 너무 어려운 한문체 글자가 많이 등장하기 때문이다. 전유성은 그 옛날에 옥편을 들고 일일이 한문을 찾아 읽었다는데 시간이 많으면 그렇게 해도 나쁠 건 없다. 그렇게 해도 못 알아먹기는 마찬가지다.

그러니까 특히 이상의 시에 이런 도표 같은 게 등장하는 경우는 그냥 한번 눈으로 보거나 입으로 더듬더듬 읽었으면 다음 페이지로 넘어가도 무방하다. 그래도 뭔가 아쉽다면 나와 함께 얼렁뚱땅 탐사를 시도해보는 거다. 이상을 이상으로 만들고 있는 「3차각 설계도」를 들여다보기 전에 시인이 건축학도로서 건축설계를 전공한 사람임을 상기해둘 필요가 있다. 건축설계는 수학을 기초로 한다. 그래서 시를 설계도 그리듯 수학공식 써내려가듯 쓴 듯하다.

「선에 관한 각서 1」은 숫자를 가로세로로 질서정연하게 늘어놓아 숫자만큼 찍은 점이 가로세로의 선처럼 보이도록 배치했다. 숫자판이 정확히 뭘 의미하는지는 이 시를 숫자놀이 하듯 배치해놓은 시인 자신만이 알 것이다. 여기서 얼핏 무심하게 보이는 숫자나 점자 도표는 무엇일까. 이 시는 마치 시인이 「선에 관한 각서 1」을 쓸 당시 아날로그 방식을 뛰어넘어 요즘의 최첨단 디지털 방식으로 모든 사물을 미리 내다본 것처럼 보인다. 왜냐하면 숫자 사이사이에 배치되어 있는 공간은 바로 디지털의 기본방식이기 때문이다. 그렇다면 이 시가 발표된 1931년경에도 과연 디지털이라는 용어가 있었을까. 천만의 말씀이다.

아직도 기억이 생생하다. 나는 1970년도 군대에 들어가 육군본부에 근무하면서 내무반 동료들로부터 컴퓨터라는 물건이 있다는 소리를 처음 들었고, 디지털이라는 용어는 훨씬 뒤에 가서야 듣게 되었다. 내 추측으로는 아인슈타인의 상대성이론에 이어 붐을 일으킨 하이젠베르크의 A×B가 반드시 B×A와 동일하지 않다는 불확정성 원리에 입각한 행렬대수Matrix algebra로 알려진 비가역적인 대수학이 유행을 탔다. 나는 그게 무슨 소리인지 죽었다 깨어나도 모르지만 하여간 행렬대수에서 각 원자와 물리의 법칙은 가로세로로 줄맞추어 늘어놓은 수들의 2차원의 표로 표현한다는 이론이다.

그러니까 시인은 그런 복잡한 물리 공식을 가로와 세로의 2차각에 임의로 한 자리 숫자를 더해 시문학으로 옮기면서 「3차각 설계도」라고 명명해놓게 된 것이다. 조선의 젊은 청년 시인은 불확정한 비가역적 대수학에서 우리가 먼저 읽은 「이상한 가역반응」의 아이디어를 얻었고, 행렬대수에서 가로세로 숫자의 도표를 「선에 관한 각서 1」에 나오는 시의 언어로 둔갑시켰던 것이다.

그럼 우리는 「선에 관한 각서 1」에 나오는 숫자 도표를 보고 뭘 느껴야 하며 뭘 배워야 하는가. 정답은 없다. 수천 수만 가지의 느낌이 있을 수 있고, 수억 수조 가지의 배움을 얻을 수가 있다. 각자 다른 느낌과 해석이 가능하기 때문이다. 숫자 도표를 보고 내가 느낀 것은 우선 우주가 넓다는 점이다. 가로로 1·2·3…… 숫자가 뻗어 나간다. 한도 끝도 없이 뻗어 나간다. 숫자와 숫자가 마주치는 부분의 흑점 또한 어마어마한 수치로 늘어날 것이다. 나의 마음도 마찬가지다. 나의 마음은 늘 단선이었다. 단선의 마음은 단조롭다. 색다른 만남이 그다지 없기 때문이다. 여기서 받은 교훈은 윤택한 삶을 위해선 복선의 마음을 가져야 한다는 것이다. 가로로 가는 마음과 세로로 가는 마음에 입체적 마음까지 가져야 한다. 총체적 마음 씀씀이를 구사할 줄 알아야 한다. 단선의 마음과 복선의 마음을 함께 갖출 줄 알아야 한다. 이것이 바로 「선에 관한 각서 1」의 중심 생각인 것이다.

그렇다면 우리의 생명이나 마음씨의 씨줄과 날줄의 길이는 얼마만큼 길어야 적절한가. 시인은 '멱'冪의 수치를 우리 앞에 내놓는다. 나는 멱이 얼마 정도의 수치인지 가늠조차 할 수 없다. 아마도 무한대가 아닐까 싶다. 시인은 도표를 그려 우리에게 보여주는 데서 그치지 않는다. 시인은 멱의 수치에 이어 디지털의 기본요소인 양자와 전자, 그리고 최첨단 디지털의 대표 낱말인 속도의 역할에 대해서도 설명을 하고 있다. "우주는 무릇 멱의 단위로 움직이니까 쪼잔하게 굴지 마라, 숫자는 숫자일 뿐이다. 숫자에 의미를 두지 마라, 숫자의 개념을 버려라. 그리고 고요하게 나를 이상에서 현실로 바꿔라." 우리는 너무 오랫동안 현실 위에 허망한 이상理想을 쌓아왔다. 이젠 180도 뒤바꿔놓을 줄도 알아야 한다. 무엇보다 균형잡힌 스펙트럼을 지녀야 한다. 순리를 순리로 받아낼 줄 알아야 한다.

그렇다고 순리가 최종적인 것은 아니다. 우리는 순리를 뒤엎을 수도 있다. 빛이 매초당 30만 킬로미터로 돌진한다고 해서 사람이 매초당 60만 킬로미터로 달려갈 수는 없다. 생각은 몰라도 현재 상태의 몸으론 말이다. 우리는 수억 광년의 속도로 달려가 우리의 출발점으로 되돌아갈 수도 있다. 우리네 생각의 기본 축은 한 축보다는 X·Y·Z 세 축으로 정하는 것이 훨씬 탄탄하다.

22세 시인이 우리에게 주는 경고는 끝이 없다. 시인은 영원이나 영겁을 생명 따위의 연장선이라기보다는 천체물리학적 광선의 역할로 보았다. 광선 역시 A지점에서 B지점을 잇는 선이기 때문이다. 시인은 현대 양자물리학을 등에 업고 빛의 속도로 아주 조용하고 얌전하게 무한 과거와 무한 미래를 들락날락하고 있는 셈이다. 공상영화 「백 투 더 퓨처」의 주인공으로 한 번 죽었다가 다시 태어날 수도 있는 것이다.

시인은 너무도 어려운 철학적인 주제에 빠지지 말라고 양념도 쳐준다. 취각臭覺과 미각은 여관과 호텔의 차이다. 그렇다. 입체의 절망, 홀로 설 수 없는 절망 상태에서 시인이 탄생하고, 운동의 절망, 제대로 움직일 수도 없는 절망 상태에서 시가 탄생한다. 그것은 시인 자신에 관한 얘기다. 일찍이 보들레르가 말한 "시인은 신의 점지로 생겨난다"와 유사한 얘기다.

그리하여 지구가 온갖 잡다함으로 꽉 차거나 아니면 천체 우주처럼 텅 빈 집이 될 경우에도 우리는 봉건시대를 그리워할 수밖에 없다. 어쩔 수 없이 남녀가 만나 짝을 이루고 사랑하고 결혼해서 애기 낳고 알콩달콩하게 사는 보편적인 삶이 더욱 그리워진다는 얘기다.

탄생·삶·우여곡절, 그리고 죽음은 전부 일직선상에 있다. 삶과 죽음은 한 줄의 직선으로 가로지르기 때문이다. 그래서 「선에 관한 각서 1」이 절절하다.

이 시 한 편을 놓고 평론가들은 많은 얘기를 쏟아놓았다. 가령 세상은 질서정연한 숫자로 인식된다, 그것이 시인 이상의 수학적 우주관이다, 인간 욕망의 무한성을 그렸다, 시인 특유의 우주설계도다, 자아분열에 대한 극복이다, 합리주의의 극치다, 등등으로 규정하지만 내가 보기에 이 시는 인간 승리를 노래한다. 인간이 우주의 원리를 좌지우지할 수 있는 수퍼스타임을 이 괴상한 시를 통해 확인시켜 주고 있기 때문이다.

3차각 설계도

선에 관한 각서 2

1+3
3+1
3+1　　　1+3
1+3　　　3+1
1+3　　　1+3
3+1　　　3+1
3+1
1+3

선위의점 A
선위의점 B
선위의점 C

A+B+C=A
A+B+C=B
A+B+C=C

2선의교점 A
3선의교점 B
수선의교점 C

3+1
1+3

1+3　　3+1
3+1　　1+3
3+1　　3+1
1+3　　1+3
1+3
3+1

(태양광선은, 凸렌즈때문에수렴광선收斂光線이되어한점에있어서혁혁히빛나고혁혁히불탔다, 태초의요행은무엇보다도대기의층과층이이루는층으로하여금凸렌즈되게하지아니하였던것에있다는것을생각하니낙樂이된다, 기하학은凸렌즈와같은불장난은아닐는지, 유우크리트는사망해버린오늘유우크리트의초점은도처에있어서인문人文의뇌수를마른풀과같이소각하는수렴작용을나열하는것에의하여최대의수렴작용을재촉하는위험을재촉한다, 사람은절망하라, 사람은탄생하라, 사람은탄생하라, 사람은절망하라)

시인 이상은 숫자 3에 매료되었을까. 그렇다. 3에 관련된 숫자가 지속적으로 중복되어 등장한다. 뒤에 등장하는 「오감도」도 그렇고 「선에 관한 각서 3」에도 숫자 3이 중요한 위치를 차지한다. 이유는 아무도 정확하게 모른다.

숫자 3은 별난 숫자다. 대칭도 안 되고 잘 쪼개지지도 않는 숫자다. 서양에서 숫자 13은 지금도 불길한 숫자로 취급되고 있다. 이상은 그런 까다로운 숫자 3에 매료되었다. 그는 본질적으로 까다로움으로부터 해방되고 싶어 한 사람이다. 3+1이나 1+3을 자꾸 반복시키는 것은 3이라는 숫자에 더하기 빼기를 해서 균형이 잘 잡힌 평이한 수치를 끌어내려는 시도로 보인다. A·B·C의 간단한 조합을 통해서도 평이한 질서를 끌어내고 있다. 볼록(凸)렌즈는 그것 자체의 모양이 평이한 일직선의 구조에서 일탈이 된 굴절된 직선이다. 이상은 또한 숫자 3같이 까다롭게 생긴 볼록렌즈에도 매료되어 있다. 대칭도 잘 안 되고 반으로 쪼갤 수도 없기 때문이다.

보통 사람들은 이분법적 구조 안에서 살고 있다. 밝음과 어둠, 기쁨과 슬픔, 음과 양, 동양과 서양, 형이하학과 형이상학 등이 그것이다. 그것은 숫자 1과 2 사이의 관계다. 그러나 시인은 1과 2의 평형에 3이라는 숫자를 얹어서 볼록렌즈 형상을 만들었다.

오로지 형이하학과 형이상학의 관계만으로 우주의 구조를 설명하기에는 너무 평이해서 재미가 없어 보일 수 있다. 대칭이 잘되는 두 가지의 평이한 관계에 또 다른 불특정 위상이 끼어들어야, 드디어 3각 대칭을 이루어 편안해진다는 의미다.

태양광선은 지금까지 볼록렌즈 때문에 태양을 한곳으로 잘 빨아들여 혁혁히 빛났고 뜨겁게 불탔다. 태초로부터 수많은 대기층과 대기층 사이에 설명 불가능한 볼록렌즈 현상 같은 게 있어 태양광선을 무계획적으로 낭비하지 않았던 것이다.

기하학은 볼록렌즈처럼 무계획적으로 태워버리기만 하는 물장난 수준의 법칙일는지도 모른다. 유클리드 기하학은 기원전 300년경부터 오늘날까지 우리의 삶에 막강한 영향력을 발휘해왔다. 서구의 합리주의자들은 자신들의 생각조차 유클리드 기하학의 등식에 맞추어 나갔다. 그래서 우리의 시인은 "이건 안 된다"며 서구의 합리주의자들에게 점잖게 경고를 날리고 있다. 물론 유클리드는 사망해버렸지만 오늘날 모든 삶의 등식까지도 한 가지 법칙으로 규제하는 삶의 기하학은 도처에서 모든 인문학의 핵심 사상을 마른풀처럼 쉽게 태워 날려버리는 듯한 위험한 짓거리를 계속하고 있다. 삶의 선은 유클리드의 선과는 많이 다르다. 우리 삶의 선은 절망해서 파괴되기도

하고 다시 탄생하기도 한다. 반대로 우리는 삶의 선으로 탄생을 했다가 절망해서 죽기도 하고 다시 살기도 한다. 그러니까 사람이 절망으로 죽었다가 다시 탄생하기까지의, 혹은 탄생했다가 절망으로 다시 죽기까지의, 또는 그 사이의 시간은 바로 시인이 말하는 제3의 비유클리드적인 새로운 선이 확고하게 성립하는 때이다.

탄생과 죽음은 일직선상에 놓여 있고, 절망과 희망도 마찬가지다. 꽃이 피고 지기를 반복하듯 우리의 죽음은 탄생을 낳고 희망은 절망을 잉태한다. 이렇듯 우리의 삶은 1+3이 3+1이 되듯이 끊임없이 대립하고 통합한다. 유클리드 기하학의 법칙을 넘어 우리네 일상적 삶에 있어서 끊임없이 생겨나고 소멸되는 보편적인 대립과 통합이야말로 삶과 생명의 근원이 된다는 의미다.

3차각 설계도

선에 관한 각서 3

	1	2	3
1	•	•	•
2	•	•	•
3	•	•	•
	3	2	1
3	•	•	•
2	•	•	•
1	•	•	•

∴ =n(n-1)(n-2)······ (n-h+1)
(뇌수는부채와같이원까지전개되었다, 그리고완전히회전하였다)

우리의 개념은 이렇다. "시는 언제 어디서나 멋지게 낭송될 수 있어야 한다." 그런데 이상의 시는 참 난처하다. 「선에 관한 각서 3」 같은 경우가 그렇다. 이걸 무슨 재주로 낭송할 수 있단 말인가. 무엇인지 도무지 해독이 안 되는 알파벳 기호에 더하기 빼기까지 하는 것은 또 뭔가. 이상은 그래도 이것을 시라고 내놓았다. 그래서 읽긴 읽어야 하는데 도무지 읽히지가 않는다. 그렇다면 별 도리가 없다. 그냥 한번 쓱 보고 지나갈 수밖에 없다. 폴록이나 몬드리안의 현대미술을 감상하듯이 말이다. 시인 자신도 우리가 당신의 시를 제대로 읽지조차 못해 끙끙대는 심정을 충분히 이해해줄 것이다. 아마 시인도 무슨 뜻인지 모를 수도 있다. 자신이 친절히 입증한 바도 없기 때문이다.

이상의 건축가적 기질은 처절하고 집요하다. 언어를 건축설계도 그리는 식으로 풀어내려는 모험심이 집요하다는 얘기다. 「선에 관한 각서 1」에서 숫자 1·2·3……의 조합을 좌우·상하·대칭으로 배열시켜놓았고, 「선에 관한 각서 2」에서는 1+3과 3+1의 대칭 조합을 잔뜩 풀어놓았다. 그리고 「선에 관한 각서 3」은 「선에 관한 각서 1」의 축소판처럼 단순히 숫자 1·2·3……을 위아래 대칭으로 배열시켜놓았다. 참고로 피타고라스 영감님의 기초 기하학 이론에선 3이라는 숫자나 삼각형 형태가 가장 완벽하면서도 중심수이면서 동시에 가장 미스터리한 숫자라고 한다. 초중고 12년간 억지로 배운 내 알량한 수학 실력으로는 아무리 들여다봐도 이것들은 기하학 공식도 아니고 대수 공식도 아니다. 단순한 숫자가 포함된 그림들이거나 표시일 뿐이다. 단 하나 알 수 있는 건 시인의 대칭 구도에 관한 열망은 참으로 갸륵하다는 점이다. 숫자를 더하거나 빼거나 일정한 균형을 이뤄, 나열도 일정한 틀을 벗어나지 않는다. 전체적으로 안정된 구도를 형성한다. 「선에 관한 각서 3」에는 이탈도 없고 왜곡도 없다. 그저 단순한 대칭이 전부다. 왜 저토록 대칭 구도에 매달릴까 의심이 갈 정도다.

문제는 여기서 끝나지 않는다. 시인의 타고난 쇼맨십이 계속 드러난다. 「선에 관한 각서 3」의 경우 우선 단순한 숫자의 조합을 바탕으로 느슨하게 1·2·3과 정반대 3·2·1의 매우 원시적인 대칭 도표를 제시한다. 관객이 "흠! 유치원생으로 다시 돌아가야 하는 거야, 뭐야" 하며 맘을 놓게 되는 순간 "꽝!" 하고 관객의 허를 찌른다.

"∴=n(n−1)(n−2)…… (n−h+1)" 듣도 보도 못한 공식 같은 게 튀어나

온다. 그래서 관객은 "헉!" 숨을 멈추게 되고 그다음 한마디의 완결편에 확 돌아버리게 된다. "뇌수는 부채와 같이 원까지 전개되었다. 그리고 완전히 회전하였다."

해설서에 보면 무슨 고등수학의 순열에 관한 공식이라는데 나는 읽어봐도 모른다. 순열 공식이 왜 「3차각 설계도」의 「선에 관한 각서 3」에 포함되어야 하는지 알 수 없다. 시인이 우리에게 부탁하는 말은 이런 것 같다. 이것은 순전히 나의 추측이다. "우리의 머릿속에 들어 있는 직선이거나 사선으로 된 지식들이 휘어져 원이 될 수 있도록 조정할 줄도 알아야 한다. 가능하다면 완전히 회전시킬 줄도 알아야 한다."

시를 알기 위해선 세상의 시적이 아닌, 비시적인 모든 추잡스러움까지 알아야 하고 음악에 통달해야 한다. 시와 음악을 통달하기 위해선 미술을 알아야 하고, 미술을 알기 위해선 미학·철학·물리학을 알아야 한다. 세상에 존재하는 모든 지식은 뇌 속에 저장해둬야 한다. 하나만 아는 것은 제대로 아는 것이 아니다. 하나를 알기 위해선 뇌 속에 저장해놓았던 모든 지식을 관통하고 연결할 수 있어야 한다. 360도 세상만사를 통달한 하나여야 한다. 이것이 뇌수의 완전 회전운동이다. 바다같이 드넓고 광활한 융통성을 지니라는 얘기다. 선은 일상의 상식을 뛰어넘어 완전 회전이 가능한 선이어야 한다. 이것이 「선에 관한 각서 3」의 참의미다.

세계 시문학사를 한번 훑어보면 대번에 알 수 있다. 이 지구상에 존재했던 날고 긴다는 글쟁이 중에 이상만큼 지적인 시를 쓴 글쟁이는 일찍이 없었다.

3차각 설계도

선에 관한 각서 4
(미정고未定稿)

탄환이일원도一圓壔를질주했다(탄환이일직선으로질주했다에있어서의오류등의수정)

정육설탕(각설탕을칭함)

폭통瀑筒의해면질전충塡充(폭포의문학적해설)

왜 괄호까지 둘러서 '미정고'라 부제를 달아놨을까. 불완전하다는 뜻일까, 아니면 겸허의 뜻일까. 무엇이 미심쩍었을까. 왜 이 시에서는 매행마다 괄호를 첨부해서 설명해주고 있을까. 어느 평론가는 아인슈타인의 일반상대성원리를 근거로 직선은 휘면서 질주한다는 해석이라는 새로운 시 이론을 내세웠다. 결국 일원도는 질주한다는 사실에 대한 수정이라는 말이다.

이 짧고 강력해보이는 작품에선 시인의 예리한 시각을 구경해볼 만하다. 탄환이 일직선으로, 그리고 빠른 속도로 나가는 상황에 걸맞은 우리말은 없다. 시인은 그것을 '질주'라고 규정했다. 총알이 질주한다는 표현이 너무 재미있지 않은가!

문학평론가들은 탄환이 하나의 원기둥을 질주했다는 구절을 섹스와 직접 연결되는 표현으로 규정하고 있다. 소시지와 도넛의 형태다. 나도 이 점에 대해서 반대할 생각은 없다. 풀이하자면 남자의 정액이 길쭉한 성기를 통해서 한바탕 시원하게 질주했다는 얘기가 된다. 물론 시에 명시된 "탄환이 일직선으로 질주했다에 있어서의 오류 등의 수정"이라는 대목이 있긴 하다. 무엇에 대한 오류인지 정확히 알아낼 방법이 없어 못내 찜찜한 느낌이 든다. 오류건 아니건 간에 만약 이 시가 시인의 성적 체험담의 하나라면 우리는 반드시 질문 하나를 던져야 한다. 남자의 정액이 방출되는 것이 「3차각 설계도」나 「선에 관한 각서」와 무슨 관련이 있다는 건가.

한편 정육설탕은 무엇이며 각설탕은 또 무엇인가. 각은 평면에서 두 직선이 만났을 때 생겨나는 교차점을 말한다. 그러나 각설탕은 입체형이므로 엄격히 말해 각설탕이라고 부르는 게 적절치 않다. 오히려 '정육면체설탕'이 진실에 가깝다.

폭포도 마찬가지다. 이상은 폭포가 위에서 아래로 떨어지는 게 아니라 거대한 물거품 통이 바닷물로 떨어져 또 다른 모습으로 통을 꽉 채운 모습이 오리지널 "폭포의 문학적 해설"이라고 친절하게 설명해놓았다. 소시지와 도넛 관계로 보면 미끈미끈한 남자의 정액을 각이 있는 고체로 생각할 줄도 알아야 한다. 정액이 굳으면 각설탕이 될 수도 있다.

부글부글 끓는 젊은 시인의 몸속엔 드넓은 바다에 서식하는 온갖 잡스런 물질들로 가득 차 있다. 넘치도록 차버렸다. 시인이 자상하게 가르쳐준 대로 문학적으로 표현하자면 끊임없이 남성은 여성을 향해 공격을 가하고, 그 사이를 일반적으로 질주하는 것은 남성의 탄환이다. 설탕처럼 하얗고 느물느물하게 생긴 소위 정액이라는 이름의 물질이다. 이 물질이 한번 질주를 시도하면 그것은 바로 폭포가 된다. 폭포가 따로 없다. 이때는 폭포의 폭·각도·내뿜는 속도가 최상의 관건이 된다.

시인은 방년 스물두 살이다. 가만히 서 있거나 누워 있어도 남성의 폭포가 쏟아져나왔을 것이다. 이 위대함을 어찌 문장으로 읊어내지 않고 배길 수 있었으랴.

3차각 설계도

선에 관한 각서 5

사람은광선보다빠르게달아나면사람은광선을보는가, 사람은광선을본다, 연령年齡의진공眞空에있어서두번결혼한다, 세번결혼하는가, 사람은광선보다도빠르게달아나라.

미래로달아나서과거를본다, 과거로달아나서미래를보는가, 미래로달아나는것은과거로달아나는것과동일한것도아니고미래로달아나는것이과거로달아나는것이다. 확대하는우주를우려하는자여, 과거에살으라, 광선보다도빠르게미래로달아나라.

사람은다시한번나를맞이한다, 사람은보다젊은나에게적어도상봉相逢한다, 사람은세번나를맞이한다, 사람은젊은나에게적어도상봉한다, 사람은적의適宜하게기다리라, 그리고파우스트를즐기거라, 메피스토는나에게있는것도아니고나이다.

속도를조절하는날사람은나를모은다, 무수한나는말譚하지아니한다, 무수한과거를경청하는현재를과거로하는것은불원간不遠間이다, 자꾸만반복되는과거, 무수한과거를경청하는무수한과거, 현재는오직과거만을인쇄하고과거는현재와일치하는것은그것들의복수의경우에있어서도구별될수없는것이다.

연상聯想은처녀로하라, 과거를현재로알라, 사람은옛것을새것으로아는도다, 건망이여, 영원한망각은망각을모두구한다.

내도來到할나는그때문에무의식중에사람에일치하고사람보다도빠르게나는달아난다, 새로운미래는새로웁게있다, 사람은빠르게달아난다, 사람은광선을드디어선행하고미래에있어서과거를대기한다, 우선사람은하나의나를맞이하라, 사람은전등형全等形에있어서나를죽이라.

사람은전등형의체조의기술을습득하라, 불연不然이라면사람은과거의나의파편을여하히할것인가.

사고의파편을반추하라, 불연이라면새로운것은불완전이다, 연상을죽이라, 하나를아는자는셋을아는것을하나를아는것의다음으로하는것을그만두어라, 하나를아는것은다음의하나의것을아는것을하는것을있게하라.

사람은한꺼번에한번을달아나라, 최대한달아나라, 사람은두번분만되기전에××되기전에조상의조상의성운의성운의성운의태초를미래에있어서보는두려움으로하여사람은빠르게달아나는것을유보한다, 사람은달아난다, 빠르게달아나서영원에살고과거를애무하고과거로부터다시과거에산다, 동심이여, 동심이여, 충족될수없는영원의동심이여.

「선에 관한 각서 5」는 매우 특이하다. 어린아이의 마음으로 시작되고 끝이 나는데, 중간 부분은 마치 '이상계시록'을 방불케 하기 때문이다. "사람은 광선보다 빠르게 달아나면 사람은 광선을 보는가." 당연히 본다. 이 질문은 분명 아인슈타인의 상대성이론을 염두에 둔 발언이다. 보는가 못 보는가는 중요한 문제가 아니다. 문제는 다음 대목이다.

"연령의 진공에 있어서 두 번 결혼한다." 과학이론을 앞세워놓고 결혼문제를 대비시키는 게 엉뚱하고 코믹하다. 우리는 보통 한 번의 결혼을 요구당하며 산다. 그러나 시인의 주장은 다르다. 참진공의 시간 혹은 참진리의 시간 속에서 결혼의 횟수는 결코 중요한 이슈가 못 된다는 것이다. 지당한 말씀이시다. 나야말로 연령의 진공 상태, 똥·된장을 못 가리는 상태에서 딱 두 번 결혼해봤다. 다음 대목은 나를 까무러치게 한다. "세 번 결혼하는가." 이것은 내가 요즘 심심하면 해대는 질문이다. 나야말로 광선보다도 빠르게 여기까지 달려왔다. 그래서 숨이 차다. 사람은 누구나 미래로 가서 과거를 보고 과거로 가서 미래를 보고, 늘 왔다 갔다 한다. 결혼의 횟수를 자유롭게 말하는 시인은 참고로 말하자면 스물여섯 막판에 딱 한 번 결혼이라는 걸 해서 그것도 몇 달 이내로 끝을 낸다.

"사람은 보다 젊은 나에게 적어도 상봉한다." 바로 이거다. 이 글을 쓰고 있는 나는 지금 예순이다. 사람들은 통상 예순을 노인으로 취급하고 무조건 기피한다. 그러니까 사람들은 내가 젊어 보이는 만큼만 나를 상대한다. 나 같은 노인이 되도록 많은 사람들과 상대할 수 있는 방법은 딱 한 가지다. 모름지기 나부터 총체적으로 젊어지는 일이다. 한편 노인은 어쩔 수 없이 늙어감을 느긋이 인정할 줄 알아야 한다.

젊음을 아쉬워하고 늙음을 기다리면서도 우리가 해야 할 일은 파우스트를 즐기는 일이다. 이는 결코 쉽지 않다. 늙은 파우스트 박사처럼 온갖 학문과 지식으로 무장해야 한다. 그렇다고 해서 세상살이가 학문과 지식만으로 충족되는 것은 물론 아니다. 때론 재미도 있어야 한다. 향락도 필요하다. 그런 건 옆에 있는 것이 아니다. 찾아가야 한다. 메피스토펠레스를 찾아가야 한다. 산 너머 산이다. 향락을 취했다고 해서 세상일이 해결된 것 또한 아니다. 학문이나 향락도 사람을 만족시키지 못한다. 파우스트의 이상형은 학문과 향락의 속도를 조설

하는 인물이다. 따로 말할 필요도 없다.

믿거나 말거나 예순 나이에 이 글을 쓰는 나는 20대 초반에 파우스트를 찾아간 적이 있다. 찾아간 곳은 서울 명동의 '시공관'이었다. 지금의 세종문화회관 격이다. 거기 국립극단에서 연극 「파우스트」를 공연하는데 서울 음대생이던 내가 2학년인가 그랬다. 아르바이트 삼아 파우스트 역의 배우 김동원 씨를 비롯한 모든 배우들에게 연극 대사에 곡을 붙인 주제가 비슷한 걸 가르치는 역할을 맡았다. 나는 건망증 때문에 과거로 달려가는 일에 매우 약한데 김동원 씨의 막내아들 가수 김세환이 과거를 떠올려주어 뒤늦게 상세히 기억하게 되었다. 대단한 일은 아니지만 이상은 그 무렵 파우스트를 즐겨야 한다는 시를 썼고, 조영남은 같은 나이에 파우스트를 만났다는 얘기다.

중요한 건 메피스토다. 이 글을 쓰고 있는 나는 그후 30년 넘게 메피스토를 만났다. 쾌락과 향락을 직접 체험했다는 얘기다. 메피스토를 추종하기 위해선 우선 건강과 수명이 따라주어야 한다. 이상은 애처롭게 건강과 수명을 둘 다 놓쳤다. 이상과 메피스토는 서로 엇갈렸다. 이상한 비극이다.

나는 지금 어떤 속도로 여기까지 왔는가. 속도를 조절하는 확인 행위는 과거·현재·미래에 흩어져 있는 나를 하나로 모으는 일이다. 사방에 흩어져 있는 나를 말로써 일원화할 방법은 없다. 무수한 과거의 얘기를 경청하고 동시에 현재를 과거로 돌리는 일은 과거의 현재나 미래의 거리가 천리라서 통합이 불가능하다. 현재가 과거를 기록해서 인쇄할 수는 있지만 과거가 현재와 일치되는 지점을 찾기란 불가능하다. 시간을 복수로 카운트해도 한 지점으로 구분하고 묶는 일은 불가능하다. 찬탄을 금할 수가 없을 만큼 절묘하다. "연상은 처녀로 하라"는 말이다. 이것은 과거가 현재와 엇갈려 돈다는 의미다. 연상도 처음엔 처녀였기 때문이다.

천만다행인 것은 건망증의 존재다. 모든 늙은이는 자신이 늙은 줄 모른다. 건망증 덕분이다. 그래서 건망증은 모든 과거의 건망증까지 현재를 바꿔놓는다. 모든 잊힌 망각을 구하는 것이다. 망각으로 버려둔 부분은 영영 소멸됐기 때문이다.

"우선 사람은 하나의 나를 맞이하라." 그렇다. '나'가 여럿인 사람은 피곤하다. 휴대폰을 여러 대 가지고 다니는 사람이나 여자를 여러 명 거느린 남자나, 남자를 여러 명 거느린 여자는 우선 피곤하다. 제정신을 차릴 수가 없다. 그러므로 '나'가 한꺼번에 여러 명의 사람으로 불어난 전등형 사람일 때는 우선 나부터 죽이는 일에 열중해야 한다. 불필요한 나를 스스로 죽여버려야 한다. 연이 닿지 않는 것들은 전부 불완전한 것이다. 나와 관계가 없기 때문이다. 나와 관계 있는 것만이 완전에 속한다. 사람이 온전한 형태를 갖추기 위해서는 하나를 알면 셋을 알 수 있어야 한다. 이때 하나가 먼저냐 셋이 먼저냐 순서를 따지는 건 의미 없는 일이다. 셋이 하나보다 크다는 고정관념도 버려야 한다. 차라리 하나를 알면 다음에 나오는 하나를 자동적으로 알게 되는 편이 훨씬 유리하다.

눈치볼 것 없다. 한번에 냅다 달아나라. 최대한 달아나라. 누구든 아기를 낳아 기르기 직전에는 조상 탓하고 별자리 탓하며 장차 어찌 될까 두려움에 떨며 아기 낳아 기르는 것을 보류하고 싶어 한다. 하지만 사람은 어떤 경우에도 살아가야 한다. 빠르게 달아나서 영원에 살고 과거를 끌어안고 미래와 과거를 동시다발로 살 수 있어야 한다.

이런 건 특이하게도 동심童心이 아니면 불가능하다. 어린아이의 생각을 닮아야 한다. 어른은 디지털의 가상공간을 결코 못 느낀다. 그럼에도 불구하고 우리는 어른이기 때문에 충족될 수 없는 영원의 동심이 있게 마련이고, 충족되지 않는 어린아이의 마음을 한사코 갈망한다.

3차각 설계도

선에 관한 각서 6

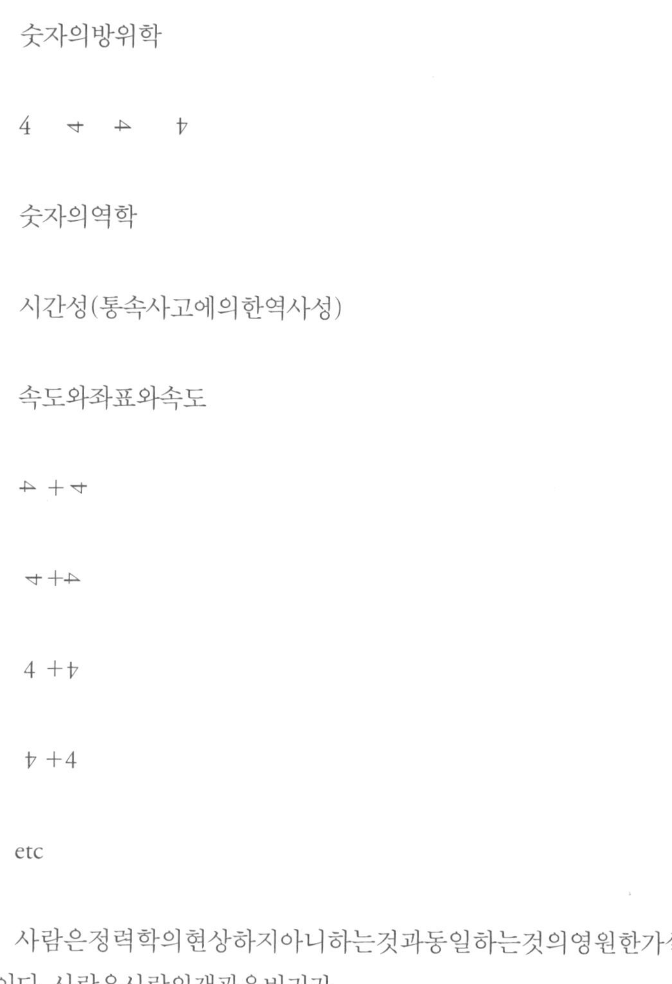

숫자의방위학

숫자의역학

시간성(통속사고에의한역사성)

속도와좌표와속도

etc

사람은정력학의현상하지아니하는것과동일하는것의영원한가설이다, 사람은사람의객관을버리라.

주관의체계의수렴과수렴에의한凹렌즈.

4 제4세

4 1931년 9월 12일생.

4 양자핵으로서의양자와양자와의연상聯想과선택.

원자구조로서의일체의운산運算의연구.

방위와구조식構造式과질량으로서의숫자의성태성질에의한해답의분류.

숫자를대수적代數的인것으로하는것에서숫자를숫자적인것으로하는것에서숫자를숫자인것으로하는것에서숫자를숫자인것으로하는것에(1234567890의질환疾患의구명究明과시적詩的인정서의기각처棄却處)

(숫자의일체의성태性態숫자의일체의성질이런것들에의한숫자의어미의활용에의한숫자의소멸)

수식은광선과광선보다도빠르게달아나는사람과에의하여운산運算될것.

사람은별—천체—별때문에희생을아끼는것은무의미하다. 별과별과의인력권引力圈과인력권과의상쇄에의한가속도함수의변화의조사를위선작성할것.

숫자 4를 기본 방위학적으로 배치하면 4 4 4 4의 꼴이 된다. 이것을 숫자의 역학으로 풀이해보면 대체로 동서남북의 방위, 좌우상하의 방위, 희로애락의 방위, 생사고락의 방위로 이루어진다. 이런 것들은 일정한 시간성과 통속적인 사고에 의해 생겨났기 때문에 역사성에 속한다고 볼 수 있다.

상식적으로 봐도 동서남북 네 방위는 방위학의 기본이다. 시인이 숫자 4로 하여금 좌우로 돌게 하고 거꾸로 돌게 해서 마치 지도상의 방위 표시처럼 그려놓은 이 시는 다른 큰 의미가 있는 것은 아니다. 그런데 모든 이상 전문 평론가들은 네 방위의 의미를 설명하는 데 열을 올리고 있다. 지도에서 북쪽 방위를 나타내는 화살표다, 동서남북을 지시하는 숫자다, 4는 죽음을 상징적으로 나타낸다, 4원소를 비롯해 자연계를 설명하는 가장 기본적인 수치다, 무슨 소리인지는 모르겠지만 가역반응의 화학적인 메타포다 등등. 어렵다.

시인이 말하는 원자구조 혹은 원자핵을 구성하는 양자와 중성자의 구조 문제는 모두가 숫자 4를 중심으로 연구된다는 식으로 의미를 부여하면서 시인 이상을 자칭 아인슈타인이나 하이젠베르크 수준의 물리학자로 떠받든다. 그래서 「선에 관한 각서 6」을 무슨 대입 물리학 참고서처럼 만들어놓고 있다. 독자들이 와! 하고 탄성을 지르는 순간 시인의 트릭에 놀아나는 모양새로 들어간다. 실제로 이상의 시를 물리학 문제 풀이나 수학 문제 풀이로 설명하면 영원히 재미없다. 어느 평론가는 시인이 시간과 속도 속에서 두 개의 4를 대립해놓은 것은 모두가 '나'와 '아내'를 나타내는 상징구조라고 단정적으로 해설해놓은 것을 읽은 적도 있다. 이런 해석은 또 너무 오버다.

말이 나와서 말인데 이상이 오늘날에 살아 있었으면 완전 개그맨이다. 「선에 관한 각서 6」만 해도 처음부터 웃긴다. 「선에 관한 각서」라는 시 제목도 그렇고, 대뜸 '숫자의 방위학'이나 '숫자의 역학'이라며 겨우 아라비아 숫자 4를 이리저리 빙빙 돌려대는 발상이 너무도 어이가 없어 웃음을 자아낸다. 누가 뭐래도 시 하면 "나 보기가 역겨워 가실 때에는" 아니면 "하늘을 우러러 한 점 부끄럼이 없기를" 또는 "넓은 벌 동쪽 끝으로 옛이야기 지줄대는" 정도로 나가야 하고, 하다못해 "전라도와 경상도를 가로지르는 화개장터"쯤으로 나가야 한다. 그런데 시를 쓴다며 느닷없이 숫자의 방위학, 숫자의 역학 타령이다. 유재석·강호동도 무릎을 꿇어야 할 판이다.

숫자 역시 시간성과 역사성에 속하기 때문에 숫자에도 속도가 붙고 좌표가 생겨나고 숫자 4가 최소한 두 종류의 방위를 배치할 수 있다며 조합과 대칭으로 샘플을 보이는 것도 웃긴다. 계룡산에서 나온 정체불명의 예언서 같기도 하고 무슨 가전제품 설명서 같기도 하다. 그러나 잘 들여다보면 그것이 결코 헛소리는 아니다. 뼈대가 굵기 때문에 얼마든지 철학적이며 심리학적인 해석을 뽑아낼 수 있다. 이런 식이다.

사람은 결코 힘으로 평형성을 이룰 수 없다. 이건 맞는 말이다. 무슨 힘으로 우리네의 걱정 근심을 조절할 수 있단 말인가. 따라서 사람은 결코 정력학靜力學으로 분석되지 않는다는 얘기다. 그러므로 인간이 힘으로 평형을 이룰 수 있다는 말은 영원한 가설로 남게 된다. 그래서 사람은 각자 가지고 있는 고유의 객관마저도 버려야 한다. 사람은 주관적으로 시간성과 역사성을 수감해야 하고 수감한 것을 오목(凹)렌즈로 받아 다시 그것으로 빛을 발해야 한다.

숫자 4는 4방위 및 4원소 외에 또 무슨 뜻이 있는가. 있다면 4차원의 세계일 것이다. 만나고 접촉하고 사랑하고 아기낳고 다투고 헤어지고 또 그리워하는 우리네 모든 행위들이 4차원 속에 속한다는 뜻일 게다. 우리는 무진장 상상력을 발휘할 수가 있다. 상상은 나 혼자 하는 것인데 뭐 어떠랴. 착각이면 또 어떠랴. 우리는 4차원, 8차원, 그리고 심지어는 물리공학적으로는 11차원의 세계로 달려갈 수 있다. 물론 무차원으로 유턴할 수도 있다. 시인은 이상 4세일 수 있고, 이 글을 쓰고 있는 나는 조영남 8세일 수 있다. 나는 결혼을 맘대로 반복해버린 영국의 헨리 8세가 늘 부러웠다. 시인은 1931년 9월 12일에 두 번째로 다시 태어났을 수 있고, 나는 2010년 5월 29일에 다시 태어났을 수 있다. 지금부터 나는 2010년 5월 29일생이다. 만 두 살로 굳어 있을 수도 있다. 시인 이상은 시인 이상대로, 가수 조영남은 가수 조영남대로 양자의 핵이다. 죽음이건 탄생이건, 4세이건 8세이건, 언제 죽고 언제 다시 태어나는 것쯤은 얼마든지 연장하고 선택할 수 있다. 이쯤되면 사이비 종교가 따로 없다.

원자구조, 즉 원자핵을 구성하는 양자와 중성자의 구조 문제는 4세냐 8세냐 하는 문제와 똑같다. 1931년생이냐 2010년생이냐 하는 숙명의 문제는 타고난 운세와 팔자대로 연구결과가 나오게 되어 있다. 다시 말해 한 인간의 운세와 팔자는 각자의 방위와 속도와 시간에 근거한다. 내 경우는 동아시아 극동 방위에서 김정신 권사님과 조승초 씨의 아홉 남매 중 일곱째로 태어난 것이고, 4차원 안에서 질량은 혈액형 O형, 음악성 75, 미술성 75라는 숫자로 분류 가능하다.

숫자를 까칠하게 대수적代數的으로 주무르는 것이 아닌, 그냥 숫자로 물렁물렁하게 여겨야 한다. 숫자를 그냥 숫자로 여겨야만 0123456789 숫자가 지닌 각종 질환으로부터 치료됨과 동시에 어쭙잖은 군더더기 식의 시적 정서까지 제거되고 기각 처리되어 온전히 제구실을 하게 된다는 얘기다.

숫자가 갖는 일체의 타고난 생태나 성질은 나름대로 고약해서 이것들의 귀퉁이만이라도 잘못 활용하면 숫자 자체가 통째로 지워지고 버려지고 소멸되는 무서운 패턴을 지니고 있다. 수식은 아무나 만드는 것이 아니다. 수식은 광선보다 빠르게 달아나는 소위 천재나 초인에 의해서만 운산運算이 가능하다. 시인의 자화자찬은 무한한 권리다.

밤하늘에 떠 있는 수억만 개의 별을 바라보면서 별처럼 영원히 빛을 내며 떠 있기 위해 죽지 않으려고 아등바등하는 것은 참으로 무의미하다. 그것이야말로 희생해야 할 것을 아끼는 일이다. 부질없는 일이다. 별들은 어찌 저리도 적당한 간격으로 서로서로 밀고 끌어당기며 절묘하게 인력권을 유지하고 있는가. 어찌 저토록 자기 자신의 생명까지 불태워가며, 혹은 상쇄해가며 저리도 적절한 가속도를 발휘해 빛을 발하고 있는가. 우리는 그것들의 함수는 어떠한지 미리미리 정밀하게 조사해서 문서로 작성해놓을 필요가 있다. 비록 영원히 소멸할 가능성이 있다 해도.

선에 관한 각서 7

공기구조의속도—음파에의한—속도처럼330미터를 모방한다(광선에비할때참너무도열등하구나)

광선을즐기거라, 광선을슬퍼하거라, 광선을웃거라, 광선을울거라,

광선이사람이라면사람은거울이다.

광선을가지라.

—

시각視覺의이름을가지는것은계량의효시이다. 시각의이름을발표하라.

□ 나의 이름.

△ 나의안해의이름(이미오래된과거에있어서나의AMOUREUSE는이와같이도총명하리라)

시각의이름의통로는설치하라, 그리고그것에다최대의속도를부여하라.

—

하늘은시각의이름에대하여서만존재를명백히한다. (대표인나는대표인일례를들것)

창공蒼空,추천秋天,창천蒼天,청천靑天,장천長天,일천一天,창궁蒼穹(대단히갑갑한지방색이아닐는지) 하늘은시각의이름을발표했다.

시각의이름은사람과같이영원히살아야하는숫자적인어떤한점이다. 시각의이름은운동하지아니하면서운동의코?오?스?를가질뿐이다.

—

시각의이름은광선을가지는광선을아니가진다. 사람은시각의이름으로하여광선보다도빠르게달아날필요는없다.

시각의이름들을건망하라.

시각의이름을절약하라.

사람은광선보다빠르게달아나는속도를조절하고때때로과거를미래에있어서도태하라.

이 시는 「선에 관한 각서」라는 제목을 단 마지막 작품이다. 이상의 시를 처음 읽는 사람은 이런 의구심을 품게 될 것이다. '이 사람은 우리가 보통 쓰는 글은 아예 쓸 줄 모르는 게 아닐까.' 그러나 이상은 우리가 보통 쓰는 글도 구사할 줄 안다.

「날개」 같은 소설이나 「권태」 같은 수필을 보면 금방 알 수 있다. 보통 글도 이 사람처럼 정교하고 멋지게 써낸 사람을 나는 아직 본 적이 없다. 그런데 어째서 시만 그런가. 시만 어렵게 썼는가. 글쎄. 오직 시만 어렵고 난해하게 썼다. 만일 소설이나 수필도 시처럼 난해하게 썼으면 그건 미친 사람이거나 속칭 또라이일 것이다. 그럼 왜 시만 난해하게 써야 했을까. 그가 천부적인 반항아였기 때문이다. 그는 특히 시에 반항했다. 나는 그렇게 본다. 마네·세잔·고흐·피카소가 기존의 그림에 반항한 것과 똑같은 이치다. 그들은 누가 봐도 알아먹을 수 없는 이상한 그림들만 그렸다. 그는 기존의 시를 가벼운 타령쯤으로, 붓이나 잉크로 쓴 소녀 취향의 글짓기쯤으로 보았다. 그는 시가 혈서여야 한다고 믿었다.

실제로 그는 자신의 피로 글을 썼다. 내가 만들어낸 얘기가 아니다. 한국 현대 시문학의 선각자 정지용과 쌍벽을 이루는 김기림이 유언처럼 그렇게 써놓았다. 김기림의 증언대로 그가 혈서처럼 시를 쓴 것까지는 좋았는데, 문제는 빌어먹을 너무 어렵게 써놓았다는 것이다. 고흐나 고갱이 피를 토하듯이 그림을 그려 후세 사람들의 칭송을 받는 것은 널리 알려진 일이거니와, 생뚱맞게 들릴지 모르겠지만 내가 몸담고 있는 우리네 가요계에도 피를 토하듯 노래를 부른 가수가 더러 있었다. 배호·김정호·김현식·김광석이 그런 가수다. 그래서인지 이들의 노래는 왠지 모르게 다르다. 사람의 가슴을 찌르고 후벼댄다. 그 원인이 뭔가. 답은 간단하다. 관객이 아닌 죽음과 정면대결한 채 노래를 불렀기 때문이다. 그렇다고 해서 지금 나의 천부적인 건강을 원망할 생각은 추호도 없다. 피 대신 목청으로 노래를 불러도 상당한 출연료를 지급받기 때문이다.

이상의 문제점은 혈서를 쓰긴 썼는데 너무 '진하게' 썼다는 것이다. 피범벅이 돼서 알아먹기가 좀처럼 쉽지 않다. 이상을 신으로 알 만큼 끔찍이도 좋아했던 김기림이 어느 날 둘이서 창밖을 내다보며 담소를 나누다가 이상이 무심코 내뱉은 침에 빨간 피가 섞인 것을 본다. 이때 그는 이상의 삶의 급박함과 절박함을 몰랐을 리 없다. 이상은 그렇게 절박하게 시를 썼다. 한가롭게 산·강·구름·꽃을 시로 읊을 새가 없었다. 그는 움직이는 공기 구조나 속도 또는 음파의 속도 따위를 시의 소재로 썼다. 구름과 꽃 대신 물리적인 현상들을 주로 써내려갔다. 심지어는 사람이 광선이나 다름없기 때문에 광선을 소유해야 한다고까지 써내려갔다. 너무나 급박하고 절박했기 때문이다.

공기 자체에는 속도가 없지만 공기의 구조 속에는 속도가 적용된다. 음파에 의한 소리는 공기를 타고 매초당 330미터를 달린다. 광선의 속도에 비하면 너무나도 열등하고 초라하다. 광선은 빠르다. 속도의 개념으로는 설명이 안 된다. 우주 천체의 구조는 광선에 달려 있다. 그래서 시인은 「3차각 설계도」를 그려놓고 설계도의 완성을 위해선 우리 같은 말단 일꾼들로부터 최우선으로 최소한의 각서를 받아내야 한다고 판단해 「선에 관한 각서」 일곱 장을 작성하기에 이른다. 특히 마지막 편 각서에서는 선 중에서도 광선의 중요성을 일깨워주고 있다. 사뭇 노골적이다.

"광선을 즐겨라, 슬퍼해라, 웃거라, 울거라." 광선의 구조가 우리의 삶 자체이기 때문이다. "광선이 사람이라면 사람은 거울이다." 거듭 광선과 사람이 동일하다는 얘기다. 음속의 경우는 듣는 것, 즉 청각이 계량의 효시일 수 있지만, 광선의 경우는 시각, 즉 일단 보는 것이 계량의 효시다. 그러므로 눈으로 무엇을 보았는지, 그것을 발표할 줄 알아야 한다. 시인의 이름, 시인 아내의 이름조차도 광선에 의한 시각의 결과물이다. 시인의 오래된 과거의 연인 'AMOUREUSE'도 그와 같은 시각을 보유했을 만큼 총명했으리라.

시인의 이름과 시인 아내의 이름은 어떤 광선의 통로를 통해 소통되었는가. 거기에 속도를 부여해 여러 아내와 빨리빨리 소통하게 해야 한다. 광선의 속도를 따라가다 보면 일부다처제의 시대가 도래할지 누가 알랴!

하늘은 시각에 들어온 이름들에 대해서만 하늘 노릇을 명백히 한다. 인간은 아마도 태초에 제일 머리 좋아 보이는 친구가 맨 먼저 하늘을 눈으로 확인하고 '저것은 지금부터 하늘이다'라는 식의 통일 과정을 거쳤으리라. 생각해보라. 하늘이라는 이름이 없었다면 우리는 무슨 재주로 하늘을 설명할 수 있었을 것인가. 이상의 「선에 관한 각서」 일곱 편이 분명 수학이나 물리학 참고서가 아닌 것은 너무나 웃기는 대목이 불쑥불쑥 나타나기 때문이다. 시인은 하늘의 이름을 쭉 나열했다. 하늘은 하늘 딱 하나의 이름만 있는 것 같은데, 여러 개의 이름이 있다는 게 정녕 웃긴다.

창공·추천·창천·청천·장천·일천·창궁 등 시인은 하늘에 관해 나름대로의 시각적인 이름들을 발표했다. 그런데 여기서 또 웃기는 것은 모든 이름들이 어쩜 지방색을 띤 이름 같다는 대목이다. 사실이 그렇다. 그 이름들은 대단히 갑갑한 지방색을 띠었다. 그것은 어디까지나 조선말이었다. 조선말 '하늘'은 일본·중국 등지에서 조금씩 각기 다르게 쓰기 때문이다. 그럼에도 불구하고 시각의 이름은 또한 영원하다. 조선의 경우 하늘은 늘 하늘로 불리고, 미국·영국·캐나다 등지에서는 쭉 스카이로 불릴 것이다.

시인의 이름 이상, 그리고 꽤 먼 훗날의 아내 변동림, 이런 이름들도 영원히 살아남을 수 있다. 모티프가 있기 때문이다. 시각의 이름은 움직이지 않으면서도 움직이고, 운동하지 않으면서도 운동을 하는 영혼의 코스가 있기 때문이다. 1931년경에 발표된 시각적 이름 이상을 그후 나 같은 따분한 사나이가 어디서 주워듣고 지금까지 그 이름을 틀어쥐고 있지 않는가.

시각의 이름은 그것을 확보했다고 해서 광선보다도 빠르게 달아날 필요가 없다. 서두를 필요가 없다는 얘기다. 한편 시각의 이름들을 '건망'할 필요가 있다. 잊을수록 좋다. 절약할수록 좋다. 겸손할수록 득이 크다는 얘기다. 이쯤 되면 최고 수준의 일반 철학과도 맞닿아 있다.

시인이 최종적으로 부탁한다. 이것은 「요한계시록」 같은 것이 아니기 때문에 계시가 아니라 부탁만 할 뿐이다. 사람은 광선보다 빠르게 달아나는 속도를 조절하고 때로는 과거나 미래에 있어서도 자신을 도태시킬 줄 알아야 한다. 별똥이 떨어지듯이 말이다. 과거나 미래나, 삶이나 죽음이나 일직선상에 있기 때문에 지금은 살아 있지만 편안하게 불만 없이 죽어갈 줄도 알아야 한다는 얘기다.

네 번째 묶음

「건축무한육면각체」로 들어가면서

이상한 일이다. 나한테는 이상이 기인으로 느껴지지 않는다.
그도 한갓 평범한 소시민이 아니었나 싶기도 하다.
나는 문종혁의 "이상은 나약한 청년이었다"는 증언을 좋아한다.
또 김기림의 "이상은 「날개」라는 소설로
박수갈채를 받을 때에도 실상은 호주머니 속에 깊이 감추어둔
시고詩稿를 더 소중하게 주물러보곤 했다"는 증언도 좋다.
나는 이상의 부인 변동림의 증언을 지지한다.
"이상에게 재간은 건축과 미술이요,
인간 바탕은 시인이었다."

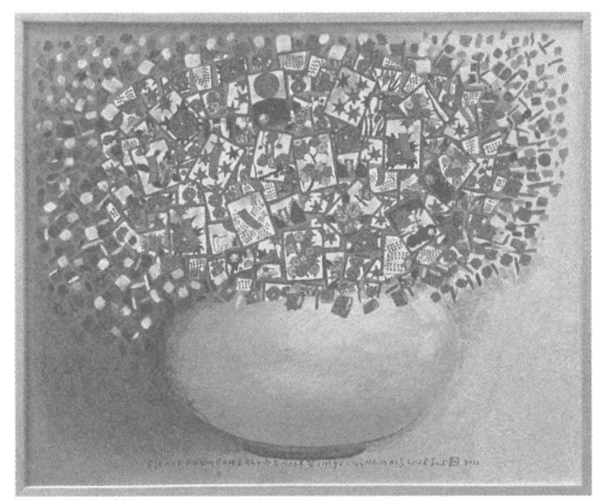

〈네 번째 묶음에 관한 자포자기적 질문〉

이상은 진짜 이상異狀했는가

실제로 이상은 어떤 사람인가. 진짜 이상한 사람인가, 진짜 기인인가. 이 부분은 나 같은 사람도 심히 궁금하다. 이 글을 낑낑대며 쓰고 있는 필자도 가끔 기인으로 취급받기 때문이다. 내가 책을 통해서 살펴본 바 정상이냐 비정상이냐 하는 문제는 섣불리 속단할 문제가 아닌 것 같다. 왜냐하면 얼추 반반 정도로 추측되기 때문이다. 이상 측근들의 얘길 들어봐도 반반으로 갈린다. 이상이 기인이라는 견해는 주로 그가 평소에 하고 다니는 행색이나 꼬락서니를 두고 하는 말 같다. 귀공자 타입인데 늘 워낙 씻지 않고 그대로 다니는 더부룩한 머리 모양이나 옷차림에 전혀 신경을 안 쓰는 사람처럼 보인 게 기인의 이미지로 굳어진 듯하다. 그런 와중에도 턱 밑까지 올라오는 티셔츠에 시도 때도 없이 백구두를 신고 다녔다니까 행색 면에 있어선 내가 몇 번씩 만나본 백남준이나 중광보다는 한 수 좀 위지 않나 싶다. 내가 실제로 본 백남준의 구두나 중광의 신발은 차마 눈 뜨고 볼 수 없는 거의 거렁뱅이 수준이었다. 전체적으로 보자면 이상은 전유성이나 송창식쯤 되지 않을까. 자기 자신을 위한 치장으로부터 완전히 해방된 사람 말이다.

기인인지 아닌지는 알 수 없다 쳐도 적어도 이상은 자기를 위한 몸치장으로부터만은 자유스러웠을 뿐만 아니라 자기 몸 간수로부터도 완전히 자유인 그 자체였던 것 같다. 이상과 비슷한 각혈병으로 요절한 소설가 김유정은 달랐다. 늘 단정한 한복 차림이었던 것 같다.

그는 처절하게 살고 싶어 했고 살길을 죽기살기로 찾아헤맸다. 김유정은 닭 30마리만 고아 먹으면 살 것 같다는 꿈을 돈이 없어 끝내 못 이루고 이상보다 불과 20일 먼저 세상을 떠나고야 말았다. 농담인지 진담인지 몰라도 남겨진 글에 보면 둘이 비슷한 폐병을 앓으며 신세한탄을 하다가, 이상이 마치 좋아하는 남녀가 함께 정사하는 것처럼 우리도 정사의 거사를 치르자고 약속했다는데 김유정이 시큰둥했다고 한다. 그런 얘기를 들어보면 과연 기인이었던 듯싶다.

함께 죽자는 얘기는 느닷없이 나온 말이 아니다. 이상이 김유정에게 함께 죽자는 얘기를 꺼내기 불과 5년 전인 1926년 8월 새벽 시모노세키에서 부산으로 가던 관부연락선에서 당대 최고의 신여성 윤심덕과 인텔리 김우진이 현해탄에 몸을 던져 말 그대로 정사情死했기 때문이다. 윤심덕은 한국 최초의 대중가요 가수로, 우연히도 내 경우와 똑같은 번안가수로 데뷔했다. 「딜라일라」「제비」「내 고향 충청도」처럼, 「다뉴브강의 잔물결」을 모델로 지은 노래 「사의 찬미」를 불러 대히트를 쳤다. 정사의 이유가 참 놀랍다. '사랑해선 안 될 사랑'이다. 김우진이 전라도 만석꾼의 큰아들로 유부남이었고 죽을 때 나이는 윤심덕과 같이 29세였다.

「사의 찬미」라는 노래에는 이런 유명한 구절이 있다. "이래도 한세상 저래도 한세상." 가수는 노래 따라 진짜 저세상으로 간다는 학설이 아마 이때부터 생겨난 듯하다. 그렇지 않아도 평행이론이 새로 나타났다고 야단들인데 말하자면 윤심덕·김우진이 평행을 이루었고 이상과 김유정이 평행을 이루었으며, 2009년 불과 몇 달 사이로 세상을 떠나간 서강대 영문학 교수 장영희와 기인풍의 화가 김점선이 평행을 이루었다.

시인 이상의 기인 풍모는 여러 방면에서 드러난다. 우선 연예인도 아니면서 일찍이 이상李箱과 하융이라는 두 가지 이름으로 행세한 것도 그중에 하나다. 기인이 되고 싶어서는 아니지만 나도 한때 이름을 조상趙箱으로 바꾸는 문제를 심각하게 고려한 적이 있는데, 조상祖上 꼭대기 어른이라는 의미로 너무 건방지게 들릴 것 같아 그만뒀다. 이상이 그때나 지금이나 철밥통 공무원자리인 시청 건축기사를 때려치우고 먹고살기 위해 '제비'라는 이름의 다방을 차린 것도 가히 기인 풍모라면 풍모다. 이상이 운영했다는 다방은 소위 지금의 스타벅스나 커피빈인데 인테리어도 매우 가관이었던 듯하다. 테이블과 의자의 높이가 매우 낮았다는데 그건 결국 좁은 공간을 넓게 보이게 하려는 탁월한 디자인 솜씨로 당시는 그 의도를 아무도 눈치채지 못했던 것 같다. 나나 전유성도 이상을 흉내내고 싶어서인가. 나는 한때 잘 다니던 서울음대를 때려치우고 미8군 쇼단 멤버로 들어갔고 전유성은 인사동 골목에 '학교종이 땡땡땡'이라는 얄궂은 찻집을 낸 적이 있다.

이상의 '제비' 다방이 잘 안돼 또 다른 장소에 다방을 차리는데 그 다방 이름이 '맥'麥이다. 그보다 더 괴상한 건 '69'라는 누가 봐도 외설적인 이름의 다방을 차린 거다. '69'는 일본말로 '유구리'였는데 '놀다가세요'라는 뜻이 들어 있는 모양이다. 집 안에 있을 때는 허구한 날 궁상맞게 이불을 푹 뒤집어 쓴 채 벌건 대낮도 잠으로 때웠다니 잠의 괴팍성은 가히 송창식을 방불케 했다. 지금도 송창식은 해가 떨어질 때까지 자는 것으로 유명하다. 휴양차 황해도 백천온천으로 놀러가 그림 그리는 친구 구본웅과 작당해 금홍이라는 얄궂은 이름의 처녀를 꼬셔온 것, 임시 동거를 실행해 동네방네 소문을 낸 것도 당시로선 기인의 행각이라 칭하지 않을 수 없다.

한편 자기 세계밖에 모르는 괴팍남으로 알려진 이상이 자기의 시

작품을 메이저급 신문에 싣기 위해 자기를 알아주는 선배 정지용이나 동료 박태원한테 지극정성으로 로비를 벌인 걸 보면 그도 한갓 평범한 소시민이 아니었던가 싶기도 하다. 이런 논란 중에도 "이상은 애브노멀abnormal이 아니고 노멀normal이다, 순진한 퓨리턴puritan이다"라고 강변한 사람은 이상의 친구 김기림과 그의 유일한 아내였던 변동림이다.

이상한 일이다. 나 또한 이상이 그렇게 기인으로 느껴지지 않는다. 이상한 사람으로 느껴지질 않는다. 내 자신이 기인이라서 그런 게 아니냐는 설도 있지만 말이다. 나는 그와 가장 오랜 친분을 유지했던 문종혁의 "이상은 나약한 청년이었을 뿐이다"라는 증언을 좋아한다. 또 보성고등학교 시절부터 1년 선후배 사이의 친구 시인 김기림의 "이상은 「날개」라는 소설로 일약 최고의 스타로 박수갈채를 받을 때에도 실상은 호주머니 속에 깊이 감추어둔 시고詩稿를 더 소중하게 주물러보곤 했다"는 증언도 좋다. 보통 시인과 다름없었다는 의미다. 이상이 죽은 후 수화樹話 김환기의 아내가 된 변동림의 증언도 전적으로 지지한다. "이상에 있어서 재간才幹은 건축과 미술이요, 인간 바탕은 시인이었다."

이상의 천재성이 기인이라는 강력한 이미지에 너무 많은 부분 깎여나가는 것 같아 단도직입적으로 말하겠다. 이상은 시시한 기인 나부랭이가 아니다. 한마디로 이상은 지난 100년 동안에 존재했던 최고의 문학적 천재다. 왜 그가 천재냐? 내가 죽었다 깨어나도 해독할 수 없는 그림 같은 시를 정교하게 써놓았기 때문이다. 해독 불가한 글을 정교하게 써놓지 않았으면 그건 낙서거나 쓰레기다. 이상은 그토록 비밀스런 시를 정교하고 치밀하게 써놓았기 때문에 나는 그를 천재로 볼 수밖에 없다. 하긴 이상한 시인 혹은 기인으로 불릴 수밖에 없을 만큼 괴팍한 시를 써놓았다. 기인이나 천재가 아니면 도저히 쓸 수 없는 시들을 써놓았다.

도처에 천재가 있다. 모차르트·베토벤도 천재다. 내가 열 번 죽었다 깨어나도 잡아낼 수 없는 정교한 선율들을 오선지 위에 잡아냈기 때문이다. 피카소와 달리도 천재다. 어느 누구도 흉내낼 수 없는 형상을 캔버스 위에 잡아냈기 때문이다. 칸트와 아인슈타인 역시 천재다. 내가 도저히 알아먹을 수 없는 철학·과학 이론을 노트 위에 적어놓았기 때문이다. 그러나 미안하지만 나는 보들레르·랭보·포·엘리엇을 천재로 여기지 않는다. 왜냐하면 그들이 써놓은 시들을 웬만큼은 알아먹을 수 있기 때문이다. 모차르트·피카소·아인슈타인은 영락없는 천재라서 상관없지만 저쪽의 보들레르·랭보·엘리엇은 내가 보기에 우러러볼 만한 천재가 아님에도 불구하고 '날개'를 달고 우주를 펄펄 날며 이름을 날리고 있다. 아직도 '날개'를 달지도 못하고 날지도 못하는 우리의 천재 이상만 분하고 억울하고 원통할 뿐이다.

건축무한육면각체

AU MAGASIN DE NOUVEAUTES

사각형의내부의사각형의내부의사각형의내부의사각형의내부의사각형.

사각이난원운동의사각이난원운동의사각이난원.

비누가통과하는혈관의비눗내를투시하는사람.

지구를모형으로만들어진지구의地球儀를모형으로만들어진지구.

거세된양말. (그 여인의이름은워어즈였다)

빈혈면포貧血緬, 당신의얼굴?빛?깔?도?참?새?다?리?같?습?네?다?.

평행사변형대각선방향을추진하는막대한중량.

마르세유의봄을해람解纜한코티의향수의마지한동양의가을.

쾌청의공중에붕유鵬遊하는Z백호伯號. 회충양약蛔蟲良藥이라고씌어져있다.

옥상정원屋上庭園. 원후를흉내내이고있는마드무아젤.

만곡된직선을직선으로질주하는낙체공식落體公式.

시계문자반에XII에내리워진일개의침수된황혼.

도아—의내부의도아—의내부의조롱鳥籠의내부의카?나리?야?의내부의감살문호嵌殺門戶의내부의인사.

식당의문깐에방금도달한자웅雌雄과같은붕우가헤어진다.

파랑잉?크?가엎질러진각설탕이삼륜차에적하된다.

명함을짓밟는군용장화. 가구를질구하는조화분련造花分蓮.

위에서내려오고밑에서올라가고위에서내려오고밑에서올라간사람은밑에서올라가지아니한위에서내려오지아니한밑에서올라가지아니한위에서내려오지아니한사람.

저여자의하반은저남자의상반에흡사하다. (나는?애련哀憐한해후에애련하는나)

사각이난케?—스?가걷기시작이다. (소?름?끼?치?는?일?이?다?)

라?지?에?—타?의근방에서승천하는굳?빠?이?.

바깥은우중. 발광어류發光魚類의군집이동群集移動.

뭐니 뭐니 해도 이상은 난해한 시, 해독불가한 시를 쓰는 것으로 이름이 나 있다. 다름 아니라 바로 「AU MAGASIN DE NOUVEAUTES」 같은 시를 남겨놓았기 때문이다. 하지만 우리가 앞에서 읽은 숫자를 나열한 시 형식이나 유클리드 기하학 문제 풀이 같은 시에 비해 훨씬 덜 난해한 편이다. 그나마 여기 남겨놓은 낱말 쪼가리들은 단편적으로 이해가 가능하기 때문이다. 그렇다 해도 이 시는 우리가 익히 아는 언어로 엮어놓았는데도 시인이 우리에게 무엇을 말하려는 건지 어림잡기가 힘들다. 짧게는 이해가 가지만 총체적인 해석은 거의 불가능한 것처럼 보인다. 왜냐하면 이 시는 엄밀히 말해서 21행의 각각 다른 의미를 지닌 딱딱한 내용물로 엮여 있기 때문이다.

내용 면에서 서로가 연결되거나 통하는 문장이 단 한 줄도 없어 보인다. 가령 첫 행의 "사각형"과 두 번째 행의 "원 운동" 사이에는 아무런 관련도 없고 연결도 없다. 세 번째 행의 "비누냄새를 투시하는 사람"과 네 번째의 "모형으로 만들어진 지구"도 서로 관련이나 연결 없이 따로 논다. 그렇다고 여기서 1행과 4행이 관련 있는 것도 아니고 1행과 3행이 연결되는 것도 아니다. 이런 식으로 보면 1행에서 21행까지 서로 딴소리를 해대고 있다. 완전 독립적이다.

그럼 도대체 무슨 시냐. 이건 시도 아니고 수필도 아니고 소설은 더더욱 아니다. 아마 시인 자신도 장르 구분 없이 그냥 생각나는 대로 써놓았을 것으로 짐작된다. 내가 팝·가요·트로트 등 장르 없이 노래를 부르고 추상·반추상·평면·입체 상관없이 그림을 그리는 것과 매우 흡사하다.

이 시에 대해 억지로 총체적 의미를 부여하자면 대충 이런 거다. 원래 상점이나 가게의 뜻을 가진 매거진Magazine이라는 어휘가 월간지·잡지를 비롯한 종이 재질의 온갖 책으로 둔갑했다. 이 시의 불어 제목은 '새로운 것들이 있는 가게에서' 정도다. 그러니까 가게·상점 따위가 이상 시 해석에서 멋진 단어 백화점으로 굳어진 거다. 그리하여 여기 이 시는 백화점 문을 들어서는 순간부터 여기저기로 구경을 다니다가 별 목적도 없이 약국 앞도 지나가고, 옥상 위도 올라가고, 레스토랑에서 누군가를 잠시 만나기도 하다가 비가 오는 밖으로 나오기까지의 여정이다. 마치 제임스 조이스의 『율리시즈』 식으로 순간순간의 느낌과 심리를 생각나는 대로 무심코 메모를 남기듯 적어놓은 글 쪼가리들이다.

그럼 이 시가 독자들에게 주는 메시지는 뭐냐. 나는 여기서 이상의 편을 들어야겠다. 나도 가끔은 작가 겸 예술가이기 때문이다. 이상은 이 시를 쓰면서 독자들에게 꼭 무슨 메시지를 전달하고야 말겠다고 작정을 한 건 아니다. 그냥 백화점에 들어갔다 나온 느낌을 적었을 뿐이다. 그 느낌을 21가지의 각기 다른 의미의 문장과 낱말들로 요약해놓은 것이다. 이것은 상당한 기술로 봐야 한다. 미국의 유대계 포크가수 밥 딜런의 엉뚱한 노랫말 가사도 이와 비슷하다. 거듭 말하지만 시 자체가 독자들에게 메시지를 던져주지는 않는다. 이 시에서 메시지를 얻는 방법은 한 가지다. 시를 읽는 독자들이 「AU MAGASIN DE NOUVEAUTES」로부터 메시지를 빼내는 수밖에 없다.

그럼 조영남이 여기서 빼낸 메시지는 뭐냐. 이 삭막한 도시에 살면서 순식간에 천국을 구경하고 싶다면 백화점으로 가라는 것이다. 거기에 가면 작은 피라미드, 축소된 만리장성, 마추픽추의 모형 같은 기묘한 물건들을 한꺼번에 볼 수 있기 때문이다. 하늘·산·강·바다·별·해·달·바람처럼 신이 만든 작품들은 백화점 밖에 있고, 인간이 만든 모든 작품들은 몽땅 백화점 안에 들어 있다는 얘기다. 사각형의 진열장들, 길목들, 물건들, 원형으로 된 각종 제품, 비누 냄새를 맡듯 주변을 세세히 구경하는 사람, 각종 내복, 겉옷, 그리고 양말들, 양말도 그냥 양말이 아니라 거세된 양말들. 얼마나 웃기는가. 한번 신으면 고린내가 풍기는 양말짝에 거세할 것이 뭐 있다고 허풍을 떨까. 그 어이없는 허풍이 우리를 웃게 만든다.

나는 지금 21개행 중 5행에서 머뭇거리고 있는데 나머지 행들도 이런 식으로 읽어 내려가면 그런 대로 재미를 볼 수 있다. 6행의 핏기 없이 파리한 얼굴빛을 참새 다리로 비유한 생뚱맞은 표현, 7행의 어디로 가는지도 모르게 그냥 앞으로 나가는 막대한 중량의 느낌, 8행에 느닷없이 등장하는 프랑스 도시 마르세유, 거기다가 코티 향수의 내음까지 풍긴다는 동양의 가을. 이런 식으로 21행까지 나가다 보면 어린애 옹알이 같기도 하고 어른 잠꼬대 같기도 한, 어쩌면 학생용 국어·역사·사회 참고서를 갈기갈기 찢어 흐트렸다가 다시 주워 스카치테이프로 연결해 읽는 듯한 마구잡이식 재미를 나름대로 맛보게 된다. 미술용어로 일종의 몽타주 기법 같은 거다. 더덕더덕 아무거나 주워 붙이는 기법 말이다.

TV 코미디 프로그램에서 관객이 별 뜻 없이 낙서한 종이뭉치를 무대 위에 던져놓으면, 무대의 연기자가 어느 순간 그중 하나를 집어들어 극중 대사로 처리하는 식이다. 관객들은 앞뒤가 맞지 않는 상황과 말 때문에 폭소를 터뜨린다. 여기서 코미디언들의 대사와 관객의 낙서가 어떻게 연결되느냐, 그게 무슨 의미냐, 왜 웃기냐며 진지하게 따지고 드는 사람은 한마디로 바보 멍청이다. 코미디가 뭔지를 모르는 자다. 낙서 한마디가 관객을 웃게 했으면 그것이 코미디건 시건 간에 목적을 달성한 셈이다. 문학에서의 감동이나 비극적인 드라마, 혹은 코미디에서 우러나오는 감동은 다 똑같은 정도의 감동이다.

이런 맥락에서 보면 나 같은 아마추어가 보기에 이 땅의 이상 시 전문가나 비평가들은 하나같이 바보다. 그냥 한 번 읽고 웃으면 될 걸 꼬치꼬치 따지고 들기 때문이다.

이 시에는 24가지의 물건만 있을 뿐이다. 그 물건에는 설명서가 따로 붙어 있지 않기 때문에 그것이 무슨 용도로 쓰이는지 누구도 자세히 알 수 없다. 그것들의 내용은 국어학자 최현배도 풀 수 없고 뉴턴·칸트·아인슈타인도 풀 수가 없다. "사각이 난 가방이 걷기 시작한다." "자동차 범퍼 앞에서 하늘로 올라가는 굿바이." 이런 말은 그냥 개가 풀 뜯어먹는 소리이거나 자다가 봉창 두드리는 소리로 들릴 수가 있다. 실제로 이상의 시는 해석이 안 된다. 말이 말 같지 않고 따라서 이해조차 불가능하다. 그래서 "에이 쌍!" 하고 페이지를 넘기거나 책을 덮어도 아무 상관 없다. 분명한 것은 우리의 시인이 독자들에게 퀴즈를 내거나 숙제를 낸 것이 아니다. 그러므로 이 시는 읽는 독자가 스스로 알아서 제 밸 꼴리는 대로 해석하거나 말거나 하면 된다.

나는 내 방식대로 숙제를 풀었다. 이상의 「AU MAGASIN DE NOUVEAUTES」는 언어로 된 설치미술이다. 시인이 아주 작정을 하고 정교한 언어의 백화점을 만들어놓았다. 나는 시인의 시를 따라가면서 시인이 어떻게 쇼핑을 하는지 관찰해보고 싶었다. 나 역시 자칭 쇼핑광이기 때문이다. 그러나 쉽진 않았다. 전면적으로 새로운 언어

스타일 때문이다.

시인이 세밀히 적어놓은 백화점 풍경은 우선 직역이 불가능하다는 것을 알았다. 가령 19행의 "사각 가방이 걷기 시작한다"는 소리나 20행의 "승천하는 굿바이" 같은 소릴 무슨 재주로 직역할 수 있단 말인가. 선택은 하나다. 의역이나 각색을 해버리는 것이다. 만약 사각 가방이 생명체여서 바퀴 대신 두 발로 걸어다닌다면 얼마나 소름끼치겠는가. 가방이 사람 손이나 기계의 힘에 의해 A에서 B지점으로 옮겨지는 것을 보고 시인은 가방이 걷는다고 생각했을 수도 있다. 라지에타의 미국 발음은 라디에이터radiator쯤 된다. 자동차 라디에이터 부근에선 항시 하얀 수증기가 아래서 위쪽으로 스멀스멀 올라오곤 한다. 만일 그 부근에서 "굿바이"라는 소리를 냈다면 그 소리가 수증기와 엉켜서 하늘로 승천하는 것처럼 보일 수 있다.

1행에서 21행까지 정확히 뭘 말하려고 하는지 짐작조차 하기 힘든 이 고약한 시는 형식의 독특함에 있어서 타의 추종을 불허한다. 한갓 상징주의 시라고 하기엔 지금 이 시가 상징하는 것은 아무것도 없다. 초현실적이라고 하기엔 또 극히 다큐멘터리적이다. 얘기가 너무나 리얼하게 흐르는 측면도 있다는 말이다. 그냥 백화점을 한번 둘러보고 나왔을 뿐인데도 말이다. 12행의 "시계 문자반 위 XII에 내리워진 한 개의 침수된 황혼"의 경우, 오후 12시 근처를 가리키는 시계바늘을 으스름한 초저녁 황혼과 연결시킨 건 눈물이 날 정도로 황홀하게 기계와 자연이 매치된 리얼리티가 아닌가. 그렇다고 이 시를 다다이즘으로 분류하기엔 섬뜩할 정도로 내용상의 통일성을 이루고 있다.

"마르세유의 봄을 해람한 코티 향수를 맞이한 동양의 가을"의 경우 프랑스 남부도시로 돛단배를 타고 떠나가 거기서 코티 향수 같은 봄의 향기를 듬뿍 싣고 돌아오듯 동양의 가을을 맞이한다는 얘긴데, 이토록 선명하고 아름답기까지 한 내용을 시시껄렁한 다다이즘 따위로 취급할 수는 없다. 다다는 무無이기 때문이다. 어떤 의미가 실려 있으면 그것은 다다가 아니다.

"명함을 짓밟는 군용 장화. 가구를 질구하는 조화분련." 이런 시에 도무지 무슨 의미가 비집고 들어설 수 있단 말인가.

건축무한육면각체

출판법

I

허위고발이라는죄명이나에게사형을언도하였다. 자취를은닉한증기속에몸을기입하고서나는아?스?팔?트?가마를비예??하였다.

일직一直에관한전고典古일즉일一則一

기부양양其父攘羊기자직지其子直之

나는아아는것을아알며있었던전고로하여알지못하고그만둔나에게의집행의중간에서더욱새로운것을아알지아니하면아니되었다.

나는설백으로폭로暴露된골편을주워모으기시작하였다.

"근육은이따가라도부착할것이니라"

박락剝落된고혈膏血에대해서나는단념하지아니하면아니되었다.

II 어느 경찰탐정의비밀신문실에있어서

혐의자로서검거된사나이는지도의인쇄된분뇨를배설하고다시그것을연하嚥下한것에대하여경찰탐정은아아는바의하나를아니가진다. 발각당하는일은없는급수성소화작용. 사람들은이것이야말로즉요술이라말할것이다.

"물론너는광부이니라"

참고남자의근육의단면은흑요석과같이광채나고있었다고한다.

III 호외

자석수축磁石收縮을개시

원인극히하명불下明不대내경제파탄에인한탈옥사건에관련되는

바농후하다고보임. 사계斯界의요인구수要人鳩首를모아비밀리에 연구조사중.

개방된시험관의열쇠는나의손바닥에전등형의운하를굴착掘鑿하고있다. 미구未久에여과된고혈과같은하수河水가왕양汪洋하게흘러들어왔다.

IV

낙엽이창호를삼투하여나의예복의자개단추를엄호한다.

암살

지형명세작업의지금도완료가되지아니한이궁벽의지에불가사의한우체교통은벌써시행되어있다. 나는불안을절망하였다.

일력日曆의반역적으로나는방향을분실하였다. 나의안정은냉각된액체를산산으로절단하고낙엽의분망을열심으로방조하고있지아니하면아니되었다.

(나의원후류猿猴流에의진화)

시 제목부터 웃긴다. 「출판법」, 말 그대로 파격이다. 하! 그 젊은 나이에 이런 괴상망측한 시를 써내다니 그저 놀라울 따름이다. 파격이라는 말밖에 안 나온다.

나는 1964년 나이 스무 살에 서울음대에 시험봐서 간신히 들어갔다. 그건 파격이 아니다. 그때 나는 노래를 꽤 잘 불러 슈베르트의 「보리수」, 이탈리아 가곡 「이상」Ideale, 김동진의 「가고파」, 심지어 푸치니의 오페라 「토스카」에 나오는 아리아 「별은 빛나건만」E Lucevan le stelle도 곧잘 불렀다. 그러나 그건 파격이 아니다. 음대 응시생쯤 되면 누구나 그 정도는 해줘야 한다. 나이 스무 살 근처에 시를 쓰는 것도 파격이 아니다. 바람·하늘·별·구름·낙엽·황혼·사랑 뭐 이런 내용으로 시를 쓴 것 물론 역시 파격은 아니다. 보통 있을 수 있는 일이다. 요컨대 내 얘기는 「출판법」 따위의 제목을 골라 시를 썼다는 게 파격이라는 얘기다.

시인 폴 발레리나 보들레르도 나와 비슷한 생각을 했다. 삶의 신비로운 변화는 모든 연령층에서 일어나지만 신비로운 지적 천재성은 대체로 20세에서 24세에 발휘된다고 적어놓았다. 그러나 이보다 더 심한 파격도 있었다. 랭보는 발레리와 보들레르가 말한 연령보다 더 낮은 17세에 천재성을 발휘해 그들의 오금을 못 펴게 만든 시를 써냈다.

> 왕처럼 늠름한 손톱으로
> 작은 이蝨들의 죽음을 톡톡 소리나게 한다

여기서 '이'는 사람 몸에 기생하는 기생충이다. 어린 나이에 「이 잡는 여인」 같은 특이한 소재를 아름다운 시어로 표현해낸 랭보는 과연 파격이었다. 문제는 파격의 무게다. 랭보의 「이 잡는 여인」도 꽤나 묵직하지만, 파격의 무게는 이상의 「출판법」에 훨씬 못 미친다. 두 시인의 시를 양쪽에 펴놓고 읽어보면 알 수 있다.

랭보나 이상처럼 보들레르도 스무 살 전후에 기막힌 시를 쓰기 시작했다. 「악의 꽃」도 그쯤에 초안이 잡힌 것이었다. 「악의 꽃」이라는 표제도 정녕 세기적인 파격이다. 그러나 시 제목이 누리는 파격성의 무게로는 벌써 이상의 「오감도」에조차 어림 반푼어치도 못 미친다. 더더욱 「출판법」과는 비교조차 안 된다. 엘리엇의 「황무지」도 더할 나위 없이 황홀하다. 그러나 시 제목 자체의 무게와 강도는 「오감도」나 「출판법」을 못 따라온다. 따라올 수가 없다.

보들레르가 쌩쌩하던 20대에 낙서처럼 내갈겨 썼다는 두 줄짜리 묘비명이 있다.

> 갈보들을 너무 사랑했기에
> 아직 젊은 나이로 땅 두더지 왕국으로 내려간 자 여기 잠들도다

이런 파격적인 솔직함과 비장함조차 이상의 「출판법」 앞에는 한갓 치기 어린 공중변소의 낙서 정도로 여겨질 뿐이다. 나 자신도 꽤나 어렸을 적에 보들레르 정도의 묘비명은 써놨다.

> 웃다 죽다
> 조영남

뭐 말라비틀어진 게 시인인가. 자신이 누구인지를 끊임없이 파고드는 사람이 시인이다. 김소월은 자신을 "약산에 진달래"라고 고백했다. 윤동주는 자신을 "밤하늘의 별"이라고 고백했다. 정지용·김기림은 자신들을 "천하의 외톨이"라 고백했다. 보들레르는 자신을 악의 꽃 중에서도 최고의 악질적인 꽃으로 알고 죽는 순간까지 스스로를 학대하며 저주했다. 랭보는 자신의 삶에 두 손 두 발 다 들고 일찌감치 삶으로부터 잠적해버렸다. 그럼 이상은 어떠한가. 무엇보다 당당하다. 삶과 죽음과의 정면대결, 특히 절박한 죽음과의 정면대결이 그의 담담한 고백이다.

I 「출판법」은 시인의 비관적인 고해성사다. 「출판법」의 앞부분은 자

신이 쓴 시들이 허위고발로 곡해되어 독자들로부터 고발을 당해 사형 언도까지 받았음을 실토한다. 복잡하게 씌어진 시를 한 줄기의 스토리로 구성해보면 의외로 간단하다. 한 명의 괴짜 시인이 당시 식민지 조국에 시퍼렇게 살아 있던 문제의 「출판법」에 의거, 허위고발죄명으로 만 20세 나이에 사형 언도를 받고 수감생활을 하다가 그로부터 7년 후 28세 때 서울도 아닌 동경의 어느 감옥에서 형장의 이슬로 사라진다는 내용이다.

지금까지 나온 이상의 시 「출판법」 해설서에는 「출판법」에 의해 허위고발죄로 사형 언도를 받은 자는 시인이 아니라 오식誤植된 활자, 즉 잘못 꽂은 글자라고 되어 있다. 옛날 인쇄 방법은 글자 하나하나를 쇠도장처럼 파서 문장의 모양과 순서대로 꽂아놓고 그 위에 잉크를 발라 찍어내는 것이었다. 그러니까 한번 잘못 꽂힌 글자는 빼내서 버릴 수밖에 없는데 그렇게 버림받은 글자는 바로 사형이 언도된 글자가 아니냐는 것이다.

보통 사람은 친구가 죽었을 때 엉엉 운다. 그러나 시인은 그런 일로 울지 않는다. 하지만 잘못 심어진 활자 하나를 놓고는 슬피 운다. 곧 빼내져 쓰레기통으로 들어가는 활자의 팔자 타령을 대신해서 엉엉 울어주는 것이다. 이것이 시인이다. 이건 좀 파격적인 얘기 같지만 어린아이를 소중히 여기는 예수의 마음, 버러지 하나도 아무렇게나 죽이지 않는 부처의 마음이 바로 시인의 마음인 것이다. 이상은 지금 오식된 활자가 사형언도를 받았다며 엉엉 울고 있다. 「출판법」은 바로 이 지점에서 출발한다. 오식된 활자 하나가 사형언도를 받기까지의 내력이 마치 최인훈의 소설 『광장』만큼이나 장대하게 펼쳐진다. 사형선고를 받아놓고 있는 오식된 활자는 바로 시인 자신이기 때문이다.

시인은 젊은 나이에 불온한 시를 너무 많이 써놓았다. 그래서 이상을 정신이상자로 아는 보수 꼴통 독자의 몰이해 때문에 당국으로부터 쫓기는 신세가 된다. 시인은 자취를 분간할 수 없는 뿌연 증기 속에 몸을 숨긴다. 보통은 무쇠로 밥솥 같은 걸 만들고 나무로 불을 때는 가마를 만들었건만, 이번에 시인은 아스팔트 재질로 된 가마를 만들어놓고 그것을 비예睥睨한다. 자신은 번쩍거리는 캐딜락 같은 금속 가마를 타도 시원치 않은데 싸구려 아스팔트 가마가 앞에 있으니 언짢은 기분으로 째려볼 수밖에 없다.

"일직一直에 관한 전고일즉일典故一則一." 출판할 때 한번 활자를 잘못 심어 인쇄하면 다시 수정할 수 없다는 뜻이다. 다시 말해 우리의 시인도 남들이 쓰는 방식대로 시를 쓸 걸 너무 머리를 굴려 알아먹을 수 없게 써 출판사로부터 퇴짜를 맞게 생겼다는 얘기다. 그러나 시인은 그걸 알면서도 새로운 방식대로 시를 쓰지 않으면 못 견딘다. 순수하기 때문이다. 그리하여 시인은 "설백으로 폭로된 골편", 곧 새하얀 활자체처럼 생긴 확고한 진실을 끌어모을 수밖에 없다. 그리고 진실에 매달릴 수밖에 없다. 2,000년 전 빌라도한테 끌려온 그리스도처럼 시인은 사형집행 직전의 옹색한 꼴이 된다. 시인은 살찌는 것, 몽땅 빠져나간 피를 걱정할 새가 없다.

II 시인은 어느 경찰청 비밀심문실에서 혹독한 심문을 받는다. 「이상한 가역반응」「오감도」「3차각 설계도」 같은 배설물, 즉 불온서적의 내용이 무엇이냐는 추궁을 받게 되자 시인은 그 배설물들을 꿀꺽 삼켜버린 것이다. 경찰은 시인이 연하해버린 배설물이 거짓인지 진실인지조차 분간을 못 한다. 이런 식으로 절박하게 시인의 진실은 소화되어 퍼져나간다. 진실은 요술 같은 것이다. 그럼에도 불구하고 사형을 언도받은 시인은 불굴의 정신으로 자신을 추슬러나간다. “물론 너는 광부이니라.” 농부나 광부는 죄를 짓지 않는다. 그들의 몸이 곧 시다. 사형 언도의 절박한 순간에도 남자의 때깔은 검정 차돌처럼 빛난다는 얘기다.

III 그런 와중에 호외號外도 있다. 시인한테는 할 말이 많다. 피고인 시인은 극비리에 더욱 강력한 불온문서를 작성하는 구상에 들어간다. 원인은 알 수 없지만 지금 구금되어 있는 감옥에서 탈옥의 가능성을 농후하게 본다. “개방된 진실의 시험관 열쇠는 나의 손바닥에 쓸모 있는 운하를 굴착하고 있다.” 이 운하는 진실을 실어 나르는 운하다. 진실만을 시에 담겠다는 얘기다. 머지않아 잘 정제된 피의 진실이 밀물처럼 왕창 밀려들어올 것이다.

IV 쓸쓸한 낙엽 모양의 진실은 창문으로 날아들어 시인 예복의 자개단추를 엄호한다. 당장은 예복을 차려입고 호기를 부려보지만 내심 마음을 졸인다. 초조하고 불안하다. 암살 거사 직전이기 때문이다. 그런데 결과가 우습다. 자개단추는 무사히 살아남고 시인은 무참히 암살당한다. 시인의 시 작업은 어영부영 시작한 것도 완료된 것도 아니었다. 그런데 이 궁색하고 옹색한 땅의 불가사의한 우체교통에 의해 시인의 불온 서적이 온통 세상 밖으로 배포된다. 이젠 막다른 골목이다. 시인은 불안하다는 사실에 절망한다. 그는 반역적으로 세월을 앞서가는 바람에 향방을 잃었는지도 모른다. 이제 시인의 눈동자는 딱딱하게 굳어버린 채 시인 자신만의 언어를 잘게 부수고 부드럽게 만들어 각 언어 속에 감추어진 진실의 더미를 열심히 쌓아올리지 않으면 안 된다.

기계에서 똑같이 쏟아져 나오는 인쇄물처럼 시인의 진실도 그렇게 죽었다 살았다를 반복해가며 진화한다. 이것이 내가 본 「출판법」의 큰 줄기다. 또 다른 해석이 있다. 일제강점기 조선총독부가 실시했던 당시 언론출판의 검열제도를 우회적으로 비판했다는 권영민 교수의 해석이다. 이 시의 어딘가에 강제검열 과정이 비밀스레 숨겨져 있고, 오식을 바로잡는 교정 단계처럼 위장 진술하고 있으며, 검열통과 후의 인쇄 작업과 호외 발행을 우회적으로 그려내고 있다는데 글쎄, 시인한테 그런 정치적 울분이 있었을까 싶지만 새겨둘 만한 대목이다.

나도 20대 시절에 이상과 비슷한 고민을 했다. 스무 살에 대학에 들어가 약혼자 있는 여학생과 눈이 맞아 하마터면 간통죄로 감옥살이를 하는 줄 알았다. 이 이야기는 나의 책 『어느 날 사랑이』에 비교적 상세하게 적어놓았다. 그후에도 정신 못 차리고 멀쩡한 유부남 입장에서 외도질을 해 간통죄로 감옥에 들어갈 뻔했다.

24세에는 병역기피죄로 충남 홍성 지방법원에서 발부된 영장을 받고 정식재판을 받기 위해 끌려간 적이 있다. 25세 때는 대통령 앞에서 각본에도 없는 각설이타령을 불러 군대 영창 몇 미터 앞까지 가본 적도 있다. 일개 유행 가수가 대통령을 각설이로 비하했다는 혐의였다. 지금 당장이라도 누가 나를 허위노래 유포죄로 고발하면 나는 꼼짝없이 걸려들게 되어 있다. 세상이 알다시피 나는 대부분 사랑노래를 부르고 돈을 받아 챙겼다. 그런데 그 사랑노래라는 것이 알고 보면 전부 허위다. "아! 내 님 그리워라" 하고 입으로는 노래를 부르지만 진짜 속마음으로는 '개뿔, 그립긴 뭐가 그립냐' 하는 식이다. 그런 님이 어디 있느냐는 거다. 따지고 보면 나 같은 놈이야말로 허위노래 유포죄로 사형선고를 받아 마땅하다. 이번에 이상의 시

「출판법」 풀이를 잘못한 것만으로도 나는 당장 출판법에 의거해 냉철한 독자로부터 또 한 번 맞아 죽을지도 모른다. 그래서 「출판법」은 남 얘기가 아니다.

조8씨의 출발

균열이생긴장가비영莊稼泥濘의지地에한대의곤봉을꽂음.
한대는한대대로커짐.
수목이성함.
　　이상以上꽂는것과성하는것과의원만한융합을가리킴.
사막에성한한대의산호나무곁에서돛과같은사람이산장葬을당하는일을당하는일은없고심심하게산장하는것에의하여자살한다.
만월은비행기보다신선하게공기속을추진하는것의신선이란산호나무의음울한성질을더이상으로증대하는것의이전의것이다.

　　윤불전지輪不輾地　전개된지구의를앞에두고서의설문일제.

곤봉은사람에게지면을떠나는아?크?로?바?티?를가리키는데사람은해득하는것은불가능인가.

지구를굴착하라

동시에

생리작용이가져오는상식을포기하라

열심으로질주하고 또 열심으로질주하고 또 열심으로질주하고또 열심으로질주하는 사람은 열심으로 질주하는 일들을정지한다.
사막보다도정밀한절망은사람을불러세우는무표정한표정의무지

한한대의산호나무의사람의발경脖頸의배방背方인전방에상대하는 자발적인 공구로부터이지만사람의절망은정밀한것을유지하는성격 이다.

지구를굴착하라

동시에

사람의숙명적발광은곤봉을내어미는것이어라*

* 사실조8씨는자발적으로발광하였다. 그리하여어느덧조8씨의온실에는은화식물이꽃을피워가지고있었다. 눈물에젖은감광지가태양에마주쳐서는희스무레하게광을내었다.

1932년에 발표된 시다. 스무 살 초반에 써둔 시라서 그런가. 치기가 만발하다. 작심을 하고 노골적으로 섹시한 시를 한 편 썼다.

제목의 한자 '且'는 차·저·조 등으로 읽히지만 여기서는 '조'로 읽어야 제격이다. 글자의 생김새부터 남성의 그것을 닮았기 때문에 조8에 아예 된발음을 구사, '좆팔'로 읽을 것을 적극 권하는 바다.

"균열이 생긴 장가비영의 지"는 여성 성기의 모양새를 있는 그대로 표현한 말이다. 그 뜻이 '쩍쩍 갈라진 농가의 진흙 땅'이기 때문이다. 물론 곤봉은 남성의 성기를 의미한다. 여기 '좆팔씨의 출발'이라는 이 시의 도입부를 요즘 말로 바꾼다면 이런 식이 될 것이다.

"가운데가 찢어진 것처럼 생긴 여성의 볼록하게 솟아오른 성기에 우람한 남성의 성기를 꽂으면 성기는 성기대로 점점 커지고, 은밀한 곳의 남성숲과 여성숲이 맞닿아 더욱 울창한 숲을 이루듯 원만한 융합이 이루어진다."

남성의 성기가 여성의 성기 속으로 파고들어가는 모습을 남성이

생매장당하는 것으로 표현한 것을 보면 이상은 20대 청년치곤 굉장히 발랑 까진 청년이었던 듯하다. 생매장을 자처한 것처럼 표현해놨지만 사실 우람한 남성이라고 큰소리를 쳐봐야 얼마만큼의 시간이 지나면 곤봉처럼 딱딱했던 남성의 성기는 제풀에 말없이 죽어가기 때문에 일종의 자살로 처리해버려도 무방하다. 그리고 시인은 질문을 던진다. "왜 남성의 성기만 자살로 처리되고 여성의 성기는 끄떡없느냐."

한편 시인은 우리에게 계속 독촉을 한다. "지구를 굴착하듯 모름지기 성교에 몰입하라. 생리작용이 가져오는 상식은 포기하고 각자가 하고 싶은 대로, 밸 꼴리는 대로 해라." 참고서를 뒤져보면 안다. 어느 평론가는 "생리작용이 가져오는 상식을 포기하라"를 '성행위와 동시에 성행위의 무의미성을 알라'의 의미로 해석해놓았다. 내 생각엔 시인이 성행위 전반에 행여 손톱만큼의 무의미성을 인식했다면 일부러 이런 시를 써놓았을 리가 없다. 그뿐만 아니라 이 평론가께서는 시 제목의 한자 조(且)의 형상이 모자를 닮았으며, 8은 눈사람처럼 생겼다고 아주 친절한 평론까지 깔아놓으셨다. 그러니까 이 평론가의 논평대로라면 우리는 「조8씨의 출발」을 우리말로 바꿔 '모자를 쓴 눈사람의 출발'쯤으로 읽어야 한다. 너무 웃겨서 「개그콘서트」가 무릎 꿇게 생겼다. 차라리 조(且)는 장화처럼 생겨먹었고 8은 옆으로 놓으면 안경처럼 보이니까 이렇게 읽는 게 나을 뻔했다. '까만 뿔테 안경에 장화를 신은 사람의 출발'로 말이다.

지금까지 남아 있는 120편가량의 이상 시 중에서 가장 유치한 시 한 편을 고르라면 나는 단연 「조8씨의 출발」을 찍을 것이다. 무엇보다도 "지구를 굴착하라"는 대목 때문이다. 이 시가 발표되었던 80년 전에는 이런 말초적 감성의 시가 어쩌면 멋지게 어필됐는지 모르겠지만, 요즘 이런 식의 까발린 듯한 패러디는 오히려 썰렁하게 느껴질 수 있다. 남성이 자신의 성기를 휘두르는 걸 숙명적 현상이라고 두둔한 것도 유치하긴 마찬가지다.

현대미술에 '키치'라는 개념이 있다. 앤디 워홀의 작품들이 대부분 여기에 속한다. 한마디로 유치찬란한 게 진짜 예술이라고 우기는 주장이다. 이상이 쓴「조8씨의 출발」이야말로 키치의 극치인 셈이다.

나는 이 시에서 재미있는 사실을 하나 발견했다. 이 시는 1932년『조선과 건축』에 순수 일본어로 실린 시를 우리말로 바꾼 것이다. 그렇다면 이 시를 발견한 사람이나 또한 번역한 사람은 모두가 큰일을 해냈다. 박수를 받아 마땅한 사람들이다. 번역 얘긴데 우리는 막상 중요한 일을 막상 대수롭지 않게 치부해버리는 경향이 있다. 번역자를 홀대하는 경향은 무대에서 노래를 부르는 가수한테는 박수를 보내고, 가수 뒤에서 노래를 만든 작곡가나 노래를 받쳐주는 밴드 멤버들을 홀대하는 것과 마찬가지다. 내가 몸담아온 경음악계에서 작사가나 작곡가·연주가에 대한 홀대는 지나칠 정도다. 통상 가수에 비해 그네들이 더 음악공부를 많이 한 실력가들이라서 하는 얘기다.

마지막 행에 나오는 "희스무레하게 광을 내었다" 때문에 나는 잠시 번역자에게 존경을 표하고 싶다. 한눈에도 알아볼 수 있듯이 이상이 다른 시인들과 크게 다른 이유 중 하나는 형용사를 거의 쓰지 않는다는 점이다. 그것은 꾸미거나 치장하기를 싫어하기 때문이다. 그는 담백함을 선호한다. 느끼는 대로 쓰는 것이 아니라 그냥 본 대로 쓰겠다는 의지가 엿보인다. 그래서 이상의 글은 솔직·담백하고 강직한 대신 몹시 드라이하다. 그러나 늘 본질에 가까이 다가가 있다. 내가 이상을 크게 숭배하는 이유 중 하나다. 그런데 이 시에서 번역자가 '희스무레하다'라는 형용사적인 단어를 구사했다.

나의 질문은 일본어에도 과연 '희스무레하다'라는 표현이 있느냐는 것이다. 왜 꼭 번역자가 '희스무레하게'라는 우리말을 골랐을까. '희스무레하게' 외에도 우리에겐 아주 다양한 표현들이 있다. '누리끼리하게' '누르스름하게' '비스름하게' '칙칙하게' '흐리멍텅하게' '뿌옇게' 등등. 내가 알고 있는 상식으로 영어에는 '희스무레하게'를 뜻하는 단어가 없거니와 그런 식의 변용도 우리처럼 그다지 화려하지 않다. 그러면 중국은 어떨까. 나 혼자의 대답은 그 역시 회의적이다.

세종대왕 덕분인가. 우리는 세계에서 가장 큰 언어의 종합시장을 가지고 있다. 언어 구사의 종류도 이만저만 복잡한 게 아니다. 세상에 이런 나라는 없다. 예를 들어 우리한테는 '나'와 '우리'의 구별이 있으면서 없기도 하다. '내 엄마'를 '우리 엄마'로 불러도 아무 상관없다. 그렇다고 '내 엄마'가 '네 엄마'라는 뜻은 결코 아니다. 어찌 보면 개판인데 그래도 잘 돌아간다. 언어의 쓰임새가 폭넓기 때문이다. 그래서 이상 같은 위대한 시인이 탄생할 수 있었던 것이다.

내 직업이 가수인 것처럼 이상의 직업은 시를 쓰는 일이었다. 노래를 부르는 사람이 가수歌手라면 시를 쓰는 사람은 당연히 시수詩手여야 한다. 그러나 그렇게 부르지 않는다. 흔히 우리는 그림 그리는 사람을 화가畵家라고 부른다. 이 경우도 마찬가지다. 그림 그리는 사람이 화가이면 시를 쓴 사람은 당연히 시가詩家여야 한다. 안 그런가. 그런데 그렇게 부르지 않는다. 또한 시를 쓰는 사람이 시인詩人이면 그림을 그리는 사람은 화인畵人이어야 한다. 알다시피 그런 호칭은 아예 없다. 더 웃기는 건 시 쓰는 사람이 시인詩人이면 소설을 쓰는 사람은 당연히 소설인小說人이어야 한다. 수필을 쓰는 사람은 당연히 수필인隨筆人이어야 한다. 그러나 소설인·수필인은 거의 써먹지 않는 호칭이다. 유독 시를 쓰는 사람한테만 시인詩人이라는 호칭을 주고 있을 뿐이다. 여간 미묘하지 않다.

그러나 우리로선 별도리 없이 따로따로 구별해서 부를 수밖에 없다. 그렇다면 왜 노래 부르는 사람은 가인歌人이나 가가歌家가 아닌 가수歌手여야 하고, 그림을 그리는 사람은 화수畵手나 화인畵人이 아닌 화가畵家여야 하고, 시를 쓰는 사람은 시수詩手나 시가詩家가 아닌 시인詩人이어야 하는가. 이런 일은 도처에 널려 있다.

다른 나라 미국·중국·일본도 이런 식일까? 내가 아는 바로는 그렇지 않다. 우리처럼 이렇게 복잡하지 않다. 우리만 이렇다. 나는 지금 당장 시켜도 '개새끼'를 비롯해 입에 담지 못할 욕지거리를 수십 개쯤은 댈 수 있다. 미국·중국·일본도 욕지거리의 종류가 많을까. 우리는 이들 나라와는 애당초 비교가 안 된다. 그쪽에는 있다고 해봐야 서너 개 안짝이다.

존칭은 또 어떠한가. 이건 더더욱 복잡하다. 가령 우리집 앞에서 내가 어떤 모르는 사람을 만났다. 그러면 나는 그 순간부터 나의 두뇌를 혹사시켜야 한다. 이 사람은 누구인가, 뭐라고 불러야 하는가. 우선 그 사람의 행색, 그러니까 겉모양부터 살펴가며 뭐라고 불러야 할지 얼마만큼의 강도로 친절을 베풀 것인지를 순식간에 결정해야 한다. 허름하게 보이면 "어이, 여보쇼!" 나이가 나보다 좀 어려보이면 "야! 이봐! 자네! 너!" 그저 보통으로 보이면 "아저씨" 좀 점잖아 보이면 "선생님" 좀 부티가 나 보이면 그때는 "사장님" 혹은 "회장님." 일은 거기서 끝나지 않는다. 순식간에 말투까지 골라잡아야 한다. 내려까는 말투, 어중간한 반말투, 존대 말투, 아주 높은 사람한테 따로 사용해야 하는 사극조의 극존칭 말투 등.

왜 이 지경이 되었는가. 왜 우리 민족만 이토록 비생산적인 일로 복잡하게 머리를 써가며 살아야 하는가. 이유는 생각보다 간단하다. 좋게 봐서 표현의 다양함 때문이다. 동서고금의 어느 나라와도 비교할 수 없는 언어의 세분화 탓이다. 가령 미국에서 검정과 흰색의 중간은 그레이grey다. 그거면 된다. 우리나라는 중간색을 말할 때, '누리끼리하다' '희스무레하다' '희끗희끗하다' '뽀얗다' '뿌옇다' '거무튀튀하다' '멀겋다' '거무스름하다' '누르스름하다' 등등 한도 끝도 없이 나간다.

나는 이상을 이 세상에서 가장 위대한 글쟁이라고 무데뽀적으로 주장할 생각은 없다. 실제로 톨스토이나 제임스 조이스 같은, 세계를 석권한 위대한 글쟁이가 얼마든지 버티고 있기 때문이다. 그러나 나는 말할 수 있다. 현대 시문학계에서 가장 위대한 시인은 단연 이상이라는 걸 말이다. 보들레르나 랭보나 엘리엇의 시를 제법 면밀히 읽어봤다. 그들은 분명히 말하지만 이상李箱 이하以下였다. 이상李箱 이상以上은 아니었다.

짧은 문장이 무엇인가. 시다. 누가 순식간에 기지를 발휘해 의미 있는 시를 써내느냐 그것이 관건이다. 그런 차원에서 남자의 성행위를 '지구 굴착'으로 써낸 우리의 이상은 단연 최고다.

대낮
—어느 ESQUISSE

ELEVATER FOR AMERICA

○

세마리의닭은사문석의층계이다. 룸?펜?과모포.

○

빌?딩?이토해내는신문배달부의무리. 도시계획의암시.

○

둘째번의정오사?이?렌?.

○

비?누?거품에씻기어가지고있는닭. 개아미집에모여서콘?크?—리?트?를먹고있다.

○

남자를나반挪般하는석두石頭.
남자는석두를백정을싫어하드키싫어한다.

○

얼룩고양이와같은꼴을하고서태양군의틈사구니를쏘다니는시인.
꼬끼요—.
순간자기와같은태양이다시또한개솟아올랐다.

내 아버지는 평안도에 살 때 소련 장교와 친했다고 했고, 내 누나와 형은 일제 치하에서 태어났다. 나는 8 · 15 해방 무렵 안중근의 고향 근처에서 태어나 6 · 25 때 윤봉길의 고향 근처로 피난 내려와 미군 구호물자를 받아먹고 자랐다. 나야말로 평생을 "Elevater for

요셉 보이스, 「나는 미국을 좋아하고 미국도 나를 좋아한다」, 1974
보이스는 늑대 한 마리와 스물 몇 시간씩 전시회장 안에서 동거했다.
그것이 행위미술의 콘텐츠였다. 죽기 살기로 예술을 추구하고
그도 결국 죽었다. 이때 미국에 건너가 전시장 이외에
다른 곳은 구경하지 않았다는
그의 고집불통 성격 얘기가 전해 내려오고 있다.

America"로 살았다. 미국에 5~6년 눌러앉아 살아보기도 했다. 청년 시절 「딜라일라」라는 서양 노래로 돈을 벌어먹고 살았다.

닭은 종일 서성인다. 그래서 룸펜족이다. 사문석 뱀 껍질 같아 보이는 문양의 층계도 종일 거기에 있다. 그냥 하염없이 깔려 있을 뿐이다. 그래서 같은 룸펜족이다. 룸펜과 모포, 세상에 이렇게 생판 다른 두 개의 물건이 나란히 존재하는 곳이 있을까. 룸펜은 별 볼일 없는 백수건달이다. 그럼 모포는 뭐냐? 혹시 우리 것은 이불이고 서양에서 온 것은 모포가 아니었을까. 벌건 대낮에 감기 기운 있는 룸펜이 드러누워 모포를 덮었을 수 있다. 이건 시인이 자기의 신세타령을 하는 건지도 모른다. 시인 이상은 룸펜이었다. 게다가 건강이 시원치 않았으므로 평소에 그가 대낮에도 모포를 둘러쓰고 있는 모습을 보았다고 그의 여러 친구들이 증언했다.

백남준의 평생 친구 요셉 보이스는 벌건 대낮에 행위예술이라는 이름으로 늑대를 옆에 두고, 물려 죽지 않기 위해 두꺼운 모포를 둘러쓴 후 여러 날을 견딘 적이 있다. 요셉 보이스는 백남준처럼 서양 현대미술계에 황당한 짓거리를 자청하는 예술가로 널리 알려진 사람이다. 자신이 늑대와 며칠간 한 방에서 동거할 수 있을지를 실제로 보여준 인물이다.

가령 한국일보 빌딩은 실제로 정해진 시간에 신문배달부 무리를 뿜어낸다. 충분히 배달부 무리의 수치에 따라 도시계획이 암시된다. 배달부가 많으면 신문 독자가 많다는 뜻이고 적으면 그 반대다. 정오 사이렌이 꼭 첫 번째 사이렌이라는 관념을 버려야 한다. "**비누로 닭을 씻는 경우는 없다.**" 이것은 편견이다. 우리는 비누로도 닭을 씻을 수가 있기 때문이다. 똑똑한 남자가 돌대가리 여자를 싫어하는 건 순리다. 얼룩고양이의 퀭한 몰골로 태양 사이를 사부작사부작 쏘다니는 저 시인은 과연 시원찮은 컨디션으로 며칠이나 더 수탉의 꼬끼오 소리를 들을 수 있을까. 접시처럼 생긴 태양이건, 바람 빠진 공처럼 생긴 태양이건 간에 각혈을 해대는 시인한테는 태양 한 개와 햇빛 한 점이 새록새록 아쉬울 수밖에 없다.

다섯 번째 묶음

「오감도」 II로 들어가면서

이상이 정지용을 찾아가 자신의 시를 잡지에 실어달라고
몇 편 내밀었을 때 정지용의 반응은 오로지 '흠, 괴짠데'였다.
하지만 나는 달랐다. 젊은 시절 이상의 시를 처음 봤을 때
나는 그 자리에서 숨이 멈추는 걸 느꼈고 오늘에 이르고 있다.
누가 봐도 그는 완벽한 글쟁이였기 때문이다.
이상이 글을 써놓으면 시 같기도 하고 산문 같기도 하고 소설 같기도 하다.
이것이 현대미술에서 가장 요구되는 통일성과 일관성이다.

〈다섯 번째 묶음에 관한 자포자기적 질문〉

나는 왜 이상을 현대시의 제왕이라 칭하는가

인간은 비교를 할 줄 아는 유일한 동물일는지 모른다. 인간은 끊임없이 비교를 하면서 살아간다. 성자나 위대한 철학자 역시 비교하면서 살았으리라 짐작된다. 산꼭대기 절간에 수도승이 "스님, 저쪽 절에 사람이 더 들끓는데요" 비교를 하면 도를 닦던 스님도 성질을 낸다는 게 세상에 퍼져 있는 이치다. 대체로 비교가 가치를 결판낸다. 추세가 그렇다. 그래서 국가 간에 순위도 생겨나고 축구선수의 랭킹도 매겨지고 가요 순위 프로그램도 만들어진다. 총체적으로 더티한 세상이 되고야 만다는 얘기다. 아! 비교를 통해서만 내가 누구인지를 제대로 알게 되는 더러운 세상!

나는 못생겼다. 그게 내가 아는 내 몸에 관한 지식이다. 내가 못생겼다는 지식은 어디서 왔는가. 남들과 비교해서 나왔다. 나는 대한민국 남자의 평균 신장에서 약 3센티미터 정도 모자라기 때문에 키가 작은 사람이고 코 역시 대한민국 평균 코 높이에 약 2밀리미터가 모자라는 형국이라 납작하고 못생긴 코로 분류가 된다. 그러므로 나는 루저loser다. 패자다. 심지어 비교에 예민한 사람들은 눈에 안 보이는 음악소리도 비교·분석한다. 어느 오케스트라가 최고인가. 뉴욕 필하모닉 오케스트라가 1위이고 그다음이 베를린 필하모닉, 빈 필하모닉 순으로 나간다. 너무나 개성이 강해서 비교가 안 될 것 같지만, 대한민국 인기 화가의 랭킹 역시 엄연히 매겨져 있다. 누구의 그림이 가장 비싸게 팔리느냐가 비교의 기준이 된다. 결과는 대충 박수

근·이중섭·김환기·이우환의 순으로 나간다.

이 세상에 비교의 대상이 아닌 것은 없는 것처럼 보인다. 지금부터 나는 이런 단순 무식, 유치찬란한 비교 방식을 동원하여 시인 이상의 가치와 위상을 가늠해보기로 한다. 다시 말해 이상의 시가 얼마나 잘 쓴 건지를 알아내기 위해 무엇보다도 다른 시인들이 써놓은 총체적으로 최상위 그룹에 랭크되어 있는 시들과 직접 비교하기로 작정했다.

처음에는 주변의 시인들과 비교했다. 우리 주변에는 누구나 다 아는 김소월·윤동주가 항시 대기하고 있다. 그들은 두말할 것 없이 세계 최상급 시인이다. 그러나 이상이 써놓은 시들은 애당초 김소월·윤동주 류의 시와는 본질적으로 다르다. 우선 비교 대상이 아니다. 차원이나 수준이 한 단계 높다는 정지용이나 김기림을 갖다 대봐도 이상은 전혀 다른, 좋게 말해서 한 차원 더 높은 매우 모호한 시, 모던한 시를 썼다는 게 확연히 느껴진다. 그래서 비교할 수가 없다. 내 판단이 그렇다.

그리하여 나는 책을 계속 들추어가며 누가 최고의 시인인가, 누가 최고의 명성과 인기를 누리고 있는가, 집중적으로 찾아 나서봤다. 그리고 얼추 찾아냈다. 비교 대상은 시인 네 명으로 좁혀졌다. 이름이 왕창 나 있는 시인들이다. 그들은 유럽 쪽의 보들레르와 랭보, 미국 태생의 영국 시인 엘리엇, 그리고 이상만큼이나 이상한 내용의 글을 썼다는 미국의 에드거 앨런 포다.

망설일 것 없다. 그냥 냅다 비교해보면 된다. 재미 삼아 그러는 건데 어떠냐. 공교롭게 이들에게도 대표하는 연작시가 있다. 이상에게 「오감도」를 비롯한 몇몇 연작시가 있듯이 보들레르한테는 「악의 꽃」, 랭보한테는 「지옥에서 보낸 한 철」, 엘리엇한테는 「황무지」가 그런 것이다. 포한테는 「검은 고양이」가 있다고 쳐주자. 이젠 누가누가 잘하나 들여다보기만 하면 된다.

내가 지금 실행에 옮기고 있는 짓이 얼마나 무모하고 위험한 짓인지 나도 잘 안다. 더구나 나의 알량한 외국어 실력으로 번역된 외국 시와 우리네 토종 시를 비교한다는 것이 얼마나 멍청한 짓인지도 안다. 중국·일본·미국·영국·프랑스·독일 같은 나라들은 우리와 생판 다른 언어구조인데 비교할 만한 기준을 찾아낸다는 것조차 어렵고도 무모한 일이다. 무슨 기준으로 시작품을 비교한단 말인가. 그렇다고 해도 어떤 비교점은 있을 것 같았다. 사정이 이렇거늘 나는 또한 지면 사정상 외국 시들의 첫 부분이나 중요 부분만 비교해나갈 수밖에 없다. 앞에서 밝혔듯이 보들레르의 저 유명한 「악의 꽃」은 그가 쓴 시의 개별 제목이 아니라 100여 편이 넘게 실려 있는 시집 전체의 이름이다. 시집 안에는 「악의 꽃」이라는 표제가 붙은 19편의 연작시가 따로 붙어 있다. 랭보의 「지옥에서 보낸 한 철」은 11편, 엘리엇의 「황무지」는 5편의 연작시로 되어 있다. 그래서 비교하기가 편리하고 공평하다.

「악의 꽃」의 시작은 「축복」이다. 「축복」 바로 앞에는 「독자에게」라는 헌시가 따로 붙어 있다. 보들레르 시집에서 제일 첫 장에 등장하는 매우 특별한 시라고 보면 틀림없다. 보들레르는 내가 아는 한 금세기의 가장 위대한 시인이다. 그런 사실을 밑바탕에 깔고 나의 글을 읽어주기 바란다.

여기서 「독자에게」를 살펴보면 보들레르가 어떤 식의 시를 썼는지 대충 감이 잡힌다. 번역된 시를 가지고 어떻게 비교할 수 있느냐 항의하면 할 말 없지만 내가 불어를 전혀 못 알아먹기 때문에 어쩔 수 없다. 그냥 대충 비교해보자는 거다. 「독자에게」의 한 대목은 이런 식이다.

푸념, 과실, 죄업罪業, 인색은
우리의 정신을 차지하고 육체를 괴롭혀
거지들이나 진드기를 기르듯
우리는 사랑스러운 회한에게 먹이를 준다.

보들레르의 번역시 중에 하나를 골라 한 부분만 옮겨 적었다. 그의 시는 비교적 알아먹기 쉽다. 읽는 순간 이해가 간다. 감정을 드라마틱하게 포장했다. 그렇게 쭉 나가다가 중간에 외설죄로 법원에 끌려가 재판을 받고 벌금까지 물게 되는 예의 섹시하고 퇴폐스런 내용이 등장한다.

늙은 창부의 순교의 유방에 입맞추며
가슴을 깨무는 가난한 탕아처럼
길거리에서 몰래 우리는 환락을 훔치며
말라비틀어진 오렌지처럼 짜서 빨아댄다

시가 발표될 당시에는 "너무나 노골적이다" "발악의 수준이다"라는 비판을 받았다. 프랑스 독자들에게 엄청난 충격을 던져줬지만 100여 년이 지난 오늘날에는 별 감흥을 주지 못한다. "순교의 유방" "가난한 탕아 오렌지처럼 젖을 짜서 빨아댄다." 이런 투의 어휘 구사가 신선해보이지만 요즘 독자들을 크게 압도하지는 않는다. 마무리라고 해봐야 유럽권 시의 상투적인 틀에서 크게 벗어나지 못하고 있다. 반전도 뻔하다.

이상보다도 어린 나이에 시를 써서 세상을 놀라게 한 랭보의 「지옥에서 보낸 한 철」을 들여다봐도 다소 진부하게 느껴지는 것은 마찬가지다. 첫 번째 시 「서시」는 윤동주의 「서시」에도 미치지 못하는 것 같다.

> 돌이켜보면 지난날, 나의 인생은 향연이었다. 잔치에는 모든 마음이 열리고 온갖 술들이 흘렀다.
>
> 어느 저녁 나는 어여쁜 미美를 나의 무릎에 앉혔다.—그러고 보니 못마땅한 것임을 알았다.—그래서 욕을 퍼부어주었다

글쎄 "나는 어여쁜 미를 나의 무릎에 앉혔다"라는 대목을 프랑스 원어로 읽으면 좀 근사해뵐까? 전부 읽어내려가도 내용이 부실할 뿐만 아니라 유치하기까지 하다.

그럼 이번엔 청소년 때 써서 당대 최고의 시인 베를렌을 홀딱 반하게 했다는 랭보의 그 유명한 시 「취한 배」Le bateau ivre를 잠시 들여다보자. 제법 긴 장시라서 도입부와 마무리 부분만 옮겨보겠다.

> 유유히 흐르는 강물을 타고 내려올 때에
> 이젠 선원들에게 맡겨져 있다는 느낌은 아니었어.
> 형형색색 말뚝에 발가벗긴 채 못 박아 놓고서
> 인디언들은 요란스레 그들을 공격했었지.

처음부터 끝까지 읽어 내려가다 보면 광활한 바다풍경을 보는 소년 랭보의 예리한 눈썰미에 탄성을 보내지 않을 수 없으나, 우리 쪽의 이제하나 마종기도 그 정도의 감성은 보유했다고 여겨진다. 왜냐

하면 랭보는 일찍부터 그냥 시 같은 시를 썼기 때문이다. 랭보 스타일의 시를 써서 유명해진 한국의 어느 대표 문인이 점잖게 이상에 관해 써놓은 글을 읽은 적이 있다. "이상을 만난 것은 하나의 유치한 향수로 남겨질 따름이다. 이상 체험자들은 다시 이상으로 돌아가는 일이 없기 때문이다." 그리고 계속해서 이상이 왜 오래가지 못하는지에 대한 이유와 이상 문학의 무효성을 친절하게 나열해놓았다. 이상의 폐병과, 조루증을 비롯한 성기능 퇴화와 신체 의학적 불가피성이야말로 이상이 그나마 지금까지 보호받는 이유가 아니냐 뭐 이런 내용인데, 이 글을 읽고 나는 차라리 내가 90세까지 악착같이 살아서 우리의 이상을 연구하는 대한민국 대표 국문과 교수로 남아야겠다는 생각을 해본 적이 있다. 왜 이상은 지켜야 할 가치가 있는가.

그럼 이번엔 저쪽 엘리엇으로 가보자. 5편으로 묶인 「황무지」의 첫 번째 시 「죽은 자의 매장」은 보들레르나 랭보에 비해 한결 부드럽다. 오히려 느물거리는 느낌이 들 정도다. 「황무지」 전체에서 가장 유명한 시구 "4월은 잔인한 달"이 시문을 연다.

> 4월은 가장 잔인한 달
> 불모의 땅에서 라일락 꽃을 피게 하고
> 추억과 정욕을 뒤섞고
> 봄비로 잠든 뿌리를 깨어나게 한다.
> 겨울이 차라리 따스했나니.

여기까지는 일반적인 시의 규격을 따랐다. 우리네 김지하의 「황톳길」을 방불케 한다. 그런데 그다음부터는 거의 횡설수설이다. 어딜 가서 누굴 만나고 시답지 않은 얘기를 나누는 등 한 편의 시에 수없이 많은 조연과 엑스트라가 등장해 마치 네 개의 연극이 한 무대에서 펼쳐지고 있는 듯한 느낌이 든다. 나름 고유의 테크닉으로 인간 군상의 평상성을 물 흐르듯 유려하게 펼쳐놓아 우리네 삶의 덧없음과, 덧없음 그 자체가 고결하다는 걸 일깨워주는 듯하다. 보들레르의 들이대는 격렬함이나 랭보의 무모함에 비해 엘리엇에게는 영미인들의 언어 속에 숨어 있는 유머가 틈틈이 삐져나올 뿐이다.

나는 보들레르와 랭보를 유럽의 대표선수로, 엘리엇을 영미 시문학의 대표선수로 선발 출전시켰다. 보들레르한테는 「악의 꽃」의 「독자에게」 대신 「축복」을 들고 나오게 하고, 엘리엇한테는 「황무지」의 「죽은 자의 매장」을 들고 나오게 했다. 그리고 포가 섭섭해할까봐 내 젊은 시절 저음의 컨추리 포크 가수 짐 리브스의 구성진 목소리로 듣곤 했던 저 유명한 「애너벨 리」도 신기로 했다.

애너벨 리

오랜 오랜 옛날
바닷가 그 어느 왕국엔가
애너벨 리라 불리는
혹시 여러분도 아실지 모를
한 처녀가 살았답니다.
나를 사랑하고 내게 사랑받는 것 이외엔
아무 딴생각이 없는 소녀였답니다.

나는 어린애, 그녀도 어린애,
바닷가 이 왕국에 살았지.

그러나 나와 애너벨 리는
사랑 이상의 사랑으로 사랑했지,
하늘나라 날개 돋은 천사까지도
탐내던 사랑을.

분명 그 때문이랍니다, 옛날
바닷가 이 왕국에
한 조각구름에서 바람이 일어
나의 아름다운 애너벨 리를 싸늘히 얼게 한 것은.
그리하여 그녀의 고귀한 집안사람들이 와서
나로부터 그녀를 데려가
바닷가 이 왕국의
한 무덤 속에 가둬버렸지요.
우리들 행복의 반도 못 가진
하늘나라 천사들이 끝내 샘을 냈답니다.
그렇지요, 분명 그 때문이죠.
(바닷가 이 왕국에선 누구나 다 알다시피)
밤사이 구름에서 바람 일어나
내 애너벨 리를 얼려 죽인 것은 그 때문이지요.

우리보다 나이 많은 사람,
우리보다 훨씬 더 현명한 사람들의 사랑보다도
우리 사랑은 훨씬 강했습니다.
위로는 하늘의 천사,
아래론 바다 밑 악마들까지도

어여쁜 애너벨 리의 영혼으로부터
나의 영혼을 갈라놓진 못했답니다.

달빛이 비칠 때면
아름다운 애너벨 리의 빛나는 눈동자를 나는 느낀답니다.
그러기에 이 한밤을 누워봅니다.
나의 사랑, 나의 생명, 나의 신부 곁에 신부
거기 바닷가 그녀의 무덤 속,
파도 소리 우렁찬 바닷가 내 님의 무덤 속에

이제 나는 세계 시문학사에 감히 명함 한 장 내밀어본 적이 없는 저 극동의 조선이라는 손바닥만 한 나라에서 선발한 신출내기 이상을 이미 세계적으로 검증이 된 네 명의 수퍼스타와 뜀박질을 시키려 한다. 이쯤 되면 반대 촛불시위는 더욱 격렬해질 것이다. "집어치워라! 시문학이 무슨 「가요톱텐」이냐. 시문학의 상업화는 절대 안 된다. 도대체 단 한 개의 외국어도 제대로 못 배운 놈이 알파벳의 오묘한 각운이나 운율을 어찌 해독해서 평가할 수 있단 말이냐. 더구나 정체불명의 번역시를 놓고 앉아서 가타부타 할 수 있단 말이냐."

그러나 나는 물러나지 않고 항변할 수 있다. 외국어를 생판 모르고 떠들어대는 건 치명적인 약점이다. 그렇다. 나는 번역된 외국 현대시를 놓고 우리 쪽 시와 비교해보았다. 물론 유치원 수준이다. 안타깝게도 내게는 다른 방법이 없다. 하는 수 없이 싼티나는 방법으로 주장을 펼칠 수밖에 없다. 우리네 시인 이상이 세계시인연맹에서 발표하는 우수 세계 시인 랭킹이 너무 낮다. 무시당하는 수준에 머물러 있다. 그래서 나는 이번 대결을 위해 시인 이상의 「오감도」「시제

1호」를 들고 나왔다.

> 13인의 아해가 도로로 질주하오.
> 길은 막다른 길목이 적당하오.
> 제1의 아해가 무섭다고 그리오.
> 제2의 아해가 무섭다고 그리오.

시의 앞부분만 가지고도 우리는 선수들의 실력을 충분히 비교할 수 있다. 우선 다른 시인들은 시다운 시, 시를 닮은 시를 써냈다. 정지용이나 김기림과 비슷한 시를 썼으니 이해하기가 쉽다. 그래서 멋지고 우아하다. 그러나 이상은 전면적으로 다르다. 우선 기존의 시를 닮지 않았다. 그렇다고 멋지거나 우아하지도 않다. 게다가 얼핏 봐선 뭐가 뭔지 이해가 안 된다. 괴상망측하고 우스꽝스럽다.

다섯 명의 선수를 비교·분석하기에 앞서 우리가 해둬야 할 일이 하나 있다. 그것은 한 가지 중대한 결정을 내리는 일이다. 두말할 필요도 없이 다른 시인들의 시들은 이미 최고의 시로 검증이 끝나 전세계적으로 유명해졌고 그들은 유럽챔피언·영미챔피언 자리에 올랐다. 문제는 이상이다. 여기서 이상의 시를 그들과 똑같은 수준의 시로 인정할 것이냐 아니면 탈락시킬 것이냐 하는 결정부터 내려야 한다. 다시 말해, 예선도 거치지 않은 선수를 결승 게임에 올려놓고 챔피언들과 맞대결시켜도 되느냐 하는 것이다. 물론 이상은 지역예선만 간신히 통과한 것처럼 보인다.

젊은 시절, 나는 이상의 시를 처음 봤을 때 너무 놀라 순간 숨이 멈추는 걸 느꼈고 오늘에 이르고 있다. 왜 그랬을까. 누가 봐도 이상은 완벽한 글쟁이였기 때문이다. 내 개인적인 견해다. 그는 얼핏 봐도 피카소·아인슈타인이었다. 이상이 통일장 이론을 따로 쓴 게 아니라 자신이 통일장 그 자체였기 때문이다. 그가 소설을 쓰면 최고 수준의 소설이요, 시를 쓰면 보시다시피 최고 수준의 시요, 산문·수필, 심지어 서한문까지 완벽한 문자로 살아남았기 때문이다. 다른 작가들한테는 미안하지만 「날개」 같은 초명품 소설이 없다. 「권태」 같은 명수필도 없다. 이상이 써놓으면 시 같기도 하고 산문 같기도 하고 수필 같기도 하고 소설 같기도 하다. 그것은 현대미술에서 가장 요구되는 통일성과 일관성이다. 통일성과 일관성만을 따지자면 세상천지에 단연 이상만 한 물건이 없다. 당대의 이상 친구들이 그것을 몰랐을 리 없다. 아니 몰랐을는지도 모른다.

랭보와 이상은 애당초 비교가 안 된다. 랭보의 인생이 향연이라는 둥 잔치엔 술이 넘쳐난다는 둥 무릎에 아름다움을 앉혔는데 화가 났다는 둥 하는 소리는 아무리 뜯어봐도 유치하다.

엘리엇의 「황무지」는 우리의 삶이 곧 전쟁이며 죽음이라는 걸 인식하게 문학적 도움을 준다. 이 또한 불길한 열세 명의 어린 아해가 전쟁 같은 삶과 죽음의 도로를 질주하는 형국이다. 보들레르의 시에 약간의 트로트 끼가 섞였다면 랭보는 시끄러운 하드록이고 포와 엘리엇은 조용한 발라드다. 엘리엇의 시 속에 불특정 다수의 사람들이 성당 언덕을 오르내리며 아무 내막도 내용도 없어보이는 사소한 대화를 나누는 모습 역시 13명의 어린 아해가 맥없이 도로를 질주하는 풍경을 꼭 닮았다. 4월은 잔인한 달. 바위 밑에는 그늘만 있을 뿐 제각기 타인의 발끝을 내려다보는 모습, 마당에 모종을 하듯 심어놓은 시체에서 싹이 돋아날까 염려하는 장면도 어린 아해가 맥없이 무서워하는 모습과 다르지 않다.

엘리엇의 아해들은 미친 듯이 도로 한가운데를 질주하진 않는다.

아예 질주를 하지 않는 아해들도 있다. 마당 한가운데 시체에서 싹이 돋아난 땅을 어떻게 파낼지 몰라 무서움에 떨며 도로를 의미 없이 질주하는 어린 아해들의 모양새다.

이렇게 몰아가는 나의 논리를 궤변이라고 해도 어쩔 수 없다. 원래 시의 골격은 궤변이다. 비교 분석을 위해 억지 궤변을 동원했다고 질타해도 난 부끄럽지 않다. 이상이 거느린 13명의 아해는 보들레르의 「축복」과 랭보의 「나쁜 혈통」, 엘리엇의 「죽은 자의 매장」, 포의 「애너벨 리」의 최대공약수이거나 최소공배수다. 이는 이상의 초현실주의 시 「오감도」 하나가 다른 시인들의 시까지도 포괄하고 있다는 얘기다.

그네들을 포괄하기 위해 이상이 직접 나설 필요는 없다. 그 정도를 상대할 선수는 이상 말고도 얼마든지 있다. 김소월 · 윤동주도 있고, 히든 카드 정지용이나 김기림도 있다. 그러므로 이상은 보들레르 · 랭보 · 엘리엇 · 포를 상대하기엔 확연히 차이가 나는 상급생이다. 단연 현대시의 제왕이다.

오감도II

시제1호

13인의아해兒孩가도로로질주하오.
(길은막다른골목이적당하오.)

제1의아해가무섭다고그리오.
제2의아해도무섭다고그리오.
제3의아해도무섭다고그리오.
제4의아해도무섭다고그리오.
제5의아해도무섭다고그리오.
제6의아해도무섭다고그리오.
제7의아해도무섭다고그리오.
제8의아해도무섭다고그리오.
제9의아해도무섭다고그리오.
제10의아해도무섭다고그리오.

제11의아해가무섭다고그리오.
제12의아해도무섭다고그리오.
제13의아해도무섭다고그리오.
13인의아해는무서운아해와무서워하는아해와그렇게뿐이모였소.
(다른사정은없는것이차라리나았소.)

그중에1인의아해가무서운아해라도좋소.
그중에2인의아해가무서운아해라도좋소.
그중에2인의아해가무서워하는아해라도좋소.

그중에1인의아해가무서워하는아해라도좋소.

(길은뚫린골목이라도적당하오.)
13인의아해가도로로질주하지아니하여도좋소.

나는 이렇게 생각한다. '아! 나는 드디어 이 세상에 존재하는 모든 시 중에서 가장 위대한 시를 금방 읽었구나.' 이건 물론 지극히 나 혼자만의 생각인데 나도 왜 이런 생각을 하는지 알다가도 모르겠다. 믿기지 않겠지만 나는 가수로서 수십 장의 앨범을 발표했다. 수백 곡의 노래를 불렀다는 얘기다. 그래서 기자들이 종종 지금까지 부른 노래 중에서 가장 좋아하는 노래가 뭐냐고 물어오면 단 한 번도 선뜻 어떤 곡목을 대본 적이 없다. 다 좋다거나 우물쭈물 대답하다 말다 그랬다. 실제로 꼭 집어낼 만한 좋은 노래가 없기 때문이다. 그림의 경우도 마찬가지다. 내가 그린 건 다 비슷비슷하게 좋은 것 같다. 다른 사람의 그림도 그렇다. 어느 땐 세잔, 어느 땐 피카소, 어느 땐 필립 거스턴이 좋고 뭐 맨날 그렇다.

그런데 유독 시 쪽으로 가면 나는 지독한 편집증 환자로 돌변한다. 이상의 소설 「날개」, 수필 「권태」가 언제나 나를 압도하듯이 시에선 단연 「오감도」 「시제1호」의 '13인의 아해'가 나를 꼼짝 못 하게 한다. 내가 읽은 소설들의 경우, 가령 카뮈의 『이방인』, 샐린저의 『호밀밭의 파수꾼』, 일본 쪽의 아쿠타가와 류노스케의 『라쇼몽』보다도 「날개」가 더 멋져보이고, 이 세상에 남아 있는 수필 중에서는 「권태」가 최고로 우수해보인다. 정말 많다고밖에 표현할 길이 없는 이 세상의 넘쳐나는 시 중에서는 '13인의 아해'가 등장하는 「오감도」가 베스트 중에 베스트로 빼어나보인다.

왜 베스트인가. 나는 이 질문에 답해야 한다. 즉각 대답할 수 있다. 현대인의 본질, 현대인의 심리상태를 절묘하게 그려냈기 때문이다. 다시 말해서 내 개인의 본질과 심리상태가 '13인의 아해' 속에 몽땅 담겨 있기 때문이다.

그럼 어떻게 그려져 있느냐. 「시제1호」는 우리가 먼저 읽은 「이상한 가역반응」「이인 1」「3차각 설계도」「건축무한육면각체」에 등장하는 시어들과는 판이하다. 「시제1호」엔 우선 어려운 한자가 들어 있지 않다. 그래서 어렵거나 난해하지 않다. 어휘의 뒤엉킴이 없어 읽는 순간 일단 단어의 의미가 머리에 들어온다. 이상의 시에선 좀처럼 드문 일이다. 문제는 딱 한 가지다. 도대체 무엇을 말하고 있느냐다.

13명의 아이가 도로로 질주한다. 시인이 어린아이들에 얽힌 모종의 사건을 생중계하는 투다. 왜 아이가 아니고 아해냐. 이것은 크게 문제될 일은 아니다. 아해는 아이의 옛말일 뿐이다. 누가 누구한테 말하는지는 알 수 없다. "길은 막다른 골목이 적당하다"는 대목에 이르면 슬슬 어질어질해진다. 이랬다저랬다 하기 때문이다. 이상은 시인이자 예술가다. 게다가 당장 목에서 피가 나온다. 대관절 생명은 무엇이냐, 사는 건 무엇이고 죽는 건 또 무엇이냐, 급박할 수밖에 없다. 바로 그런 풍경이다. 13명의 아이가 도로나 막다른 골목으로 질주를 하고 있다. 이 급박함과 절박함은 밑도 끝도 없어 보일 수밖에 없다. 그래서 시가 그렇게 시작되는 것이다.

왜 하필 13명인가. 무슨 의도인가. 여기에 대해서는 의견이 분분하다. 우선 조선의 13도를 상징한다는 설이다. 당시 남북이 통합된 상태에서 조선 땅은 13도로 나뉘어 있었다. 그래서 이상의 13인의 아해는 조선인 전체를 상징한다. 다른 설도 있다. 불길함을 의미한다는 설이다. 서구에서는 관습적으로 최후의 만찬에 참석했던 예수와 제자의 수가 13명이라 해서 숫자 13을 관습상 불길한 숫자로 여긴다. 우리가 숫자 4를 불길한 숫자로 여기듯이 말이다. 또 있다. 시간의 체계를 나타내는 12시에서 한 시간을 더 추가한 숫자 13은 시간을 부정하는 상징이라는 의견이다. 참고로 뒤늦게 발굴된, 「1931년」이라는 시에는 이런 대목이 나온다. "내 방의 시계가 별안간 13을 친다. 세상은 착오를 전한다. 12+1=13. 이튿날부터 나의 시계의 침은 세 개였다."

동떨어진 얘기지만 동학의 최제우가 경상도 땅 용담정이라는 곳에서 들고 나온 주문奏文 부적은 공교롭게도 열세 자다. "시천주 조화정 영세불망 만사지"侍天主 造化定 永世不忘 萬事知. 13이란 수치는 초월적 시간을 상징하는 '25시'나 존재 불가능한 날들을 상징하는 '제8요일'처럼 예측 불허의 불특정한 수치일 뿐이다.

이렇듯 여러 의견이 분분하지만, 왜 하필 13명의 아이만 도로로 질주를 하는지, 우리는 똑떨어지는 답변을 찾아낼 수가 없다. 죽은 시인만 알 수 있는 일이다.

그런가 하면 시인은 변덕이 죽 끓듯 한다. 도로로 질주한다고 했다가 돌연 말을 바꿔 막다른 골목이 오히려 적당하다고 그런다. 그리고 이어서 첫 번째부터 열세 번째 아이 전부가 단체로 무섭다고 그런다. 왜 아이들이 질주를 하면서 동시에 무섭다고 할까.

우선 13명의 아이는 우리 모두를 말한다. 우리는 '우리'의 숫자를 정확히 모른다. 열댓 명에 불과한지 수천만, 수억인지 알 수 없는 노릇이다. 그래서 13은 절묘하게도 우리 모두의 수치를 숫자로 암시해주고 있다. 질주는 무엇인가. 왜 뛰는가. 어렵지 않다. 우리들 모두가 질주를 하듯 하루하루 살아가고 있다는 뜻이다. 왜 무서워하는가. 인간이라고 하는 생명체의 본질 중 하나가 불안이다. 우리는 늘 불안해서 늘 무섭다.

나는 대학 시절에 이상의 시를 읽으면서 동시에 영국의 콜린 윌슨이 쓴『아웃사이더』라는 실존주의 해설서에 코를 박고 있었다. 실존주의의 본질은 별도리 없이 필연적으로 우리 인간은 불안과 초조 속에서 살아갈 수밖에 없다는 것이다. 산다는 게 무섭다는 것이다. 아웃사이더가 무엇인가. 문밖에 있는 사람 아닌가. 길이나 도로나 막다른 골목은 전부 문밖에 있다. 문밖에 있기에 무서울 수밖에 없다.

불안·초조·공포에 떠는 현대인의 초상을 상징하는 13명의 아이가 도로로 질주한다. 시인은 단 한 줄의 글로 20세기를 주름잡았던 소위 실존주의를 깔끔하게 정리해버린 것이다. 게다가 질주하는 길은 막다른 골목이 적당하다고 친절하게도 카뮈·사르트르가 말한 출구가 없는 현대인의 노웨이아웃No way out 또는 노엑시트No exit 상황까지 해결해버렸다.

시인은 독자들에게 또 다른 정보를 제공한다. 무섭다고 하는 13명의 아이가 무서운 아이와 무서워하는 아이들인 두 그룹으로 분류된다. 무서워하는 원인에 대해서도 해석이 분분하다. 그중에서도 무서운 아이가 안중근이나 이준 같은 열사이고, 무서워하는 아이는 일본 경찰을 의미한다는 한 전문가의 주장은 실로 압권이다. 최상의 코미디다. 다른 사정은 없는 것이 차라리 나았다고 할 만큼 13명의 아이는 도로를 질주하고 또 뭔가를 무서워한다.

이상은 사르트르·카뮈와 동시대인이었다. 이상은 1905년생 사르트르의 5년 후배이고 1913년생 카뮈의 3년 선배다. 이상이 살아생전에 실존주의 철학을 알았건 몰랐건 그건 상관없는 일이다. 이상은 묵시록의 형태로 현대인의 공포와 아웃사이더의 정신을 「오감도」 제

1편으로 정리해버렸다. 앞서 언급했듯이 아웃사이더는 문밖에서 서성대기도 하고 질주하기도 한다. 현대인들 모두가 아웃사이더다. 어쩔 줄 모른다. 불안하기도 하고 때로는 태평스럽기도 하다. 똥과 된장을 구별 못 한다. 변덕이 죽처럼 끓는다. 우유부단하다. 우리들 모두는 몸과 마음으로 우리에게 주어진 실존을 쓸어 담고 맥없이 살아갈 뿐이다. 그것은 지금 이 글을 읽는 우리의 모습이다. 우리는 출구가 있거나 없거나, 무서움에 질려서 질주하거나 말거나 하는, 이상이 길러낸 13명의 대책 없는 아이와 조금도 다름이 없다.

고해성사하듯 말하겠다. 나는 이상의 아해다. 이상의 똘마니다. 나뿐만 아니라 철학자 니체도 천체물리학자 아인슈타인도 미술의 피카소도 그렇고 음악의 구스타프 말러도 몽땅 우리 이상의 아해들이다. 이 점에 대해 누군가가 명예훼손죄로 고발 고소를 한다면 종신 징역도 달게 받겠다. 그냥 하는 소리가 아니다. 나는 2016년 미술 사기사건으로 징역 10개월에 집행유예 2년까지 받아봤다. 재판의 기술도 어느 정도 습득해놨다. 한판 붙어보자.

오감도II

시제2호

나의아버지가나의곁에서조을적에나는나의아버지가되고또나는나의아버지의아버지가되고그런데도나의아버지는나의아버지대로나의아버지인데어쩌자고나는자꾸나의아버지의아버지의아버지의……아버지가되니나는왜나의아버지를껑충뛰어넘어야하는지나는왜드디어나와나의아버지와나의아버지의아버지와나의아버지의아버지의아버지노릇을한꺼번에하면서살아야하는것이냐

놀라지 마시라. 시인 이상은 또한 한국 최초의 래퍼였다. 그는 미술을 공부하다가 건축설계로 빠졌고, 건축설계를 하다가 시문학으로 빠졌으며, 1934년 25세 때 잠시 래퍼로 빠진 적이 있다. 서태지·박진영·에미넴보다 80여 년 앞서 래퍼의 경력을 쌓은 것이다. 단 일본이 지배하는 특수 상황에 살다보니 방송이나 음반 여건이 신통칠 않아 랩을 입으로 소리내어 부른 게 아니라 당시 최고의 권위를 자랑하던 일간 신문 『조선중앙일보』에 랩의 형식으로 발표했을 뿐이다.

「오감도」라는 우스꽝스런 표제 밑에 「시제1호」 「시제2호」 「시제3호」 식으로 랩을 만들었는데, 여기에 굳이 곡목을 붙이자면 '13인의 아해가 도로로 질주하오' '나의 아버지가 나의 곁에서 졸 적에' '싸움하는 사람은' 정도쯤 된다. 발표는 폼 나게 했지만 반응은 별로였다. 몇몇 젊은 친구들한테만 시선을 끌었을 뿐 대부분 욕만 실컷 먹었다.

이중에서도 「시제2호」는 서태지가 일대 파문을 일으키며 새로운

랩의 시대의 문을 열게 한 "난 알아요. 이 밤이 흐르고 흐르면 누군가가 나를 떠나버려야 한다는 그 사실을" 방불케 하는 랩의 표본이다.

이 시는 남녀의 시시껄렁한 사랑타령이 아닌 아버지에 대한 노래다. 여기서 중요한 것은 시인이 대상을 바라보고 있는 시선이다. 시인은 아버지가 자기 곁에서 늘 꾸벅꾸벅 조는 것을 바라본다. 당시는 아버지가 아들 곁에서 꾸벅꾸벅 조는 것을 보고 '와! 아버지도 졸리면 별 수 없이 조시는구나'라는 생각을 해선 안 되는 시대였다. 못본 척하고 지나쳐야 하는 시대였다. 당시만 해도 삼강오륜과 충효사상이 서릿발처럼 서 있었기 때문이다. 따라서 시인이 아버지의 조는 모습을 글로 옮긴 것 자체가 일대 파격이다. 그뿐만 아니라 시인은 아버지가 잠시 조는 동안 위아래 천장에서 바닥까지 부자지간의 관계를 총체적으로 점검한다. 나는 누구이며 나의 아버지는 누구이며 나의 아버지의 아버지는 누구이며 나의 조상은 누구인가. 그런 복잡한 관계가 과연 무슨 의미인가.

DNA 관계의 복잡함은 이루 말할 수가 없다. 얽히고설킨다. 내가 아버지가 되고 조상도 된다. 그러니까 나는 꼭 지금의 내가 아닌 것이다. 변수가 무궁무진하다. 문학평론가들은 나와 아버지의 관계를 대립 혹은 대결 구도로 보고 심지어 아들이 아버지와 조상을 타도의 대상으로 보고 있다고 야단들이다. 그럴 순 있다. 그러나 그런 대답은 코믹한 상황에 웃기기까지 한 얘기다. 시인은 평소에도 당신을 키워주신 아버지나 다름없는 백부가 돌아가신 1932년 5월 7일을 또렷이 기억하고 있었는데, 무슨 억하심정이 있어 대결·타도의 구도로 아버지와 자신의 관계를 그려나갔겠는가.

나는 단 한 번도 내 아버지 조승초 씨를 타도의 대상으로 삼아본 적이 없다. 나는 아버지가 대학교 1학년 때 돌아가셨는지 대학 3년째 되는 해에 돌아가셨는지 명확한 기억이 없다. 그냥 내가 젊었을 때 돌아가셨다는 것만 알 뿐이다. 그래서 "껑충 뛰어넘는다"는 시구를 대립 구도나 타도의 대상으로 몰아가는 것은 무리다. '뛰어넘다'는 시간의 흐름 속에 어쩔 수 없이 따로따로 존재해야 하는 필연적 실존을 의미한다. 그래서 시인은 집요하게 자신과 아버지의 관계를 일렬종대 화합의 구도로 펼치고 있다. 서로 분리되는 것처럼 보이지만 모든 관계는 하나로 모아진다는 주장이다. 약 80여 년 전 이 시를 쓸 때는 생명공학이나 DNA 같은 용어가 오늘날처럼 그렇게 흔하게 쓰이지 않았을 것이다. 믿거나 말거나 DNA는 1860년경에 발견되었으며, 또한 생명공학은 발효공학이라는 이름으로 기원전부터 유래되었다고 전해진다. 시인은 「시제2호」에서 자신도 모르는 사이에 생명공학이나 DNA의 정체를 시적으로 풀어놓았다.

나는 이상의 경우와는 많이 다르다. 따라서 사생활이 극히 단출했던 내 아버지와 사생활이 꽤나 복잡했던 나와는 가슴 싸한 연민의 관계다. 그리고 아버지 노릇을 형편없이 못한 나와 내 자식들 간의 관계는 내 쪽이 자식들로부터 일방적으로 타도당하는 구조로 설계될 수밖에 없다. 결국엔 각자 개인의 경우대로 그려질 것이다.

시인은 자기 아버지가 자기 곁에서 잠시 졸 적에 자아의 본질 같은 것을 파악해냈지만, 나는 아버지가 뇌출혈로 13년간 병석에 누워계신 것을 뻔히 바라보면서 '사람이 재수 없으면 저런 병에도 걸리는구나' 하는 생각 외엔 별 색다른 감흥을 못 받았다. 그래서 나는 시인이 못 되고 겨우 가수가 된 모양이다.

오감도II

시제3호

싸움하는사람은즉싸움하지아니하던사람이고또싸움하는사람은싸움하지아니하는사람이었기도하니까싸움하는사람이싸움하는구경을하고싶거든싸움하지아니하던사람이싸움하는것을구경하든지싸움하지아니하는사람이싸움하는구경을하든지싸움하지아니하던사람이나싸움하지아니하는사람이싸움하지아니하는것을구경하든지하였으면그만이다

옛말이 아니더라도 이 세상에 불구경하는 것과 싸움구경하는 것처럼 재미있는 구경거리가 어디 또 있을까. 싸움은 우리네 인간이 시도 때도 없이 벌이는 자연적 현상이며 또 한편으론 극단적으로 보여지기도 해서 재미있는 현상이다. 이번 랩의 소재는 '싸움'이다. 그럴 만한 이유가 있다. 「시제2호」도 비슷한 경우지만 이 시는 이상 전문가나 추종자, 혹은 마니아를 끊임없이 괴롭힌다. 인간의 보편적이면서도 특이한 상황을 이토록 멋진 랩 스타일로 지어낸 시인의 위트와 기지가 실로 경탄스럽다. 그러면서도 내용의 깊이가 만만치 않다. 누구나 이상의 시 「시제2호」와 「시제3호」를 읽다보면 점점 어안이 벙벙해지면서 이런 생각을 하게 된다. '이게 무슨 개가 풀 뜯어 먹는 소리지?' 그러면서 책을 덮어버리는 사람도 있고, '흠 괴짠데' 하며 호기심에 불을 댕겨 참고서를 들여다보는 사람도 있다.

이상 비평서는 억수로 많다. 이상만큼 연구 논문이 많이 발표된 한국 작가는 없을 것이다. 그것은 아마도 보들레르나 랭보에 필적할

것이다. 그러나 믿어주시라. 이상에 관한 참고 서적이나 논문을 밤새 뒤적여봐도 말짱 헛일이다. 모두가 하나같이 주해이거나 해설 수준의 설명들을 하고 있기 때문이다. 통상 본문보다 해설이 더 어렵게 풀리는 경우가 많기 때문이다.

그러나 이 시는 생각보다 어렵지 않다. 이 시의 등장인물은 싸움하는 사람, 싸움하지 않는 사람, 그리고 싸움을 구경하는 사람 세 명으로 분류된다. 보편적 상황이 그렇다. 이 시에는 등장인물이나 행동의 타이밍이 싸움을 하는 현재형과 싸움을 했던 과거형 두 가지로 분류된다. 어떤 평론가는 독자에 대한 서비스 차원으로 싸움하는 사람 A, 싸움하던 사람 B, 싸움 안 하는 사람 C, 싸움 안 했던 사람 D로 분류해서, A+B 혹은 B+C 혹은 BCD+A 같은 수학공식을 만들어 난리를 부리며 시를 더 어렵게 만들어놓고 있다.

이 시에는 어려운 글귀가 단 한 군데도 없고 한문 섞인 낱말도 없고 외국말도 없고 더구나 숫자나 기호 같은 걸 끼워넣지도 않았다. 단지 띄어쓰기를 하지 않았다는 것인데 읽고 이해하는 데는 아무 지장이 없다. 오히려 더 촘촘해서 짜임새가 있어 보인다. 그런데 왜 이 시의 의미나 메시지에 대해 납득할 만한 설명들을 찾아볼 수가 없을까. 두 가지 해답이 나올 수 있다. 첫째, 시 자체에 메시지가 없어 보이거나, 둘째, 메시지가 있어도 실력이 모자라서 찾아내지 못하는 경우다. 대부분은 두 번째에 해당한다.

그렇다면 「시제3호」의 의미가 우리에게 던져주는 메시지는 과연 무엇인가. 나 같은 아마추어의 결론은 어렵지 않다. 쉽게 풀어가는 것이다. 우리네 세상살이가 늘상 그렇지 않냐는 얘기다. 우리는 매일 매일 싸움을 하면서 살아간다. 가정에서, 학교에서, 직장에서 만나는 모든 사람과 싸워야 한다. 예외가 없다. 겉으로는 웃지만 속으로는 싸운다. 우리 삶 자체가 투쟁 곧 싸움이 아니던가. 그것이 삶의 방식이기 때문이다. 덧없어 보이는 양육강식인 자연법칙이 도처에 쫙 깔려 있기 때문이다. 여기서 시인이 강조하는 것은 싸우면서 살아가야 하는데 자고로 싸움은 안 할수록 좋고 싸움은 해도 그만 안 해도 그만이라는 얘기다. 세상에 싸움구경처럼 재미있는 게 없지만 싸움구경 역시 해도 그만 안 해도 그만이다.

나는 싸움을 안 하고 못 할 것처럼 생겼지만 천만의 말씀. 나는 어머니인 김정신 권사님과 늘 싸웠고, 내 여자와 여친과 늘 싸웠으며 계속 싸우고 있다. 지금도 내 자식과 친구와 특히 친어머니처럼 나를 돌봐주시는 주복순 할머니와 늘 싸우면서 살고 있으며, 심지어 세상에서 제일 예쁜 내 딸과도 툭툭대고 싸워가며 살고 있다. 또 내 딸과 주복순 할머니가 늘 아옹다옹 싸우는 걸 나는 옆에서 낄낄대며 구경하고 있다. 어젯밤에도 나는 여친과 티격태격 싸웠다. 그러나 괜찮다. 안 싸우고 서로 눈물겹도록 좋아하는 순간이 훨씬 더 많기 때문이다.

오감도II

시제4호

환자의용태容態에관한문제

• 0 9 8 7 6 5 4 3 2 1

0 • 9 8 7 6 5 4 3 2 1

0 9 • 8 7 6 5 4 3 2 1

0 9 8 • 7 6 5 4 3 2 1

0 9 8 7 • 6 5 4 3 2 1

0 9 8 7 6 • 5 4 3 2 1

0 9 8 7 6 5 • 4 3 2 1

0 9 8 7 6 5 4 • 3 2 1

0 9 8 7 6 5 4 3 • 2 1

0 9 8 7 6 5 4 3 2 • 1

0 9 8 7 6 5 4 3 2 1 •

진단 0 : 1

26.10.1931

이상以上 책임의사 이 상李 箱

이 시는 두 개의 버전이 있다. 원래는 1932년 『조선과 건축』에 「진단 0:1」이라는 제목으로 표제 「건축무한육면각체」 밑에 일어로 발표되었는데 그때는 숫자판이 정상이었다. 그로부터 2년 후인 1934년에 시인은 「오감도」 시리즈 중 「시제4호」에 똑같은 바둑판 모양이지만 숫자판을 마치 거울에 비춘 것처럼 거꾸로 뒤집어서 다시 발표한다. 한 차원 더 재밌어진 것이다.

아니, 이런 걸 시라고! 지금 들여다봐도 웃긴다. 그렇다면 지금으로부터 80여 년 전 조간신문에 실린 이 바둑판 모양의 그림 시를 보고 당시의 독자들은 얼마나 놀랐으며 기가 찼겠는가. 현대문학이나 현대미술의 핵심은 '충격'이다. 독자나 관객에게 우연이건 고의건 얼마만큼의 충격을 주었느냐가 관건이다. 그런 차원에선 이상의 시는 일단 성공했다고 볼 수 있다.

피카소는 1907년에 「아비뇽의 처녀들」을 그렸고, 1937년에 「게르니카」를 그려 현대미술의 대부로 올라섰다. 그 그림들이 관객에게 던져준 건 한마디로 충격 그 자체였다. 그것도 아름다움의 충격이 아니라, 총체적 괴상망측함의 충격이었다. 이상의 경우도 마찬가지다. 「시제4호」는 충격 자체다. 2010년대에 살고 있는 우리가 봐도 충격적인데 그 옛날 1930년대에는 오죽했겠는가.

내가 지금 읽지 않고 봤다고 표현한 것은 이 시를 저급하게 취급해서가 아니다. 실제로 이 시는 읽을 건덕지가 별로 없다. 아예 없다. 우리로선 거꾸로 된 숫자를 그냥 들여다보는 수밖에 없다. 이 시의 경우 독자께서 「시제4호」를 보거나 읽고 딱 한마디 "음! 상태가 많이 안 좋군!" 하거나 "음! 중병이군" 했다면 이 시를 완벽하게 읽어낸 것이다. 반어법이나 건성으로 읽으라는 얘기가 아니다. 만일 거울에 비추어봐야만 정상으로 읽을 수 있는 숫자판을 보고 "음! 이 환자는 꽤 정상이군" 했다면 그 독자님이야말로 응급실로 직행해야 정상일 것이다.

2년 전의 「진단 0:1」과 달리 이번에는 숫자가 거꾸로 비틀어졌다. 시인은 병을 심하게 앓고 있었고 이때쯤 심장과 폐가 많이 부실해졌을 수 있다.

"환자의 용태에 관한 문제"에서의 관건은 기발하고 참신한 아이디어다. 숫자를 거꾸로 세웠다는 것 말이다. 이 시와 직접 관련이 있었는지 모르겠지만 나는 아주 오래전부터 나의 소위 팬들의 사인 요청에 이런 식으로 사인을 해주고 있다. "조영남" '조'는 정상으로 시작해서 '영'은 거꾸로 나간다. 그리고 '남'은 뒤집어서 봐야 한다. 총체적인 개판이다. 왜 그렇게 사인하냐고? 그냥 재미있어서 이렇게 쓰고 있다. 만일 내가 이상한테 직접 "왜 그런 이상한 숫자의 시를 썼어요?" 하고 물으면 나와 똑같은 대답을 했을 것이다. "그냥 재미있어서"라고 말이다.

이 시를 문학평론가 식으로 해석하면 제2차 세계대전 때 국가기밀 암호처럼 한도 끝도 없이 난해해진다. 우선 0이란 수치의 무궁한 무게, 1이라는 수치의 무궁한 규모, 그리하여 0과 1의 영원한 대립, 즉 유와 무, 삶과 죽음의 대립, 기존의 가치체계의 전복, 합리주의와 비합리주의의 대립 및 비합리주의에 대한 옹호, 건강과 비건강의 대립, 순리와 비순리의 통합과 분리, 내면과 외면, 시각의 합치와 분리, 수치와 질량으로 해석하는 인간심리학 등 「시제4호」에 관한 전문가의 평론들은 주제만 들어봐도 다채롭다. 참고로 우리가 쓰고 있는 컴퓨터의 기본공학은 0과 1로 이뤄져 있다고들 그런다.

그럼 도대체 이 진단서는 어떤 환자를 위한 진단서냐. 간단하다. 이건 책임의사 이상의 용태에 관한 진단서다. 그림상으로 봐도 건강상태는 안 좋아 보인다. 글씨가 거꾸로 보인다는 것부터가 정상이 아니다. 그런데 진단 결과는 0 : 1로 짧게 기술되었다. 0과 1의 대결이다. 0을 양호, 1을 비양호로 상정하는 평론가들도 있다. 양호와 비양호 간의 대결구도로 숫자를 읽어 내려갈 수도 있다. 좌측 0에서 시작, 좌측에서 우측으로 쭉쭉 점을 따라 내려와 1에서 끝난다. 0에서 시작하여 1에서 끝나는 것이다. 이는 단 한 번의 삶이 시작하고 끝나는 것이다. 양호에서 비양호, 반대로 비양호에서 양호로 끝을 냈다고 볼 수도 있다. 0을 결핵의 상태, 1을 건강한 상태로 해석해도 무방하다. 결과는 마치 중증 정신질환자에 관한 진단서처럼 보인다.

거울에 비친 모습과 거울 밖에 있는 실제의 모습에는 괴리가 있게 마련이고 이런 괴리를 결핍이라고 부른다는 심리학자 자크 라캉의 이론을 결부시키는 평론가도 있다. 결과적으로 환자의 결핍 상태를 진단해냈다는 얘기다. 매우 타당해보인다. 왜 결핍이냐. 거울에 비친 모습에겐 전혀 기능이 없기 때문이다. 거울을 보고 자기 미모에 흡족해하는 사람은 흔히 왕자병이나 공주병에 걸린 환자로 취급된다. 정상적인 인간은 거울을 보면서 뭔가 결핍을 느끼게 마련이다. 내 개인의 경우는 총체적으로 미남이 아니기 때문에 결핍 증세에 시달린다. 결핍을 채우기 위해 보통 인간은 죽을 때까지 투쟁적으로 살아야 한다. 결핍을 보충하기 위해 자기 스타일대로 피나는 노력을 해야 한다는 뜻이다. 거꾸로 된 숫자의 도표는 시인 이상 자신의 모습이다. 거꾸로 서 있다는 것은 상태가 안 좋다는 얘기다.

그 밑에 "26.10.1931"은 진단서를 작성한 날짜다. 그렇다면 지금으로부터 80여 년 전에 기록된 진단서인데, 기록된 대로 1931년 10월 26일의 상태가 그러했다는 얘기다. 몇 년, 몇 월, 며칠을 서양식으로 며칠, 무슨 달 무슨 해인 26.10.1931로 기록한 것을 보면 책임의사는 외국 문물깨나 익힌 모던한 인물로 보인다. 이것은 시인을 세련된 모던보이로 추측하게 만든다. 두루 놀라울 따름이다. 80여 년 전에 그런 식으로 날짜를 기록했다니 말이다.

두 가지 다른 뜻의 이상이 반복되는 동음어. "이상以上 책임의사 이상"의 반복되는 운율은 그지없이 상큼 상쾌해보인다. 이 언어놀이도 얼핏 짓궂은 장난처럼 보이지만 한편 심각하게 보자면 이 시는 레오

나르도 다 빈치 이래 최초이며 최후의 혁명적인 시다. 저 유명한 다다이스트 차라·브르통·마르셀 뒤샹 등은 감히 이상의 이런 흉내조차 내질 못했다. 그 누구도 이상처럼 과학적이고 수학적이며 미학적인 정교한 시, 거기에 플러스 재미있는 시를 써내질 못했다.

내 주장이 너무 과격하다면 이렇게 바꿔 말할 수도 있다. 시란 별것 아니다. 주민등록 발급 신청서, 차용증, 영수증, 전자제품 설명서, 상품에 찍힌 바코드, 이런 모든 것이 위대한 시로 둔갑할 수 있다. 「시제4호」가 바로 이를 증명한다.

얼핏 보아도 환자의 양호적 용태건, 비양호적 상태건 어떤 경우도 정상은 아니다. 아니, 정상 비정상이란 애시당초 없는 상태였다. 거꾸로 뒤집어져 있는 것으로 보아 그렇다. 거기에 일직선으로 좌측에서 우측으로 내려오는 점선은 마치 혈관 속의 동맥과 정맥이 규칙적으로 충돌사고라도 낸 듯한 형상이다. 모든 숫자가 뒤틀려 있는 것처럼 보이는 것은 환자의 용태가 최악으로 느껴지게 한다. 심지어는 각혈에 의한 죽음을 떠올리게 한다. 그래서 30을 못 넘기고 요절했지만 말이다.

오감도II

시제5호

모후좌우某後左右를제除하는유일의흔적에있어서

익은불서翼殷不逝 목대불도目大不覩

반왜소형胖矮小形의신神의안전眼前에아전낙상我前落傷한고사故事를유함.

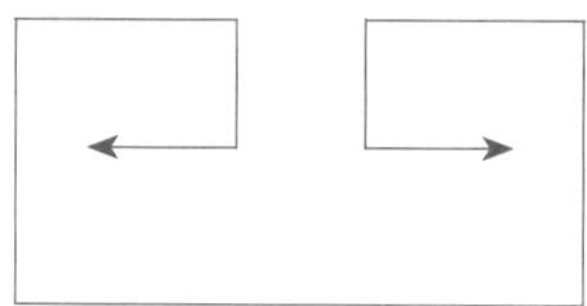

장부臟腑라는것은침수된축사畜舍와구별될수있을는가.

「시제4호」의 경우와 마찬가지로 「시제5호」 역시 두 개의 버전이 있다. 이 시가 발표되기 2년 전인 1932년 『조선과 건축』에 「22년」이라는 제목으로 발표했던 일본어 시를 제목과 내용만 약간 바꿔 「오감도」 속의 「시제5호」 우리말 시로 편입시켰다.

네 줄짜리의 짧은 시지만 얕볼 수가 없다. 난해의 극치로 보여지기 때문이다. 그러나 한자로 된 시어를 차근차근 풀어가면 그렇게 어려울 것도 없다. 문제는 4행의 의미를 눈치조차 챌 수 없게 양옆 하단 중간에서 반대 방향으로 치닫는 화살표 도안 하나가 버티고 있는 것이다.

어쩔 수 없이 억지로 전체 의미를 뭉뚱그려보면 인간은 신 앞에서 허약한 존재로 남는다는 의미 같다. 놀라울 건 없다. 수천 년 이래 이런 말은 생각 좀 한다는 위인들에 의해 끊임없이 전해져 내려왔다. 단지 이상의 경우가 특이한 건 그의 시선이다. 시인 나이에 비해 시선이 매우 높다는 얘기다. 어떤 평론가들은 이 시의 또 다른 제목이었던 「22년」二十二년에서 전후좌우를 빼면 '十'이 남는다, 이것은 죽음의 십자가를 의미한다면서 도입부에 등장하는 "모후좌우를 제하는 유일의 흔적에 있어서"를 대뜸 십자가로 풀이하기도 한다. 물론 그것은 기발한 발상이지만 재미있다는 생각 외에 별 의미가 없는 듯하다. 쉽게 풀이해서 모후좌우 포 떼고 차 떼고 유일하게 흔적처럼 남아도는 생각은, "익은불서翼殷不逝 목대불도目大不覩" 즉, 날개가 있어도 날지 못하고 눈이 있어도 또는 눈이 커도 볼 수 없다. 개뿔 여기서 할 수 있는 것은 아무것도 없다. 그게 바로 우리네 인간이라는 이름의 족속이다. 거기까지가 한계다. 그 정도로 해석하면 충분하다. 불가지론자의 강경한 선언문 같기도 하고 아니면 대표 선문답 같아 보인다.

문제는 3행이다. 고해성사가 이루어지고 있는 듯한 장면이다. 고해의 내용은 대충 이런 거다. "난쟁이 똥자루처럼 생겨먹은 신이 빤히 보는 앞에서 한 번 사고를 친 적이 있소이다." 그리고 방향을 못 찾는 화살표, 출구가 없어보이는 두 개의 화살표가 나온다. 공교롭게도 이 도안은 실존주의 철학을 꼭 닮았다. 아무 대책 없는 실존주의에서만 감히 신을 난쟁이 똥자루로 비유할 수 있다. 여기서 시인 이상은 실존 그 자체다. 도스토옙스키나 아쿠타가와 류노스케 같은 동서양의 글쟁이들이 신 앞에서 쩔쩔매며 엄살을 떨고, 보들레르가 신을 향해 한판 붙자고 아우성치고, 랭보가 신에게 삐쳐서 저만치 돌아앉았을 때, 우리의 이상은 파우스트의 메피스토펠레스나 신약성서에 등장하는 가롯 유다처럼 신과 아주 가까운 거리에서 신을 놀려

먹는 일에 재미를 붙인다. 신더러 샅바 잡고 한국 씨름을 한판 해보자고 부추기는 모양새다. 기독교의 제왕인 예수한테 대놓고 "너, 알카포네 친구지?"라고 한 것이나 신에게 감히 난쟁이 똥자루가 아니냐고 들이댄 것이 그 증거다.

누가 신 앞에서 사고를 쳤다는 것인가. 굳이 대답하자면 예수라는 인간적인 이름을 가진 신이 어쩌다 십자가라 불리는 나무형틀에서 세상을 구원하는 보혈을 흘린 것이 대형사고일 수도 있다. 또 시인 자신이 각혈로 몸이 망가져가며 피를 흘리는 게 진짜 대형사고일 수도 있다. 그러면서 시인은 신세타령을 하듯 화살표 그림의 낙서를 내놓았다. 원시부족들이 신이 내려다보도록 만든 고인돌이나 피라미드를 세운 것처럼 우리의 시인도 흡사 부적같이 생겨먹은 그림 하나를 그려낸 것이다. 이 부적에는 신과 자신의 모습이 담겨 있다. 이때는 오만 가지 해석이 가능하다. 이쪽은 신의 방향, 저쪽은 인간의 방향. 두 개의 화살표가 원래는 한 몸이지만 끝에서는 서로가 결별하여 반대 방향으로 치닫고 있다. 이것은 어디까지나 실존주의자의 의견이므로 크게 신경쓰지 않아도 무방하다. 한편 시인의 신세타령은 거기서 끝나지 않는다. 1행을 추가시켜 자신의 누추하기 이를 데 없는 신세타령에 쐐기를 박는다.

"장부라는 것은 침수된 축사와 구별될 수 있을는가." 장부는 실제적으로 오장육부를 뜻하지만 여기서의 장부는 동음이의어로서 장부丈夫로 이해해야 한다. 일종의 언어유희로 장부는 곧 시인 자신이다. 어디까지나 사내대장부다. 단지 지금 시인 자신이 누추하기 이를 데 없는 침수된 축사나 다름없다는 것이 바로 장부의 신세타령에 다름 아니다. 대장부나 장마에 맥없이 떠내려가는 축사나 뭐가 다르냐는 것이다.

과학자나 예술가나 시인은 하나같이 상상력 게임을 하는 사람들이다. 누구의 상상력이 최고냐, 그것이 관건이다. 내가 개인적으로 「오감도」 중 「시제5호」에 나타난 시인의 상상력에 경탄해 마지않는 것은 시인이 소위 사내대장부의 위세를 침수된 축사, 그러니까 물에 떠내려가는 똥오줌 섞인 오물이나 소·돼지·닭 따위의 위세로 격하시킬 줄 알았다는 점이다.

나는 충청도 시골내기라서 그런 사정을 좀 안다. 침수된 축사는 불결함의 극치다. 오장육부 안의 내용물도 불결함의 극치이기는 마찬가지다. 그래서 질문이 생긴다. 이상처럼 서울내기로 자란 청년이 어찌 그리도 침수된 축사의 풍경을 훤히 꿰뚫고 있었느냐는 것이다. 물론 이따금씩 시골로 내려가 직접 그런 걸 살펴본 바가 있었겠지만 말이다. 거듭 놀랍다. 인간을 바로 볼 줄 아는 시인의 겸허한 눈썰미에 놀라고, 그것을 글로 표현할 줄 아는 독보적인 능력에 놀랄 뿐이다.

오감도II

시제6호

앵무鸚鵡　※ 2필

2필

※ 앵무는포유류에속하느니라.

내가2필을아아는것은내가2필을아알지못하는것이니라. 물론나는희망할것이니라.

앵무　2필

"이소저는신사이상의부인이냐" "그렇다"

나는거기서앵무가노한것을보았느니라. 나는부끄러워서 얼굴이붉어졌었겠느니라.

앵무　2필

2필

물론나는추방당하였느니라. 추방당할것까지도없이자퇴하였느니라. 나의체구는중축中軸을상실하고또상당히창랑하여그랬던지나는미미하게체읍涕泣하였느니라.

"저기가저기지" "나" "나의—아—너와나"

"나"

sCANDAL이라는것은무엇이냐. "너" "너구나"

"너지" "너다" "아니다 너로구나"

나는함뿍젖어서그래서수류獸類처럼도망하였느니라. 물론그것을아아는사람혹은보는사람은없었지만그러나과연그럴는지그것조차그럴는지.

앵무 2필은 앵무새 두 마리다. 원래는 조류에 속하는 약간 사람 흉내를 곧잘 하는 새일 뿐인데, 시인은 앵무새가 말을 한다고 해서 포유류라고 능청을 떤다. 사람처럼 젖을 먹여 새끼를 키우는 동물이라고 주장하는 것이다. 세상이 다 아는 바지만 앵무새는 부질없이 떠들어대는 새다. 그래서 앵무새 두 마리는 그냥 관습적으로 의미 없이 서로를 향해 떠들어대는 두 사람을 지칭하게 된다. 익명의 한 사람, 혹은 이쪽 앵무새가 말한다. "이 여자가 그 유명한 신사 이상 씨 부인이냐"고 묻고 역시 또 다른 익명의 사람, 혹은 저쪽의 앵무새가 대답한다. "그렇다." 서로 다정하게 대화를 주고받는 것으로 봐서 앵무새 두 마리는 부부관계를 연상시킨다. 상투적인 부부관계가 저절로 그려진다. 여자가 화를 내고 남자는 부끄러워 얼굴이 붉어지고, 한쪽에서 다른 한쪽을 추방하고 추방당하는 쪽은 아예 스스로 물러난다. 이 장면의 주인공이 시인 자신이라고 자청했을 때, 시인은 몸이 허약해 중심조차 잡을 수 없어 중요한 남자 구실도 못 하고, 그것 때문에 이리 비틀 저리 비틀 마음의 방향을 못 잡고 눈물 콧물만 질질 짜며 헛소리를 질러대는 꼬락서니다.

나와 너가 누구인지 정립조차 잘 안 된다. 대화라고 해봐야 백치 아다다나 바보 삼룡이 수준의 대화다. 부부를 포함한 이 세상 모든 남녀의 대화가 전부 그러하지 않던가. 이 와중에 스캔들SCANDAL은 또 무엇이냐? 별것 아니다. 남녀가 한 쌍으로 붙는 것이다. 이 세상에서 가장 축복받아야 할 일이 스캔들이라는 이름으로 금방 축복에서 비난으로 돌변한다. 여기서 스캔들의 상대가 금홍인지 시인의 내연녀인지는 불분명하다. 스물네 살짜리 예쁜 아나운서일지도 모른다. 보통 남자들은 방송국 아나운서와의 스캔들을 꿈꾼다. 방송국 아나운서들은 높은 경쟁률의 시험에 합격해야 하기 때문에 무조건 예쁘고 똑똑한 느낌이 든다. 그래서 아나운서가 남친이 있다 하면 남자들은 부러움 반 질투 반으로 '너지' 그 아나운서와 사귀는 거 '바로 너로구나' 난리방구다. 서로 손가락질하며 그저 그럴 뿐이다. 앵무새나 사람이나 단순한 남녀관계로 법적 제재를 가할 순 없기 때문이다.

그리고 이어서 왜 함빡 젖었는지, 무엇에 젖었는지 우리로선 정확히 알 길이 없지만 남녀관계상의 스캔들을 옴팡 혼자서 뒤집어 쓴 상태를 함빡 젖었다고 표현한 것 같다. 짐승처럼 도망했다는 것은 남들이 부질없이 떠들어대는 수없이 많은 단순 루머성 소문이나 억측성 불륜의 상태를 고의로 피했다는 의미다. 물론 그런 사적인 남녀관계를 남 앞에 드러내놓고 과시하진 않았지만 그런 남녀관계를 과연 귀신도 모르게 치른 건지 "그것조차 그럴는지" 알 도리가 없는 것이다. 누구도 앵무새 두 마리가 살아가는 데 감놔라 배놔라 할 수 없다는 얘기다. 당사자 이외에는 섣업이 제일이란 얘기다.

오감도II

시제7호

구원적거久遠謫居의지地의1지枝·1지에피는현화顯花·특이한 4월의화초·30륜輪·30륜에전후되는양측의 명경明鏡·맹아萌芽와 같이희희戲戲하는지평을향하여금시금시낙백落魄하는만월·청간淸澗의기氣가운데만신창이의만월이의형劓刑당하여혼륜渾淪하는·적거謫居의지地를관류貫流하는일봉가신一封家信·나는근근히 차대遮戴하였더라·몽몽濛濛한월아月芽·정밀靜謐을개엄蓋掩하는 대기권의요원遙遠·거대한곤비困憊가운데의1년4월의공동空洞·반산전도槃散顚倒하는성좌星座와성좌의천열千裂된사호동死胡同을 포도跑逃하는거대한풍설風雪·강매降霾·혈홍血紅으로염색된암염岩鹽의분쇄粉碎·나의뇌를피뢰침삼아침하반과沈下搬過되는광채임리光彩淋漓한망해亡骸·나는탑배塔配하는독사와같이지평에식수되어다시는기동할수없었더라·천량天亮이올때까지

무슨 고대 중국의 시처럼 생겼다. 도대체 미술을 독학으로 공부하고 건축학을 전공했을 뿐인 이십 대 중반의 조선 청년이 언제 어디서 이렇게 심오한 한문을 터득할 수가 있었을까. 한문을 시어로 이어가는 구사능력을 도대체 언제 어디서 누구한테 배울 수 있었을까. 우리는 지금 시를 읽고 즐기는 것이 아니라 한문 해독하는 일에 뒷골 땡기게 생겼다. 억지로 해석을 해보면 대략 이렇게 된다.

"구원적거의 지." 영영 버림받은 귀양살이 땅이라는 말이다. 그 다음부턴 소리에 재미를 느껴야한다. "1지枝·1지에 피는 현화."

나뭇가지 하나가 대롱거리고 그 끝에는 4월의 이름 모를 특이한 꽃이 간당간당 매달려 있다. 그 꽃은 우연히 만난 이름을 밝힐 수 없는 여자일 가능성이 크다. 혹은 백천온천에서 만난 여인 금홍일 수도 있고 당시에 사귀었던 또 다른 여인일 수도 있다. 여하튼 그런 와중에 밝은 달은 30번 비추며 지나가고, 밝은 해 또한 30번 비추며 지나간다. 그렇게 갸륵한 세월 그 여인과 살을 맞대고 살았다는 얘기다. "**양측의 명경**"이 대충 그런 뜻이다. "**맹아와 같이 희희하는 지평을 향하여 금시금시 낙백하는 만월.**" 새로 솟아나는 새싹처럼 마냥 즐거워하는 대지를 향하여 조금씩 조금씩 움직이며 장난스럽게 놀 듯이 내려비치는 저 하염없이 둥근 달로 빠져들지 않을 수 있으랴. 산골 시냇물엔 맑은 기운이 꽉 차고 온몸이 만신창이가 된 듯한 둥근 모양의 달은 마치 코를 베는 형벌을 받은 것처럼 휘어져 짐짓 어지러워하는 것 같은데, 귀양살이의 땅에서 받아보는 집에서 보내온 편지 한 통이 새롭구나.

"**나는 근근히 차대하였더라.**" 여기서 '나'는 시인 자신으로 상정하는 것이 좋다. 시인은 겨우겨우 추위를 가리고 견디며 살아왔도다, 그런 슬픈 뜻이다. 아직도 달빛은 희미하게 남아 있고 고요함조차 꺼져가는 대기권의 아득함. 몹시 곤궁하고 고달프게 보낸 1년 4개월의 텅 빈 세월. 절룩거리다가 다시 또 넘어지고 엎어져 별자리와, 별자리의 수없이 분열된, 자! 우리는 여기서 정신을 버쩍 차려야 한다. "**사호동을 포도하는 거대한 풍설**" 불라불라, 중얼중얼. 허둥대며 막다른 골목을 향해 달아나거나 질주하는 거센 바람과 눈보라의 세월. 뭔가 퍼뜩 떠오르지 않는가. 바로 오감도 시제1호에 등장하는 13명의 아해들 말이다. 거기서도 똑같은 포메이션으로 13명 모두가 도로로 혹은 막다른 골목으로 질주하지 않던가. 그리고 이어진다. 거기엔 흙비가 쏟아진다.

핏빛으로 물감 드리워진 바윗덩어리가 깨지는 것처럼, 시인의 뇌를 피뢰침 삼아 지옥을 향해 떨어지는 광채가 일어난다. 시인은 죽은 해골, 아니면 탑 속에 유배된 독사처럼 지하에 한 그루 나무로 박혀 다시는 움직일 수가 없다. 하늘의 도움이 있을 때까지. 혹은 부모님 제사를 마치는 날까지. 믿거나 말거나.

「시제7호」는 여기까지다. 나는 상상을 해본다. 끔찍하다. 그때로 돌아가 1934년 8월 1일, 어떤 책에는 8월 2일자 『조선중앙일보』에 기재되었다고 적혀 있는 그곳으로 돌아갔다고 상상해보자. 당시 내가 지금처럼 그저 『조선중앙일보』의 평범한 독자였는데 어느 찌는 듯한 8월의 아침, 신문에 실린 「오감도」 「시제7호」의 시를 읽었다면 그 느낌이 어떠했을까. 아마도 심경 복잡했을 것이다. 심경 시끄러웠을 것이다. 무슨 헛소리냐, 미쳤느냐, 어떤 놈이냐, 정신병자 아니냐. 이상 탄생 100주년 되는 2010년에 똑같은 「오감도」 「시제7호」가 실려도 미친놈 소리 듣기는 마찬가지일 것이다. 아마도 안티 세력이나 악플 때문에 최소한 해외로 도피나 망명해야 했을 것이다.

그러나 이 시를 해석해보면서 나는 또 한 번 놀랄 수밖에 없었다. 소외된 듯이 살아가야 하는 우리의 절박한 처지를, 나만 왕따당하는 느낌으로 살아갈 수밖에 없는 오늘 우리가 처한 삶의 형태를 어쩜 이토록 처절하게 그려낼 수가 있었느냐는 것이다. 누구나 눈 뜨고 살아 있는 한 외로운 때는 있는 법이다. 외롭고 따분하니까 인간은 노래하고 그림 그리고 공부하고 시를 쓴다. 그러는 척하는 것이다. 나는 이날 이때까지 탑 속에 유배된 독사를 본 적도 없거니와, 탑 속에 유배된 독사처럼 지하에 한 그루 나무로 박혀 다시는 움직일 수 없었노라고 고백할 만큼 혹독하게 외로움을 탄 적도, 그런 자신이나 타인을 만나본 적도 없다. 이것은 어느 누구도 내려가보지 못한 외로움의 맨 밑바닥을 치고 돌아오는 위대한 시인의 통곡이며 절규다. 그리고 80여 년의 세월이 흐르고 「오감도」「시제7호」는 한 늙은 가수의 심금을 한 번 더 울리고 있는 중이다.

오감도II

시제8호 해부

제1부시험	수술대	1
	수은도말평면경	1
	기압	2배의평균기압
	온도	개무皆無

위선爲先마취된정면으로부터입체와입체를위한입체가구비된전부를평면경에영상시킴. 평면경에수은을현재와반대측면에도말이전塗沫移轉함. (광선침입방지에주의하여) 서서히마취를해독함. 일축철필一軸鐵筆과일장백지一張白紙를지급함. (시험담임인은피시험인과포옹함을절대기피할것) 순차順次수술실로부터피시험인을해방함. 익일. 평면경의종축을통과하여평면경을2편에절단함. 수은도말2회.

ETC 아직그만족한결과를수득치못하였음.

제2부시험	직립한평면경	1
	조수	수명

야외의진공을선택함. 위선마취된상지上肢의첨단을경면鏡面에부착시킴. 평면경의수은을박락剝落함. 평면경을후퇴시킴. (이때영상된상지上肢는반드시초자를무사통과하겠다는것으로가설함) 상지의종단까지. 다음수은도말. (재래면在來面에) 이순간공전과자전으로부터그진공을강차降車시킴. 완전히2개의상지를접수하기까지. 익일. 초자를전진시킴. 연하여수은주를재래면에도말塗沫함 (상지의

처분) (혹은멸형滅形) 기타. 수은도말면의변경과전진후퇴의중복등.
ETC 이하미상

「시제7호」까지는 제목이 없었고, 「시제8호」부터 따로 제목이 붙는다. 해부解剖가 「시제8호」의 제목이다. 시는 또 제1부 시험과 제2부 시험으로 나뉜다.

얼핏 보면 TV 오락프로그램 「개그콘서트」의 코미디 대본을 방불케 한다. 처음부터 끝까지 읽어봐도 시라기보다는 병원일지에 가깝다. 말도 안 되는 수술기록인데 너무도 진지하게 기록이 되어 코미디 대본처럼 보인다는 얘기다.

그러면 우리는 시 같지도 않은 「시제8호 해부」에 어떤 방식으로 접근해야 하는가. 나는 이상 시의 아마추어 애호가다. 내가 지금 겸허를 과장하고 있는 게 아니다. 단언하건대 이상 앞에서는 세상 어느 누구도 아마추어 애호가여야 한다. 그래야 "아! 재미있네, 웃기네" 하면서 들여다볼 수 있지, 전문가의 폼으로 들여다보면 그냥 난해한 시, 의미 없는 시, 메시지가 없는 시로 분류되게 마련이다.

그렇지 않아도 이 나라에서 둘째가라면 서운해하실 자타가 공인하는, 이름을 밝힐 수 없는 최고 권위의 이상 전문가께서 우리가 지금 읽고 있는 「시제8호 해부」를 「오감도」 15편 중에서 가장 수준 낮은 시로 낙점해놓은 것을 보고 왜 그랬을까 하며 더욱 면밀하게 들여다보게 되었다. 출판사에서는 이름을 떳떳이 밝히라고 성화인데 나는 맘이 약하다. 걸핏하면 명예훼손인가 하는 죄목으로 고소 고발을 남발하기 때문이다. 그러나 이런 데선 아마추어가 프로한테 대드는 건 아마추어의 특권이다. 반대로 프로가 아마추어한테 대드는 건 난센스로 취급되고. 그리고 아마추어가 프로한테 꼭 진다는 보장도 없다. 프로도 처음엔 아마추어였기 때문이다.

정말 왜 꼴찌 점수를 주었을까. 이유는 간단하다. 내가 말한 대로 너무 진지하게 접근했기 때문이다. 너무 심각 리얼하게 접근해서 그런 모양이다. 너무 진지하게 접근하면 결과가 왕왕 어긋나곤 한다.

또 어느 전문가는 여기에 등장하는 수은 잔뜩 발린 평면거울이 일반 병원에서 실시한 X선 검사용 필름이었다고 친절하게 안내해준다. 사실 X선 검사 패러디로 해석해도 재미는 있다. 그러나 너무 진지하거나 너무 리얼리티를 따지다보면 혼돈스러워질 수 있기 때문에 나는 그냥 담백하게 읽어 내려갈 것을 강추하는 바다. 따지고 보면 거울이나 X선 필름은 광선을 통해서 어떤 물체를 비쳐본다는 의미에서 비슷한 물건이다. 그러나 잠시 따로 생각해보면 우리에게 지금은 하찮은 물건처럼 보이는 거울이야말로 인간 문명이 만들어낸 어떤 물건보다 위대하다고 말하지 않을 수 없다. X선도 마찬가지다. 인간이 살아 있는 자신의 육체를 그것도 병으로 파손된 부위까지 사진으로 들여다볼 수 있다는 건 얼마나 굉장한 일이냐. 상상도 못 했던 일 아니냐.

「시제8호 해부」는 거울 하나를 수술대 옆에 세워놓고 거기에 비치는 형상을 해부하는 우스꽝스런 해부 과정만 실려 있고 정작 해부 결과는 아무것도 없다. 정작 필요한 각종 가위·수술용 칼·약·마스크·고무장갑 따위의 기초장비도 없다. 없다 정도가 아니라 수술을 하다가 말고 느닷없이 "ETC 이하 미상"이라고, 그 이후의 해부 결과는 알려진 바가 없다고 노골적으로 꼬랑지를 내린다. 참고로 ETC는 et cetera의 약자다.

이 시는 첫 장면부터 웃긴다. 수술을 하기 전 그들이 요구하는 준비물 내역부터 그렇다. 수술대 1대. 학생이 학교에 갈 때 지참해야 하는 것은 책가방이라는 소리와 흡사해서 웃긴다. 요구사항 중에 2배의 평균기압도 웃기고 총체적으로 미미해야 한다는 수술실 온도도 웃긴다. 하여간 앞뒤로 수은을 잔뜩 바른 평면거울은 필히 있어야 한다. 어떤 경로로 무엇을 해부한다는 내용은 없고 수은을 앞뒤로 발랐다는 것부터, 계속 평면거울만 가지고 들랑날랑하다가, 거울에 수은을 겹칠했다가, 무슨 변덕인지 다시 싹싹 긁어냈다가, 결국엔 거울을 두 쪽으로 절단한다. 그 위에 또다시 수은을 바르고, 계속 그런 짓만 하다가 아무런 결말도 없이 중도에서 우물쭈물 끝을 낸다. 얼마나 재미있는가. 시험 담당의사더러 환자를 절대 껴안지 말라고 경고하는 것도 정말 웃기는 일 아닌가.

이상은 타고난 개그맨이다. 그의 시는 한 번 읽고 웃어버리면 된다. 그게 시인이 우리에게 바라는 일이다. 그러나 시를 읽는 사람이 여유가 있어 자세히 들여다보면 그 우스꽝스런 짓거리 뒤엔 눈물 없이는 볼 수 없는 투철한 탐구정신이 도처에 스며들어 있음을 간파하게 된다. 수술대에 누워 있는 환자가 아니고 거울 속에 비치는 환자를 수술하겠다고 난리법석을 떨고 있으니 이 얼마나 엄청난 도전인가.

제2부 시험을 살펴보시라. 세울 수 있는 평면거울 하나와 조수 몇 명을 준비해야 한다. 기압이 없는 진공상태의 야외를 수술 장소로 선택한다. 그리고 우선 마취된 환자의 두 팔 끝을 거울 면에 부착시킨다. 점입가경이다. 그리고 평면거울의 수은을 긁어서 부스러기를 털어낸다. 거울 기능이 상실된 평면거울을 해부대상으로부터 후퇴·제외시킨다. 이때 영상되어 있는 상체의 팔 끝이 반드시 유리를 무사히 통과하도록 평면거울을 임시로 설치할 수 있다.

팔 끝부터 끝까지 수은을 다시 바른다. 원래의 평면 위에도 바른다. 수은을 바르자마자 곧 지구가 공전과 자전을 하듯 온갖 실력을 다해서 시술한 해부시험을 정지시킨다. 두 개의 팔 끝, 즉 거울에 비친 팔 끝과 실험대상이 된 팔 끝을 완전히 다시 제자리로 접수할 때까지 후퇴시킨다.

다음 날, 얼마 전 평면거울을 후퇴시킨 것을 이번엔 다시 전진시켜 놓는다. 이어서 수은을 거울 원래의 표면에 또 한 번 바른다. 팔 끝을 원상복귀시키거나, 통째로 형태를 죽이거나, 수은을 바른 거울 표면을 변경시키거나, 전진후퇴를 중복하거나 등등. 그 이후에 대해선 아무것도 알 수 없다.

시인은 매우 양심적이다. 너무나 양심적이어서 해부결과에 대해서 입을 다문다. 확신이 없기 때문이다. 그토록 주도면밀하게 해부실험을 했으면 "나는 세계 최초로 거울 속 환자를 수술했다. 거울 속으로 직접 들어가서 불치의 환자를 완전 해부해버렸다. 초인적인 발상과 초과학적인 힘으로 초능력을 발휘했다" 하고 큰소리를 쳤을 법한데 우리의 시인은 수술 결과를 미완성으로 남겨두었다. 보통 의사들이 그렇다. 우물쭈물한다. 안 그러면 어느 의사가 감히 생명에 관해 큰소릴 칠 수 있겠는가. 요즘은 로봇 시술이 크게 유행하고 있다. 그전에는 이상의 거울 시술이 대세였다. 누가 「시제8호 해부」를 수준 낮은 시라고 지적했는가. 무슨 근거로 말이다. 내가 보기엔 정반대다.

끝없이 장대한 스토리를 마치 연극 대본처럼 짧고 재미있게 축약시 형식으로 발표한 시인은 일찍이 호메로스·단테·니체 이후로는 이상밖에 없다. 이상을 위해 내가 대신 큰소리 한번 쳐봤다.

오감도II

시제9호 총구

매일같이열풍烈風이불더니드디어내허리에큼직한손이와닿는다. 황홀한지문指紋골짜기로내땀내가스며들자마자쏘아라. 쏘으리로다. 나는내소화기관에묵직한총신銃身을느끼고내다물은입에매끈매끈한총구를느낀다. 그러더니나는총쏘으드키눈을감으며한방총탄대신에나는참나의입으로무엇을내어배앝었더냐.

"매일같이 열풍이 불더니." 열풍熱風이 아니고 열풍烈風이다. 매일같이 목구멍에서 기침이 나오고 허리가 뜨끔뜨끔 심상치 않다는 의미다. 피가 썩어가는 느낌이다. 온몸에 땀이 쫙 나는 상황을 "황홀한 지문 골짜기"에서 땀이 난다고 멋스럽게 적었다. 온몸을 지문의 골짜기로 그려낸 건 섬뜩할 정도로 기괴스럽고 절묘하다. 땀이 나는 것을 신호로 피가 쏟아진다. 몸 전체가 피를 내뱉는 기계처럼 느껴진다. 입에서 끈적하고 매끈한 핏덩어리를 느낀다. 그러더니 일등사수가 방아쇠를 당겨 한 방의 총을 쏘듯이 입 안에서부터 각혈이 사정없이 튀어나온다. 작가의 폐결핵 증상, 기침 증상, 각혈 증상 등 최악의 몸 상태를 적나라하고 당당하게, 핏덩어리가 몸뚱이에서 튀어나오는 것을 총 쏘는 행위에 비유했다. 팅요! 팅요! 요즘 어린아이들 장난감 총 싸움을 방불케 한다.

여기까지가 나의 「총구」에 대한 의견이다. 문제는 「총구」를 각혈을 쏟아내는 입으로 해석하지 않은 다른 유명 작가의 평론이 너무도 강력하게 존재한다. 그밖에도 여기서 「총구」는 남자의 성기라는 주장이다. 남자의 성기 중에서도 정액이 쏟아져 나오는 앞부분을 말하며 시인은 20대 남성의 보편적인 욕망을 절묘한 시언어로 그려내고 있다는 해설도 있다. 이 의견도 무시할 수는 없다. 이상의 시는 해석하기에 달렸다. 귀걸이가 코걸이도 될 수 있고 코걸이가 귀걸이도 될 수 있다는 얘기다.

이상은 보통 점잖은 시인들이 못 본 체 지나치는 섹스 분야까지 철저하게 해부한다. 우리나라의 신윤복이나 외국의 고야, 피카소 등이 노골적인 남녀의 성애 장면을 그림으로 남겼고, 제프 쿤스 같은 화가들이 직접 자신의 성애 장면을 사진으로 상세하게 남긴 것과 흡사하다. 최인욱인가 방인근인가가 『벌레먹은 장미』를, 마광수가 『가자, 장미여관으로』를 남기고, 미국의 셰익스피어라 해도 과언이 아닌 헨리 밀러가 『북회귀선』을 통해 방대한 규모의 성애물을 남긴 것과 비슷한 얘기다.

그러면 이렇듯 자칫 추잡해보이는 시들은 우리에게 무슨 교훈을 남기고 있을까. 누구나 기피하는 경향이 있지만 우리네 인간은 매일매일 음식을 섭취하는 것을 기피 못 하듯 섹스도 기피하지 못한다는 것의 중요성을 새삼 일깨워주고 있는 것이다.

매일같이 욕정의 뜨거운 바람이 넘실대다보면 드디어 허리 근처에 뭔가 꿈틀대는 것을 감지하게 된다. 불끈 솟은 남자의 성기를 움켜진 손바닥에는 천 갈래 만 갈래로 갈라져나가는 울퉁불퉁한 지문의 골짜기가 생긴다. 아! 얼마나 세세한 관찰력인가. 바로 그 지문의 골짜기 사이로 시인 자신의 땀내가 스며들면 시인은 스스로에게 명령한다. "쏘아라." 그리고 시인의 몸이 대답한다. "네! 쏘겠습니다." 시인은 몸뚱이 전체에 묵직한 남성의 욕망을 느끼고, 시인의 다문 입으로는 매끈매끈한 총구를 느낀다. 그러더니 시인은 진짜로 총을 쏘듯이 눈을 감으며 한 방의 총탄 대신 성기 끝으로 무엇을 내어 뱉는다. 그것이 무엇이냐. 약간의 물컹한 흰색 액체, 정액이다. 사람의 씨앗이다. 이런 해석도 물론 가능하다.

오감도II

시제10호 나비

찢어진벽지에죽어가는나비를본다. 그것은유계幽界에낙역絡繹되는비밀한통화구다. 어느날거울가운데의수염에죽어가는나비를본다. 날개축처어진나비는입김에어리는가난한이슬을먹는다. 통화구를손바닥으로꼭막으면서내가죽으면앉았다일어서드키나비도날아가리라. 이런말이결코밖으로새어나가지는않게한다.

현대미술에서 추상화를 가장 추상화답게 그린 사람은 누구인가. 내 생각엔 단연 칸딘스키다. 그의 그림에는 온갖 조형과 색채가 다양한 형태로 펼쳐져 있다. 그런데 이상의 시 「시제10호 나비」는 칸딘스키의 어느 그림보다 더 복잡하고 화려하다. 그뿐이랴. 미술에서는 고난도 기술에 속하는 깊이와 폭의 느낌 같은 것이 시에서는 자유자재로 구사가 가능하다. 여기 「시제10호 나비」라는 시만 봐도 그렇다.

우선 찢어진 벽지가 맥없이 너덜거려 마치 나비가 하늘로 날갯짓하는 것처럼 보인다. 여기까지가 1차원의 깊이로 해석한 것이다. 2차원의 해석은 콧털 수염에도 죽어가는 또 다른 나비가 있는 것이고, 3차원에는 가난한 이슬을 먹는 나비가 있다. 4차원에는 훨훨 날아갈 것 같은 나비다. 너덜너덜 누더기가 된 찢어진 벽지가 죽어가는 나비처럼 보인다. 시인 자신의 한심한 모습이다. 나비의 처절한 모습은 곧 죽음이 가까워졌다는 암시를 비밀리에 느끼게 하면서 한편 '아! 이 사람이 삶과 죽음 세계를 끊임없이 왕래하면서 광화문 거리를 방불케 하는 큰 비밀통로를 뚫어 놓았구나' 싶게 만든다. 거울에 비치는 자신의 덥수룩한 수염은 꼭 나비를 닮아, 시인은 이를 흥미롭게 바라본다. 한심하기 짝이 없는 시인은 나비가 입김에 어린 가난한 이슬 즉 자신의 침 따위를 먹듯이 자신의 삶 자체가 가난 속에서 허우적거림을 깨닫는다. 침이나 입김을 이슬에 비유한 것, 특히 가난한 이슬 즉 자신의 침 따위를 비유한 것이 절묘하다. 이런 고급스러운 비유는 오로지 이상의 시에서만 발견된다 해도 과언이 아니다.

통화구를 꼭 막는 것은 죽음의 길을 막는다는 의미거나 반대로 숨이 막혀 죽게 된다는 의미기도 하다. 죽음을 중지시키거나 증폭시키는 작업이다. '앉았다 일어서듯이 폐가 건강해지리라. 죽음의 문턱에서 다시 일어서듯이 나비도 훨훨 날아가리라. 쌩쌩하게 남은 생애를 살아가리라.' 이렇게 시인은 꿈을 꾸는 것일 수도 있다. "내가 죽으면 앉았다 일어서드키 나비도 날아가리라." 글쎄, 예수처럼 부활을 해보겠다는 뜻일까. 아니면 그냥 병이 완쾌되어 나비처럼 날겠다는 것인가. 대체로 병석에 오래 누워 있던 사람의 꿈은 벌떡 일어나 나비처럼 날아가는 것일까. 병석에서 일어났으니까 손기정이나 볼트처럼 뛸 수는 없고, 하늘하늘 나비만큼이라도 날아보겠다는 의미이리라. 그래서 소설 「날개」를 쓰게 됐고 친구 김기림이 이상 장례식장에서 이상을 현해탄을 건너려 했던 「나비」로 표현했던 것이다.

오감도II

시제11호

그사기컵은내해골과흡사하다. 내가그컵을손으로꼭쥐었을때내팔에서는난데없는팔하나가접목接木처럼돋히더니그팔에달린손은그사기컵을번쩍들어마룻바닥에메어부딪는다. 내팔은그사기컵을사수하고있으니산산이깨어진것은그럼그사기컵과흡사한내해골이다. 가지났던팔은배암과같이내팔로기어들기전에내팔이혹움직였던들홍수를막은백지는찢어졌으리라. 그러나내팔은여전히그사기컵을사수한다.

"그 사기 컵은 내 해골과 흡사하다." 컵 모양의 흰색 사기와 흰색 뼈의 모습은 색조나 딱딱한 재질적인 측면에서 실제로 해골과 비슷하다. 그래서 시인은 생뚱맞게 사기 컵을 해골과 비교해버렸다. 여기서부터는 갑자기 사이버 풍경이 펼쳐진다. "내가 그 컵을 손으로 꼭 쥐었을 때 내 팔에서는 난데없이 팔 하나가 접목되는 것처럼 돋아나더니, 그 팔에 달린 손이 사기 컵을 번쩍 들어 마룻바닥에 패대기쳐버린다."

이것은 상상 속의 드라마, 팔에서 또 다른 팔이 생겨나는 사이버 드라마다. 주인공은 두 명이다. 즉 해골과 사기 컵이다. 사기 컵은 실제이고 해골은 허구다. 실제와 허구가 함께 출연해서 동시에 주인공 역할을 한다. 관객들만 어리둥절하다. 여기서 절묘한 상황이 계속 벌어진다. 실제와 허구의 상황 말이다. 원래 팔은 그 사기 컵을 죽어라 끌어안고 있었으므로 패대기쳐져 깨진 것은 사기 컵과 흡사했던 그의 해골이다. 그렇다. 깨진 건 화자의 해골이다. 가지처럼 돋았던 팔이 뱀처럼 내 팔 쪽으로 기어 돌아오기 전에, 팔이 약간만 움찔했어도 홍수를 막고 있던 연약한 백지는 즉시 찢어졌으리라. "홍수를 막은 백지는 찢어졌으리라." 내 집 서재에 있는 시문학 전집을 다 들여다봐도 이런 멋진 문구는 없다. 교보문고나 반디앤루니스를 다 뒤져봐도 마찬가지일 것이다. 홍수를 막은 종잇조각. 얼마나 절묘하고 섬뜩한 대비인가.

해골 역시 흰색 종이 쪽 한 장으로 포장되어 있다. 사기 컵 둘레나 흰색 종이 쪽 한 장이나 그게 그거다. 깨지거나 찢어지면 해골은 그대로 박살나는 거다. 이것은 각혈을 하는 젊은 시인의 탄식처럼 들린다. 죽는 것은 아깝지 않으나 시의 제왕이 그것의 수명도 다 못 하고 컵이나 해골 깨지듯 박살나는 것은 못내 아깝고 아쉽다. 그래서 '내 팔'은 여전히 그 사기 컵을 죽을 둥 살 둥 사수하고 있다. 여기서 '내 팔'은 시인의 팔일 수도 있고, 독자님의 팔일 수도 있고, 나의 팔일 수도 있다.

오감도II

시제12호

때묻은빨래조각이한뭉텅이공중으로날아떨어진다. 그것은흰비둘기의떼다. 이손바닥만한한조각하늘저편에전쟁이끝나고평화가왔다는선전이다. 한무더기비둘기의떼가깃에묻은때를씻는다. 이손바닥만한하늘이편에방망이로흰비둘기의떼를죽이는불결한전쟁이시작된다. 공기에숯검정이가지저분하게묻으면흰비둘기의떼는또한번이손바닥만한하늘저편으로날아간다.

이상이 쓴 시 작품 중 아주 드물게 서사시 냄새를 풍긴다. 비교적 알아먹기 쉽게 썼다는 얘기다. 약간의 상상력을 발휘해 줄에 널린 빨래 조각, 흰 비둘기, 그리고 평화를 한통속, 한 식구로 머릿속에 그려 넣어야 한다. 두 가지의 대결도 있다. 때 묻은 빨래는 전쟁, 흰 비둘기 떼는 평화다. 손바닥만 한 하늘은 우리가 살고 있는 세상이며 우주다.

"때 묻은 빨래 조각 한 뭉텅이가 공중으로 날아 떨어진다." 혹은 흩어진다. 여기서부터 초현실주의 드라마가 펼쳐진다. 즉, 빨래 조각들은 곧 흰 비둘기 떼다. 비둘기는 평화의 상징이다. 이 손바닥만 한 조각 하늘 저편 세상 어느 구석 지금의 빨래터에 전쟁이 끝나고 평화가 왔다는 홍보 선전이다.

"한 무더기의 비둘기 떼가 깃에 묻은 더러운 전쟁의 때를 씻어낸다." 이 손바닥만 한 하늘 이편에 빨래 방망이로 빨래를 내려치듯 더러운 흰 비둘기 떼를 때려 죽이는 불결한 전쟁이 막 시작된다. 평화를 위해선 어쩔 수 없다. 더러운 비둘기 떼를 망치로 때려 죽여야 한다. 전쟁을 끝내기 위해 전쟁을 일으키는 웃기는 꼴이다. 겹모순의 풍경이다.

"공기에 숯검정이 지저분하게 묻으면 흰 비둘기 떼는 또 한 번 이 손바닥만 한 하늘 저편으로 날아간다." 전쟁을 부르러 가는 것이다. 공해를 쫓아가는 것이다. 비둘기는 깨끗할 새가 없다. 공해로 꽉 찬 하늘을 날기 때문이다. 그래서 빨래와 더러운 비둘기 떼는 항상 따로, 또 같이 논다. 둘은 하나다. 보라! 우리의 시인 이상이 히틀러나 스탈린을 능가하는 독재적인 힘으로 더러움과 깨끗함을 하나로 결합시켰다. 이 세상엔 더러움만의 평화도 없고 깨끗함만의 평화도 없다. 빨래와 비둘기가 공존하는 곳이 평화의 장소라는 얘기다.

오감도II

시제13호

내팔이면도칼을든채로끊어져떨어졌다. 자세히보면무엇에몹시위협당하는것처럼새파랗다. 이렇게하여잃어버린내두개팔을나는촉대燭臺세움으로내방안에장식하여놓았다. 팔은죽어서도오히려나에게겁을내이는것만같다. 나는이런얇다란예의를화초분보다도사랑스레여긴다.

「시제12호」에서 제법 서사적 시를 써냈다면 「시제13호」에선 돌연 엽기적 · 야수적으로 방향을 튼다. 심심한 것을 못 견디는 시인의 풍모가 드러난 셈이다.

이상의 죽마고우 중에 구본웅이 있다. 시인 이상 하면 자연스럽게 떠오르는 이름이다. 등 굽은 곱사등이였으며 그림 그리는 화가였다. 그런데 구본웅은 보통 화가가 아니다. 당시 서구에서 유행을 타기 시작한 야수파적인 그림을 조선 땅에서 독자적으로 소화해낸 아티스트다. 나에게 현대미술가 중 한 사람만 고르라면 백남준보다 구본웅을 대겠다. 시를 쓰기 전까지 이상은 구본웅과 함께 배천온천으로 휴양을 핑계 삼아 놀러다니다가 금홍이라는 술집여자도 만나고, 변죽이 맞아 야수파적인 그림에 열중한다.

이상이 고등학생 시절에 조선미술전에 출품하여 입상한 자화상도 야수파적 성향의 그림이고, 구본웅이 남겨놓은 「친구의 초상」 역시 야수파 냄새가 물씬 나는 작품이다. 야수파란 그림을 짐승처럼 험악

구본웅, 「친구의 초상」, 1935
구본웅이 친구인 시인 이상의 초상화를 야수파식으로 그려놓았다. 이상은 결핵 요양차 구본웅과 함께 배천온천으로 여행을 떠난 적이 있다. 거기서 이상이 금홍이라는 신비한 이름의 처녀를 만나는 데 구본웅이 결정적 역할을 했다.

하게 그린다고 해서 생겨난 이름이다. 그것을 현대미술에선 포비슴 Fauvisme이라고 부른다. 서툰 듯이 마구 그린다는 게 최적의 표현이다. 야수파적인 아마추어 화가가 시작품을 내놓았으니 야수파적인 시가 될 수밖에.

팔이 두 동강으로 끊어진다. 한쪽 팔은 아직도 면도칼을 든 채로 끊어져 있다. 누가 왜 팔을 잘랐을까. 자신 이외에 범인은 없을 듯한데 "자세히 보면 무엇에 몹시 위협당하는 것처럼 새파랗다." 자신의 모습을 타인이 관찰하는 것처럼 객관적으로 묘사하고 있다. "그리하여 잘려서 잃어버린 두 개의 팔을 팔의 임자는 버젓이 촉대로 세워 방 안에 나란히 장식해놓았다." 엽기의 극치다. 그러나 실제로 촛대는 초를 든 팔의 구실을 하기 때문에 여기서 두 팔과 쌍촛대의 상징성은 절묘하기 이를 데 없다. "팔은 죽어서도 오히려 겁을 내는 것만 같다." 또 어느 부위를 자를지 모르기 때문에. 아! 무서운 주인놈. 주인은 잘라버린 팔을 버리거나 숨기지 않고 그것을 촛대로 소중하게 사용했다는 것을 알아차릴 수 있게끔 딴엔 예의를 다 차렸다 생각한다. 그런 마음을 "꽃항아리 화초분보다도 사랑스럽게 여긴다."

「시제13호」를 영화 대본으로 풀어놓으면 그 유명한 전위 컬트 영화를 방불케 할 것이다. 시인은 「시제12호」에서 빨래와 비둘기를 동일한 물체로 볼 것을 우리에게 권유했다. 바람에 하늘거리는 빨래와 비둘기의 대비는 얼마나 귀엽고 재미있는가. 이번엔 우리에게 무례와 예의를 동시에 사랑하며 살아갈 것을 권유하고 있다. 무례 없는 삶은 사실상 불가능하고 반대로 예의만 있는 삶도 어차피 재미 없을 것이기에.

오감도II

시제14호

고성古城앞풀밭이있고풀밭위에나는내모자를벗어놓았다. 성위에서나는내기억에꽤무거운돌을매어달아서는내힘과거리껏팔매질쳤다. 포물선을역행하는역사의슬픈울음소리. 문득성城밑내모자곁에한사람의걸인이장승과같이서있는것을내려다보았다. 걸인은성밑에서오히려내위에있다. 혹은종합된역사의망령인가. 공중을향하여놓인모자의깊이는절박한하늘을부른다. 별안간걸인은율률慄慄한풍채를허리굽혀한개의돌을내모자속에치뜨려넣는다. 나는벌써기절하였다. 심장이두개골속으로옮겨가는지도가보인다. 싸늘한손이내이마에닿는다. 내이마에는싸늘한손자국이낙인되어언제까지지워지지않았다.

이상의 「오감도」 15편 중에서 꼭 하나를 버려야 한다면 「시제14호」를 고르겠다. 크게 감흥이 오질 않는다. 별 뜻 없는 상상의 넋두리 같기 때문이다. 그래서 나는 그냥 한 번 읽어 내려갈 수밖에 없다. 아는 것만큼만 볼 수 있다고, 「시제 14호」의 경우 나는 아는 것이 너무 없는 모양이다.

고성 앞 풀밭에 시인이 모자를 벗어놓는다. 한가한 상태이며 한숨 쉬고 가겠다는 여유로운 상태다. 성 위에서 시인은 꽤 무거운 돌을 높이 들어 힘껏 먼 거리로 팔매질을 친다. 한가로운 때에 우리는 돌팔매질이나 애꿎은 깡통을 걷어찬다. 그러면서 한편 지나간 일들을 도대체 얼마나 기억하고 있는지 상상력의 한계를 시험해보는 것이다. 포물선을 그리며 날아가던 돌이 역행으로 되돌아오며 아련히 들려오는 역사의 울음소리, 문득 성 아래 시인의 모자 곁에 조상으로 보이는 한 사람의 걸인이 장승같이 서 있는 것을 내려다본다. "포물선을 역행하는 역사의 슬픈 울음소리." 이 부분의 운율이 재미있다. 일본어에서 순우리말로 번역된 것임에도 불구하고 말이다. 역사의 슬픈 울음소리. 뭔가 꽉 차 보인다. 슬프게 느껴진다. 도대체 장승같이 서 있는 걸인은 누구일까. 시인을 찾아가 묻고 싶다. "형님! 그 걸인은 누구요? 나한테만 알려주시죠."

걸인은 성 아래에서 오히려 시인의 먼 조상인 듯 시인 위에 서 있다. 이쯤에서부터 그림에 관심이 좀 있다면 마그리트나 키리코 같은 초현실주의적 그림을 그릴 줄 알아야 한다. 걸인은 걸인이 아니다. 그럼 누구인가. 시인 자신일 수도 있고 시인의 조상이나 후손일 수도 있다. 아니면 이것저것 몽땅 싸잡아서 뭉뚱그린 역사의 망령일 수도 있고, 죽은 혼령일 수도 있다. 공중을 향해 놓여 있는 시인의 모자, 그리고 시인의 생각과 시인이 겪은 과거 역사의 깊이는 너무도 얕고 얕아 하늘을 우러러 부끄럽고 절박하다. 그때 별안간 걸인이 두려움에 벌벌 떠는 율률한 몸집, 두려워 벌벌 떠는 폼으로 허리를 굽혀 한 개의 돌을 주워 시인의 모자 속에 슬쩍 던져 넣는다. 시인의 의식 속에 돌멩이만 한 의식을 던져 넣은 것이다. 시인은 벌써 돌에 맞아 기절해버린다. 과정은 없다. 생략이다. 시라는 게 원래 생략의 덩어리다.

"심장이 두개골 속으로 옮겨가는 지도가 보인다." 무슨 뜻인가. 현실이 과거로 옮겨 과거가 현실로 되살아나는 형태의 지도다. 과거의 망령 같은 싸늘한 손이 시인의 이마에 닿는다. 그 이마에는 싸늘한 손자국이 낙인 찍혀 언제까지나 지워지지 않는다. 그래서 시인은 언제까지나 과거와 미래의 망령과 함께 살아가야만 한다. 살아 있는 존재는 항상 과거와 미래로부터 자유롭지 못하다는 의미다. 삶은 모자만큼 단순하지 않다. 그래서 함부로 풀밭 위에 벗어놓을 수가 없다.

오감도II

시제15호

1

나는거울없는실내에있다. 거울속의나는역시외출중이다. 나는지금거울속의나를무서워하며떨고있다. 거울속의나는어디가서나를어떻게하려는음모를하는중일까.

2

죄를품고식은침상에서잤다. 확실한내꿈에나는결석하였고의족을담은 군용장화가내꿈의백지白紙를더럽혀놓았다.

3

나는거울있는실내로몰래들어간다. 나를거울에서해방하려고. 그러나거울속의나는침울한얼굴로동시에꼭들어온다. 거울속의나는내게미안한뜻을전한다. 내가그때문에영어囹圄되어있드키그도나때문에영어되어떨고있다.

4

내가결석한나의꿈. 내위조가등장하지않는내거울. 무능이라도좋은나의고독의갈망자다. 나는드디어거울속의나에게자살을권유하기로결심하였다. 나는그에게시야視野도없는들창窓을가리키었다. 그들창은자살만을위한들창이다. 그러나내가자살하지아니하면그가자살할수없음을그는내게가르친다. 거울속의나는불사조에가깝다.

5

내왼편가슴심장의위치를방탄금속으로엄폐掩蔽하고나는거울속의내왼편가슴을겨누어권총을발사하였다. 탄환은그의왼편가슴을관통하였으나그의심장은바른편에있다.

6

모형심장에서붉은잉크가엎질러졌다. 내가지각한내꿈에서나는극형을받았다. 내꿈을지배하는자는내가아니다. 악수할수조차없는두사람을봉쇄한거대한죄가있다.

누군가 이상을 '골방 속 거울놀이하는 시인'이라고 규정해도 이상하거나 어색할 건 하나도 없다. 그가 쓴 시에는 심심찮게 거울이 등장하기 때문이다. 할 일 없는 백수건달, 자기도취형 편집증 환자, 왕자병에 걸린 자, 다중인격자, 다 좋다. 다 맞는 소리이기 때문이다. 「오감도」만 해도 「시제4호」에는 숫자를 비추는 거울, 「시제8호」에는 병원 해부실 가장 중요한 준비물로서 거울, 「시제10호」에는 시인 자신의 수염에 붙은 나비를 보기 위한 거울이 잠깐씩 등장한다.

1931년에 발표한 「얼굴」은 거울에 비친 자신의 모습을 시니컬하게 그린 작품이다. 그밖에도 거울을 주제로 삼아 써낸 시만 해도 세 편이나 된다. 순차적으로 나열하면 「거울」(1933), 「오감도」 중 「시제15호」(1934), 그리고 「명경」(1936)이 바로 그것이다.

애당초 이 책에서 소설 얘기는 안 꺼내기로 했는데 얘기의 주제가 거울이라서 짧게 한마디만 한다. 소설 「날개」에도 주인공이 심심하면 아내의 손거울을 가지고 노는 장면이 나온다. 여기서 소설의 주인공이 작가 자신이냐 아니냐는 중요하지 않다. 문제는 그 소설에 나오는 짤막한 코멘트다.

> 거울이란 제 얼굴을 비출 때만 실용품이다. 그 외의 경우는 도무지 장난감인 것이다.

내가 개인적으로 이상한테 옴짝달싹 못 하는 이유는 바로 이런 점 때문이다. 그는 목에 힘을 주고 얘기하는 법이 없다. 많은 시인들이 온갖 기술을 부려가며 시를 쓰고, 많은 소설가들이 말도 안 되는 스토리를 현학적 묘사를 꾸겨 넣어가며 소설을 써내지만 이상은 다르다. 말 없이 한마디 던지면 그게 바로 문장이 되고 즉시 예술과 고급 문학으로 옮겨진다. 감동과 재미가 동시에 발산되는 것이다.

거울은 제 얼굴을 비출 때만 소용가치가 있지 그 나머지는 장난감에 불과하다는 얘기는 어찌 보면 극히 평범한 사실이다. 그러나 그 한마디 말에서 우리는 평소 생각지도 못했던 거울이라는 사소한 물건의 본질을 깨닫게 되고 지금까지 그렇게 생각하지 못한 자신의 어리석음을 알게 되는 것이다. 「날개」의 주인공이 그랬던 것처럼 이상은 거울이라는 놀이기구를 가지고 너무도 재미있게 놀았다. 심심하면 시와 소설에 등장시켰다. 그래서 오늘날 '골방 속 거울놀이하는 시인'이라는 멋진 타이틀도 거머쥐게 된다. 옹색해보이면서도 한편 멋져보인다.

거울을 주제로 쓴 시 중에서는 「시제15호」가 가장 난해하고 복잡하다. 사소한 것에 목숨을 건다는 말이다. 말이 사소한 것이지, 거울에는 무시무시한 이중성이 들어 있다. 얼굴을 비추지 않을 때는 그야말로 사소한 장난감에 불과하다. 그러나 얼굴을 비출 때에는 하나의 자아가 두 개로 늘어난다. 얼마나 무시무시한가. 그러므로 거울은 또 하나의 자아다. 거울은 사소한 것에서 위대한 것으로 마술처럼 전위되는 것이다. 「시제15호」를 읽어보면 알게 된다. 시인은 사소해보이는 거울 하나를 가지고 놀면서 여섯 항목에 걸쳐 죽기살기로 시를 쏟아낸다. 그 내용을 각각 살펴보자.

1 "나는 거울 없는 실내에 있다." 여기서 나는 시인 자신이다. 거울 속에 자신이 이미 들어와 있다는 얘기일 게다. 나는 여기 있는데 거울 속의 나는 역시 외출 중이다. 사이버적이다. 내가 거울에서 없어졌다. 어디로 사라진 걸까. 거울 밖의 나는 지금 거울 속의 나를 무서워하며 떨고 있다. 거울 속의 나는 어디 가서 거울 밖에 있는 나를 해코지하려는 음모를 꾸미는 중일까. 거울 밖의 나와 거울 속의 내가 대치 중이다. 그림으로 따지자면 기막힌 초현실주의적 입체파 그림이다. 자아분열증 모습이다.

2 두 자아의 대립이라는 죄를 품고 식은 침상에서 잔다. 어느 모로 보나 대립은 죄악이다. 누가 잘났나 못났나를 가리기 위해 통상 대립관계가 성립되기 때문이다. 원래 감옥의 바닥은 차다. 누가 음모를 꾸미는 게 아닐까. 거울 밖의 나와 거울 속의 내가 대립 중이다. 이기려는 욕심도 큰 죄이고 의심을 하는 것도 큰 죄다. 내 꿈이 확실한데 내가 결석했다. 내가 주인공인 꿈에 내가 결석했다는 것은 모순이다. 모순은 늘 재미를 촉발시킨다. 그래서 어이없고 또 재미있다. 의족을 담은 군용 장화. 여기서 시인의 다리는 겉보기에는 멀쩡하지만 의족이다. 짝퉁, 가짜 다리다. 절룩거리는 의식의 소유자다. 자기가 꾸는 꿈속에 자기가 결석할 수는 없는 법이다. 그러나 시인의 재량으로 결석시킨다. 시인은 초자연적이다. 시인은 늘 신의 자리를 넘본

다. 꿈속에서는 늘 해괴망측한 상황들이 벌어진다. 그 의족을 담은 군용 장화가 시인의 꿈속에서 시인이 꿈꾸는 순결함을 짓밟아 더럽혀놓았다.

꿈은 인간이 해석할 수 있는 영역을 떠나 초자연적 세계에 존재하기 때문에 역사적으로 『성경』에 등장하는 사무엘이나 정신분석학자 프로이트 같은 전문적인 꿈해몽가를 탄생시켰다. 엄청 웃기는 일이다. 나는 가수라는 직업을 가졌고 어떤 사람은 꿈해몽가라는 직업을 가졌다는 게 정녕 웃긴다. 아직도 파고다공원 앞에 가면 그런 사람 널렸다. 나는 그런 델 안 갔다. 아직도 「무릎팍 도사」의 강호동을 못 찾아간 것만 봐도 알 수 있다.

의족을 담은 군용 장화에 대한 해몽은 수십 가지가 나와 있다. 백지를 더럽힌 것에 대한 해몽 역시 여러 가지다. 그중에서 군용 장화를 남성의 성기로 풀이하며 그 성기가 잠자는 동안 더럽혀졌다는 해몽은 압권이다. 꿈에는 정답이 없기 때문에 이런 비약은 얼마든지 가능하다. 라캉이나 프로이트, 또는 파고다공원 근처 점쟁이 같은 전문가도 다른 답을 내놓을 수 있다. 다른 답은 또한 틀린 답일 수가 없다. 내가 행여 이런 꿈을 꾸었다면 그냥 간단하게 이런 식으로 풀이하고 했을 것이다. '아! 이상이 지난밤 꿈속에서 의족으로 군용 장화를 신었군. 개꿈이겠지, 뭐!'

3 "나는 거울 있는 실내로 몰래 들어간다." 차라리 들어가 있으므로써 나를 거울에서 해방시킬 수 있다. 대립관계가 아니기 때문이다. 주인공의 행동반경이 너무 웃긴다. 맘대로 꿈속을 들랑날랑거리는 폼새다. 완전 코미디다. 주인공인 내가 거울 속으로 들어갔다가 곧 침울한 얼굴로 다시 나온다. 따로 해방시킬 필요가 없기 때문이다. 거울

속의 나는 바깥에 있는 나에게 미안하다는 뜻을 전한다. 본의 아니게 서로 대립 상태에 있음을 미안해하는 것이다. 내가 그 때문에 거울 속에서 꼼짝 못 하고 있듯이, 그도 나 때문에 그 속에 갇혀 꼼짝 못 하고 있다. 서로에 대한 대립관계가 서로를 묶어놓고 있는 것이다. 꿈에서 깰 때까지 그렇게 대립관계로 끙끙거린다.

4 "내가 결석한 나의 꿈." 따라서 짝퉁인 내가 등장하지 않는 나의 거울이 진짜 거울 역할을 하는 거다. 사실 거울 밖의 나는 무능하다. 거울 속에선 나를 멀쩡하게 비추지만 말이다. 나는 너무나 무능한 나머지 과장된 고독만을 갈망하는 나일 뿐이다. 우리는 모두가 고독을 과대포장하는 못된 버릇이 있다. 시 속의 나는 드디어 거울 속의 나에게 "야! 시키야! 그렇게 무능하게 살아서 뭐 하냐" 하며 차라리 자살을 권유하기로 결심한다.

화자인 나는 그에게 아무것도 볼 수 없는 시야가 가려진 들창 하나를 가리킨다. 그 들창은 자살을 위한 것이다. 그러나 나는 아직도 거울이 있는 방이기 때문에 내가 자살을 하지 않으면 그도 자살할 수 없음을, 그가 내게 가르친다. 여기서 상대는 타인이 아니다. 혼자 난리다. 거울에 비친 두 자아는 불행하게도 하나의 운명에 속해 있다. 진퇴양난이다. 죽을 것이냐 살 것이냐 그것이 문제로다. 거울 속의 나는 결코 죽지 않는 불사조에 가깝다. 죽지 못하겠다는 얘기다. 거울 속의 나는 결국 거울 밖에 있는 나일 수밖에 없다.

5 드디어 왼편 가슴 심장의 위치를 방탄 금속으로 완전히 엄폐한 다음 화자인 나는 거울 속의 내 왼편 가슴을 겨누어 권총을 발사한다. 탄환은 그의 왼편 가슴을 관통하였으나, 그의 심장은 바른쪽에

있다. 아뿔싸, 거울이란 사실을 깜박했는가. 거울 밖의 나와 실제 속의 나는 거울이 서로를 비추고 있기 때문에 정반대일 수밖에 없다. 어느 쪽 심장을 쏠 것인가. 심각하게 선택해야 한다. 이건 바로 덤앤더머의 대결이다.

6 탄환 한 방을 맞은 후 모형 심장에 붉은 잉크를 엎질렀다. 어느 쪽 심장을 쐈을까. 상상의 나래를 훨훨 편다. 이때의 붉은 잉크는 물론 상상의 피다. "내가 지각한 내 꿈에서 나는 극형을 받았다." 실제로 총살형을 당한 모양이다. 괘씸죄 때문이다. 법적으로는 살인죄에 해당한다.

"내 꿈을 지배하는 자는 내가 아니다." 화자는 "내가 안 쐈습니다" 하며 총질을 해놓고 발뺌한다. 살인마들의 흔한 수법이다. 조금 전까지 시인 자신이 꿈속에 들어갔다 나왔다 하며 좌지우지 사건을 저질러 놓고 이번엔 딴소리다. 자신은 꿈을 지배하지 못한단다. 비로소 자기 자신으로 컴백했다는 얘긴가 보다. 악수할 수조차 없을 만큼 시종 대립상태에 있는 두 사람은 거울 밖의 나와 거울 속의 나다. 이 두 사람을 서로 내통하지 못하도록 철저하게 잠금쇠로 봉쇄해버린 것은 거울이 숙명적으로 지니고 있는 '거대한 죄'다. 과연 무서운 현실이다.

여섯 번째 묶음

「역단」으로 들어가면서

시인 이상한테는 거울 속이 이상理想 세계다.
꿈의 세계다. 현실과 철저하게 차단된 거울 속 광경만이
시인의 유토피아다. 그 속엔 신도 종교도 없기 때문에
도덕·윤리·사랑의 법칙 따위가 아예 없다. 자기 여자가 외출을 해서
돌아오지 않아도 어쩔 수 없다. 바람을 피워도 뭐라 말할 수가 없다.
거울 속에서는 각자가 살고 싶은 대로 살면 된다. 그것이 하나의 법칙이다.
그래서 이상한테 명경은 항상 장난감 이상以上이었다.

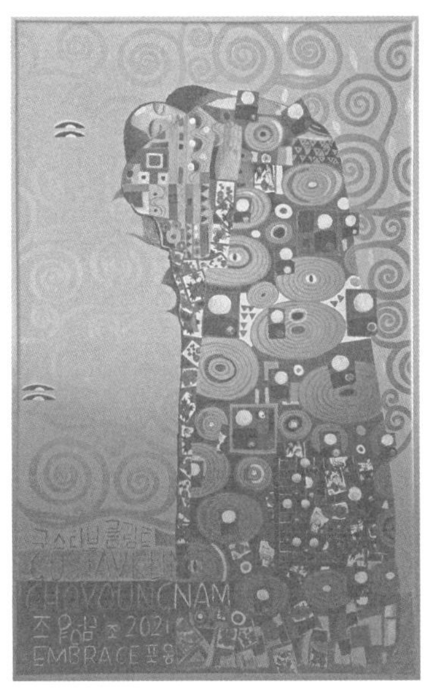

〈여섯 번째 묶음에 관한 자포자기적 질문〉

이상은 진짜 나를 웃기는가

그렇다, 이상은 시종일관 나를 엄청 웃긴다. 내가 그를 좋아하는 막강한 이유 중 하나는 그가 나를 시도 때도 없이 웃겨준다는 것이다. 나는 심각한 사람이 좋다. 그런데 웃기면서 심각한 사람은 더욱 좋다. 이상은 남들이 따라올 수 없을 만큼 집요하고 심각하고 고상하게 웃기는 능력을 두루 갖추었다. 동서고금에 이렇게 심각하면서 동시에 웃기는 시인은 일찍이 없었다.

우선 이름을 바꾼 것부터가 웃긴다. 지금부터 무려 90여 년 전에, 멀쩡한 이름 김해경을 놔두고 이상李箱이라는 괴상한 이름으로 바꾼 것부터 웃기다는 말이다. 글쎄, 요즘처럼 패티김·나훈아·남진처럼 배우나 가수가 예명을 쓰는 시절이었으면 몰라도 말이다. 예명을 쓰는 일은 흔히 있어도 그 옛날, 일개 문학을 좋아하는 김씨 성을 가진 건축가 지망생이 대대로 물려받은 집안의 성까지 바꾼 게 고작 '나무상자'라는 의미의 이상李箱이었으니, 그 자체가 크게 웃기는 일이다.

왜 이상이라는 이름이었는지에 대해선 대체로 두 가지 의견으로 나뉘는 듯하다. 첫째는 고등학교 미술반 활동 시절부터, 그러니까 이상이 그림이나 글이나 건축으로 이름을 날리기 훨씬 전에 이름부터 바꾸어놓았다는 설이다. 둘째는 김해경이 조선총독부 건축기사로 잠시 있을 때 인부들이 김씨를 이씨로 잘못 알고 일본식으로 '이상' 혹은 '긴상' 하고 부른 것을 본인이 "저는 이상이 아니고 김상 혹은 일본 발음으로 긴상입니다" 하고 일일이 고치는 일이 귀찮아 그냥 그대로 '이상'으로 불리다가 끝내 이상으로 불리게 되었다는 설이다. 일본식으로 '이상' 하면 우리식으로 '이씨'쯤 된다. 그는 심지어 그림을 그릴 때 하융이라는 화명을 쓴 적도 있다. 그런 일화조차도 아기자기하고 재미있다.

얼핏 봐도 문학은 글로 사람의 마음을 웃기고 울리는 행위다. 음악이 소리로 울리고 미술이 선이나 색으로 웃기듯이 말이다. 시라는 게 뭔가. 글로 사람을 감동시키는 것이다. 글로 웃기고 울리는 것이다. 그렇다면 시인은 결국 언어의 마술사, 말의 마술사인 셈이다. 막말로 말장난꾼이라 해도 과언은 아니다. 어찌 짓궂은 말장난이 없을 수 있으랴.

글 쓰는 친구 김소운의 증언에 따르면 수세미같이 엉클어진 자신의 얼굴 모습을 커다랗게 그려놓고 제목을 달기를, 「이상분골쇄신지도」李箱粉骨碎身地圖라고 했다니 얼마나 골 때리는가. 키가 훌쩍 크고 봉두난발 모습의 이상과 그의 절친 곱사등이 화가 구본웅이 나란히 길을 갈 때는 저 유럽의 베를렌과 랭보의 모습을 방불케 했다고 전해진다.

우리의 이상과 함께 구인회 초창기 멤버였던 소설가 조용만趙容萬의 증언에 따르면 이상은 "오늘밤 모일 만한 멤버는 다 모였나"를 "오늘밤의 아회雅會가 성립되나"로 우아하게 불렀다고 한다. 가령 "오늘 우리 네 명이 어딜 돌아다닐까"를 "오늘 저녁 우리 4총사가 청유淸遊할 곳은 나변奈邊인가"로 우아하게 던지면 이런 답변이 돌아왔단다. "허! 나변이라니! 늘 가는 곳을 알면서 묻는 것은 이상답지 않은 정구죽천丁口竹天할 일이네." 정구죽천의 네 글자를 합하면 '가소'可笑가 된다. 그런 걸 묻다니 가소로운 얘기라는 의미다. 친구가 "무일푼이시구먼" 하고 물으면 "에이! 상스럽긴. 소한빈素寒

에두아르 마네, 「풀밭 위의 점심식사」, 1863
나는 이 그림을 현대미술의 출발점으로 보고 있다.
이유는 우스꽝스럽기 때문이다. 이상이 태어난 후 100년 이래,
세상의 흐름은 편리함과 재미를 추구하는 쪽으로 흘러왔다.

貧이지"라고 대답했다 한다. 소한빈이란 일본 발음인 '스칸빈'을 우리말로 발음한 것인데 빈털터리와 똑같은 의미다. 누가 어제 왜 안 나왔나 물으면 점잖게 "도합都合에 의해서 흠석欠席했네" 했다 한다. 이 말은 일본말로 급한 사정이 있어서 못 왔다는 뜻이란다.

이런 것들은 고상하게 얘기하자면 언어유희, 언어를 장난감 다루듯이 가지고 노는 말장난이다. 여기서 우린 말장난을 과소평가해서는 안 된다. 시인 이상이 태어난 후 100년 이래, 세상의 흐름은 간단히 말해서 편리함과 재미를 추구하는 쪽으로 흘러왔기 때문이다. 장난과 재미는 친형제나 다름없다. 지금 우리가 가지고 노는 휴대전화가 좋은 예다.

그가 쓴 시들은 또 얼마나 웃기는가. 시 제목은 보통 「진달래 꽃」「별 헤는 밤」「향수」「님의 침묵」「악의 꽃」「술 취한 배」「황무지」「애너벨 리」 등 우아한 것이 사람의 귀에 익숙한 법인데 그런 차원에서 이상의 시 제목들은 대부분 우스꽝스럽다. 「이상한 가역반응」「3차각 설계도」「건축무한육면각체」, 그리고 무엇보다도 그가 새로 개발해낸 「오감도」는 시쳇말로 골 때리는 제목이다. '조감도'鳥瞰圖를 '오감도'烏瞰圖로 바꾼 것은 그것을 일부러 개발해냈다고도 할 수 있고, 인쇄소 식자공들이 고의 아닌 실수로 점 하나 빠뜨려 조鳥에서 오烏로 바뀐 것일 수도 있다. 다시 말해 그냥 새가 위에서 내려다보는 것에서 까마귀가 내려다보는 것으로 졸지에 바뀐 글자를 시인이 그대로 내버려두었던 것뿐이다. 시인이 보기에 조감도보다는 오감도가 한층 부드럽고 재미있어 보였기 때문이리라. 잘못된 글자를 내버려뒀다는 것은 여유롭고 너그럽다는 뜻이다. 그리고 무엇보다도 더욱 재미있다는 뜻이다.

개인적인 견해지만 현대미술의 경우 나는 마네의 「풀밭 위의 점심

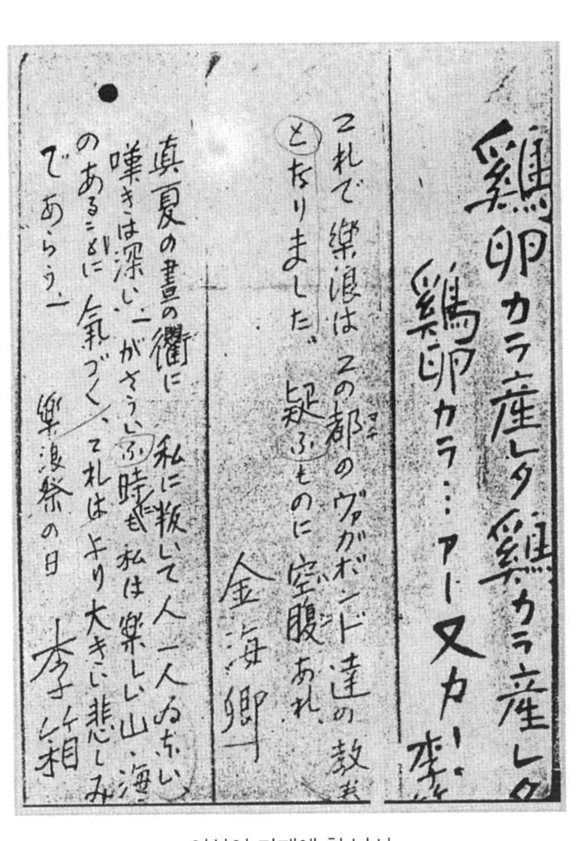

이상이 카페에 한 낙서
글씨 모양 자체가 심상치 않다. 과장한다면 추사체를
방불케 한다. 김해경金海卿이라는 본명도 보이고
왼쪽에 이상李箱이라는 예명도 있다.
기인은 결코 이렇게 정갈한 글씨체를 구사할 수 없다.

조영남, 「이상을 위한 지상 최대의 장례식」, 1989
몇 년에 걸쳐서 이 그림과 비슷한 그림들을 그렸다.
어렸을 때 충청도에서 실제로 꽃상여가 들려나가는 광경을 봤다.
나의 뇌리에 생생히 남아 있는 꽃상여는 정녕 화려하고 아름다웠다.

식사」를 최초의 현대미술로 규정한다. 우스꽝스럽기 때문이다. 같이 점심을 먹는 남자들은 정장을 입고 지팡이까지 짚었는데 여자들은 모두 벌거벗었다.

나는 현대회화에 관한 한 미국의 필립 거스턴을 최고로 친다. 이유는 간단하다. 심오함을 숨기기 위해 만화처럼 그린 그의 그림이 나 같은 아마추어를 노골적으로 웃겨주기 때문이다. 이상도 바로 그런 사람이다. 그의 시들은 하나같이 심오함과 가벼움, 심각함과 우스꽝스러움을 동시에 지녔다. 그래서 한없이 흥미롭다. 그가 경영했던 다방 이름이 '69'였던 것을 보라. 남녀의 성행위에서 거꾸로 얽힌 조형 형태를 제목으로 정한 것도 풍류스럽다. 그가 경영하다 그만둔 '69' 이전에 '제비다방'도 웃기고 휴양차 떠났던 배천온천 근처에서 '금홍'이라는 우스꽝스런 이름의 아가씨를 서울로 초대했던 사실도 무지하게 웃긴다.

그렇다고 그가 일방적으로 웃기기만 한 사람이었느냐? 천만에. 이상이 얼마나 심각한 사람이었는지는 김기림이 잘 증언한다.

> 이상은 잉크로 시를 쓴 것이 아니라 제 혈관의 피를 짜내서 시대의 혈서를 썼다. 왜냐하면 그는 세상과 떳떳이 대결하고 싶어 했기 때문이다.

김기림은 "이상이야말로 세속에 반항하는 악의 정령이었다"고 회상하기도 했다. 심각함의 끝을 달렸다는 얘기다. 웃김과 심각함의 폭이 한도 끝도 없이 넓었다는 얘기다. 그러나 오늘날 내가 증언하는 이상은 김기림의 의견과 좀 다르다. 이상은 모든 측면에서 폭이 넓다. 뺑 뚫렸다. 길게 따로 얘기할 필요가 없다. 평소 그가 아무렇지 않은 듯 써 갈긴 펜글씨 솜씨만 봐도 그가 얼마나 심각한 사람이었는지 눈치챌 수 있다. 어떤 형태의 글씨체인지는 몰라도 이상의 글씨 모양은 추사 김정희의 글씨체를 방불케 할 만큼 심각하고 장엄하다.

이상은 다른 시인들처럼 자연이나 풍경이나 사소한 감정, 혹은 삶 따위에 경탄하거나 호들갑 떨지도 않았고, 물밀듯이 밀어닥치는 삶의 역경에 징징대지도 않았고, 보들레르처럼 악에 받쳐 분노를 터뜨리지도 않았다. 랭보처럼 일찌감치 한 발 물러서지도 않았다. 오히려 세상을 있는 그대로 받아들였고 정면대결을 했다. 한편 엘리엇처럼 타인과 다름없는 극히 보편적인 품성으로 살아가려 했다. 하기야 시인이 화려하면 그건 가짜다. 김기림이 증언한 대로 누추한 이상의 장례식장에는 길 잃은 별들 몇 개만 서성댄다. 그때 김기림은 눈치챘을까. 스물여덟 살 조선의 청년 시인 이상이 신의 제왕 주피터가 되어 승천하는 날, 하늘에서 누추하고 남루한 유목민 행색으로 이상의 시신 곁을 서성댄 사람들은 서너 명뿐이었다.

그리하여 나는 1989년에 큰 맘 먹고 회화작업으로 「이상을 위한 지상 최대의 장례식」을 치러주었다. 어린 시절 충청도 삽다리에서 이따금씩 봤던 꽃상여로 꾸며주었다. 시골엔 사계절이 제공해주는 자연 풍경 이외에 깜짝 놀래킬 정도의 색깔 있는 풍경이 별로 없었다. 그런 때 알록달록한 원색 종이꽃 상여의 화려함은 실로 압권이었다. 화투짝 속에는 온갖 꽃이 들어 있다. 나는 그 꽃으로 화려찬란한 상여를 꾸며 그야말로 지상 최대의 장례식을 치러준 것이다. 그때 장례식 조가弔歌는 물론 가수 조영남, 바로 내가 맡았다. 내 성이 마침 조씨이고 그 당시 조씨보다 조가를 더 잘 부르는 이는 없을 거란 소문이 파다했기 때문이다. 조가의 제목이 또 웃긴다. 「이런 시」다. 시인 이상 작사에 이 책의 저자 조영남이 작곡한 노래다.

역단

화로

방거죽에극한이와닿았다. 극한이방속을넘본다. 방안은견딘다. 나는독서의뜻과함께힘이든다. 화로를꽉쥐고집의집중集中을잡아당기면유리창이움푹해지면서극한이혹처럼방을누른다. 참다못하여화로는식고차갑기때문에나는적당스러운방안에서쩔쩔맨다. 어느바다에조수潮水가미나보다. 잘다져진방바닥에서어머니가생기고어머니는내아픈데에서화로를떼어가지고부엌으로나가신다. 나는겨우폭동을기억하는데내게서는억지로가지가돋는다. 두팔을벌리고유리창을가로막으면빨래방망이가내등의더러운의상을두들긴다. 극한을걸커미는어머니—기적이다. 기침약처럼따근따근한화로를한아름담아가지고내체온위에올라서면독서는겁이나서곤두박질을친다.

방거죽은 방바닥 혹은 구들장이거나 방 껍데기다. 북극의 추위가 방 속을 넘본다는 건 엄청 춥다는 얘기다. 방 안은 방 안이다. 추위를 견디는 수밖에 별다른 도리가 없다. 화자인 나는 책을 좀 읽고 싶지만 너무 추워 책이고 뭐고 죽을 맛이다. 화로를 쬐면서 독서에 집중해보지만 도저히 추위를 이겨낼 수가 없다. 참느라고 참아보지만 화롯불은 진작에 꺼져 식어 있다. 어떻게 해야 할지 방법을 몰라 쩔쩔맨다. 어느 바다에 조수가 밀려오면서 추위까지 몰고 왔나보다. 그즈음 어머니가 등장한다. 오랜만에 서정시의 냄새가 풍긴다. 어머니의 등장 때문이다. 지금 나를 따뜻하게 만들어줄 사람은 어머니밖에 없다. 그런 환상 속에서 어머니가 나타나고 어머니는 화로에 불길을 담기 위해 화로를 들고 부엌으로 나가신다. 당장 추위 때문에 얼어 죽는 줄 알았는데 어머니로 인해 약간의 희망이 생긴다.

"두 팔을 벌리고 유리창을 가로막으면 빨래방망이가 내 등의 더러운 의상을 두들긴다." 이 문장 하나만으로도 한 편의 기막힌 서정시가 성립된다. '빨래'라는 제목도 좋고 '극한'이라는 제목을 붙여도 좋겠다. 정지용의 「향수」와 맞먹는 서정시 한 편이 될 수 있다. 화자의 옷은 빨지 않아 더럽고 냄새가 난다. 추위를 물리쳐주는 어머니. 만일 그럴 수만 있다면 그건 말 그대로 기적이다. 어머니가 기침약처럼 따끈따끈한 화로를 한아름 담아 꽁꽁 언 그의 방에 슬쩍 밀어 넣으면 방은 금세 따뜻해질 것이다. '방이 따뜻한데 독서는 무슨 얼어죽을 독서냐, 잠이나 한판 자자.' 이렇게 될 거란 얘기다.

어렸을 때 화로에 관한 추억이 하나 있다. 초등학교 겨울방학 때 내가 교감선생님 댁에 가서 숙제를 한답시고 그 집 애들 내 친구 치남이와 그 여동생 치숙이, 치순이와 한방에서 공부를 하다가 치숙이와 치순이는 잠이 들었나 싶었다. 그러다가 치순이가 일어나 치마를 걷어 올리더니 우리는 요강을 향해 가는 줄 알았는데 그 옆에 있던, 밤이 늦어 얼추 재만 남은 화로 쪽으로 가더니 그 위에 쉬를 뿜다가 악 소리를 질러 방안이 잿더미에 휩싸였다. 재에다가 뜨거운 오줌을 붓자 순식간에 히로시마 원폭 터지는 장면이 연출되었고 치순이는 아랫도리를 부여잡고 이리 뛰고 저리 뛰는 것이었다. 나와 치남이는 그 꼴이 우스워 낄낄대다가 한밤중에 치남이 엄마와 아빠한테 뒈지게 야단맞은 적이 있다.

이상은 엄밀히 말해 나의 35년 선배다. 선배가 1910년생이고 내가 1945년생이라서 그렇다. 선배는 그래도 나보다 나았다. 추위에 떨긴 했으나 동상에 걸렸다는 얘기는 없다. 나는 어린 시절 겨울이면 시골집이 너무도 추워서 손잔등이 트고 왼쪽 장지 가운데 마디 안쪽은 연례행사처럼 동상에 걸리곤 했다. 가려워서 긁으면 진물이 나왔다. 밤새 가려워 긁는 일로 긴긴 겨울밤을 지내곤 했다. 그런 팩트를 나중에 커서 시로 옮겨놓는다는 건 엄두도 못 냈다. 겨우 「내 고향 충청도」나 「내 고향 삽교를 아시나요」 「화개장터」가 고작이었다.

역단

아침

캄캄한공기를마시면폐에해롭다. 폐벽에끌음이앉는다. 밤새도록 나는몸살을앓는다. 밤은참많기도하더라. 실어내가기도하고실어들 여오기도하고하다가잊어버리고새벽이된다. 폐에도아침이켜진다. 밤사이에무엇이없어졌나살펴본다. 습관이도로와있다. 다만치사侈奢한책이여러장찢겼다. 초췌한결론위에아침햇살이자세히적힌다. 영원히그코없는밤은오지않을듯이.

표제인 「역단」 전반부에 나오는 3편의 시는 다른 한 묶음처럼 보인다. 「화로」 「아침」 「가족」이 그것이다. 이토록 사는 것이 힘겹고 고달프거나 칙칙한 아침이 또 있을까.

캄캄한 공기, 즉 나쁜 공기를 마시면 폐에 해롭다. 나쁜 공기를 캄캄한 공기로 미화시켰다. 간밤의 분위기가 전체적으로 안 좋았다는 말이다. 폐를 둘러싼 벽에 '끌음'이 앉기 때문이다. 어떤 해설서에는 끌음을 졸음으로 해석하고 있는데, 옛날 시골에선 연기나 재가 굴뚝 안에 검은색으로 겹겹이 둘러붙은 걸 끌음, 표준어로 그을음이라 했다. 시인은 밤새 몸살을 앓는다. 이미 폐가 고장난 것이다. 밤은 참 많다. 이 말은 어법상 틀린 말이다. 보통 밤은 길거나 짧거나다. 시인은 시간조차도 물질로, 밤이 많다고 표현했다. 그래서 그 많은 밤을 실어내가기도 하고 들여오기도 한다. 자유자재다. 그러다가 아차 하면 벌써 새벽이다. 언어구사가 거의 마술사 수준이다.

"폐에도 아침이 켜진다." 켜지기도 하고 꺼지기도 하고, 아침이 촛불이나 등잔불과 동격으로 쓰인다. 친근해서 좋다. 밤사이에 무엇이 없어졌나, 뭐 변한 것은 없나 살펴보지만 의미는 없다. 그저 확인하는 일이 일상의 습관일 뿐이다. 습관에 따를 뿐이다. 다만 치사한 책이 여러 장 찢겨 있다. 책이 왜 치사한가. 공부가 사치일 수 있기 때문일까. 우리는 정답을 알 수 없다. 시인이 그렇게 표현해놓았기 때문이다. 하기야 생존경쟁을 위해 공부를 한다. 잘 먹고 잘 살기 위해, 출세를 위해 공부를 한다. 얼마나 치사졸렬한 일인가. 아마도 가수로서 내 노래 「제비」와 「화개장터」가 나 자신한테 괜히 치사한 노래로 여겨지듯, 시인은 괴발개발 써놓은 시들이 치사하게 여겨졌는지도 모를 일이다.

그런데 그 치사한 책이 왜 찢겼느냐. 이건 내 생각인데 밤새 각혈을 하는 사람이라 책장 위에 피를 쏟았을 수도 있다. 몇 페이지 버렸을 수도 있다. 그렇다고 해도 피를 토해내는 중병의 사람한테 그깟 몇 권의 책이 무슨 대수였겠는가. 아픈 사람은 빨리 죽는다는 "초조한 결론 위에 아침 햇살이 자세히 적힌다." 햇살이 쨍쨍 내리쬔다. 시인은 시간을 물질로 표현하고 햇살을 똑같이 펜이나 연필 같은 물질로 표현했다.

마지막 행의 "코 없는 밤"도 절묘한 표현이다. 여러 가지로 해석될 수 있다. '호흡이 끊긴 세계' '냄새도 없는 세계' '생명이 소멸된 세계' 등으로 해석되고 있는데, 결론은 죽음이 영원히 다가오지 않을 듯이 아침이 우리 앞에 와 있다, 아무 느낌 없이 아침이 의무적으로 와 있다는 얘기다.

만일 가수 노릇을 하는 나의 폐벽에 이상처럼 그을음 같은 게 앉았다면 나는 노래를 못 했을 것이다. 그러나 나는 며칠 전에도 「열린음악회」에서 씩씩하게 노래를 불렀다. 노래는 호흡 조절로 부르는 것이고, 호흡은 폐가 정상적이어야 가능하고 지금까지 나는 정상적인 폐 기능으로 수십 년의 아침을 맞아왔다. 그렇게 아침을 또 맞았다는 초췌한 결론에 늘 고마워한다. 아니 그것은 화려찬란한 결론이었는지도 모른다.

역단

가정

문을암만잡아당겨도안열리는것은안에생활이모자라는까닭이다. 밤이사나운꾸지람으로나를조른다. 나는우리집내문패앞에서여간성가신게아니다. 나는밤속에들어서서제웅처럼자꾸만감滅해간다. 식구야봉封한창호어데라도한구석터놓아다고내가수입되어들어가야하지않나. 지붕에서리가내리고뾰족한데는침처럼월광이묻었다. 우리집이앓나보다. 그러고누가힘에겨운도장을찍나보다. 수명을헐어서전당잡히나보다. 나는그냥문고리에쇠사슬늘어지듯매어달렸다. 문을열고안열리는문을열려고.

2007년 초봄, KBS TV 프로그램 「낭독의 발견」에 출연하게 되었다. 주로 유명 인사들이 시를 낭송하고 시에 얽힌 얘기를 나누고 노래도 부르는 심야방송 프로그램이었다. 나 역시 시 한 편을 낭송해야 했다. 속으로 쾌재를 불렀다. 이번 기회에 내가 이상을 얼마나 좋아하는지를 만천하에 알릴 좋은 기회라고 생각했기 때문이다. 두말할 것도 없이 이상의 시를 낭송한다고 연출팀에 통보했다. "제1의 아해가 무섭다고 그리오/제2의 아해도 무섭다고 그리오/제3의 아해도 무섭다고 그리오." 이렇게 13인의 아해까지 줄창 나오는 재미있는 「시제1호」를 낭송하리라 잔뜩 준비하고 있었다. 얼마나 재미있고 웃기는가.

그동안 시는 너무나 고리타분하고 진부했다. 나는 매번 사람들이 낭송하는 내용 뻔한 서정시 따위에 어느 정도 식상해져 있었다. 그것도 무슨 국가기념일에 국가적으로 존경받는 시인이 출연, 핏대를 세우고 목 쉰 3류 부흥사처럼 소위 애국시를 낭송하는 꼴이라니. 이럴 때 내가 가장 좋아하는 이상의 「오감도」를 낭송하면 완전 대박을 칠 수 있을 것 같았다. 시청자들에게서 "와! 재미있다, 새롭다. 무슨 뜻인지는 모르겠는데 웃긴다" 이런 반응이 나올 듯싶었다.

그런데 방송 당일, 리허설을 하면서 이상의 시를 꺼내 읽자 스튜디오 분위기가 갑자기 썰렁해졌다. 잠시 후 수석 작가가 내 곁으로 와서 말했다. "조 선생님, 저기 이 시는 좀 그런데요……." 뭐가 그렇다는 건지 말 안 해도 대충 눈치챌 수 있었다. 시가 너무 말도 안 되게 따분하다는 얘기였다. '아, 이상 최고의 시가 이런 푸대접을 받다니. 이렇게 한방에 무너져 내리다니…….'

혼자 탄식하면서 항의하는 것도 포기하고 곧장 이상의 다른 시를 찾았다. 다른 시들도 따분하기는 마찬가지였다. 수학 기호나 암호 같은 시들은 그냥 넘겼다. 그때 겨우 하나 찾은 것이 바로 「가정」이다. 내 깐엔 이상 시를 통틀어 가장 낭송하기 쉬운 것을 골라잡은 것이다. 이상의 시는 특히 낭송과는 아무 관련이 없는 시가 많다. 나는 결국 리허설에서 「가정」을 낭송했고 간신히 통과되었다.

이 찜찜한 얘기를 왜 꺼냈느냐? 처음 있는 일 같아서다. 이상 탄생 100년 만에 누군가가 공식적으로 사람들 앞에서 이상의 시를 낭송하는 일은 실로 처음이 아니었을까 싶어 얘기를 꺼냈다. 적어도 텔레비전을 통해 이상의 시를 낭송한 일은 최초일 거라는 게 내 생각이다. 무사히 녹화를 마치고 순조롭게 방영도 되었다. 그후 방송을 본 사람들이 내게 인사를 한마디씩 했다. "방송 잘 봤습니다. 시 낭송도 참 잘하시네요." 그런데 어느 한 사람도 나에게 "방송에서 낭송하신 그 시 말이에요, 누구 시였어요?"라고 묻지 않았다. 시의 내용이 너무나 생뚱맞아서 그랬을 것이다. 그때 나는 이 시가 무얼 말하는 건지 자세히 파악도 못 한 채 제목이 순하고 그나마 비교적 읽기가 편해 얼결에 택했던 것이다. 프로그램이 방영되기 전까지 나는 이상이 이렇게 인기가 없는 시인인 줄 미처 몰랐다.

시의 내용은 이런 거다. 가난한 청년 시인한테 가정생활이라니 도무지 어울릴 턱이 없다. 하지만 시인도 해가 떨어지면 어디론가 둥지를 찾아들어 뭐라도 좀 먹고 잠을 청해야 한다. 시인은 자기 문패가 걸려 있는 집 앞에서 늘 들어갈까 말까, 여기가 내 집인가 남의 집인가, 성가실 정도로 고민도 한다. 집주인 노릇을 못 하니 식구들이 자신을 자꾸만 허깨비로 몰아간다. 짚으로 만든 허깨비 허수아비 취급을 한다. 그러나 시인은 식구들이 자기를 끌어다 집 안으로 밀어넣어주기만을 기다린다. 지붕에는 서리가 내리고 지붕 뾰족한 데는 입속에서 나온 침처럼 달빛이 퍼렇고 번득번득 묻어 있다.

젊은 시인을 키우는 집안은 그 자체가 우환이다. 병을 앓는 집이다. 집을 저당이라도 잡혀 살림을 꾸려야 한다. 그런데 저당이나 담보 잡힐 것조차 없으니 남아 있는 식구들의 수명이라도 헐어서 저당 잡히는 수밖에 없다. 사람이 이보다 더 궁핍할 수는 없다. 시인은 그냥 문고리에 동그란 쇠사슬 문고리 늘어지듯 매달려 있다. "문 좀 열어줘, 제발 나 좀 살려줘." 문을 열었어도 그 안에 또 안 열리는 문을 열려고 애를 쓰면서 말이다. 내 신세도 마찬가지다. 읽지도 않는, 읽기를 시도조차 못하는 이상의 시를 사람들한테 읽게 하려고 자꾸만 아등바등대는 내 신세와 어쩜 꼭 닮았다.

가정생활을 제대로 못 하는 사내한테 집 문이 쉽게 열릴 리 없다. 긴긴 밤이 사내한테 가정생활에 충실하라고 졸라댄다. 현관 문패 앞에서 기분 착찹하고 성가실 수밖에 없다. 사내는 한밤중 내내 지푸

라기로 만든 허깨비처럼 졸아든다. 초라하고 남루해진다. 그래서 집 안에 있는 식구들에게 창문 근처 어디 한구석이라도 뚫어놔달라고 사정한다. 쉽게 들어갈 수 있게.

역단

역단

그이는백지위에다연필로한사람의운명을흐릿하게초草를잡아놓았다. 이렇게홀홀한가. 돈과과거를거기다가놓아두고잡답雜踏속으로몸을기입하여본다. 그러나거기는타인과약속된악수가있을뿐, 다행히공란을입어보면장광長廣도맞지않고안드린다. 어떤빈터전을찾아가서실컷잠자코있어본다. 배가아파들어온다. 고苦로운발음을다삼켜버린까닭이다. 간사奸邪한문서를때려주고또멱살을잡고끌고와보면그이도돈도없어지고피곤한과거가멀거니앉아있다. 여기다좌석을두어서는안된다고그사람은이로위치를파헤쳐놓는다. 비켜서는악취에허망과복수를느낀다. 그이는앉은자리에서그사람이평생을살아보는것을보고는살짝달아나버렸다.

「역단」, 시 제목이 너무 어렵다. 역단은 한 사람의 길흉화복과 운명을 점쟁이가 점치는 것을 말한다. 보통 개똥철학이라고 불린다. 시인이 길거리의 점쟁이를 내려다보고 있다. 점쟁이가 백지 위에 연필로 어떤 이의 길흉사를 어쩌고저쩌고 적어놓고 있다. 인간사가 그런 식으로 간단명료하게 풀려나간다. 아! 인생사가 저토록 심플했단 말인가. 돈을 잘 벌 것이다, 짝을 만날 것이다. 과거가 어땠고 미래는 어떨 것이다. 말도 안 되는 점쟁이의 말에 얼렁뚱땅 휩쓸려 몸과 마음을 맡겨본다. 귀를 기울여본다. 그러나 거기는 산속의 절간도 아니고 십자가 형상이 걸린 교회당도 아니다. 그냥 행인과 점쟁이가 분주하게 지나치다 만나는 장소이므로 타인들끼리 순식간에 돈 몇 푼 주고

받고 악수하며 기약 없이 헤어져가는 무심한 장소이고 별 의미 없는 약속들을 즉흥적으로 체결하는 장소일 뿐이다. 타인들끼리 만나면 공평한 대화란 불가능한 일이다. 어느 누구 한 사람이 얘기를 길게 늘어놓다보면 말이 맞아 돌아갈 리가 없다. 대부분은 점쟁이가 일방적으로 횡설수설 길게 얘기를 늘어놓게 된다.

어느 땐 그냥 손님 없이 멍하게 앉아 있는 점쟁이를 찾아가 그가 늘어놓는 장광설을 "너는 떠들어라, 나는 듣는 척한다" 하는 심정으로 잠자코 들어본다. 그런데 말 없이 있으려니 배가 쓰리다. 점쟁이가 마구잡이로 떠드는 소리를 마냥 뱃속으로 삼켜버렸기 때문이다. 역술서라는 문서에 사람의 팔자나 세상의 이치가 자세히 기록되어 있다며 이러쿵저러쿵 간사스럽게 얘기하는 점쟁이의 멱살을 잡고 "야! 이 시키야, 거짓말 말아!" 하고 소리치며 한 방 먹이고도 싶지만 그래 봤자 점쟁이가 무슨 죄냐, 역술서가 무슨 잘못이냐 싶어 그만둔다. 그러고 보니 잘 봐줘서 고맙다고 내놓은 복채만 없어지고, 또 다시 피곤해진 나의 과거와 예측할 수 없는 미래만 덩그러니 남게 된다.

그런 눈치를 챘는지 봉변을 당할 뻔한 점쟁이는 재수 없는 데 자리를 잡았다는 듯이 다른 곳으로 옮겨간다. 말도 안 되는 소리를 씨부렁대는 점쟁이한테선 추하고 역한 냄새가 풍겨 슬쩍 비켜서는데, 왠지 허망함과 동시에 교묘히 설득당한 것에 대한 복수심도 은근히 느낀다. 그렇다고 그걸 점쟁이에게 시시콜콜 물어봤자 헛일이다. '그냥 잘 살기나 해야지' 하는 망상과 결심에 잠긴다. 점쟁이가 앉은 자리에서 한 손님이 한평생 어떻게 살았는지를 살펴보고, 그 손님이 운세에서 벗어날 수 없다는 것을 알고 슬쩍 어디론가 총총히 가버린 것이다. '렛잇비'이거나 '케세라세라.' 될 대로 되라가 정답이라는 얘기다.

군대 말기에 탤런트 한혜숙·노주현 등과 군예대 연극을 하러 전국을 순회할 때였다. 우리가 하루 묵은 바로 옆집이 점집이었다. 호기심에 한번 들어가 보자, 하고 한혜숙과 노주현이 먼저 방으로 들어서자 점쟁이가 대뜸 "아이고 두 사람 궁합이 찰떡 같구먼!" 그때 둘은 아무 사이도 아니었다. 점쟁이는 젊은 남녀가 함께 들어오자 대충 결혼할 사이로 때려잡고 그런 멘트를 날린 것이다. 나는 그때 방문턱에 걸터앉아 있다가 '그러면 그렇지, 점쟁이가 뭘 안다고 그래' 하며 그 후론 단 한 번도 점쟁이 앞에 앉아 있어본 적이 없다. 나도 내 팔자를 모르는데 타인이 무슨 재주로 나의 역단을 이러쿵저러쿵 할 수 있단 말인가.

역단

행로

기침이난다. 공기속에공기를힘들여배알아놓는다. 답답하게걸어가는길이내스토오리요기침해서찍는구두句讀를심심한공기가주물러서삭여버린다. 나는한장章이나걸어서철로를건너지를적에그때누가내경로를디디는이가있다. 아픈것이비수에베어지면서철로와열십자로어울린다. 나는무너지느라고기침을떨어뜨린다. 웃음소리가요란하게나더니자조하는표정위에독한잉크가끼얹힌다. 기침은사념위에그냥주저앉아서떠든다. 기가탁막힌다.

지금 읽은 「행로」는 우리에게 분명 시다. 이상이 써놓은 시다. 그러나 이 시의 저자이며 당사자인 이상이라는 이름의 청년한테는 감상적인 시 나부랭이가 아니다. 구구절절 자신의 처절한 병상투쟁기이며 불우한 일상사다. 그는 매일 기침을 한다. 그림을 그렸던 반 고흐한테는 기침이 절대적 외로움의 동반자였지만 이상에게는 숙명적인 동반자다.

시 제목이 「행로」, 한마디로 '시인이 가는 길'이다. 공기 속에 공기는 곧 허공 속에 뱉어놓은 자신의 기침이다. 허공 속에 기침을 힘들여 뱉어놓는다. 젊은 나이에 힘겨운 기침이나 해대면서 가는 길이 시인의 길이며 이야기다. 시도 때도 없이 캑캑 터져나오는 기침은 사방에 구두점을 찍는 듯하다. 한 문장이 끝났다는 표시로 찍는 점이 구두점이다. 공기들이 '심심하던 차에 잘 왔구나' 하면서 새로 섞여오는 시인의 기침과 한데 어울려 기침을 삭이고 녹여버린다. 세상

태어나 4막 5장짜리 인생에서 이제 겨우 역경의 철로에 다다랐다. 시련에 걸렸다는 뜻이다. 반드시 건너가야만 하는 역경의 철로를 막 건너려는 그때 그 순간, 누구일까. 내가 걸어온 경로를 따라 나와 함께 걸어온 그 무엇이 있다. 결핵이라는 병명이다. 빌어먹을! 이건 틀림없는 죽음의 그림자다.

콜록대는 가슴 아픈 청춘이 날카로운 긴 칼에 한 차례 싹둑 베이면서 두 줄 철로와 열십자로 어울린다. 그림이 그려진다. 절반으로 뚝 잘린 철도와 가운데에 십자가 모양의 칼자국이 남은 것을 보니 '22' 二十二의 형태다. 시인의 나이 어언 22세에 이르렀다는 의미다. 시인은 이미 포기했다. 될대로 되라며 기침을 떨어트린다. 내지른다. 그래서 기침은 역설적으로 웃음소리처럼 들린다. 까짓거 시원하게 기침을 내뱉는다. 세상을 조롱하고 스스로를 막가파 식으로 조종하는 시니컬한 표정 위에 독한 잉크인 각혈이 끼얹힌다. 그래도 걱정은 된다. '기침은 왜 이럴까. 왜 하필 내 몸의 폐가 썩어갈까. 그래서 이 사태를 어찌할까' 하는 걱정 근심 위에 그냥 맥없이 주저앉아 뭐 어쩔 도리 없이 넋이 빠진 채 계속 기침을 하고 피를 토한다. 기가 탁 막히는 일이다. 어이 없는 시인의 행로다.

가외가전

훤조喧噪때문에마멸되는몸이다. 모두소년이라고들그리는데노야老爺인기색氣色이많다. 혹형酷刑에씻기워서산반算盤알처럼자격너머로튀어오르기쉽다. 그러니까육교위에서또하나의편안한대륙을내려다보고근근히산다. 동갑네가시시거리며떼를지어답교踏橋한다. 그렇지않아도육교는또월광으로충분히천칭처럼제무게에끄덱인다. 타인의그림자는위선넓다. 미미한그림자들이얼떨김에모조리앉아버린다. 앵도櫻桃가진다. 종자도연멸煙滅한다. 정탐偵探도흐지부지—있어야옳을박수가어째서없느냐. 아마아버지를반역한가싶다. 묵묵히—기도를봉쇄한체하고말을하면사투리다. 아니—이무언無言이훤조의사투리리라. 쏟으려는노릇—날카로운신단身端이싱싱한육교陸橋그중심한구석을진단하듯어루만지기만한다. 나날이썩으면서가리키는지향으로기적히골목이뚫렸다. 썩는것들이낙차나며골목으로몰린다. 골목안에는치사스러워보이는문이있다. 문안에는금니가있다. 금니안에는추잡한혀가달린폐환肺患이있다. 오—오—. 들어가면나오지못하는타입깊이가장부臟腑를닮는다. 그위로짝바뀐구두가비철거린다. 어느균이어느아랫배를앓게하는것이다. 질다.

반추한다. 노파니까. 맞은편평활平滑한유리위에해소解消된정체를도포塗布한졸음오는혜택惠澤이뜬다. 꿈—꿈—꿈을짓밟는허망한노역—이세기의곤비困憊와살기가바둑판처럼널리깔렸다. 먹어야사는입술이악의로꾸긴진창위에서슬며시식사흉내를낸다. 아들—여러아들—노파의결혼을걷어차는여러아들들의육중한구두—구두바닥의징이다.

층단을몇번이고아래로내려가면갈수록우물이드물다. 좀지각遲刻해서는텁텁한바람이불고—하면학생들의지도가요일마다채색을고친다. 객지에서도리없어다수굿하던지붕들이어물어물한다. 즉이취락聚落은바로여드름돋는계절이래서으쓱거리다잠꼬대위에더운물을붓기도한다. 갈渴—이갈때문에견디지못하겠다.

태고의호수바탕이던지적地積이짜다. 막幕을버틴기둥이습해들어온다. 구름이근경에오지않고오락없는공기속에서가끔편도선들을앓는다. 화폐의스캔달—발처럼생긴손이염치없이노파의통고痛苦하는손을잡는다.

눈에띄우지않는폭군이잠입하였다는소문이있다. 아기들이번번이애총이되고되고한다. 어디로피해야저어른구두와어른구두가맞부딪는꼴을안볼수있으랴. 한창급한시각이면가가호호들이한데어우러져서멀리포성과시반屍斑이제법은은하다.

여기있는것들은모두가그방대한방房을쓸어생긴답답한쓰레기다. 낙뢰심한그방대한방안에는어디로선가질식한비둘기만한까마귀한마리가날아들어왔다. 그러니까강하던것들이역마잡듯픽픽쓰러지면서방은금시폭발할만큼정결하다. 반대로여기있는것들은통요사이의쓰레기다.

간다. 『손자』도탑재한객차가방房을피하나보다. 속기速記를펴놓은상궤床軌위에알뜰한접시가있고접시위에삶은계란한개—포—크로터뜨린노란자위겨드랑에서난데없이부화하는훈장형勳章型조류—푸드덕거리는바람에방안지가찢어지고빙원위에좌표잃은부첩符牒떼가난무한다. 궐련에피가묻고그날밤에유곽도탔다. 번식한거짓천사들이하늘을가리고온대로건넌다. 그러나여기있는것들은뜨뜻해지면서한꺼번에들떠든다. 방대한방은속으로곪아서벽지가가렵다. 쓰레기가막붙는다.

1936년 3월호 『시와 소설』 잡지에 실린 작품이다. 작가의 나이 27세에 쓴 시로 죽음의 그림자가 드리워질 즈음이다. 이상의 시 가운데 가장 난해한 작품 중 하나로 알려져 있는데, 그냥 난해한 것으로 끝나지 않는다. 작품 내용의 깊이와 폭에서 단연 압권이다.

이 작품은 시로 분류되어 있지만 산문이나 수필로도 분류될 수 있고 심지어 단편소설로 규정할 수 있을 만큼 실로 다양한 문학성을 확보하고 있다. 이 작품을 보고 흔히들 절망이 기교를 낳는다고 힘주어 말하는데, 헛소리다. 기교가 문학이나 예술의 필수사항임을 모르고 하는 소리다. 기교의 달인, 음악가 파가니니나 화가 달리는 당대 최고의 예술가로 꼽힌다. 절망을 비하해선 안 된다. 절망은 희망을 지탱시키기 때문이다. 이상은 절망 그 자체였다.

부탁이다. 이상 앞에서 제발 구창모의 노래 「아픈 만큼 성숙해지고」를 부르지 마시라. 시인 이상이나 화가 반 고흐에게 동정을 보내는 것은 무례일 수가 있다. 우리는 아픔과 절망에 맞서 정면대결을 감행한 그들의 용기에 갈채를 보내야 한다. 여기 「가외가전」은 스물일곱 살 청년 시인 이상이 죽음을 앞두고 한판 벌이는 죽음과의 정면대결이다.

여기 「가외가전」은 거리 밖에서, 혹은 거리 저 너머에서 이쪽을 내려다본다는 의미다. 거리 밖에 있는 또 다른 거리에 관한 얘기일 수도 있다. 「오감도」가 까마귀 한 마리가 비스듬히 아래를 내려다보며 인간들이 무슨 짓거리를 하는지 둘러보는 얘기이듯이 말이다. 내용은 『심청전』이나 『흥부전』보다 훨씬 재미가 없고 심지어 조이스의 『율리시즈』나 프루스트의 『잃어버린 시간을 찾아서』보다도 지루하다. 그럼에도 불구하고 문학성만은 탁월해보인다. 왜냐! 이 시는 해석의 여지가 무궁무진하기 때문이다. 실제로 전문가들 사이에 「가외가전」의 해석은 두 부류로 나뉜다. 액면 그대로 직역을 해야 옳다는 부류와 시 전체를 시인의 치통과 호흡기 질환의 문제로 보는 부류다. 하나는 여관, 다른 하나는 호텔의 두 부류로 나뉜 것과 흡사하다. 나는 편의상 보편적인 시인 자신의 얘기로 끌고 가려 한다.

대충 이런 얘기다. 허구한 날 술·담배에 곯아 시끌벅적 떠들다보니 몸이 만신창이가 되었다. 심신이 닳아 없어져간다. 모두들 시인이 소년 같다고들 하는데 자신이 보기엔 바싹 늙어버린 노인네다. 어린 나이에 폐결핵이라는 혹독한 형벌에 시달려 주판알 튀어오르듯 어린아이 자격에서 어른의 자격으로 너무도 쉽게 튀어오른다. 그렇게 겉늙었으니까 또래들과 달리 약간 높은 육교 위에서 또 다른 편안한 세상사를 내려다보며 근근이 비실비실 살아가고 있다.

동갑내기 건강한 친구들이 시시덕대며 다리건너기 놀이를 한다. 옛날엔 다리 자체가 큰 신문명이었고, 특히 정월대보름엔 다리를 밟는 민속놀이까지 있을 정도다. 사람들이 다리건너기 놀이를 하지 않더라도 육교 위론 달빛이 교교히 비추고 달빛이 하늘 꼭대기까지 꽉 차 그 무게에 육교가 흔들릴 정도다. 달빛이 꽤나 무거운 모양이다. 차원 높은 얘기다. 비실대는 자신에 비해 달빛 아래 지나가는 타인들의 그림자는 하나같이 거인의 그림자처럼 느껴진다. 상대적으로 미미하고 시덥지 않은 약골들의 그림자는 얼떨결에 모조리 자동 소멸된다. 앵두를 닮은 약골들은 앵두 떨어지듯 자연스럽게 떨어진다. 그것의 종자까지도 떨어져 흔적조차 없이 사라져버린다. 왜 앵두가 떨어져야 하느냐, 왜 약골들은 일찍이 죽어야 하느냐, 아무리 자연법칙이라도 불공평하지 않느냐, 누가 앵두를 죽였느냐. 이 상황에서 누구 하나는 정식으로 항의해야 하는데 마냥 조용하다. 흐지부지하다. 앵두와 약골들을 위한 대목에서 한 번쯤은 박수가 나와야 하는데,

왜 박수 소리가 안 들릴까. 이것은 필경 아버지에 대한 반역이거나 신에 대한 반역일 수가 있다. 부조리를 조장하는 신은 없기 때문이다. 사람이 뭔가를 꾸미려는 의도나 각오도 없는 척하며 100퍼센트 자연스러움을 발휘해 말을 한다면 그것은 필경 사투리일 것이다. 옳은 말이 아닐 것이다. 그런 불손한 의도 하에 고의로 입을 다물었다 해도 그것은 더욱 위태로운 싸구려 시정잡배의 사투리, 허튼소리가 될 것이다. 허물 없는 자연스러움은 없는 법이기 때문이다. 우리 인간에게 있어서 완벽한 자유로움은 불가능하기 때문이다.

여기서 잠깐, "기도를 봉쇄한 체하고 말을 하면 사투리다"라는 대목을 어느 예리한 전문가는 충치를 다 뽑아 입을 다물듯이 말을 하면 이상한 소리가 삐져나와 사투리처럼 들리는 것이라고 해석한다. 이 대목 위아래를 쭉 충치와 관련시켜 해석을 하고 있다. 또 다른 전문가는 썩은 이를 훌쩍 넘어 「가외가전」을 창녀와 아내에 관한 이야기로 해석하며 시 전체를 창녀와 매춘으로 끌고 나가기도 한다. 그리하여 다음의 대목, "쏟으려는 노릇, 날카로운 신단이 싱싱한 육교 중 심한 구석을 진단하듯 어루만지기만 한다"를 이렇게 친절히 안내한다. "창녀를 상대로 한바탕 욕망을 쏟아내겠다는 것이다. 이 싱싱한 창녀의 육체, 그중 가장 은밀한 곳을 구석구석 의사가 진찰하듯 어루만지기만 한다"라고.

내가 이상을 좋아하는 이유를 두 가지만 대겠다. 첫째, 끊임없이 궁금증을 유발시킨다. 초현실주의 화가 키리코나 마그리트의 그림처럼 늘 뭘 그렸을까, 그림의 진실이 뭘까, 그런 궁금증을 유발하기 때문이다. 둘째, 「가외가전」의 경우처럼 시 한 줄이 수십 가지의 메뉴로 둔갑하기 때문이다. 그래서 나를 포함해 부지기수의 평론가를 먹여 살린다. 자유자재로 재량껏 해설을 할 수 있기 때문이다.

얘기를 이어가자. 나날이 썩어가던, 가리키는 방향으로 기적처럼 숨을 쉬기 위해 빠져나갈 골목이 뺑 뚫렸다. 13인의 아해가 질주하던 골목과 비슷한 풍경이다. 썩어가는 기관들이 중구난방으로 삐죽삐죽 골목으로 몰린다. 골목 안에서는 조잡스럽고 치사하게 보이는 문이 있다. 문 안에는 잘 나가는, 금니를 해 박은 사람이 있다. 금니를 했을 뿐만 아니라 추잡한 혀까지 달린 폐병 환자가 버티고 있다. 오! 오! 들어가면 나오지 못하는, 한번 걸리면 빼도 박도 못 하는 타입인 폐질환 병세의 깊이가 사내대장부냐 아니냐를 판가름하는 기준이 된다. 병세가 깊으면 장부다운 것이고, 얕으면 금방 죽기 때문에 대장부가 못 된다. 반어법의 결정체다. 그 위로 짝 바뀐 구두가 있어 시인은 온전치 못한 상태로 비칠대는 것처럼 느낀다. 어느 균이 어느 아랫배를 앓게 하는 것이다. 병세가 너무 짙다.

앞서 말했듯이 「가외가전」은 거리 밖에서 거리를 내려다보는 내용의 얘기다. 밖에서 안을 들여다보는 얘기다. 『심청전』이나 『흥부전』 같은 전傳이긴 한데, 무지하게 재미없는 얘기다. 실내나 실외에서 사람들을 만나 허섭스런 얘기를 떠들다보면 하루가 가고 세월까지 간다. 각혈하는 시인은 사람들과 길게 수다를 떨 수가 없다. 그렇지 않아도 시인은 사람들과 술 마시고, 담배 피워대고, 심하게 아부를 떨고, 허구한 날 그런 따위의 훤조를 떠는 바람에 심하게 잇몸이 망가져가고 있었다. 훤조는 요즘의 수다보다 한 수 위의 격렬한 수다로 보면 된다.

모두들 시인을 보고 소년이라고들 하는데 알고 보면 늙은 노인네 같은 구석이 많다. 젊은 나이임에도 꽤 오래전부터 병세에 시달려 까딱하다간 목숨이 위태롭다. 주판알은 까딱까딱 하는 손가락 놀림에 살고 죽고 한다. 사람의 목숨이 그렇다는 얘기다. 그러니까 세상 속으로 뛰어들지는 못하고 전혀 다른 세상처럼 보이는, 공중에 붕뜬

육교 위에서 또 하나의 세상을 내려다보며 건강하고 씩씩한 동갑내기 친구들이 신나게 떼지어 몰려다니는 걸 내려다본다. 아픈 이가 안 아픈 이를 못내 부러워한다. 치과 의술이 극도로 발달한 오늘날과 그렇지 못했던 100년 전을 찬찬히 비교해보길 바란다.

오! 한번 걸리면 다시 살아나올 수 없다는 타입의 폐결핵 환자가 가는 길이 마치 오장육부가 얽히고설킨 것처럼 복잡하게 꼬였다. 이런 딱한 상황 속에 온전한 삶에 전혀 부합할 수 없는 비정상적인 몸을 가진 비실비실한 사내가 비틀댄다. 폐결핵균은 아랫배 쪽으로 침투하여 몸과 마음을 앓게 한다. 그래서 질펀하게 폐병을 앓는다. 비양거리는 말투로 소위 노파라 기침을 하고 또한 결핵환자라 기침을 할 수밖에 없다.

맞은편 평평한 유리거울 속으로 비치는 한심스러운 정체는 마치 졸음 약을 바른 것처럼 아늑한 혜택을 받고 깜빡깜빡 존다. 꿈, 꿈이 있었는데 젠장, 꿈을 이루는 역할이 아닌 꿈을 짓밟아버리는 역할을 맡게 되다니, 하필 허망한 젊은 역을 두고 노역을 맡게 되다니, 이 세기와 이 시대의 궁핍함과 함께 서로가 서로를 죽이겠다고 하는 살기가 바둑판처럼 널리 깔렸다. 어찌하든 뭘 좀 먹어야 하는데 도무지 입맛이 없다. 창밖 풍경도 풍경으로 보이질 않는다. 자신만 괴롭힘을 당하고 있다는 악의 서린 풍경으로만 보인다. 억지로 몇 숟갈을 뜬다. 먹어야 살기 때문이다.

스물일곱 살이면 지금쯤 서너 명의 아들이 있어야 한다. 대를 이어줄 아들 말이다. 그런데 그 아들의 아버지는 너무 늙었다. 너무 늙어 쓸모없게 된 노파를 닮은 아버지다. 아들이 살아 있다 해도, 그 아들들도 결혼할 만한 능력이 없다. 그 아비의 그 아들이기 때문이다. 그 아들들이 신고 다니는 구두짝만 멀쩡하다. 그런데 그 구두 바닥에

징이 있는 줄은 아무도 모른다. 폐가 좀먹어간다는 걸 아무도 모르듯이 말이다.

입·입술·혀·목구멍·편도선·식도·호흡기, 아래로 내려가면 갈수록 멀쩡한 물건이 없다. 마실 만한 깨끗한 물이 있는 우물이 없는 것처럼. 어쩌다 '설마, 괜찮겠지' 하고 잠시라도 맘을 놓으면 대낮에 황사를 만난 것처럼 대번에 텁텁한 느낌이 들고, 좀 살 만하다 싶으면 학생들의 노트처럼 생긴 병상기록부에 갖가지 각혈에 관한 내용이 기록된다.

집은 모름지기 안락해야 한다. 각혈하면서 살고 있는 집은 결코 안락한 집이 못 된다. 집 밖의 객지처럼 느껴진다. 평범하게, 다소곳이 살고 싶었는데 각혈을 하며 객지에 살자니 어느 집에 들어가 어떻게 살아야 할지 어물어물 망설이게만 된다.

각혈을 하며 사는 외딴 객지의 마을은 원래 여드름이 솟아나는 싱그러운 젊음의 계절이다. 그땐 제법 젊음에 으쓱댔는데 마치 잠꼬대를 하듯 자신도 모르는 사이에 뜨거운 피가 흘러 젊음의 계절을 흥건히 적시고 있다. 피를 쏟아내서 그런지 늘 목이 마르다. 갈증을 느껴 잠깐을 못 견딘다.

옛날 옛적부터 시인의 심장은 호수 바탕처럼 넓고 고요하고 잔잔한 땅 모양이었는데 각혈이 분출되면서 심장은 쫄아들고 맛은 짜졌다. 맑은 수분이 각혈을 통해 빠져나오기 때문에 염분만 가라앉아 짜질 수밖에 없다. 장기 사이엔 막이 있어 병균이 침투하는 것을 막아줬는데, 막 자체가 습해지는 바람에 병균 침투가 용이해졌다. 죽음의 그림자가 막다른 골목까지 몰려온 것은 아니라 하더라도 멋대가리 없고 기복도 없는 평상의 공기 때문에 가끔 가벼운 편도선을 앓게 만든다. 나는 직업이 가수라서 편도선의 용도를 너무도 실감나게 잘 안다. 편도선이 도지면 우선 정상적인 소리가 안 나와 노래를 못하게 된다.

돈은 항상 스캔들을 만들어낸다. 시인한테도 예외는 아니다. 시인도 돈 걱정과 먹을 걱정을 항시 한다. 피 섞인 기침을 토해내는 사람한테는 세상 만물이 온통 노랗게만 보인다. 손이 발인지 발이 손인지 구별조차 안 된다. 그래서 발처럼 생긴 손으로 기침 때문에 고생하는 노파같이 생긴 환자에게 다가가 염치 불고하고 손을 잡는다. 그리고 위로한다. 인간 모두가 다른 병상에 누워 있는 환자라는 얘기다.

잠잠하던 젊은 시인의 몸속에 눈에 띄지 않는 결핵균이 폭군처럼 잠입해오는데다가 심지어는 가슴팍 한가운데에 결핵총통부를 설치했다는 소문을 퍼뜨린다. 잔잔한 뱃속의 내장들, 가령 콩팥·허파·췌장 따위가 결핵균에 밀려 하나씩 어린아이들 목숨처럼 죽어 넘어간다. 도대체 어떠한 예방조치를 하고 약 처방을 해야 저런 고약한 결핵 덩어리가 설쳐대는 꼴을 안 볼 수 있단 말이냐. 한창 결핵균이 설쳐대는 시각이면 가가호호 잔잔한 뱃속의 각종 장기들이 서로 한데 어우러진다. 그렇게 잠시 어울려 있는 동안은 멀리서 들려오는 포성과 뱃속의 각종 장기들이 아우성치는 소리가 제법 은은한 느낌을 준다.

그 방대한 결핵이라는 이름의 폭군이 한바탕 쓸고 지나간 자리에 남아 있는 기관들은 답답하기 짝이 없는, 아무 짝에도 쓸모없는 쓰레기들뿐이다. 작동이 여의치 않은 기관들만 남았다는 얘기다.

천둥 번개가 심하게 몰아치는 시인의 썩어 문드러진 몸통 안에 어디선가 힘 빠져 빌빌대는 비둘기만 한 덩치의 까마귀 한 마리가 날아들어왔다. 단 한 줌의 행운이 깃든 비둘기 같은 존재가 아니라 불길함의 상징인 까마귀가 불청객으로 날아들어온 것이다. 그런데 이게 웬일이냐. 멀쩡하게 쓸 만하던 기관이나 장기들이 전염병에 걸리듯 픽픽 쓰러지면서 시인의 몸통은 금방이라도 폭발할 만큼 잠잠해진다. 남은 기관, 남은 장기들이 몽땅 썩어 문드러져 나가 아무것도 없이 텅 비었기 때문에, 그 속에 공기만 꽉 차 폭발할 지경까지 간 것이다. 남아 있는 것들은 그나마 숨을 쉬게 도와주는 것들로 정말 보잘것없는 쓰레기뿐이다.

시인은 그냥 한순간 한순간을 살고 있다. 세브란스 병원의 의사들이 전부 덤벼도 소용없을 지경이다. 오죽하면 『손자병법』을 쓴 손무 선생이 승차한 이동진료차조차 피해가겠는가. 누가 봐도 회생불능이다.

진단기록이 적혀 있는 테이블 위에 깨끗한 접시 한 개, 그 접시 위에 삶은 계란 한 개, 포크로 터뜨린 노른자위의 겨드랑이에서 난데없이 부화하는, 훈장처럼 알록달록 화려하게 생긴 온갖 새들. 접시 위에 쏟아진 계란의 노른자위도 잘만 하면 부화해서 병아리로 푸드덕거릴 게다. 병아리가 푸드덕거리는 바람에 진료결과가 실려 있는 그래프 용지는 찢어진다. 흰 가운 입은 의사들이 다니는 병실에 좌표를 잃은 것처럼 아무짝에도 쓸모없는 진료서류가 이미 먼지 구덩이에 마구 버려져 있다.

종이로 말아 피는 멋쟁이 담배 끝에 각혈한 피가 묻어 있는 그날 밤 유곽으로 달려가 욕정의 불을 나름 훨훨 태운다. 결핵환자가 유곽에서 욕정의 불을 태우는 건 죽음을 부르는 행위다. 득실거리는 거짓된 천사표의 창녀 아가씨들은 병자건 정상인이건 잘잘못 따질 것 없이 단지 먹고살기 위해 잠시 쾌락의 온대지방, 즉 쾌락의 천국을 들락거려줄 뿐이다. 하지만 세상살이 아무리 덧없어도 유곽에 몸을 맡긴 인간들은 잠시나마 기분이 뜨듯해지면서 한꺼번에 다시 살판이라도 난 것처럼 생기가 돋아나 왈가왈부 떠들어댄다. 그 누가 알랴. 방대한 몸통이 속으로 곪아 창자에 붙은 벽지가 스멀스멀 가렵다. 쓰레기가 막 붙어 주위가 너저분하다.

여기까지다. 시작도 끝도 없고 기승전결도 없고 일관된 스토리도 없는 시다. 시라기보다는 그냥 그런 글이다. 그러나 특징은 있다. 이상의 「가외가전」은 조이스의 『율리시즈』, 카프카의 『변신』, 최인훈의 『광장』 같은 한없이 길고 지리한 글들을 압축기로 바짝 짜낸 시다. 지금까지 이상만 한 '글 압축기술자'는 지구상에 존재한 적이 없다. 내 딸 조은지가 애비를 위해 이따금씩 짜주는 녹즙처럼 아주 진하게 압축된 글이다.

명경

여기 한 페—지거울이 있으니
잊은 계절에서는
얹은 머리가 폭포처럼 내리우고

울어도 젖지 않고
맞대고 웃어도 휘지 않고
장미처럼 착착 접힌
귀
들여다보아도 들여다보아도
조용한 세상이 맑기만 하고
코로는 피로한 향기가 오지 않는다.

만적 만적하는대로 수심이 평행하는
부러 그러는 것 같은 거절
우右편으로 옮겨앉은 심장일망정 고동이
없으란 법 없으니

설마 그러랴? 어디 촉진觸診…… 하고 손이 갈 때
지문이 지문을 가로막으며
선뜩하는 차단뿐이다.

5월이면 하루 한 번이고
열 번이고 외출하고 싶어 하더니

나갔던 길에 안 돌아오는 수도 있는 법

거울이 책장 같으면 한 장 넘겨서
맞섰던 계절을 만나련만
여기 있는 한 페—지
거울은 페—지의 그냥 표지—

1936년 『여성』에 발표한 작품이다. 웬일인가. 시가 참 쉽다. 이상이 쓴 시 같지가 않다. 그냥 보통 시 같다. 왜 그랬을까. 이건 순전히 필자의 생각인데 여성잡지에 실리는 시였기에 딴에는 배려 차원에서 그랬던 모양이다. 막무가내의 여성 비하는 아니다. 지금부터 80여 년 전에 씌어진 작품이라는 것을 감안해볼 때 특히 젊은 작가가 집요하게 매춘이나 창녀에 관한 글을 다수 남긴 점으로 봐서 작가는 여성에 대한 다양한 시각이 있다는 것을 배려 차원에서 보여준 게 아니었나 싶다.

이상은 고리타분한 사람이 아니다. 자기과시나 자기도취 때문에 억지로 난해일변도의 딱딱한 시만 쓴 게 아니다. 그는 자유자재로 행동하는 여유로움이 바로 위대함이라는 것을 아주 잘 알고 있었던 작가다. 「명경」을 읽어보면 금방 알 수 있다. 「명경」은 이상의 시 중에서 몇 안 되는 낭송이 가능한 시다.

거울 하나가 있다. 책 한 페이지처럼 평평한 거울이다. 시가 왜 시인가. 왜 시를 읽는가. 시를 통해 미처 몰랐던 사실을 깨닫고 새삼 감흥을 느끼기 위함이다. 우리는 거울이 한 페이지 책처럼 평평하게 생겼다는 것을 미처 몰랐다. 거울은 뭘 비추는 대리 물건으로만 생각했다. 관심을 두지 않고 살았기 때문이다. 그러나 시인은 우리에게 거울을 한 쪽짜리 표면으로 표현할 수 있음을 일깨워준다.

그간 잘 나갈 때, 거울은 머리를 폭포 쏟아지는 것처럼 비췄다. 내가 울어서 눈물이 떨어져도 거울 면은 젖어들지 않는다. 얼굴을 맞대고 웃어도 거울 면은 휘거나 움푹 파이지 않고 어여쁜 장미처럼 착착 접힌 귀를 비춘다. 거울을 가만히 들여다보아도 조용한 세상이 맑기만 하고 코로 피로한 향기가 들어오지도 않는다. 거울은 표면이 있고 또 딱딱하기 때문이다. 친하고 싶어 만지작거려봐야 근심 걱정이 거울 속으로 전달될 리 없고, 일부러 그러는 것 같은 거절의 느낌만 받게 된다.

왼편의 심장이 거울 속에서 오른편으로 옮겨 앉은 것처럼 보이나, 아무리 거울 속 심장이라 해도 고동이 없으란 법은 없다. 설마 고동이 없으랴, 설마 내 심장이 그리 쉽게 망가졌으랴 생각하여 거울 속 심장을 손으로 짚어보지만 그럴 때마다 손바닥 지문만이 선명하게 나타날 뿐 차단되는 느낌만 든다. 실제로 거울에 손가락을 대보면 이쪽의 지문과 거울 속의 지문끼리만 만나게 된다. 가운데의 차가운 거울이 두 사람을 똑같은 간격으로 차단시킨다.

5월이면 하루에 한 번, 아니 하루에 열 번이고 외출하고 싶으나 행여 나갔던 길에 꼭 돌아온다는 보장도 없지 않은가. 거울이 몇 페이지짜리 책장 같았으면 한 장씩 뒤로 넘겨 지지고 볶고 싸우고 했던 과거의 계절들을 돌이켜 만나볼 수 있으련만, 여기 있는 거울은 딱 한 페이지 책장처럼 생겨 그 한 페이지조차 표지 역할까지 하기 때문에 따로 넘길 수가 없다. 외출이 불가능하게 생겼다.

시인 이상한테는 거울 속이 이상理想의 세계다. 꿈의 세계다. 현실과 철저하게 차단된 거울 속 광경만이 시인의 유토피아다. 그 속엔 신도 종교도 없기 때문에 도덕·윤리·사랑의 법칙 따위가 아예 없다. 자기 여자가 외출을 해서 돌아오지 않아도 어쩔 수 없다. 바람을 피워도 뭐라 말할 수가 없다. 거울 속에서는 각자가 살고 싶은 대로 살면 된다. 그것이 하나의 법칙이다. 그래서 이상한테 명경은 항상 장난감 이상以上이었다.

일곱 번째 묶음

「위독」으로 들어가면서

시인 이상한테는 거울 속이 이상理想 세계다.
꿈의 세계다. 현실과 철저하게 차단된 거울 속 광경만이
시인의 유토피아다. 그 속엔 신도 종교도 없기 때문에
도덕·윤리·사랑의 법칙 따위가 아예 없다. 자기 여자가 외출을 해서
돌아오지 않아도 어쩔 수 없다. 바람을 피워도 뭐라 말할 수가 없다.
거울 속에서는 각자가 살고 싶은 대로 살면 된다. 그것이 하나의 법칙이다.
그래서 이상한테 명경은 항상 장난감 이상以上이었다.

〈일곱 번째 묶음에 관한 자포자기적 질문〉

이상은 과연 환자인가, 건강한 시인인가

이상은 환자가 아니다. 건강했다. 시인으로선 매우 건강한 사람이었다. 이상은 시를 쓰는 시인이었다. 물론 보통 문인들처럼 시도 쓰고 소설도 쓰고 산문·수필·잡문도 썼다. 그러니까 우리는 이상을 「오감도」를 쓴 시인으로, 「날개」를 쓴 소설가로, 또는 「권태」 같은 천하의 명수필을 쓴 수필가로 알고 있어도 상관없다.

그럼에도 불구하고 나에게 이상은 어디까지나 시인이다. 내 머릿속에 이상은 오래전부터 시인이라는 인상이 콕 박혀 있다. 그의 시 「오감도」가 소설 「날개」, 혹은 수필 「권태」보다 훨씬 매력 있는 글로 자리 잡고 있기 때문이다. 왜 그랬을까. 그것은 아마도 취향에 관한 문제일 것이다. 내가 연극보다 영화에 더 관심을 쏟는 것과 비슷한 경우다. 그리고 무엇보다도 이상은 이야기꾼이 아니다. 톨스토이나 도스토옙스키가 아니고 이광수나 김유정의 소설에 비교해봐도 이상의 소설은 게임이 안 되게 약하다. 스토리가 빈약하다. 거의 신변잡기에 지나지 않기 때문이다.

그런데 왜 이상이 최고라고 떠드느냐. 많이 위독했고 결핵균이 온몸에 퍼져 있었으며 그래서 위독한 삶, 28년의 짧은 삶을 살았을 뿐인데 왜 최고냐. 바로 그런 허점 때문이다. 이상은 위독 이상의 허점투성이였다. 이것이 바로 내가 이상을 좋아하는 핵심 이유다. 이상은 이광수나 톨스토이처럼 세상을 오래 살지도 못한 선천적인 이유로 인해 스토리를 꾸며낼 줄 몰랐고 애시당초 픽션에는 전혀 관심조차 두지 않았다. 그럴 시간이 없었다. 그는 단지 자신이 직접 눈으로 보고 몸으로 체험한 것만 메모를 하거나 일기를 쓰듯 글로 남겼다. 글이 짧은 건 천상 시인이라서 그런 거다.

그래서 나는 일찍이 이상의 모든 글을 시로 보고 시로 읽었다. 실제로 이상한테만은 그게 가능하다. 이상의 시는 어느 것이 시인지, 산문인지, 수필인지, 아니면 소설인지 구별이 잘 안 된다. 이런 면에서 이상은 매우 게으른 사람이었다. 그런 걸 구별하는 일에 매우 게을렀다는 뜻이다. 그는 시시콜콜 구별하면서 글을 쓰는 샌님 같은 글쟁이가 아니었다. 그는 그냥 글쟁이였기 때문에 "이건 시입니다." "이건 단편소설입니다." "이번엔 산문을 쓰죠." 이렇게 일일이 구별해가며 글을 쓰지 않았다.

그는 귀찮고 게으른 동시에 시간이 없는 사람이었던 것 같다. 마치 내가 가수이면서 클래식·가요·팝·트로트·포크송·민요의 분리작업을 귀찮아했듯이 말이다. 그러나 그의 게으른 듯한 감성에 한 발자국만 더 들어가 보면 무시무시한 치밀성이 숨어 있다. 「오감도」만 떼어놓고 봐도 알 수 있다. 「시제1호」와 「시제6호」는 최첨단 디지털 소설이고, 「시제2호」와 「시제3호」는 성서적이며 경전적임과 동시에 그레고리안 찬트적이며 한편으론 신통력이 시원치 않은 무속인의 주술 같다. 「시제4호」와 「시제5호」는 최첨단 디지털 언어이고, 「시제6호」는 화성과 금성으로부터 온 서한문이고, 「시제15호」는 미래에 존재할 사이버 문학이나.

시나 소설을 놓고 저울질을 해보아도 이상 문학의 무게는 단연 시 쪽으로 기운다. 구구한 얘기를 늘어놓을 필요도 없다. 이상한테는 이것이야말로 이상異常한 특징이다. 이상이 써놓은 모든 글들은 최소한의 시 형식으로 풀어놓으면 시가 된다. 그를 대표하는 소설로 알려진 「날개」의 도입부를 펼쳐보자. 얼마나 멋진 시가 되는가.

박제가 되어버린 천재를 아시오?
나는 유쾌하오.
이런 때 연애까지가 유쾌하오.
육신이 흐느적흐느적하도록 피로했을 때만
정신이 은화처럼 맑소.
니코틴이 내 횟배 앓는 뱃속으로 스미면
머릿속에 으레 백지가 준비되는 법이오.
그 위에다 나는 위트와 패러독스를
바둑 포석처럼 늘어놓소.
가증할 상식의 병이오.

신기하지 않은가. 이렇게 쭉 나가다보면 어느 한 군데 시 구절 아닌 구석이 없다. 지금 내가 무슨 획기적인 음모를 꾸미고 있는 게 아니다. 보고 느낀 점만 얘기하고 있을 따름이다. 「날개」는 후대에 와서 소설로 구별되는데, 「날개」의 끝머리는 더할 나위 없는 멋진 한 편의 시다.

나는 걷던 걸음을 멈추고
그리고 일어나 한 번
이렇게 외쳐보고 싶었다.
날개야 다시 돋아라.
날자. 날자. 날자. 한 번만 더 날자꾸나.
한 번만 더 날아보자꾸나.

소설 「날개」만 그런 게 아니고 “스물세 살이오, 3월이오, 각혈이다”로 시작하는 「봉별기」도 전부 시의 모습을 지녔다. 소설 「실화」는 더더욱 시적이다. 한 편의 금언 덩어리다.

사람이 비밀이 없다는 것은
재산이 없는 것처럼
가난하고 허전한 일이다.

이쯤 되면 내로라하는 시인들이 와서 무릎을 꿇고 경배를 올려야 한다. 소설만 그러한가. 수필이나 산문은 더더욱 그러하다. 수필로 알려진 「권태」의 경우를 보자.

어서 차라리 어두워버리기나 했으면 좋겠는데,
벽촌의 여름날은 지리해서
죽겠을 만치 길다.
동에 팔봉산,
곡선은 왜 저리도 굴곡이 없이 단조로운고?
서를 보아도 벌판, 남을 보아도 벌판, 북을 보아도 벌판
아! 이 벌판은 어쩌라고 이렇게
한이 없이 늘어놓였을꼬?
어쩌자고 저렇게까지 똑같이
초록색 하나로 되어먹었노?

이상의 모든 서한문은 그것 자체가 고귀한 시다. 그는 시밖에 쓸 줄 몰랐던 것 같다. 이것저것 그냥 나오는 대로 글을 써놨을 뿐, 일부

러 섞어 쓴 건 아닐 게다. 마치 피카소가 형식에 구애받지 않고 그림을 그려나갔듯 글을 씀에 있어 그때그때 밸 꼴리는 대로 글을 써나갔던 것이다. 그것은 치밀함보다는 자유로움에 가까운 일이었다.

투박한 그릇에, 우선 시가 흰밥이나 보리밥처럼 밑에 깔려 있고 그 위에 소설·수필·산문·잡문·서한문, 회화·건축설계, 또 창부타령을 반찬으로 얹힌다. 이상은 그걸 걸쭉하게 비벼서 전혀 새로운 단일 메뉴로 만들어놓았다. 바로 비빔밥 글이다. 특히 우리가 지금 읽으려는 12편 연작시 「위독」의 경우가 그렇다. 이건 그냥 말이 시이지 우리가 알고 있는 보통 형식의 시가 아니다. 개그맨식으로 말해서, 이건 시도 아니고 소설도 아니고 시조도 아니고 산문도 아니고 수필도 아니고 콩트도 아니다! 굳이 규정하자면 200자 원고지 한 장 속에 널브러져 있는 이상 스타일의 글 쪼가리들이다. 이상은 전무후무한 단 한 가지 형식으로 12편의 시를 완성시켜놓았다. 제목을 정해놓고 연작 형식을 통해 원고지 한 장 안에, 짤막하게 한 호흡으로 풀어나간 것이다.

우리는 이상을 소설가·수필가·시인으로 아무렇게나 불러도 무방하다. 단지 나는 내 기분에 따라 이상을 시인 중의 시인으로 취급하고 있을 따름이다. 왜냐하면 그중에서도 시인이라는 직함이 단연 멋져 보이기 때문이다. 이상 본인은 아마도 시인이라는 딱지조차 거북살스럽게 느꼈을지 모른다. 그러나 나는 요지부동이다. 이상은 어디까지나 시인이다. 소설가는 너무 많은 것을 꾸며 쓰고, 또 꾸며 써야 하기 때문에 별로다. 시인이 나에겐 압도적으로 멋져 보인다. 농부라는 직함만큼이나 멋져 보인다.

나는 나 혼자만 이상을 시인으로 알고 있는 줄 알았다. 그러나 이상을 안 지 20년 정도의 세월이 흐르고 난 다음, 더 이상 내가 이상을 시인으로 규정하는 유일한 사람이 아님을 확인하게 된다. 이상의 유일한 법적 아내였던 변동림이 오랜 세월 화가 김환기의 아내 노릇을 하는 동안 쭉 입을 다물고 있다가 막판에 시인 이상에 관해 묵혀두었던 생각들을 훌훌 털고 세상을 하직했기 때문이다.

변동림은 전 남편 이상과 사별한 후 한국 현대미술의 선각자 김환기와 결혼해 일찌감치 뉴욕 한복판에 김향안이란 오묘한 이름으로 아주 오랜 기간 사는 입장이었다. 그러다가 남편인 김환기마저 세상을 뜨자 후학들을 위해 뒤늦게 이상에 대한 기억의 보따리를 풀어놓았다. 그것이 1985년의 일이다. 글쟁이 이상과 함께 살 때는 변동림이었고, 화가 김환기와 살 때는 김동림이었다가, 글을 쓸 때는 김향안이었다. 이름이 이렇게 여러 번 바뀐 주인공이 털어놓은 여러 증언 중 나의 관심을 끈 소중한 증언이 하나 있었으니, 전 남편 이상이 소설가이기보다는 시인이었다는 주장이다. 인간 바탕이 시인이었다는 것이다. 그리고 무엇보다 건강했다는 것이다. 이보다 생생한 증언이 어디 있겠는가.

이상이 시인이냐 소설가냐 하는 문제는 조영남이 가수냐 화가냐를 따지는 문제와는 사뭇 다르다. 시인과 가수는 친형제라고 해도 과장이 아니다. 그래서 가수를 혹자는 음률 시인으로 높여 부르기도 한다. 이상은 요절한 시인이고 조영남은 장수한 음률 시인이다. 이상은 시종 '위독'한 시인이었고 조영남은 건장무쌍한 음유 시인이다.

이상은 살아생전 그의 절친한 친구 김기림이 증언한 대로 현해탄의 수심이 얼마나 깊고 아득한지 모른 채 무턱대고 날아간 한 마리 '위독'한 나비였을 뿐이다.

이상은 그의 생애 막판에 현해탄을 겨우 편도로 건넜지만, 나 조영남은 현해탄을 수십 번 오갔을 뿐만 아니라 태평양 대서양을 원 없이 왕복했으며, 특히 무턱대고 날아간 한 마리의 나비가 아니라 대부분 돈 벌기 위해 치밀한 계산 아래 스멀스멀 왔다 갔다 하던 한 마리 구렁이였음을 밝혀두는 바다.

위독

금제

내가치던개狗는튼튼하대서모조리실험동물로공양되고그중에서비타민E를지닌개는학구學究의미급未及과생물다운질투로해서박사에게흠씬얻어맞는다. 하고싶은말을개짖듯배알아놓던세월은숨었다. 의과대학허전한마당에우뚝서서나는필사로금제를앓는患다. 논문에출석한억울한촉루髑髏에는천고에씨명이없는법이다.

「위독」은 1936년 10월 『조선일보』에 발표된 연작시다. 「위독」이라는 표제 아래 「금제」 「추구」 「침몰」 「절벽」 「백주」 「문벌」 「위치」 「매춘」 「생애」 「내부」 「육친」 「자상」 12편의 작품을 발표했다. 1936년 10월이면 시인 이상이 일본으로 건너갔을 즈음이다. 이 시들에는 두 가지 특징이 있다. 모든 제목이 두 글자로 되어 있다는 것이고 문장끼리는 띄어 쓰고 있지만 문장 속에서는 띄어쓰기를 무시했다는 것이다. 왜 무시했는가. 밀착감이 있어 보이게 하기 때문이다. 미학적으로 꽉 차 보이고 단단해보인다.

「금제」의 내용은 몸 상태가 나쁜 시인이 의과대학과 한판 붙었다가 깨진다는 얘기다. 가수건 화가건 시인이건 정치가건 철학자건 그 사람의 일관성을 관찰하는 것은 매우 중요하다. 여기 「금제」 외의 11편은 일관성이 완벽하다고 볼 수 있다. 문학이나 예술에서 일관성이 없으면 미친놈이 된다. 그때그때 개별적 소재에 똑같은 스타일의 얘기라는 일관성을 꿰어 넣는 것이다.

"내가 치던 개"는 시인이 기르던 개를 말한다. 그런데 내가 기르던 개는 건강하고 튼튼하게 잘 자랐기 때문에 모조리 생체실험용 동물로 제공되었다. 그중에 비타민 E를 지닌 개는 공부도 못 하는 놈이 그 방면의 박사보다도 비타민 E를 많이 확보했다는 이유로 박사 선생한테 흠씬 두들겨 맞는다. 순전히 본능적 · 생물적 질투 때문에 얻어맞은 것이다. 비타민 E가 뭐길래 구타까지 당해야 했을까. 비타민 E 결핍이면 불임증과 유산을 유발하고, 특히 남성의 경우 근육영양장애, 중추신경장애와 더불어 치명적 정충 감소로 인한 성기능 약화까지 유발한다. 비타민 E, 즉 가장 중요한 정충형성 기능이 제일 왕성한 동물적 본능, 성 본능을 지닌 개가 담당 박사 선생한테 뒈지게 얻어터진 것이다. 그래서 하고 싶은 소리를 그야말로 개 짖듯 뱉어놓던 세월은 지나갔다. 꺼졌다는 얘기다. 그래도 시인은 세상에 홀연히, 위세당당한 의과대학 허접한 마당 한가운데 우뚝 서서 필사적으로 안티 네티즌들과 맞서 싸운다. 안티 네티즌이란 뭘해도 시비를 걸어오는 패거리를 말한다. 예나 지금이나 시인은 손발 꽁꽁 묶이는 금제와 통제를 앓는다.

박사의 논문에 인용된 바 있는 비타민 E를 다량 보유한 억울한 개는 벌써 형체를 알아볼 수 없는 해골이 되어 폐기처분되었고, 그런 하찮은 동물의 해골에는 이름 석 자 정도를 밝히는 최소한의 신원기록조차 남기는 법이 없다. 이게 도대체 무슨 소린가. 이쯤에선 눈치 빠른 독자께서 나와줘야만 한다. '아하! 그 얻어맞은 개가 바로 이상 자신이구나!' 그리고 신나게 때린 박사 선생님은 당시의 이상 안티 세력들이구나. 실제로 1934년, 그러니까 「금제」를 발표하기 두 해 전에 「오감도」라는 괴상한 제목의 난해한 시를 『조선중앙일보』에 발표하자 하루아침에 세상이 발칵 뒤집혔다. 그런 와중에 당사자인

작자가 얻어먹은 욕설 중 가장 많은 욕은 단연 '개새끼', 곧 개의 자식이라는 소리였다.

그로부터 2년 후 이상은 그간 금제를 앓았던 심경을 개의 입장을 빌려 점잖게 문학작품으로 승화시킨다. 그리고 요즘에 와서 각종 시덥지 않은 발언, 특히 일본에 관한 발언으로 「금제」에 나오는 개처럼 개새끼 소리를 원 없이 듣고 개처럼 두들겨 맞은 경력이 있는 나도 세상 한가운데 우뚝 서서 온 세상을 향해 개처럼 짖어댄다. "월월월!" 이상은 나와는 판이하게 다르다. 다른 작가들보다 훨씬 우수한 품종의 개다. 특히 된장을 발라 시식하실 경우 타의 추종을 불허하는 비타민 E 효력을 볼 수 있습니다요! 만병 통치 보신탕이 된다는 얘기다.

위독

추구

> 안해를즐겁게할조건들이틈입하지못하도록나는창호를닫고밤낮으로꿈자리가사나워서가위를눌린다어둠속에서무슨내음새의꼬리를체포하여단서로내집내미답未踏의흔적을추구한다. 안해는외출에서돌아오면방에들어서기전에세수를한다. 닮아온여러벌표정을벗어버리는추행醜行이다. 나는드디어한조각독한비누를발견하고그것을내허위뒤에다살짝감춰버렸다. 그리고이번꿈자리를예기豫期한다.

의처증 증세가 심한 시인 자신의 얘기라 해두자. 아내가 즐거워하는 조건들이 있다. 밖에 나가 다른 사내들과 놀아나는 것이다. 아내가 딴짓할 수 있는 조건들이 틈입하지 못하도록 원천봉쇄 작전을 편다. 문밖에는 아내를 유혹하는 일들이 너무 많다. 계모임 · 고스톱판 · 원나잇, 춤추고 엔조이까지 할 수 있는 댄스홀도 있다. 그런 걸 못 하게 미리부터 창문과 덧문을 걸어 잠가야 한다. 그런 구차한 일을 하다보니 밤낮으로 꿈자리가 사나워 늘 가위에 눌리곤 한다. 아무 실체도 보이지 않는 어둡고 캄캄한 곳에서 아내가 풍기는 무슨 수상한 냄새의 실마리를 체포한다. 냄새를 체포한다. 얼마나 멋진 수식어인가. 그것을 단서로 내 집 역사상 지금까지 알아내지 못했던 미답의 흔적, 그러나 아무도 연구하지도, 알아내려 하지도 않던 아내의 일기 · 휴대전화 비밀번호 · 통화 내역 따위까지 알아내서 어느 놈하고 만났나 추궁해야 한다. 중증 의처증 환자가 하는 짓거리다.

아내는 외출 후 집에 돌아오면 방에 들어가기 전에 우선 세수부터 한다. 바깥에서 어느 놈을 만났는지, 거기서 지은 여러 표정과 느낌을 지워버리려는 수작이다. 드디어 시인은 냄새가 독한 한 조각 비누를 발견한다. 그는 잔뜩 화가 났을 때와는 달리 부정을 씻을 수 있는 비누를 아내한테 직접 내밀지 못하고, 태연한 척하면서 위장된 거짓행위를 슬쩍 감춘다. 모른 척 눈감아주는 작전이다. 헤어지기 전까지는 함께 살아야 하기 때문에 맘을 고쳐먹고 이번엔 다시 환상적인 꿈자리를 추구해보는 것이다.

「추구」를 읽고 곧이곧대로 시인 이상을 좀생이 의처증 환자로 보면 큰 오산이다. 이상의 실제 결혼 기간은 불과 6개월 미만이다. 그가 쓴 소설에서는 소위 여성의 불륜 행위에 어이없을 정도로 너그러운 자유주의자였다. 생각의 폭, 그것이 문학의 관건이다.

그럼 그렇게 추구한 자유주의의 결과가 어찌 되었는지 한번 들여다보자. 시인이 금홍과 연애하고 동거했다는 전설 같은 이야기가 전해지고, 변동림과의 연애, 그리고 짧은 결혼생활에 성공한 것으로 밝혀졌다. 최소 몇 명은 더 있었을 것으로 여겨진다. 나의 경험에 비추어 글로 옮겨놓지 못한 여자의 수가 훨씬 많기 때문이다. 큰 줄거리로만 축약하자면 나는 나이 사십에 결혼과 이혼, 나이 오십에 역시 결혼과 이혼을 반복해서 결행했다. 이것이 내 추구의 대략적 결말이다. 그리고 언젠가는 리얼 여친과 둘만의 행복한 결합을 계속 추구해나가야 한다. 기대 만발이다. 이상도 결말은 그랬으리라. 그런 결말을 추구했으리라.

위독

침몰

죽고싶은마음이칼을찾는다. 칼은날이접혀서펴지지않으니날을노호怒號하는초조가절벽에끊치려든다. 억지로이것을안에떠밀어놓고또간곡히참으면어느곁에날이어디를건드렸나보다. 내출혈이뻑뻑해온다. 그러나피부에상채기를얻을길이없으니악령나갈문이없다. 갇힌자수自殊로하여체중은점점무겁다.

죽고 싶은 마음은 왜 생기는가. 역설적이지만 잘살고 싶은 욕망 때문이다. 잘살고 싶은데 잘살아지지 않는 게 늘 문제다. 왜 칼을 찾는가. 칼로 어떤 해결책을 찾고 싶어서다. 그런데 이게 웬일인가. 칼이 접혀진 채 펴지질 않는다. 칼날이 펴지지 않자 화가 치민다. 펴지지 않는 칼은 쓸모가 없다. 죽을 수도 없게 생겼다. 막다른 절벽에 머리를 박기라도 해야 화가 그칠 모양이다.

여기까지가 직역이고 이 시는 의역되는 경우가 우세하다. 이런 식이다. 여기 시를 쓰는 스물일곱 살 청년은 왜 죽고 싶다는 마음을 품었을까. 이유는 간단하다. 섹스가 잘 안 되기 때문이다. 칼날이 접혀 펴지지 않으니, 다시 말해 성기가 발기되지 않으니 환장하고 팔짝 뛸 노릇이다. 초조한 마음이 절벽 한가운데를 머리로 박아야 그칠는지, 좀처럼 그치질 않는다. 물컹거리는 칼처럼 생긴 성기를 억지로 여자의 성기에 떠밀어넣고 제발 한 번 성사되기를 간곡히 기원해도 어디를 잘못 건드렸는지 시인의 성기는 금세 풀이 죽어 있다. 몸속의 피가 빽빽해지는 게 곧 각혈이라도 터져나올 것 같다. 이런 판국에 기를 쓰고 작동도 안 되는 남정네의 물건으로 여자를 찔러봐야 제대로 찌르지도 못한다. 섹스를 시도했다는, 사정이라는 이름의 쪼그만 생채기 같은 증거물이라도 남겨야 하는데 빌어먹을, 작은 피부 생채기 하나 남지 않으니 죽을 맛이다. 더 이상 여자를 한번 정복하고 싶다는 악령을 닮은 소망이 빠져나갈 구멍조차 없게 된다. '에라, 이렇게 살면 뭐하나. 스스로 목을 베어서 죽어버리자.' 그러나 욱하는 마음에 정작 죽지는 못하고 마음만 무거워질 뿐이다.

이렇게도 해석할 수가 있고 또 한편 마무리 부분을 의역으로 해석해보면 '에라, 그나마 있는 욕망도 발산할 곳이 없으니 골방에 틀어박혀 자위행위에나 몰두하자' 하니 체중만 점점 늘고 몸만 찌뿌듯해진다고 해석할 수도 있다. 바다 깊숙이 가라앉듯이 말이다.

나는 나이 쉰여덟까지 치과에서 이 썩었다는 진단 한 번 받아본 적이 없고, 내과에서 내시경 촬영 한 번 해본 적이 없다. 섹스가 안 될 만큼 치명적인 병을 통보받은 적도 없다. 또 각혈을 해본 적이 없어서 그 고통을 알지 못한다. 그러나 나는 일생을 통틀어 단 한 번 침몰의 느낌을 받은 적이 있다. 앞서 언급했듯이 일본에 관해 배울 것이 많다는 발언과 함께 책 한 권을 쓰고 난 직후 많은 사람들로부터 매국노 이완용의 사촌동생쯤으로 취급될 때 침몰의 느낌이 무엇인지를 알았다. 그 무렵 정몽헌 현대아산 회장, 안상영 부산시장, 남상국 대우건설 사장은 스스로 목숨을 버릴 만큼 완전히 침몰했고, 나는 치사하게 침몰 직전까지만 갔다. 나는 아직 한 번도 칼을 찾은 적이 없고 칼을 쓸려고 했을 때 펴지질 않아 낭패를 본 적도 없다. 하지만 곧 섹스 때문에 침몰할 가능성이 매우 짙어보인다.

위독

절벽

꽃이보이지않는다. 꽃이향기롭다. 향기가만개한다. 나는거기묘혈墓穴을판다. 묘혈도보이지않는다. 보이지않는묘혈속에나는들어앉는다. 나는눕는다. 또꽃이향기롭다. 꽃은보이지않는다. 향기가만개한다. 나는잊어버리고재차거기묘혈을판다. 묘혈은보이지않는다. 보이지않는묘혈로나는꽃을깜빡잊어버리고들어간다. 나는정말눕는다. 아아. 꽃이또향기롭다. 보이지도않는꽃이—보이지도않는꽃이.

"시인 이상은 보석이다." "시인 이상은 쓰레기다." 둘 다 가능한 얘기다. 「절벽」만 봐도 그렇다. 비교적 짧고 읽기 쉬운 시인데 저명한 평론가들의 평이 여러 갈래로 엇갈린다. 한 가지 시를 놓고 평론가들마다 딴소리를 한다는 얘기다. 성적 모티프에 관한 얘기다, 죽음에 관한 얘기다, 자살 연습하는 거다, 자의적 성행위에 관한 얘기다, 의식·무의식의 관계다, 실존주의를 깔고 있다 등등으로 갈린다. 독자들은 각자가 입맛대로 주제를 대입해서 해석하고 이해하면 그만이다.

이 시는 꽃이 주제라서 해독이 쉬워 보이지만 좀 까다로운 구석도 있다. 우선 시의 제목부터 우리를 대뜸 절벽으로 몰아세운다. 그리하여 나는 공평무사하게 어느 특정 주제를 염두에 두지 않고 그냥 있는 그대로 해석해보기로 작정했다.

"꽃이 보이지 않는다." 꽃의 향기가 만개했다. 난리법석이다. 시인은 거기에 묘혈, 즉 무덤구덩이를 판다. 꽃향기와 무덤구덩이의 극히 상반되는 대비가 섬뜩하게 느껴진다. 무덤구덩이도 보이지 않는다. 보이지 않는 무덤구덩이 속에 시인이 들어앉아 눕는다. 또 꽃이 향기롭다. 꽃은 보이지 않은 채 향기만 풍길 뿐이다. 이 시는 후렴처럼 앞부분을 반복하고 있다. 시인은 깜빡 잊어버리고 재차 다시 한번 거기에 무덤구덩이를 판다. 무덤구덩이는 보이지 않는다. 상상 속의 행위이기 때문이다. 그곳에 시인은 꽃을 깜박 잊어버리고 들어간다. 다시 거기 눕는다. 아아, 꽃이 또 향기롭다. 보이지도 않는 꽃이, 보이지도 않는 꽃이.

여기까지다. 이 시가 무슨 의미인지 찝찝하게 만든다. 왜 시인이 어떠한 방식으로도 상호 연결이 안 되는 절벽·꽃·무덤구덩이, 이렇게 세 가지 단어를 그냥 아무 의미 없이 염불 외우듯 중언부언 늘어놓았는지 누구도 모를 일이다. 만약 내가 이상이 있는 저승으로 건너가 「절벽」 시의 내용이 뭐냐고 물어도 그는 "그게 내가 쓴 시 맞냐" 아니면 "글쎄, 나도 모르겠는데" 중에 하나로 답변할 것 같다.

그러나 한 발자국만 더 들어가 보면 이 시의 내용은 누가 봐도 매춘을 흥정하는 장면처럼 보인다. 완전 성인용이다. 매춘 방면의 경험자들은 실감할 것이다. 매춘 흥정은 여간 쑥스러운 작업이 아니다. 뻔하다. 어느 시인도 이렇게 점잖고 우아하게 매춘을 흥정하진 못했으리라.

실제 생활에 있어서 섹스·사랑·행복 같은 것들은 정작 눈에 보이지 않는다. 그런데 그것들은 참 멋져서 말만 들어도 향기가 난다. 누구나 자신의 무덤을 파듯이 여자의 몸 속을 판다. 그리고 그 속으로 들어간다. 그런데 뭔가 잘 안 된다. 그래서 재차 과감하게 판다. 그러나 어쩌랴. 퀴퀴한 냄새만 풍길 뿐이다. 섹스·사랑·행복 같은 것들은 아예 보이질 않는다. 어디에도 온데간데없다. 절벽이다. 그래서

'아하! 그런 건 아마도 애초부터 없는 것들인가보다' 하고 자조한다. 또다시 섹스·사랑·행복이 절실해지는 것이다.

누구나 스물일곱 살 즈음에는 섹스가 밥보다 더 고픈 법이기 때문이다.

위독

백주

> 내두루마기깃에달린정조뺏지를내어보였더니들어가도좋다고그런다. 들어가도좋다던여인이바로제게좀선명한정조가있으니어떠냐다. 나더러세상에서얼마짜리화폐노릇을하는세음이냐는뜻이다. 나는일부러다홍헝겊을흔들었더니요조窈窕하다던정조가성을낸다. 그리고는칠면조처럼쩔쩔맨다.

과연 이 글을 쓰는 내가 강추하는, 현대시의 제왕다운 이상의 면모가 이 시 한 편에서 여실히 드러나고야 만다. 어디 구경 한번 해보자.

우선 여기는 대낮의 매음굴이다. 매음굴에도 법도가 있다. 우선 입장 전에 신분증을 제시해야 한다. 시인이 입은 한복 두루마기 깃에 달린 정조 배지가 신분증 역할을 한다. 그 배지는 시인이 임질 · 매독 같은 불량한 질환으로부터 깨끗할 뿐 아니라 정신적으로도 순결해서 아무 때나 매춘을 해도 탈이 나지 않는다는 걸 증명해주고 있다. 배지를 확인하고 입장을 허가한다. 입장을 허가한 여인이 시인에게 숫처녀, 처음으로 손님을 받는 초보자, 섹스로 남자를 죽이는 여자 등등 각종 여자들이 있는데 도대체 얼마만큼의 화폐를 가지고 여기 놀러왔느냐, 대관절 돈을 감당할 수 있겠느냐, 그걸 묻는다. 화폐 걱정은 하지 말라며 사내대장부답게 일부러 여인이 입은 다홍치마를 걷어올리며 욕정을 채우기 위해 일단 중요한 작업으로 들어간다. 그러자 숫처녀처럼 얌전하게 생겨먹은 여자가 해까닥 창녀로 변해 창녀의 임무를 충실히 수행한다. 창녀의 임무는 여기서 생략하기로 한다. 시인이 변강쇠였는가, 아니면 창녀에게 변태 성행위를 요구했는가, 반대로 시인 쪽에서 체력이 달려 쩔쩔맸는가는 모르겠으나 칠면조처럼 이랬다저랬다 하며 쩔쩔맨다.

세상의 모든 남성은 칠면조다. 이랬다저랬다 창녀 앞에서 떠벌리기만 좋아한다. 벌건 대낮 시간을 그렇게 죽이고 있다. 덧없는 백주대낮이다.

위독

문벌

분총墳塚에계신백골까지가내게혈청의원가상환을강청強請하고 있다. 천하에달이밝아서나는오들오들떨면서도처到處에서들킨다. 당신의인감이이미실효된지오랜줄은꿈에도생각하지않으시나요— 하고나는의젓이대꾸를해야겠는데나는이렇게싫은결산決算의함수函數를내몸에지닌내도장처럼쉽사리끌러버릴수가참없다.

무덤에 누워 백골이 되어버린 지 오래인 시인의 선조들이 시인에게 명석한 두뇌의 소유자로 낳아준 것, 면역항체가 최상인 온전한 DNA 혈청을 준 것에 대한 그 값어치를 원가로 쳐서 되돌려달라고 강압적으로 청구하고 있다. "가문의 체통을 지켜라. 선조들을 잘 모셔라. 전통을 지켜라. 문벌을 중시해라." 고리타분한 요구는 끝이 없다. 그걸 갚지 않으려고 슬금슬금 선조들의 눈을 피해 다니지만 한밤중인데도 천하에 달이 밝아 그놈의 달빛 때문에 꼼짝없이 오들오들 떨며 여기저기 도처에서 들키고 만다.

시인 맘 같아서는 한마디 해주고 싶다. "보십시오 선조님들! 당신네 선조님들이 그 옛날 찍었던 인감도장의 효력이 이미 옛날에 다 끝났다는 것을 꿈에도 생각지 않으셨나요. 말을 안 해서 그렇지, 당신네가 나한테 DNA로 썩은 피를 물려주는 바람에 내 허파의 피가 썩어 문드러져가고 있다는 걸 꿈에도 모르시나요. 거꾸로 내 쪽에서 당신네들한테 혈청을 원가 상환해달라고 강요할 수 있다는 걸 꿈에도 모르셨나요." 이런 식으로 대꾸해서 선조님들의 코를 납작하게 만들어야 하는데, 말은 속으로 그렇게 하면서도 왠지 모르게 시인 당사자는 이렇게 말도 안 되는 결산의 함수, 즉 선조가 있어 내가 있고, 내가 있어 내 후손이 있으며, 그래서 우리의 피와 문벌은 도저히 피해갈 수 없다는 함수에 묶여 있다는 사실을 몸에 지닌 요지부동의 내 도장처럼 끊기 어렵다. 그 빌어먹을 조상과 나의 함수와 문벌의 끈을 끊어버리기가 참으로 힘들다는 얘기다.

이 시, 시라기보다는 짤막한 산문을 살펴보면, 시 쓰는 청년 이상이 세상에 알려진 대로 똥오줌을 못 가리는 막가파 자유연애주의자, 퇴폐주의자, 인간말종이 아님을 알 수 있다. 선조들이 고의로 시인에게 그런 썩은 혈청을 물려준 것은 아니었으므로 원가보상 요구는 무리였을 것이다. 오히려 그런 썩은 혈청을 물려준 선조가 야속하기만 하고, 선조는 어디까지나 선조인데 선조와 후손이 그까짓 혈청에 관한 이해타산으로 투덕투덕 긴 세월을 다투고 앉아 있을 수만은 없어 결국 결산의 함수만 복잡해진 것이다. 아무리 해결하려 해도 해결은 커녕 내 몸에 지니고 다니는 도장마냥 쉽게 뭉그러뜨리거나 깨부술 수도 없는 노릇이다.

나의 아버지 조승초 씨는 뇌출혈로 13년간 고생하시다가 세상을 떠나셨고 댓살 터울의 작은누나 조금자도 가을 김장을 준비하다가 하루아침에 뇌출혈로 세상을 뜨는 바람에, 나 역시 한때 혈청을 의심하면서 살았다. 하지만 의심이 약이었을까, 지금까지도 나는 멀쩡하게 살아 있다.

서울 근교 무덤에 누워계신 조승초 씨와 그의 부인 김정신 권사님이 나한테 목수의 DNA와 그림 그리는 DNA, 글 쓰는 DNA, 그리고 무엇보다 노랠 부르는 DNA를 물려준 데 대해 행여 법적 보상이라도 요구한다면 참 딱한 노릇이다. 원가상환이 현실적으로 불가능하기 때문이다. 하지만 나는 어디까지나 선조들이 물려준 질 좋은 혈청 덕분에 결과적으로 이 책을 쓸 수 있는 것이다. 이 책으로 원가상환이 가능해졌다면 그저 고마울 따름이다. 이 책의 개정판까지 찍게 되니 간신히 원가상환은 가능할 것 같다.

위독

위치

중요한위치에서한성격의심술이비극을연역하고있을즈음범위에는타인이없었던가. 한주株—분盆에심은외국어의관목이막돌아서서나가버리려는동기動機요화물貨物의방법이와있는의자가주저앉아서귀먹은체할때마침내가구두처럼고사이에낑기어들어섰으니나는내책임의맵시를어떻게해보여야하나. 애화哀話가주석註釋됨을따라나는슬퍼할준비라도하노라면나는못견뎌모자를쓰고밖으로나가버렸는데웬사람하나가여기남아내분신제출할것을잊어버리고있다.

그림으로 치자면 「위치」位置는 다다보다는 쉬르레알리즘, 초현실주의 형식의 그림에 가깝다고 봐야 한다. 다다적인 그림에는 뜻도 의미도 아예 없어 보여야 어울리지만, 초현실주의 그림에는 형태가 있고 다소 스토리가 있어도 무방하기 때문이다.

일단 이 시는 심오한 철학적 명제를 다루고 있다. 각자의 성격과 취향이 인간의 희비극을 만들어낸다는 구절이나, 특히 비극에서 벗어나는 길은 심술궂은 성격을 죽여야 가능하다는 구절이 그러하다. 시인은 절반의 미학적 내용과 절반의 철학적 내용을 교묘하게 비문장적·비문법적·비빔밥 형식의 독특한 글로 빚어놓았다. 문장은 문장대로 쌍방 아무 관련이 없는 것처럼 기술하고 있다. 그래서 이 시는 직역 불가능한 초현실주의 그림에 가깝다는 얘기다. 내용을 대충 따라가보자.

삶의 희비극은 어디까지나 성격에서 나온다. 명색이 시인이면 일단 사회적으로 보나 개인적으로 보나 중요한 위치를 확보한 셈이다. 그런 위치에 있다 해도 그 사람의 성격이나 심술, 다시 말해 까다로운 성격에 심술까지 부리다 보면 결국엔 비극을 초래하고 비극을 따라가며 심지어 비극을 추구하게도 된다. 괴팍한 사람으로 소문이 난 것, 세수를 안 하고 봉두난발로 다니며 자신의 몸 간수에 영 태만한 것, (딴 얘기지만 나도 이상 탄생 100주년이 되는 2010년부터 수염털을 그냥 놔두기로 했다. 그런데 어찌나 방송국 직원들이 더럽고 추잡스럽다고 그러는지, 이장희나 김흥국만도 못했던 모양이다. 그 후로 지금은 가위로 턱수염을 짧게 깎는데 기술도 많이 늘었다. 그해 시인이 동경에서 죽은 날인 4월 17일까지 기르고 그 즉시 면도했다.) 아무도 자기를 몰라준다는 이유로 욱하고 일본으로 건너가 결국 죽음에 이르게 된 것이 비극일 것이다. 아마 불편한 여자 문제도 없지 않았을 것이라는 게 내 속좁은 생각이다.

하여간 정신병자 소리를 들으면서까지 죽어라 집요하게 난해한 시만 발표한 것 등등이 모두가 한 성격, 한 심술에 속하는 일이다. 까다로운 성격의 소유자가 심술까지 부려, 그 결과가 비극으로 치닫게 될 때는 이미 주위 사람은 다 떠나고 혼자 남게 된다. 성격 죽이라고 타이르고 귀띔해주는 사람도 없게 된다.

여기까지는 대충 설명이 가능하다. 성질이 더러우니까 매사가 비극적으로 풀리고 결국엔 외톨박이 신세가 됐다는 얘기다. 이다음부터는 본격 비빔밥 문장으로 돌입하게 된다. 일찍이 시인보다 여러 살 후배 백남준이 우리네 배달 조선인 문화의 특징을 한마디로 '비빔밥 정신'이라 콕 찍어준 적이 있다. 여기가 밑줄 칠 대목이다. 백남준이 생전에 우리의 이상을 전문적으로 공부했는지 알 수 없지만 우리의 이상이 백남준보다 수십 년 전에 비빔밥 문장을 개척한 것은 틀림없는 사실이다.

"한주—분에 심은 외국어의 관목이." 하나의 화분에 심어놓은 외국 이름의 가지 많은 나무 한 그루가, 그다음에는 앞의 나무와 아무런 관련도 없는 문법에도 안 맞는 문장으로 연결된다. "막 돌아서서 나가 버리려는 동기요." 그다음 문장도 도무지 연결이 안 된다. "화물의 방법이," 화물의 방법이라는 말 자체가 없다. "와 있는 의자가 주저앉아서" 움직이는 의자인지 의자가 자동으로 앉았다 일어섰다 할 수 있는지 모르겠지만 여하튼 그 의자가 "귀먹은 체할 때." 아, 이 무슨 개가 풀 뜯어 먹는 소린가! 그다음 문장도 이해불가능하다. "나는 내 책임의 맵시를 어떻게 해보여야 하나." 글쎄, 무슨 책임을 그토록 요즘 말로 '엣지 있게' 지겠다는 건지 앞도 뒤도 없으니 알아먹을 방법이 없다. "애화가 주석됨을 따라 나는 슬퍼할 준비라도 하노라면." 모처럼 등장한 그럴싸한 문장이다. '여기 구슬픈 이야기가 있어 자꾸 새로운 해석을 붙여가며 슬퍼할 준비를 하노라면'으로 해석한다. "나는 못 견뎌." 무엇을 못 견디겠다는 건지 이유도 모른 채 "모자를 쓰고 밖으로 나가버렸는데." 정신이 나왔다는 소린지 육체가 나왔다는 소린지 불분명한 채, "웬 사람 하나가 여기 남아." 느닷없이 웬 사람 하나가 엑스트라로 등장해 "내 분신 제출할 것을 잊어버리고 있다." 왜 신분증을 제시해야 하는지, 왜 그토록 중요한 일을 잊어버린 채 멍 때리고 있다는 건지 알다가도 모를 일이다.

시인 자신도 어떤 장소와 어떤 위치에서 몰두하고 있는지 모르는 것이다. 자기 스스로의 위치가 불분명하다는 사실을 이토록 불분명하게 혹은 흐리멍텅하게 설명할 수는 없는 노릇이다. 왜냐하면 나 같은 독자는 이 글을 쓴 시인의 '위치'를 어림잡아도 알아낼 수 없기 때문이다. 자기 위치를 모르는 독자한테는 더욱 그러하리라.

천재는 신이 내린 광기를 타고난다. 광기는 거의 미친 성격이다. 시인은 자신의 위치가 신이 내려준 위치인지 그것이 못내 의심스럽다. 시인 이상은 「위치」라는 고급 시를 쓸 수 있을 만큼 완벽하게 일본어를 구사했다. 그런데 이 시에서는 자신의 외국어 실력이 형편없다고 자책까지 한다. 그 자책의 수준이 거의 광적이다. 자기 자신의 위치를 모를 만큼 평범하지 않으니까 미쳤다고 해석을 내릴 수가 있다. 신이 시인에게 그렇게 더러운 성격을 물려줬다면 시인은 더럽게 재수가 없었던 거다. 한편, 신이 꼭 좋은 신이거나 착한 신이라는 보장은 아무 데도 없다.

위독

매춘

기억을맡아보는기관이염천炎天아래생선처럼상해들어가기시작이다. 조삼모사의싸이폰작용. 감정의망쇄忙殺.

나를넘어뜨릴피로疲勞는오는족족피해야겠지만이런때는대담하게나서서혼자서도넉넉히자웅雌雄보다별것이어야겠다.

탈신脫身. 신발을벗어버린발이허천虛天에서실족한다.

이 시는 우선 제목부터 바로잡은 후 읽어야 한다. 이 시의 제목은 「매춘」買春이다. 흔히 몸을 사고 파는 뜻의 「매춘」賣春으로 잘못 제목을 붙인 책도 허다하다. 매춘賣春은 몸을 판다는 의미로 쓰이고 매춘買春은 굳이 풀이하자면 몸을 산다는 의미로 설명된다. 그게 그거 아니냐고 항의가 들어올 만한 소리다. 맞는 말이다. 사거나 팔거나 다 맞는 말이다. 이는 시인 이상이 '조감도'를 '오감도'로 바꾼 경우와 매우 흡사하다. 여기서도 절묘하게 한문의 획 하나를 떼내어 약간 온순한 의미의 '매춘'買春으로 바꾸어놓았다. 시인이 즐겨 한 말놀이 방법으로 말이다. 그러나 우리말로는 팔거나 사거나 둘 다 똑같은 의미를 지니기 때문에 시의 내용에는 아무런 손상을 주지 않는다. 시골 사람들이 흔히 쌀을 돈 주고 사는 행위를 굳이 쌀을 판다고 표현하는 통에 나는 지금도 어느 쪽이 맞는지 잘 모른다. 그때그때 대강 눈치로 때려잡아 짐작할 뿐이다. 다만 독자들은 이 시를 분석하기 전에 '청춘회복'이라는 의미의 '매춘'買春으로 다소 순하게 분석할지 아니면 창녀를 팔고사는 '매춘'賣春으로 적나라하게 분석할지 그것을 결정해둘 필요가 있다. 물론 시 제목을 온순하게 시인이 써놓은 한자대로 직역하는 것보다는 매춘굴 비즈니스를 염두에 두고 풀이하는 것이 한결 재미있기에 나는 일반 매춘賣春을 강추하는 바이다.

매춘은 몸을 사고판다는 뜻으로 뭉뚱그려서 매음賣淫이라고도 하는데, 이 글 전체에는 매춘이거나 매음이거나 간에 몸을 팔고사는 내용의 직접적인 표현은 어디에도 없다. 매춘을 짐작할 수 있거나 관련된 단어조차 없다. 그냥 제목이 매춘買春일 뿐이다. 독자들을 고의로 함정에 빠트린 꼴이다. 그렇다면 독자들은 억지로 매춘과 연결시켜가며 시를 읽어내려갈 수밖에 없다. 독자들이 상상력을 발휘하게끔 넓게 길을 터준 셈이다.

"기억을 맡아보는 기관이 염천 아래 생선처럼 상해 들어가기 시작한다." 한낮의 태양빛 아래 상해 들어가는 생선 한 마리의 꼬락서니는 참 기막힌 비유다. 뭔가를 안다는 것은 기억력에 의해 좌지우지된다. 그만큼 기억력은 중요하다. 기억력이 둔화되면 곧장 바보 멍청이가 된다. 매춘을 하는 주인공의 기억력은 점점 희미해지고 볼품없어진다. 기억력과 감정까지 몽땅 말라버린 상태다. 그야말로 뜨거운 태양 아래 생선 한 마리처럼 썩어가기 시작한다. 말하자면 주인공은 최악의 몸상태에서 "조삼모사朝三暮四의 사이펀siphon 작용", 즉 아침에 세 번, 저녁에 네 번 정신없이 왔다 갔다 한다. 사이펀 작용은 압력이 다른 두 곳의 물이 이쪽저쪽 아래위로 끊임없이 이동되는 펌프질 작용이다. 그것이 뭔가. 남성의 성기가 여성의 성기 쪽으로 들락거리는 굉장히 섹시한 내용을 그려내고 있는 것이다. 그리고 "감정의 망쇄." 거기에 플러스 감정까지. 매춘 짓거리를 하다보면 탄로날까 두려워 정신이 혼미해진다. 망쇄해진다. 찌릿해진다. 그것을 우리는 클라이막스, 오르가슴이라 부른다. 홍콩 간다는 얘기도 있다.

스물네 살 주인공은 폐병 환자다. 몸을 가누기조차 힘들 만큼 피로가 심한 상태다. 그러나 남자다. 피로쯤은 몰려오는 족족 피해야 하고 물리쳐내야 하는 한편 담대하게 나서서 혼자서도 넉넉히 암놈·수놈이 마땅히 해야 하는 소위 매춘 짓거리를 해치워야 한다. 물론 몸은 탈진상태가 된다. 허약한 체력으로 섹스를 하자니 시종 남자가 여자 밑에 누워 있는 풍경만 연출된다. 아! 매춘이 뭐길래 그렇게라도 해야 했다니. 암놈·수놈의 관계를 깨끗이 증명해내며 동시에 특별한 승리감도 맛보아야 한다. 폐병 환자가 매춘을 결행했으니 몸이 망가지고 기진맥진했을 것이다. 여성 위에 올라앉을 기력조차 없어 여성을 남성 위에 올려놓고 매춘사업을 벌였으니 그 풍경이 가관이다. "신발을 벗어버린 발이 허천에서 실족한다." 신발을 벗는 것은 매춘행위에 대한 최소한의 예의다. 신발을 벗은 발이 허공에서 허우적거리다 얼마 안 가 맥없이 축 처지고 만다. 썩은 생선처럼 말이다.

위독

생애

내두통위에신부의장갑이정초定礎되면서내려앉는다. 써늘한무게때문에내두통이비켜설기력도없다. 나는견디면서여왕봉처럼수동적인맵시를꾸며보인다. 나는기왕이주춧돌밑에서평생이원한이거니와신부의생애를침식하는내음삼陰森한손찌거미를불개아미와함께잊어버리지는않는다. 그래서신부는그날그날까무러치거나웅봉雄蜂처럼죽고죽고한다. 두통은영원히비켜서는수가없다.

시인의 생애는 어떠한가. 별 볼일 없는 생애, 한심한 생애다. 1910년에 태어나 1937년에 죽었으니까 약간 모자라는 28년이 그가 누린 생애의 전부다. 이 시 「생애」를 쓸 때까지도 그런대로 괜찮았다. 이상망측한 「오감도」를 발표해 한국문학사상 초유의 스캔들로 시선을 끌었고 이 시를 쓰기 한 달 전쯤에 「날개」라는 파격적인 소설을 써 요지부동의 신세대 대표 문학인으로 떠오르기도 했다. 떠오르면 지는 것이 자연법칙이다. 장시 「오감도」나 소설 형식의 「날개」 같은 초극단적 상황의 문학작품을 발표하다보니 더 이상 쓸 만한 소재를 찾을 길이 없는 거다. 내 경우 「딜라일라」나 「제비」 같은 월등한 노래로 초반에 히트를 치고보니 그후로 더 이상 대단한 히트곡이 나올 수 없는 거나 마찬가지 얘기다. 그래서 나왔다는 것이 겨우 「화개장터」가 아니던가.

천재의 진정한 번뇌가 이 지점부터 시작된다. 숨통 트이는 길을 찾아보자. 그가 찾은 것이 바로 동경행이고, 「생애」를 쓰고 난 이듬해에 동경으로 건너가 노숙자처럼 초라한 모습으로 죽음을 맞았다. 도대체 왜 동경으로 갔을까. 보통 두 가지 이유가 거론되곤 한다. 첫째, 새로운 문학을 찾아서. 둘째, 여자문제. 연애결혼을 하고 신혼생활 6개월도 채 안 돼 부부의 애정문제로 삐걱거리다 일본으로 도피성 유학을 떠난다더라, 하는 소문이 파다했다.

자! 이제 이상이 쓴 시 「생애」에 대해 얘기하자. 시인은 불과 반년도 못 되는 결혼생활을 했다. 나는 두 번에 걸쳐 10여 년의 결혼생활을 체험해봐서 안다. 모든 남성의 생애는 골치 아픈 생애다. 골치는 두통에서 오는 것이고 해결이 안 되는 거의 모든 두통은 여자문제·여친문제·애인문제·아내문제에서 오는 것이다. 시인의 생애는 새신부 때문에 골 때리게 시작된다. 내 추측이 그렇다. 앞뒤 없이 그다음 문제는 돈이다. 맞아 죽을 소리지만 신부가 결혼식을 끝내고 웨딩드레스와 흰색 장갑을 벗는 순간 신랑의 두통은 시작된다. 신부가 결혼 장갑을 끼게 만든 책임을 남자가 쭉 져야 하기 때문이다. 그게 남자의 생애다.

시인은 환자다. 결혼생활의 써늘한 무게 때문에 실제로 머리의 통증이 비켜설 기력도 짬도 없다. 시인은 두통을 근근이 견디면서 마치 여왕벌처럼 말 잘 듣는 고분고분한 남편 폼을 잡아보는 것이다. 웨딩드레스를 입게 하고 신부의 장갑을 끼운 게 애당초 잘못이었다. 그것이 평생 한으로 남는다.

남자의 생애만 그러한가. 여자의 생애도 똑같은 두통으로 침식되기 때문에 두통과 두통이 맞부딪치다 보면 어느새 치명적인 손찌검까지 왔다 갔다 하게 된다. 팍팍, 투닥투닥, 툭툭 불개미가 물어대는 따끔따끔한 느낌을 밤낮으로 느끼며 살아가야 한다. 그래서 여자는

손찌검을 행사할 때마다 그날그날 까무러치거나, 수벌이 냅다 한 번 성교를 하고 쭉 뻗어버리듯 한 번 성교를 당하고는 까무라쳐 죽곤 한다. 시인의 탄식대로 그의 생애에 두통은 영원히 비켜설 수가 없는 것이다. 해결책은 딱 하나. 시인이나 가수나 여자와 돈이 필요 없는 세상에 사는 것인데, 아! 그것은 오히려 두통에 치통에 뇌암 말기쯤 되는 재앙이 될 것이다. 시인 이상은 떳떳이 말한다. 자신의 삶은 두통 이상도 이하도 아니고 피해갈 수 없는 두통 그 자체였다고 말이다.

위독

내부

입안에짠맛이돈다. 혈관으로임리淋漓한묵흔墨痕이몰려들어왔나보다. 참회로벗어놓은내구긴피부는백지로도로오고붓지나간자리에피가아롱져맺혔다. 방대한묵흔의분류는온갖합음合音이리니분간할길이없고다물은입안에그득찬서언序言이캄캄하다. 생각하는무력이이윽고입을빼겨젖히지못하니심판받으려야진술할길이없고익애溺愛에잠기면버언져멸형滅形하여버린전고典故만이죄업이되어이생리속에영원히기절하려나보다.

내가 좋아하는 시인들은 쾌락보다는 고통을 더 많이 노래하는 경향이 짙다. 물론 핑계에 불과하지만 나는 고통을 노래하는 게 싫어 시를 안 쓴다. 왜 우리의 시인은 아픈 얘기만 쓸까. 간단하다. 실제로 몸과 마음이 아프기 때문이다. 아픈 것이 전부이기 때문이다. 몸 한번 아파보시라. 몸 아픈 것 이외에 무엇이 있는가를. 게다가 시인은 오로지 자기가 직접 보고 느낀 것만을 쓸 수 있는 불치의 장애를 가진 글쟁이다. 꾸며서 쓸 줄 모르는 반편이다. 불구다. 이토록 형용사를 쓸 줄 모르는 글쟁이는 세상천지에 없다. 그 고지식하고 융통성 없는 글쟁이가 몸져 누워 있다. 그러니 독자들은 몸져 누워 있는 당사자를 찾아가 문안을 드리고 물끄러미 내려다볼 수밖에 별다른 방법이 없다.

썩은 피가 입안에 고인다. 몸속의 염분 때문에 짠맛이 돈다. 그것을 내뱉는다. 피가 짠맛이면 어떻고 신맛이면 어떠랴. 시인의 혈관

속으로 녹아 흐르는 썩은 피가 차근차근 몸에 퍼지는 형국이다. 빨간 피가 결핵균의 침범으로 까맣게 썩어 혈관을 타고 돌아다닌다. 그럼 누구의 잘못으로 병이 들었는가. 신의 잘못인가, 시인 자신의 잘못인가. 신을 탓하기엔 왠지 좀 겁이 난다. 시인 자신의 잘못 때문이라고 해두자. 일단은 참회를 하게 된다. 그리하여 무수한 참회 속에서 걸레가 되어 너덜너덜해진 시인의 일그러진 육체는 백지 상태로 널브러져 있고 하얀 백지 위로 먹물 흔적이 지나간 자리에 피가 아롱져 맺혀 있다. 핏속, 강도 높은 피먹물의 출렁거림은 내 몸통이 망가져 온갖 병에 걸렸다고 "쌤통이다, 쌤통이다" 하며 질러대는 찬미의 합창임에 틀림없다. 시인은 이제 죽을 병에 걸렸는지 살 병에 걸렸는지 그조차 분간할 도리가 없고, 꽉 다문 입안에 검은 피만 꽉 찼다. 입을 벌려 뭔가 한마디를 해봐야겠는데, 벌써 첫 마디부터가 절망적이다. 캄캄하다.

의식의 무력함 때문에 아무리 발버둥쳐봐도 시인은 입을 벌리지조차 못하니 심판 받듯이 진료를 받고 치료를 받아봐야 때는 너무 늦었다. 병세의 심각성을 진술할 길도 없고 아예 포기한 채 각혈하며 사는 걸 천직으로 알아야 한다. 그럼에도 불구하고 시인은 자기 자신을 깊이 신뢰하고 아끼고 사랑한다. 그러다보면 피에 얼룩져서 형태조차 없어져버린 시인의 기진맥진한 몸통만이 이유 없이 죄를 짓고 벌을 받는 회생불능의 몸이 된다. 처음부터 모든 것이 팔자려니 하면서 쭉 기절한 폼으로 그렇게 죽어 지내야 하는 것이다. 지금 시인의 '내부'는 기절 아니면 죽음이다. 기절과 죽음은 사촌보다 더 가깝다.

위독

육친

크리스트에혹사酷似한한남루한사나이가있으니이이는그의종생終生과운명까지도내게떠맡기려는사나운마음씨다. 내시시각각에늘어서서한시대나눌변訥辯인트집으로나를위협한다. 은애恩愛—나의착실한경영이늘새파랗게질린다. 나는이육중한크리스트의별신別身을암살하지않고는내문벌과내음모를약탈당할까참걱정이다. 그러나내신선한도망이그끈적끈적한청각을벗어버릴수가없다.

시인 이상의 육친관계는 좀 남다르다. 시인은 3세 때 친아버지와 친엄마 곁을 떠나 큰아버지 쪽 양아들로 들어간다. 큰집에 대를 이을 아들이 없어 종손으로 들어간 것이다. 그러니까 시인에겐 아버지가 두 분인 셈이다. '나는 과연 누구의 자식인가' 하는 문제로 고민했을 것으로 추측된다. 이 시에는 아버지와의 육친관계가 담겨 있는데, 양아버지를 염두에 둔 시처럼 보인다.

시의 도입부에 나오는 크리스트는 예수 그리스도를 말한다. 여기 예수를 너무나 똑 닮은 남루한 사나이가 있으니 의당 시인의 큰아버지다. 여기서 시인의 아버지가 예수를 닮았다는 것은 종교적 품성에 관한 얘기가 아니라 실제 모습을 말하는 것 같다. 이상 자신이 그린 초상화나 친구 구본웅이 그린 이상의 자화상을 보면 갸름한 얼굴 모양이나 덥수룩한 턱수염 때문에 예수와 매우 흡사해보여 이상의 육친도 실제로 예수를 많은 부분 닮았으리라 미루어 상상할 수 있다. 예수를 닮은 남루한 사나이는 다름 아닌 시인의 양아버지이고, 그

아버지는 목숨이 끊어지는 삶의 끝날까지 자신의 믿음을 자식에게 억지로 떠맡기려는 약간 까칠한 성깔의 사람이었다. 시인의 육친은 시시각각 시인의 삶 속으로 끼어들어, 왜 줏대없이 버벅거리며 자기 주장을 못 펼치냐며 시인을 위협한다.

애비와 자식 사이에 흐르는 간절한 은혜와 사랑을 그간 쌍방 착실하고 견고하게 경영해왔는데, 아버지의 간섭이 늘 자식의 입장을 새파랗게 질리게 만든다. 자식의 입장에선 이 덩치 크고 육중한 제2의 예수 그리스도인 아버지를 암살해서 없애지 않으면 시인 자신이 지키려 했던 독자적 문벌과 완전히 독립된 고유의 문학으로 세상을 깜짝 놀래키겠다는 비밀스런 음모를 약탈당할까봐 큰 걱정이다. 그러나 시인이 아무리 새롭고 신선한 길을 찾아 도망치려 해도, 끈질기게 따라와 콩 나와라 팥 나와라 하는 아버지의 설교를 벗어버리지도 떨쳐버리지도 못한다.

필자의 육친관계와 시인 이상의 육친관계는 너무나 다르다. 정반대로 보면 틀림없다. 나는 양친으로부터 '콩 나와라 팥 나와라' 식의 설교 내지는 잔소리를 들어본 기억이 없다. 부친 조승초 씨는 일찍부터 병석에 누워 계셨고, 모친은 아들이 대학 때부터 아르바이트로 벌어다주는 코딱지만 한 푼돈을 받는 입장이었기 때문에 이상 시인과는 반대로 자식의 눈치를 살피는 입장이었다. 아버지 조승초 씨가 병들기 전 나한테 건네준 말은 고작 "놀멘놀멘 하라우"였다. 덤비지 말고 천천히 하라는 뜻의 이북 평안도 쪽 사투리다. 육친을 암살하고 싶다거나 육친의 잔소리로부터 도망가고 싶다는 생각은 꿈에도 못 해봤다. 나는 그런 특이한 육친관계가 없기 때문에 시인도 못 됐고 겨우 가수로 머물러야 했나보다.

위독

자상

여기는어느나라의데드마스크다. 데드마스크는도적맞았다는소문도있다. 풀이극북極北에서파과破瓜하지않던이수염은절망을알아차리고생식하지않는다. 천고로창천蒼天이허방빠져있는함정에유언이석비처럼은근히침몰되어있다. 그러면이곁을생소한손짓발짓의신호가지나가면서무사히스스로워한다. 점잖던내용이이래저래구기기시작이다.

데드마스크는 죽은 사람의 얼굴을 기억하기 위해 그 사람의 얼굴을 본떠서 만든 가면이나 조각작품 같은 거다. 그럼 이 시에 등장하는 데드마스크는 어느 나라의 데드마스크인가. 일제 치하에서 신음하는 시인의 조국일 수도 있고, 시인의 본명 김해경의 나라일 수도 있고, 이상의 나라일 수도 있다. 아니면 저 멀리 생뚱맞은 룩셈부르크일 수도 있다. 어느 나라면 어떠냐? 여기선 그저 아니키즘적인 넋두리 같다. 어느 나라의 데드마스크, 여기서 이 말은 시인 이상의 데드마스크가 있다는 뜻이다. 웬 데드마스크냐? 이상은 기를 쓰고 시를 써서 발표했으나 호응보다는 비난이 홍수를 이뤘다. 그래서 이상은 죽고 껍데기 데드마스크만 남았다고 스스로 자신의 형상을 구축하는 것이다. "데드마스크는 도적맞았다는 소문도 있다." 이것은 실제 인물 이상이 오히려 멀쩡하게 살아 있다는 뜻도 된다. 존재하지도 않는 물건이 도적맞았다는 것, 얼마나 황당한 미묘함이냐.

풀, 즉 수염이, 극북이라 말할 수 있는 코끝 맨 위쪽에서 아래로 내려오며 두 갈래로 갈라져 멋진 스타일을 만들지 못한다. 제대로 다듬지 않은 시인의 덥수룩한 수염은 그래봐야 경쟁력이 절망적이라는 것을 알아차리고 더 이상 수염관리에 신경을 쓰지 않게 된다. 아주 오래된, 큰 얼굴 한가운데에 움푹 팬 입에서 나오는 유언이 딱딱한 돌비석처럼 은근히 가라앉아 있다. 기가 막힌다. 시인 이상은 유언의 무게까지 저울에 달아보았다. 세상의 모든 유언은 무겁게 마련이다. 세상에 가벼운 유언이 어디 있으랴. 유언이 가라앉아 있다는 뜻은 관찰력의 극치다. 그러면 시인은 자신의 유언이 돌비석처럼 침몰해 가라앉아 있는 수염 곁을 손짓발짓 하듯 이쪽저쪽으로 쓰다듬는 몸짓을 지으며 스스로 수줍고 부끄러워한다. 권위와 위엄을 위해 길러온 수염이 이래저래 스타일을 구겨 권위와 위엄으로부터 멀어지기 시작했다는 얘기다.

이 얼굴의 주인공은 이미 죽었다. 그런데 그의 데드마스크마저 도둑맞았다는 소문이 돈다. 도둑맞아 없어졌거나 없어졌다고 상정을 했으니 이젠 시인을 기억할 만한 아무 건덕지도 남아 있지 않다. 다시 들여다봐도 흥미진진하다.

북극에서도 철 따라 무럭무럭 자라는 일을 멈추지 않던 억센 풀처럼 노년의 권위를 상징하던 시인의 수염은 자신의 내장이 당장 썩어 문드러져간다는 절망적인 상황을 알아차리고 다시는 자라지 않는나. 블랙홀의 원리를 어느새 터득한 것일까. 태초의 하늘이 빠진 함정 한 편에 시인이 써놓은 유언이 비석처럼 침몰되어 있다. 우주인과 지구인들은 유언이 적혀 있는 비석 곁을 아무렇지도 않게 손짓발짓하며 각각의 신호에 따라 왕래하고 아무 일도 아닌 것처럼 태평스러워한다. 꼭 영화 「아바타」의 한 장면 같다.

데드마스크의 원래 모습은 아주 점잖다. 유언의 내용도 훌륭하다. 시인은 천재적으로 시를 썼다. 소설과 수필도 써놓았다. 그래서인가. 스물일곱 살의 시인은 데드마스크를 떠올린다. 요절을 직감했을 수도 있다. 자의 반 타의 반 그런 신세가 되었다. '죽음에 이르는 병'에 걸렸기 때문이다. 스스로 생각해도 점잖고 쓸 만한 사람이었는데, 빌어먹을 도적맞았다는 데드마스크 때문에 이래저래 스타일 구긴 거다.

나의 경우, 데드마스크에는 미련이 없다. 매일매일 거울을 보며 코 가운데가 무너져내린 얼굴을 보는 것도 지겨웠는데 죽은 다음에 데드마스크라니, 나는 제발 사양하겠다.

여덟 번째 묶음

「꽃나무」로 들어가면서

벌판 한가운데에 꽃나무 한 그루가 있고 그 옆에는
꽃나무가 하나도 없다는 것은 자신의 신세가 외롭다는 뜻일 게다.
외톨이라는, 아무도 시인을 알아주지 않는다는 뜻이다.
100년 전이나 지금이나 가수는 알아줘도 시인은 잘 알아주지 않는다.
더구나 알아먹을 수 없는 시를 시인의 경우는 특히 그렇다.
나름대로 최고의 시를 써내는데 알아주는 사람이 없다.
그래서 항상 시인이 생각하는 꽃나무에는 도달할 수가 없다.

〈여덟 번째 묶음에 관한 자포자기적 질문〉

이상은 왜 기인 소리를 듣게 되었는가

여기에 실리는 「꽃나무」「이런 시」「1933, 6, 1」「거울」까지는 일종의 연작시라고 볼 수 있다. 1933년 『가톨릭 청년』이라는 잡지에 연달아 실렸기 때문이다. 우리는 이 시들을 각별히 취급할 필요가 있다. 왜냐하면 이 시들은 시인 이상이 우리말로 발표한 최초의 시들이기 때문이다.

이상은 이 시들을 발표하기 두 해 전, 그의 나이 스물두 살 때 이미 일본어로 된 연작시 「이상한 가역 반응」「오감도」 등을 일본어 잡지 『조선과 건축』에 투고하기 시작했다. 이상이 경성공고 건축과 출신이었으므로 자연스럽게 『조선과 건축』 잡지에 연결되었으리라고 본다. 그 이후 이상의 알아먹기 어려운 초현대식 시가 느닷없이 종교색 짙은 잡지 『가톨릭 청년』에 실리는 데에는 그만한 이유가 있었다. 당시 정지용이 그 잡지의 편집장을 맡고 있었기 때문이다. 정지용은 이상보다 8년 선배로 휘문고보를 졸업하고 일본의 명문대 도시샤 대학 영문과를 나온 수재형 시인이었다. 대학 재학 중에 저 유명한 「향수」를 쓰고 일본 문학지에 일본어로 시를 써내어 일본에서 가장 촉망받는 청년시인으로 군림했다. 졸업 후 서울로 돌아와 모교인 휘문고보에서 영어교사로 지내다가 1933년 문학잡지 『가톨릭 청년』에 편집장으로 들어가고 거기서 이상과 만나게 된 것이다.

한편 이상은 문학에 큰 뜻을 품고 21세에, 그 당시 잘나가던 월간지 『조선』에 순우리말로 된 창작소설 「12월 12일」을 월 4회에 걸쳐서 발표한다. 모든 이상 관련 서적에는 「12월 12일」이 이상 최초의 한글로 된 창작소설이자 유일한 장편소설로 규정되어 있다. 그러나 직접 읽어보면 알겠지만 그것은 소설도 아니고 시도 아니고 수필도 아니다. 「12월 12일」은 딱히 뭐라고 규정할 수 없는 내용의 글이다. 그래도 그것의 독창성만은 말 그대로 파격적이다. 왜 그런 횡설수설하는 글을 써냈을까, 왜 글의 내용이 그토록 두서가 없을까, 도대체 왜 주인공이 누구인지조차 알 수 없는 긴 내용의 글을 연재했을까. 명문 보성고등학교와 경성공고, 지금의 서울대 건축과를 우수한 성적으로 졸업했겠다, 게다가 시청 건축기사로 취직까지 됐겠다, 물론 소설 속의 내용이지만 도대체 뭐 때문에 자기 앞에 놓여 있는 삶이 그다지도 비참하고 덧없이 느껴졌을까. 오죽했으면 첫 회 첫머리 부분부터 이런 따위의 푸념을 써갈겼을까. 그것도 20세 안팎의 나이에 말이다.

"불행한 운명 가운데서 난 사람은 끝끝내 불행한 운명 가운데서 울어야만 한다. 그 가운데에 약간의 변화쯤 있다 하더라도 속지 말자. 그것은 다만 그 '불행한 운명'의 굴곡에 지나지 않는 것이다."

이런 일그러진 결론 하나가 있을 따름이겠다.

데뷔작이 화려하지 않은 스타는 거의 없다. 정지용도 20세 일본 유학 시절 서정시의 대표 김소월·윌리엄 워즈워스의 빰을 후려치는 천하제일의 명시 「향수」를 써내어 일약 갈채를 받았고 나 역시 20대 초반에 「딜라일라」를 번안하고 직접 불러 스타덤에 오른 바 있다. 그러나 「12월 12일」처럼 어느 누구도 알아먹을 수 없는 소설로 문단에 등장한 결과는 뻔하다. 소설에 대한 반응은 지리멸렬했을 것이다. 시간의 흐름 속에 처해 있는 인간의 복잡미묘한 심리를 횡설수설식으로 느껴지는 급진적 프루스트 형식으로 써내려갔으니 무슨 반응이 있었으랴. 그 이듬해에 이상은 일본 언어로 된 「이상한 가역반응」 「3차각 설계도」 같은 한층 더 알아먹기 어려운 시들을 『조선과 건축』에 싣는다. 모두들 "재 지금 뭐하는 거야" "미친놈 아냐" 하는 게 당시의 반응이었을 것이다.

글 쓰는 일이 별 볼일 없다는 걸 알았으면 통상적으로 총독부 기사 자리나 꽉 붙들고 있었어야 한다. 그러나 이상은 철밥통인 공무원 월급쟁이 짓을 자의 반 타의 반으로 때려치운다. 그리고 이번엔 또 한글로 된 시 몇 편을 들고 신문 잡지사를 찾아다닌다. 찾아가는 데마다 거절당한다. 너무도 알아먹기 어려운 시를 썼기 때문이다. 오로지 월간지 『가톨릭 청년』만이 그의 시를 몇 편 실어준다. 다시 말하지만 천하의 시인 정지용이 그 『가톨릭 청년』의 편집장 자리에 남아 있었기 때문이다. 정지용의 생각은 이런 거였다. '괜찮아 우리한테도 그런 괴짜 시인 한 명쯤은 있어야 돼!'

그리하여 이상은 『가톨릭 청년』의 편집장 정지용의 도움으로 순한글 시 「꽃나무」를 비롯해 몇 편을 실어보았다. 독자의 반응은 고정불변의 잠잠 무덤덤이었다.

그런 이상한테도 쪽빛이 비치기 시작한다. '젊은이여! 실력만 쌓아라. 너의 실력을 인정해주는 손길은 어느 구석에도 숨어 있는 법이다.' 이건 내가 해본 소리다. '실력은 실력 있는 자만이 알아주는 법이다.' 이것도 내가 지금 지어낸 소리다. 이상은 소설쟁이 구보 박태원·조용만과, 소설을 쓰면서 동시에 『조선중앙일보』 기자로 일하고 있는 상허 이태준과 교분을 튼다. 저 유명한 문화그룹 구인회가 발족되기 전후의 일이다.

이상의 시문학에 대한 천재성, 그때는 천재성이라기보다 재기 정도였으리라. 하여간 정지용을 비롯한 구인회의 멤버들이 이태준을 꼬드겨 급기야 중앙문단 격인 『조선중앙일보』에 문제의 이상 시 「오감도」가 전격 실리게 된다. 당시로선 우스꽝스럽기 짝이 없는 이상의 「오감도」를 무려 15회나 연재했을 때 사방에서 "때려치워라" "『조선중앙일보』 미쳤냐, 폭파시킨다." 그런 생난리가 일어났다. 그 속에서 이태준이 사직서를 가슴에 품고 막강한 이상 안티 세력에 맞서 싸웠다. 지금의 소위 안티 네티즌과 한판 붙었던 것이다. 그래서 겨우 15회까지 끌고 갈 수 있었다. 이 점에 우리는 정지용·이태준에게 경의를 표해야 한다. 이상의 글에 대한 그때의 야유와 경멸이 80여 년 이후 환호와 경외로 완전 유턴되었기 때문이다.

이상이 극히 정상적인 사람이었다는 건 그가 온 국민으로부터 야유와 경멸을 받을 때 써놓았던 짧은 글 한 편을 보면 절로 고개가 끄덕여진다.

> 왜 미쳤다고들 그러는지. 대체 우리는 (우리 문학이) 남보다 수십 년씩 떨어져도 마음 놓고 지낼 작정이냐. 모르는 것은 내 재주도 모자랐겠지만 게을러 빠지게 놀고만 지내던 일도 좀 뉘우쳐보아야 아니 하느냐. 열남은 개쯤 써보고서 시 만들 줄 안다고 잔뜩 믿고 굴러다니는 패들과는 물건이 다르다. 2천 점에서 30점을 고르는 데 땀을 흘렸다. 31년, 32년 일에서 용대가리를 떡 꺼내어놓았을 뿐인데 하도 야단에 배암 꼬랑지는 커녕 쥐 꼬랑지도 못 달고 그만두니 서운하다. 깜박 신문이라는 답답한 조건을 잊어버린 것도 실수지만 이태준·박태원 두 형이 끔찍이도 편을 들어준 데는 절한다. 철鐵—이것은 내 새 길의 암시요, 앞으로 제 아무에

게도 굴하지 않겠지만 호령하여도 에코가 없는 무인지경은 딱하다. 다시는 이런—물론 다시는 무슨 다른 방도가 있을 것이니 우선 그만둔다. 한동안 조용하게 공부나 하고 딴 정신병이나 고치겠다.

이상을 천재로 보는 건 어쩔 수 없다. 내 입장에선 그저 고마울 따름이다. 그런데 문제는 거기서 끝나지 않는다. 이건 심각한 문제다. 최악의 문제일 수도 있다. 사람들이 이상을 괴짜거나 보통 사람과는 다른 기인으로 본다는 점이다. 물론 반어법 문장에 불과했겠지만, 항변의 글 맨 끝에 "딴 정신병이나 고치겠다"도 문제이고, 각혈을 하면서도 기생 출신으로 알려진 금홍이와 끊임없이 방탕한 생활을 즐긴 호색한, 자기 아내를 밤거리로 내보내 돈을 벌어오게 하고 그렇게 벌어온 돈을 히죽대며 받아들고 헤아리는 괴상망측한 남자, 도덕·윤리와는 담을 쌓은 남자로 본다. 그래서 미친 시인이라는 소리를 듣는다. 그런 이유로 이상은 심각한 정신병자로 몰린 것이다.

이건 참 환장할 노릇이다. 이게 누구 책임인가? 누구의 책임도 아니다. 시인 자신의 책임이다. 그가 써놓은 소설의 내용이 문제다. 너무 리얼했다. 너무 리얼하게 썼기 때문에 읽는 사람들이 작가와 소설 속 주인공을 착각하는 것이다. 시도 마찬가지다. 세상의 어느 시인보다도 알아먹기 어려운 시를 썼다. 이상의 교묘함과 능청은 세계 최고 수준이다. 세계 최고의 마술을 부린 거다. 보들레르·랭보·엘리엇·포 등이 고개를 숙여야 한다. 무릎을 꿇어야 한다.

실제로 이상은 어떤 사람이었느냐. 간단명료하다. 이상은 괴상한 사람도, 기인도 아니었다. 더구나 여자를 노리개 취급하는 방탕한 사람은 더더욱 아니었다. 두꺼운 책 한 권으로 증거가 남아 있다. 박태원·김기림·서정주 등 열댓 분의 이상 친구와 선후배가 생생하게 증언을 해놓았다. 책 전부를 들추어봐도 이상이 괴상했다거나, 방탕했다거나, 비윤리적이었다는 대목은 단 한 군데도 없다.

시인의 친여동생 김두희의 증언도 있고 살아생전 유일한 법적 아내였던 김향안, 다른 이름으로 변동림의 증언도 있다. 백남준의 대를 이어받은 뉴욕 화가 강익중의 증언에 따르면 나중에 화가 김환기의 아내로 뉴욕에 살았던 김향안은 매우 지적인 한편 결벽증 같은 것이 있었다. 남편이 죽은 후에도 한동안 화실의 모습을 그의 생존 때와 똑같이 보존했을 만큼 깐깐한 여자였다는 것이다. 살아생전에 단 한 번, 6개월 미만이지만 젊은 이상과 연애에 결혼까지 하고, 그래서 남편의 동경 임종까지 지켜본 아내 김향안의 증언은 매우 절절하다. 그녀는 남편 이상이 그저 농담을 즐기는 사람이었을 뿐 사람들이 생각하는 것처럼 괴상한 사람도, 방탕한 사람도 전혀 아니었다고 강변한다. 자기는 금홍이라는 여자를 본 적도 없고 남편이 각혈을 하는 것도 본 적이 없단다. 그냥 멀쩡한 남자였단다. 그러니까 결론은 그저 보통 사람으로서 천재적인 시를 써놓았을 뿐이다. 그래서 그가 기인이냐 천재냐 보통사람이냐는 각자가 결정할 문제다.

꽃나무

벌판한복판에 꽃나무하나가있소 근처에는 꽃나무가 하나도없소 꽃나무는 제가생각하는 꽃나무를 열심으로 생각하는 것처럼 열심으로 꽃을 피워가지고 섰소 꽃나무는 제가생각하는 꽃나무에게갈수없소 나는 막달아났소 한꽃나무를위하여 그러는것처럼 나는참그런 이상스러운흉내를 내었소.

이상이라는 필명으로 가장 먼저 『가톨릭 청년』 1933년 7월호에 발표한 순우리말 시다. 24세 이전에는 일본어로 된 시만 발표했다. 일본어 과시용으로 쓴 것이 아니라 당시의 형편이 그러했다. 괴이한 시를 일본어 잡지밖엔 딱히 받아주는 곳이 없었던 듯하다. 이상은 스물세 살 정도가 되어서야 「꽃나무」 등을 시작으로 우리말 시를 신게 되었다. 그런 이유로 사실 이런 시를 책 앞부분에 실었어야 하는데 대표작 느낌이 안 들어 뒤로 미뤘다. 양해바란다.

우선 꽃나무라는 표현이 우리의 눈길을 끈다. 꽃이면 꽃, 나무면 나무지, 꽃나무는 또 뭔가. 바보 같아 보이지만 시인은 꽃과 나무를 하나로 묶었다. 모름지기 시인은 좀 바보스러워야 한다. 시를 읽는 독자가 꽃나무를 무엇으로 상징하느냐, 그것이 관건일 듯싶다. 그냥 꽃나무 자체로, 혹은 연인이나 심지어 아내로 상정해도 무방하다. 나는 꽃나무를 시인 자신으로 상정하길 좋아한다. 늘 그래왔다.

벌판 한가운데에 꽃나무 한 그루가 있고 그 옆 근처에는 꽃나무가 하나도 없다는 것은 자신의 신세가 외롭다는 뜻일 게다. 외톨이라는 뜻이다. 아무도 시인을 알아주지 않는다는 뜻이다. 지금이나 100년 전이나 다르지 않았을 것이다. 가수는 누구나 알아줘도 시인은 잘 알아주지 않는다. 더구나 알아먹을 수 없는 시를 쓰는 시인의 경우에는 특히 그렇다.

꽃나무는 열심히 꽃을 피워가고 있지만 생각만큼 그렇게 멋진 꽃이 피어나지는 않는다. 나름대로 최고의 시를 써내는데 알아주는 사람이 없다는 뜻이다. 항상 시인이 생각하는 꽃나무에는 도달할 수가 없다. 무엇보다도 시를 잘 쓰고 싶은데 잘 써지질 않는다. 그래서 시인은 그런 현장으로부터 마구 도망치고 싶어 한다. 누가 뒤쫓아오는 것도 아닌데 그냥 혼자서 막 달아난다. 도망친다. 한 꽃나무를 위하여 그러는 것처럼. 마치 사랑하는 한 여자를 위하여 시를 쓰는 것처럼 시를 써낸다. 잘만 쓰면 꼭 최상의 명품 시가 나올 것처럼 계속 시를 써내지만 결과가 신통치 않아 시 쓰는 일을 때려치우고 딴청을 하는 괴상한 흉내만 내고 있는 중이다. 시를 토해놓는 것처럼 써놓는다. 그냥 머릿속에서 나오는 대로 적어놓는다는 얘기다. 그런데 아무리 봐도 시의 내용이 신통치 않다. 그래서 꽃나무로부터, 그리고 사랑하는 여자로부터 멀리멀리 도망치는 그런 이상한 흉내만 계속 반복하고 있다는 얘기다.

서울 한복판에 '조영남'이라는 이름의 꽃나무 하나가 있다. 근처에는 그와 비슷한 꽃나무가 하나도 없다. 매우 독특한 꽃나무이기 때문에 그 꽃나무는 노래도 열심히 부르고 그림도 열심히 그리고 글도 괴발개발 열심히 쓰고 있다. 그러나 타고난 재주 없이 마구잡이로 노래·그림·글 따위의 재주를 부리다보니 아무도 알아주질 않는다. 서로 사랑할 만한 꽃나무라도 하나 있어줬으면 좋으련만 그마저도 없다. 있긴 있었는데 아주 옛날에 멀어졌다. 누구 하나 쳐다봐주지도 않는데 막 도망친다. 창피하기 때문이다. 그러면서도 이상스런 짓을 자꾸만 흉내 내면서 노래하는 짓 그림 그리는 짓 글 쓰는 짓을 계속 반복하고 있다. 빌어먹을!

이런 시

역사를하노라고 땅을파다가 커다란돌을하나 끄집어 내어놓고보니 도무지어디서인가 본듯한생각이들게 모양이생겼는데 목도들이 그것을메고나가더니 어디다갖다버리고온모양이길래 쫓아나가보니 위험하기짝이없는 큰길가더라.

그날밤에 한소나기하였으니 필시그돌이깨끗이씻겼을터인데 그 이튿날가보니까 변괴로다 간데온데없더라. 어떤돌이와서 그돌을업어갔을까 나는참이런처량한생각에서아래와같은작문을지었다.

"내가 그다지 사랑하던 그대여 내한평생平生에 차마 그대를 잊을수없소이다. 내차례에 못올사랑인줄은 알면서도 나혼자는 꾸준히생각하리라. 자그러면 내내어여쁘소서"

어떤돌이 내얼굴을 물끄러미 치어다보는것만같아서 이런시는그만찢어버리고싶더라.

시인의 나이 만 22세 때 쓴 시인데 참 괴상하게 생겨먹었다. 시인지 콩트인지 수필인지 아니면 서간문인지 도무지 구분조차 안 된다. 옛날에 사귄 여자를 하찮은 돌멩이로 비유한 듯한 글의 구성도 황당하기 이를 데 없다.

어려운 어휘가 없어 그냥 읽어내려가면 대충은 알아먹을 수 있다. 첫 부분에 공사판에서 땅 파는 일을 하다가 커다란 돌 하나를 끄집어냈다는 내용이 나오는데, 총체적 내용은 시인이 건축과 출신으로 시청 건축기사 노릇을 잠시 했으니까 건축일 하느라 분주히 살아가다가 어느 날 우연히 꽤나 멋진 여자를 만난 것으로 치면 무난하다.

공사장 일꾼들이 돌을 어디다 버리고 왔다는 것은 그들이 임무를 충실히 이행했다는 의미다. 공사장에서 돌을 발견하면 반드시 어디다 버려야 하기 때문이다. 소심한 시인이 뒤늦게 쫓아가 돌멩이가 위험한 지역에 버려진 것을 발견한다. 땅속에 숨어 있던 여자가 땅 밖으로 나오니 완전히 자태가 달라져 있다. "그날 밤에 한 소나기하였으니"라는 문구로 미루어 시인이 그날 밤 그 여인과 모종의 육체적 관계를 맺었다는 암시를 주고 있다.

남녀의 정이란 알다가도 모르는 일. 그다음에 찾아가니 괴상하다. 돌이 없어졌다. 여인이 사라진 것이다. '누가 데려갔을까, 어느 놈을 따라갔을까. 아! 있을 때 잘할걸' 하는 처량한 생각에서 글 한 편을 써내려갔는데, 진짜 사랑했다는 내용처럼 여겨진다. 여기서 깜짝 놀랄 만한 사건이 벌어진다. 없어진 돌멩이, 즉 사랑했던 여인에 대해 진실한 속마음을 내보인다. 이 여인은 자신의 작문법을 못 알아먹을까봐 시 언어에 익숙치 않으니까, 진짜 쉬운 말투로 사랑의 편지를 남기게 된다. 이건 실로 놀라운 일이다. 그러므로 이 시는 시인 이상이 남긴 시 문구 가운데 초유의 쉬운 일반 언어, 다시 말해 보통 시를 써보았는데 그 내용이 탁월하기가 그지없다. 세상 최고의 연시가 된다. 어렵게만 쓰는 시인으로선 부끄럽기도 하고 누가 쳐다보는 것 같기도 해 그나마 써놓은 연애편지를 찢는다. 찢겨진 이런 시는 바로 아무 역할도 못 해낸 유치찬란한 연애편지 또는 무모한 사랑 고백을 말한다. 이 시의 멋은 진정 사랑했던 여자, 가장 소중했던 여자를 땅속에 묻혀 있던 사소한 돌멩이와 극명하게 대비해서 비유한 이분법적 구성에 있다.

나는 이 시가 좋아서 당장 음정을 붙여 노래로 만들었다. 나는 그 옛날 드라마 작가인 유명한 김수현 씨가 얼떨결에 대학노트에 써놓은 시를 보고 너무나 감탄해 즉시 노래로 만든 적이 있다. 그때는 시 제목도 없었는데 내가 맘대로 「지금」이란 제목을 정해 작곡을 했다. 「지금」과 똑같은 경로로 노래를 만든 셈이다. 사랑노래 베스트로 남길 바랄 뿐이다.

1933, 6, 1

천칭위에서 30년동안이나 살아온사람(어떤과학자) 30만개나 넘는 별을 다헤어놓고만 사람(역시) 인간70 아니 24년동안이나 뻔뻔히살아온 사람(나) 나는 그날 나의 자서전에 자필의 부고를 삽입하였다 이후 나의 육신은 그런 고향에는있지않았다. 나는 자신 나의 시가 차압당하는꼴을 목도하기는차마 어려웠기 때문에.

90년 전인 1933년 6월 1일은 제목 그대로 이 시를 작성한 날이다. 이 시는 당시 스물네 살이던 청년 시인 이상의 속절없는 넋두리다. 전반부에는 두 사람이 등장한다. 과학자와 시인 자신. 천칭天秤은 저울이다. 저울 위에서 항상 뭔가를 측량하고 조사하며 30년 동안 살아온 듯한 사람은 어느 과학자로, 30년 동안에 30만 개나 넘는 별을 몽땅 세어버렸다. 황당한 뻥을 쳤어도 문학적으론 찬사를 받는다. 그다음 인생사 70년 중에 24년을 아무것도 안 하고 돼먹지 않은 시나 씁네 하며 뻔뻔스레 살아온 사람은 바로 시인 이상이다.

1933년 8월 1일, 시인은 그날 자서전 속에 자필로 자신의 죽음을 알리는 부고를 써놓았다. 그날 이후 시인은 자기를 몰라주는 고향 땅을 홀연히 떠나버린다. 시인 자신의 시가 좋은 평판 한 번 못 받고 인쇄도 되기 전에 누구의 손에 빼앗기는지도 모른 채 쓰레기통으로 들어가는 꼴을 차마 두 눈으로 목격하는 것은 견디기 어려웠기 때문이다.

필자 역시 죽음의 예고를 자서전은 아니지만 『월간조선』과 『월간동아』에 한 차례씩 부고가 아닌 유언을 작성해놓은 적이 있다. 미리 쓰는 유언장인가 그랬다.

"내가 죽으면 시체를 최초로 발견한 사람이 나의 시체를 담요로 둘둘 말아 백제 화장터로 이동시켜 태운 다음, 뼛가루를 내가 10여 년간 바라보며 살아온 영동대교 위에 올라가 뿌려라. 그리고 혹시 누가 조영남 어디 갔냐 물으면 그냥 죽었다고 대답하라. 장례식 치르지 마라. 번거로운 형식이 싫기 때문이다. 남은 재산은 내 아들 두 명과 딸 하나, 그리고 죽을 때 내 곁에 가까이 있었던 여자에게 각각 4분의 1씩을 나누어줘라."

뭐 이딴 식이었는데 반응이 꽤 좋았다. 죽으면 그만인데 왜 유언을 써놓았는지 지금 생각해보면 나도 모르겠다. 시인 이상은 자신의 시가 사람들로부터 안면몰수당하는 걸 차마 못 견디고 있지만 나는 다르다. 나의 돼먹지 않은 노래가 차압당하는 일은 없을 테고 아주 가끔씩 라디오를 통해 흘러 나올 것이니 큰 걱정 안 해도 된다. 그런 점에서 보면 가수가 시인보다 인생 살기가 수월해 보인다. 단 시를 잘만 쓰면, 좋은 시만 쓰면, 그것이 인쇄로 남아 지금 이상이 그렇게 되었듯이 아주 오래오래 칭송을 받을 수 있다. 첨부할 사안이 한 가지 있다. 뼛가루를 한강물에 뿌리는 건 불법이란다. 그래서 특별부탁한다. 밤에 몰래 뿌리도록 말이다. 뿌리다 들켜서 괜히 죽은 나한테 투덜대지 말길 바란다.

거울

거울속에는소리가없소
저렇게까지조용한세상은참없을것이오

거울속에도 내게 귀가있소
내말을못알아듣는딱한귀가두개나있소

거울속의나는왼손잡이오
내악수를받을줄모르는—악수를모르는왼손잡이오

거울때문에나는거울속의나를만져보지를못하는구료마는
거울아니었던들내가어찌거울속의나를만나보기만이라도했겠소

나는지금거울을안가졌소마는거울속에는늘거울속의내가있소
잘은모르지만외로된사업에골몰할게요

거울속의나는참나와는반대요마는
또괘닮았소
나는거울속의나를근심하고진찰할수없으니퍽섭섭하오

역시 1933년 10월 『가톨리 청년』에 실린 시다. 이상이 남긴 시 중에 따로 주해나 해석이 필요 없는 거의 유일한 서정시에 속한다. 이 시를 통해 우리는 시인 이상이 알아먹기 쉬운 시도 쓸 줄 안다는 사실을 알 수 있다. 생태적으로 난해한 시만 쓸 줄 아는 시인이 아니었다는 사실을 알게 된 것이다. 베토벤이 진정으로 위대한 이유 중에 하나는 그가 길고 긴 수십 분짜리의 교향곡을 쓴 것으로도 유명하지만, 또 한편으로 「엘리제를 위하여」 「그대를 사랑해」Ich libe dich, 「아델라이데」Adelaide 같은 짧고 쉬운 불멸의 음악을 작곡했기 때문이다. 피카소는 「아비뇽의 처녀들」 「게르니카」 같은 까다롭고 거대한 작품을 그려냈으나 한편으로는 「돈키호테」Don Quixote, 「꽃다발」Fleurs et mains 등 쉬운 그림도 너무 멋지게 그려냈기 때문에 미술의 대부로 추앙받는다.

이상의 경우 순전히 독학으로 문학을 했다. 선천적으로 기초가 탄탄했다는 증거다. 시뿐 아니라 「날개」 같은 소설이나 「권태」 같은 수필을 읽어보면 '도대체 저런 문장 구사력을 어디서 배웠을까' 하는 생각에 입을 딱 벌리게 된다.

이 시는 몇 가지 트릭만 풀어내면 즉시 감상에 젖을 수 있다. 거울 속의 귀는 내 말을 못 알아먹는다. 거울을 통해서 키스는 가능하지만 악수는 불가능하다. 거울 밖의 내가 거울 속의 나를 실제로 만질 수는 없다. "외로된 사업에 골몰"한다는 것은 '거울 밖의 나'와 '거울 속의 나'가 하나로 만나는 일 없이 각자 따로따로 자기 일을 할 수밖에 없다는 의미다.

거울 앞에 서면 언제나 거울 속의 무생물적인 세계와 거울 밖의 생물적인 실제 세계가 대비되어 나타난다. '거울 속의 나'는 진짜 나와는 줄창 반대다. 물론 거울 속에는 늘 '거울 속의 나'가 있다.

이렇게 '거울 속의 나'와 '거울 밖의 나'가 대립되어 있는 상황을 이렇게 감칠맛 나는 시 문학으로 그려놓았다. 어느 쪽의 내가 진짜이고 어느 쪽이 가짜인가. 서로 닮은 구석도 있고 모호하기까지 해서 마치 장자莊子의 '나비의 꿈' 같은 착각을 일으키게 한다. 꿈속의 나냐, 꿈 밖의 나냐. 시인이 묻지도 않은 질문에 대답해본다.

무슨 뜻인지 잘은 모르지만 외로된 사업에 골몰하겠단다. 외로된 사업이 무엇인가. 시를 쓰는 일이다. 그런 대답에 '거울 밖에 있는 나'가 '거울 속에 있는 나'를 걱정하면서 "왜 밥벌이도 안 되는 시를 쓰겠다는 거냐" 인간미 섞인 충고를 해주고 싶어도 거울 면에 가로막혀 딱히 거울 밖의 나와 거울 속의 나 중에 누가 더 아픈지 진찰조차 할 수 없으니 그저 답답하고 섭섭할 따름이다.

보통기념

시가市街에 전화戰火가일어나기전
역시나는'뉴—턴'이 가리키는 물리학에는 퍽무지하였다

나는 거리를 걸었고 점두店頭에 평과苹果 산을보면은 매일같이 물리학에 낙제하는 뇌수에피가묻은것처럼자그만하다.

계집을 신용치않는나를 계집은 절대로 신용하려들지 않는다 나의 말이 계집에게 낙체落體운동으로 영향되는일이 없었다.

계집은 늘내말을 눈으로들었다 내말한마디가계집의 눈자위에 떨어져 본적이없다

기어코 시가에는 전화가일어났다 나는 오래 계집을 잊었었다 내가 나를 버렸던까닭이었다.

주제도 더러웠다 때끼인 손톱은길었다
무위無爲한일월日月을 피난소에서 이런일 저런일
'우라카에시'裏返 재봉에 골몰하였느니라.

종이로 만든 푸른솔잎가지에 또한 종이로 만든흰학동체鶴胴體한 개가 서있다 쓸쓸하다.

화로가햇볕같이 밝은데는 열대의 봄처럼부드럽다 그한구석에서

나는 지구의 공전일주를 기념할줄을 다알았더라

무엇을 기념하기에 「보통기념」인가. 맨 끝줄에 나온다. 지구의 공전 1주기를 기념하는 것이다. 한 해가 무사히 지나간 것을 기념한다는 얘기다. 신정·구정·크리스마스, 그 밖에도 특별기념 3·1절, 8·15 광복, 결혼기념 등등에 대비되는 기념이 여기 「보통기념」이다. 이 시는 전체 구성이 재미있다. 만유인력의 법칙과 사내가 계집한테 끌리는 현상을 대비시켰다. 계집 문제와 우주물리학을 대비시켰다는 자체가 기발해보인다.

1934년 7월 월간지 『매일』에 발표된 글이니까 시인이 스무다섯 살 언저리에 썼을 것으로 추정된다. 나이 탓일까. 이 시를 보면 시인은 남녀관계에만 온 신경을 쏟는 사람처럼 보인다. 그만한 나이에는 누구나 그런 법이다. 필자도 20대 초반에 한 짓이라고는 학교 다니면서 조금 공부하는 척하며 여학생 만나 첫사랑이 어쩌고저쩌고 하며 연애질한 것이 전부였다. 청춘이 별것인가. 여자 꽁무니 따라다니는 것이 전부라 해도 과언이 아니다.

시인 이상과 필자 사이에 남녀 애정문제에 관한 차이가 있다면, 시인의 경우는 뭔가가 잘 안 돼서 시종 삐걱거린 것이고 필자의 경우는 너무도 순탄하게 잘 꾸려간 것이다. 그래서 시인은 뭔가가 잘 안 되는 것을 한탄하는 시를 쓰게 되었고, 필자는 연애가 너무 잘되니까 그것을 찬양하는 노래만 부르게 된 것 같다. 그가 시인으로 빠지고 내가 가수로 빠진 것은 순전히 우연이 아닌 여자 탓으로 돌려야 한다. 많이 웃긴다.

「보통기념」은 시인이 겪은 지구의 공전 1주기, 1년의 시간을 돌아보고 그것을 기념하며 쓴 시다. 그런데 별것 없다. 시인의 경우 여자와 실랑이를 벌인 게 전부다.

"시가에 전화가 일어나기 전"이란, 사귀던 여자와 불화가 생기기 전이다. 뉴턴의 물리학은, 사과가 땅에서 떨어지는 것처럼 해와 달과 지구가 밀고 당기는 역할을 말한다. 시인은 뉴턴의 밀고 당기는 역학이 남녀관계에도 똑같이 적용되는 것을 몰랐다는 얘기다. 나이가 젊다는 것은 이해의 폭이 좁다는 뜻이다. 이해보다는 격함이 앞서기 때문이다. 시인은 과일가게 앞에 쌓인 사과를 보면서도 움츠러든다. 사과가 뉴턴의 법칙을 연상시키기 때문이다. 시인은 그렇게 밀고 당기는 일에 통 자신이 없다. 물론 시인은 물리학에서 낙제 점수를 받았다. 낙담한다. '나의 뇌는 어디에 부딪혀서 깨진 걸까. 왜 밀고 당기는 자연법칙이 그토록 잘 안 풀리는 것일까. 왜 나는 물리학 앞에서 작아지는 것일까.'

시인이 신용하지 않는 계집, 그 계집이 시인을 신용할 리 없다. 그의 말이 그 계집한테 통 먹혀들질 않는다. 계집은 시인이 말할 때 귀로 들어야 하는데 늘 눈으로 듣는다. 건성으로 듣는다. 아예 듣질 않는다. 단 한 번도 그의 말이 그녀를 감동시킨 적이 없다. 기어코 투닥투닥 실랑이가 벌어진다. 사랑싸움이 벌어진다. 전쟁의 불꽃이 터진 것이다. 사랑, 그것은 전쟁이다. 너 죽고 나 사느냐, 마느냐의 문제다. 대충 전쟁은 이렇게 정리된다. "관둬" "집어쳐." 그래서 서로가 서로를 잠시 잊기로 한다. 잠정적으로 애정관계를 포기한다. 휴전상태로 접어든다.

여자에게 버림받은 것이 시의 주제라니. 주제치곤 더러운 주제다. 이게 뭐냐. 애들 소꿉장난이냐, 불장난이냐. 두문불출하다 보니 세수도 할 필요 없다. 머리를 빗어내릴 필요도 없다. 때가 낀 손톱이 길어졌다. 후유증이 엄청 크다. 하루하루가 내용 없이 지나간다. 움막 같은 피난처에서 '우라카에시 재봉' 즉, 속과 겉을 뒤집는 재봉질에 골몰한다. 애꿎은 짓이다. 어떻게 판세를 뒤집어볼까, 회복해볼까 하는 궁리에 골몰한다.

종이로 만든 나무받침 위에 종이로 만든 학 한 마리. 참 씁쓸하다. 물론 시인은 젊다, 키도 크다, 잘생겼다, 공부도 많이 했다. 그러나 그게 무슨 소용이냐. 젊었어도 늙은이처럼 깡마르고 얼굴빛은 창백하다. 누가 봐도 병색이 짙다. 다니던 회사도 때려치웠다. 시를 쓰는지 시를 잡는지 맨날 방구석에만 처박혀 있다. 개뿔 돈도 없고 빽도 없다. 시인이 누구냐? 바로 종이 쪼가리로 만든 꺼벙한 학 한 마리가 아니더냐.

추위에 몸을 녹이기 위해 화로를 끼고 꾸부정하게 앉아 이불을 뒤집어쓴 채 계집에게 패배당한 우리의 시인을 상상해보시라. 혼자서 양손을 얹어 화로를 쬐며 그래도 한 해를 잘 보냈다고 지구의 공전 일주를 불꽃놀이가 아닌 보통으로 기념할 수밖에 없는 시인의 옹색한 몽타주를 말이다. 아! 내 일찍이 거기 파티에 자진 참석해 축하노래라도 한 곡조 불러줘야 하는 건데. 쯧쯧.

소영위제

1

달빛속에있는네얼굴앞에서내얼굴은한장얇은피부가되어너를칭찬하는내말씀이발음하지아니하고미닫이를간지르는한숨처럼동백꽃밭내음새지니고있는네머리털속으로기어들면서모심드키내설움을하나하나심어가네나

2

진흙밭헤매일적에네구두뒤축이눌러놓은자국에비내려가득괴었으니이는온갖네거짓말네농담에한없이고단한이설움을곡으로울기전에따에놓아하늘에부어놓는내억울한술잔네발자국이진흙밭을헤매이며헤뜨려놓음이냐

3

달빛이내등에묻은거적자국에앉으면내그림자에는실고추같은피가아물거리고대신혈관에는달빛에놀래인냉수가방울방울젖기로니너는내벽돌을씹어삼킨원통하게배고파이지러진헝겊심장을들여다보면서어항이라하느냐

제목 때문에 기죽을 일은 없다. 알고 보면 별것 아니다. '소영 씨를 위한 글' 혹은 '사랑하는 소영 씨를 위한 단상' '소영 씨에게 바치는 글' 정도가 된다. 그밖에도 제목을 풀이해보면 소素는 '희다' '아무

것도 아니다' 뭐 그런 뜻이고, 영榮은 '빛'이나 '꽃' 정도가 된다. 그러므로 '소영'은 '하얀 빛' '헛된 꿈' 또는 '아무 무심한 이름의 여자에게'라는 뜻도 된다. 여유가 우라지게 넓다.

이상의 시에서 특이하지 않은 시가 물론 없지만 이 시는 특히 기계적으로 수학적으로 특이하다. 이 시는 세 개의 단상으로 이루어졌다. 3절짜리 노래인 셈이다. 띄어쓰기도 문장부호도 생략했다. 노래가 시작되면 한 호흡에 1절을 끝내야 한다. 나 같은 가수의 입장에서 보면, 소프라노 조수미나 같은 조씨인 조영남 정도가 한 음정의 소리를 평범한 중간 박자로 열여섯 박자 정도를 끌 수 있다고 생각하는데, 글의 호흡 문제에서 볼 때 나는 이상처럼 긴 호흡의 소유자를 만나본 적이 없다. 거의 마술 수준이다.

서프라이즈는 여기서 끝나지 않는다. 글자 수를 세어보면 1, 2, 3절 모두가 96개의 글자로 끝이 난다. 69의 반대 숫자다. 이상은 한때 '69'라는 이름의 카페를 경영한 적이 있다. 69는 가장 섹시한 숫자다. 69가 남녀가 부둥켜안은 자세라면 96은 정반대로 남녀가 등을 돌린 모양이 된다. 이 시는 물론 남녀의 허망한 사랑을 노래하고 있다. 얼마나 절묘한가! 억지로 풀어보면 이 정도가 된다.

1 달빛 속에 비치는 너의 얼굴 앞에 내가 있는데, 내 얼굴은 한 장의 얇은 피부가 되었다. 네 앞에서 내 얼굴은 얼굴도 아니다. 네 앞에서 나는 너무 부끄럽고 남루하기 때문에 그저 한 장의 피부처럼 얇게 느껴질 뿐이다. 너를 칭찬하고 또 찬양하고 싶으나 차마 그런 말이 입에서 떨어지질 않는다. 너를 향한 내 마음의 떨림이 마치 미닫이를 간질이는 한숨 소리만 같다. 나의 떨리는 한숨 소리가 동백꽃밭 내음새를 지니고 있는 너의 머리털 속으로

살며시 기어들어 간다. 논에 모를 심듯이 나의 서러운 마음을 하나하나 심어간다.

이렇게 여러 문장으로 나뉘는 글을 인위적인 냄새를 안 풍기고 뚝뚝 끊어지는 느낌 없이 한 문장으로 이어간다. 그런데, 그랬고, 그래서, 그랬으므로 등의 중간 다리 없이, 단 한 군데의 울퉁불퉁한 마디 없이 곱게 미장시킨 기술에 우리는 그저 놀랄 따름이다. 이어지는 다음의 단락도 마찬가지다. 조수미나 테너 안드레아 보첼리의 페르마타fermata: 길게 늘린다는 의미의 음악부호가 붙은 하이 C소리를 듣는 느낌이다. 2연을 보자.

2 진흙밭을 헤맬 때 너의 구두축이 눌러놓은 움푹 팬 자국에 비가 내려 물이 가득 고였다. 너는 떠나가고 너의 흔적만 빗물처럼 남아 있구나. 그 흔적은 평소 네가 이러쿵저러쿵 거짓말로 꾸며대는 말도 안 되는 농담 반 진담 반의 헛소리에 한도 끝도 없이 피곤해진 나의 설움을 소리내어 통곡으로 쏟아내기 직전, 그 설움을 땅과 하늘을 향해 부어놓는 나의 억울하고 원통한 술잔이다. 마치 너의 구두 발자국이 진흙밭을 헤매며 마구 흙탕질을 헤뜨려놓음과 똑같구나.

세 번째의 단상 역시 멋지고 경이롭다.

3 달빛이 내 등에 묻은 거적대기 거지 발싸개 같은 자국에 마지못해 앉았다. 달빛에 비쳐 생긴 나의 그림자에는 실고추 같은 빨간 피가 아물거린다. 그 대신 나의 혈관에는 빨간 피가 달빛에 반

사되어 마치 맑고 깨끗한 냉수처럼 방울방울 맺힌다. 너는 내가 벽돌을 씹어 삼킨 것처럼 원통하다는 것을 아는지 모르는지 배가 너무 고프다며 이지러진다. 이지러진 헝겊 같은 나의 심장을 들여다보고 그렇게 생긴 나의 심장을 너는 어찌 물고기가 뛰노는 어항이라고 말할 수가 있느냐. 그 어항의 물은 피가 아니고 물이 아니더냐.

그저 놀라울 따름이다. 2, 3연 역시 단 한 군데도 그래서, 그랬고, 그런데 등등의 군더더기 없이, 울퉁불퉁 삐걱거림 없이 문장을 이어나갔다. 총 288글자 안에 들어 있는 모든 문장이 경탄할 만한 문장으로 이루어졌다. 오호! 세계 현대시집을 다 뒤져봐라. 이토록 귀신도 통곡하게 만드는 어휘 구사가 어디 있는가를. 최소한 필자가 살펴본 보들레르·랭보·포·엘리엇에는 없다. 아주 멀리 떨어져 있는 셰익스피어나 푸시킨에나 그만한 비교가 될까.

첫 번째 단락만 봐도 "미닫이를 간지르는 한숨" "동백꽃 냄새 짙은 너의 머리털" "내 설움 모 심듯이 심어가네." 둘째 단락에 나오는 "구두 뒤축이 눌러놓은 자국에 비가 내려" "하늘에 부어놓는 내 억울한 술잔. 진흙밭을 구두 발자국으로 헤뜨려놓느냐" 셋째 단락에 나오는 "달빛이 내 거적대기 같은 등짝에 앉으면" "실고추 같은 피" "달빛에 놀란 냉수" "배고파 이지러진 헝겊 심장." 이런 건 실로 경탄할 만한 문장들이다. 아! 내가 소유하고 있는 두 가지 보물이 있다면 하나는 한강변 가까이에 붙어 있는 고급 빌라 아파트이고 다른 하나는 이상의 시다. 아! 나의 이지러진 너절한 헝겊 같은 심장이여! 이지러진 헝겊 같은 심장! 그저 기가 찰 따름이다.

정식

정식 I

해저에가라앉는한개닻처럼소도小刀가그구간속에멸형滅形하여버리더라완전히닳아없어졌을때완전히사망한한개소도가위치에유기되어있더라

정식 II

나와그알지못할험상궂은사람과나란히앉아뒤를보고있으면기상은몰수되어없고선조가느끼던시사時事의증거가최후의철의성질로두사람의교제를금하고있고가졌던농담의마지막순서를내어버리는이정돈한암흑가운데의구발舊發은참비밀이다그러나오직그알지못할험상궂은사람은나의이런노력의기색을어떻게살펴알았는지그때문에그사람이아무것도모른다하여나는또그때문에억지로근심하여야하고지상맨끝정리인데도깨끗이마음놓기참어렵다

정식 III

웃을수있는시간을가진표본두개골에근육이없다

정식 IV

너는누구냐그러나문밖에와서문을두다리며문을열라고외치니나를찾는일심이아니고또내가너를도무지모른다고한들나는차마그대로내어버려둘수는없어서문을열어주려하나문은안으로만고리가걸

린것이아니라밖으로도너는모르게잠겨있으니안에서만열어주면무엇을하느냐너는누구기에구태여닫힌문앞에탄생하였느냐

정식 V

키가크고유쾌한수목이키작은자식을낳았다궤조軌條가평편한곳에풍매식물의종자가떨어지지만냉담한배척이한결같이관목은초엽으로쇠약하고초엽은하향하고그밑에서청사靑蛇는점점수척하여가고땀이흐르고머지않은곳에서수은水銀이흔들리고숨어흐르는수맥에말뚝박는소리가들렸다.

정식 VI

시계가뻐꾸기처럼뻐꾹거리길래쳐다보니목조뻐꾸기하나가와서모으로앉는다그럼저게울었을리도없고제법울까싶지도못하고그럼아까운뻐꾸기는날아갔나

「정식」正式이라는 제목은 별 의미가 없다. 시의 내용으로 봐서 똥간 변기에 쭈그리고 앉아 공상했던 것을 시로 옮기다보니까 역설적으로 그냥 「정식」이라는 그럴듯한 제목을 붙인 듯싶다. 사물에 대한 올바른 인식방법을 말하는 것 같다. 앞에서도 말했듯이 이상은 독학으로 시를 썼다. 이상은 시에 대한 어떠한 편견도 가지고 있지 않은 것처럼 보인다. 그런 걸 가질 새도 없었을 것이다. 다시 말해 시란 이런 것이다, 시란 이렇게 쓰는 것이다, 시의 제목은 이렇게 정하는 것이다, 이런 제도화된 틀이 없었다. 심지어 서정시 · 상징주의시 · 초현실주의시 같은 구별에도 애당초 관심이 없었던 것으로 보인다. 우리 이상은 장르 구별이 없는 시인이었다.

이런 유파가 있긴 있었다. 세기말 적에 '악마주의'惡魔主義, diabolism,

이것은 인간의 추醜·악惡 등에서 아름다움을 찾는다는 건데 보들레르나 오스카 와일드가 써먹었던 방법이다. 이상이 거기서 무슨 힌트를 얻었는지는 알 길이 없다. 이상은 단지 생각나는 것을 그때그때 글로 옮겨가며, 모든 글은 시가 될 수 있다고 생각했다. 아니면 그런 생각조차 귀찮아했던 것 같다. 따라서 이상한테는 오로지 이상 방식의 글쓰기밖에 없었다고 단언할 수 있다. 그러므로 이상이 어떤 글을 쓰건 그것은 정식正式이 된 셈이다. 「정식」은 여섯 개의 단락으로 이루어진 띄어쓰기 없는 시의 묶음이다. 어지간한 상상력으로는 이 시를 독해하기가 어렵다. 상상력도 매우 과격한 상상력을 요구한다. 나의 어거지 해석력은 뻔하다. 한번 살펴보시라.

정식 I 해저에 가라앉는 하나의 닻은 매우 부드럽고 몽환적으로 가라앉을 것이다. 그런 방식으로 자그마한 남자의 성기인 소도小刀가 여성의 몸통인 구간區間 속으로 스르르 잠입해 형태를 감춘다. 멸형해버린다. 성행위를 성사시킨다. 어느 전문가는 똥이 항문에서 나오는 것으로 분석하기도 한다. 아무래도 상관없다. 성행위로 분석하는 경우, 너무나 여성의 몸 안을 들랑거려 남성의 물건이 닳아버릴 지경에 이르면 그때 완전히 죽어버린 남성의 성기는 제자리에서 아무렇게나 떨어져나와 버려지게 된다고 해석한다.

정식 II 제법 긴 두 개의 문장으로 이루어져 있다. 정식 I과 정식 II는 별 연관성이 없는 것처럼 보인다. 앞부분에 나오는 그 알 수 없는 사람은 누구를 말하는 걸까. 답을 아는 건 불가능하다. 그래서 우리는 여기서부터 마음껏 상상력을 발휘해야 한다. 신도 좋고 부처도 좋고 전통도 좋고 조상도 좋다. 하여간 그 "험상궂은 사람과 나란히

앉아 다정하게 뒤를 보고 있으면." 신이나 부처나 전통이나 끗발 높은 선조님들과 함께 나란히 앉아 사이좋게 배설한다는 상황이 무척 흥미롭다. 그런 상황이 되면 대기의 보편적인 현상이 몰수되어 영판 딴 세상이 된다. 우리네 선조가 세상살이를 거치며 느껴왔던 삶의 법칙과 여러 증거들이 최후의 칼 같은 성질로 배설 중인 두 사람의 대화, 즉 신과의 대화, 전통과 역사와의 대화, 심지어 섹스 파트너와의 교제까지 금지시킨다. 그나마 심각한 분위기를 기를 쓰고 농담으로 얼버무리려 하는데 이토록 정돈停頓된 것처럼 캄캄한 어둠 속에서 시인의 분발이 잘 먹혀 들어갈지 알다가도 모를 비밀 같다.

그런데 오직 그 알지 못할 시인 앞의 험상궂은 사람은 시인의 이런 노력의 기색을 어떻게 살펴 알았는지, 그것 때문에 그 사람이 자기는 아무것도 모른다고 발뺌한다. 또 시인은 그것 때문에 억지로 근심해야 한다. 지상의 마지막 정리처럼 시인의 목숨이 끊기는 순간임에도 그저 그런 농담 구사 하나 때문에 깨끗이 마음놓기가 참 어렵다.

정식 III 우리가 보유하고 있는 두개골의 표본적 특수 임무는 무엇인가. 웃음 유발이다. 웃게 만드는 것이다. 따라서 웃을 수 있는 시간이 있는 두개골에는 근육이 붙어 있지 않을 뿐 아니라 웃음 이외에 그밖의 잡다한 어떤 것도 붙어 있지 않다. 붙어 있어서도 안 된다. 웃음 유발이 유일한 목표이기 때문이다.

정식 IV "문밖의 너는 누구며, 문 안의 나는 누구냐." 이렇게 묻는 것은 소통과 대화를 원한다는 뜻이다. 내 쪽에서 볼 때 나는 인사이더, 너는 아웃사이더이지만, 네 쪽에서 볼 때는 내가 아웃사이더이고 너가 인사이더다. 원초적으로 문은 잠겨 있다. 누구 하나가 문을 열고 나가거나 들어오려고 시도해도 소용없다. 바깥문도 역시 잠겨 있기 때문이다. 그렇다면 소통 불가로 태어난 숙명을 탓할 수밖에 없는가.

"문밖에서 문을 열어달라고 하는 너는 도대체 누구냐. 소통을 원하는 너는 누구냐." 왜 구태여 굳게 닫혀 있던 내 문 앞에 와서 문제를 탄생시키냐는 말이다.

정식 V 스물네 살 청년이면 그가 비록 고고한 시인이라 해도 지금부터 80여 년 전이니까 자식 낳는 문제를 심각하게 고려해봤을 터이다. "키가 크고 유쾌한 수목이 키 작은 자식을 낳았다." 깜짝 놀랄 일은 아니다. 그게 '정식'이다. 기차 레일처럼 반듯하고 평평한 땅에 씨앗이 바람에 날려 떨어지지만, 떨어지는 족족 싹이 움트고 나무가 되는 것은 아니다. 이렇게 저렇게 배척당하다 그중 하나가 겨우 성공하는 것이 생태계의 정식이다. 키 크고 유쾌한 수목이 자식을 낳는다는 대목을 상상력을 왕창 발휘해 이런 식으로 의역할 수도 있다. 좀 너저분한 게 흠이다.

큰 똥과 오줌이 유쾌하고 시원하게 나오고 나면 자식을 낳듯 작은 똥덩이나 작은 오줌 방울이 찔끔찔끔 남는다. 그리하여 평평한 바닥으로 똥오줌이 퍼지듯 떨어지지만 자연법칙에는 냉담한 배척이 있는 법. 오줌 줄기는 평평한 곳에서 낮은 곳으로 쇠약해지며 흘러내려가 점점 수척해지고 땀이 흐른다. 그 형태가 기다란 푸른 뱀을 닮았다. 또 멀지 않은 곳에서 오줌 줄기가 수은처럼 번뜩이며 흔들리고 숨어, 흘러내리는 오줌 줄기와 함께 말뚝 박는 소리처럼 뚝뚝 똥덩어리 떨어지는 소리가 들린다.

다시 점잖은 방식으로 해석을 이어가자면, 원래 한결같이 시답지 않은 나무 나부랭이들은 잎사귀조차 풀잎만큼이나 쇠약하고, 또 시답지 않은 잎사귀들은 자꾸 땅 밑으로 떨어진다. 마찬가지로 시인의 남성성은 자꾸만 수척해가고, 시도 때도 없이 식은땀이 흘러 행여 머지않은 곳에서 다가오곤 했던 여성에 대한 애착마저 거울의 수은이 흔들리듯 위태롭게 흔들린다. 그렇지만 은근슬쩍 남모르게 저지르는 남녀의 교합, 거기서 나오는 남녀의 신음소리가 말뚝 박는 소리처럼 멀리서 들려온다.

정식 VI 그냥 읽어 내려가면 된다. 뻐꾸기처럼 시간에 맞추어 우는 시계가 있다. 그 시계가 뻐꾸기처럼 울기에 자세히 쳐다봤더니 나무를 깎아서 만든 모조 뻐꾸기다. 그렇다면 저 나무로 된 모조 뻐꾸기가 지금까지 울어댔단 말인가. 설마 모조 뻐꾸기가 울었을 리 없다. 그렇다면 좀 전에 울었던 그 뻐꾸기는 몇 번 울고 날아갔단 말인가. 그리고 새로운 모조 뻐꾸기가 날아왔단 말인가. 현실과 비현실을 놓고 핑퐁을 한다. 그것이 시인의 고유한 오락이다. 그리고 그것만이 '정식'이다. 여기서 이른바 전업 시인은 할 일 없는 사람의 유일한 직업이다.

지비

내키는커서다리는길고왼다리아프고안해키는작아서다리는짧고 바른다리가아프니내바른다리와안해왼다리와성한다리끼리한사람처럼걸어가면아아이부부는부축할수없는절름발이가되어버린다무사한세상이병원이고꼭치료를기다리는무병無病이끝끝내있다.

'석비'石碑 즉 돌비석을, '지비'紙碑 즉 종이 비석으로 비틀었다. 비석이 못 된다는 의미다. 페이퍼타이거Paper Tiger, 종이호랑이라는 뜻이다. 내 키는 크고 다리도 긴데 왼다리가 아프고 아내는 키도 작고 다리도 짧고 오른쪽 다리도 아프니 내 바른 다리와 아내의 멀쩡한 왼다리끼리 한 사람처럼 걸어가면 아! 아! 우리 부부는 부축받을 필요가 없는 절름발이가 된 셈이다. 모순되는 얘기를 길게 썼다. 다리가 정상이 아닌데 또 정상처럼 보인다. 얼핏 보면 무사한 세상이 병원 같지만 정반대다. 탈 많은 세상이 곧 병원이다. "치료를 기다리는 무병." 모순이다. 반어다. 치료를 기다리는 허다한 무병들이 도처에 널려 있다. 항시.

20세기를 주름잡았던 실존주의자들에게는 재미있는 증세가 하나씩 있었다. 가령 고흐의 고뇌와 정신착란, 보들레르의 내면의 지옥, 랭보의 역마살, 도스토옙스키의 속죄와 구원, 그리고 놀음병 니체의 신에 대한 저항, 카뮈의 이방인적 방관 같은 것들이 바로 그것이다. 모두가 병원에 입원하지 않는 병자들이었다. 무병의 환자들이다.

우리의 이상은 「지비」라는 짧은 시를 통해 이 시대에 깔려 있는 실존의 양상을 「지비」에 등장하는 절름발이 부부로 규정했다. 그렇다, 절름발이나 다름없는 각혈하는 시인 이상이야말로 시인 이상의 실존적 증세다. 아픔의 증세가 얼핏 보기엔 다 고만고만하다. 도토리 키재기다. 그러나 "무사한 세상이 병원"이라는 대목은 노자·장자의 철학을 그대로 반영한다. 이어서 치료를 기다리는 무병이 끝끝내 대기 번호표를 뽑아들고 하염없이 차례를 기다리고 있다. 우리는 모두가 환자일 뿐이라는 역설적 의미의 표현은 서구 실존주의 대가들이 펼친 장황한 논리들을 한 방에 제압해버린다.

병명은 없지만 세상은 온통 앓고 있다. 병명 있는 환자가 아니지만 지금 당장 치료가 필요하다. 이보다 더 아름다운 역설은 존재할 수 없다. 문학의 골격은 역설이고 모순이다. 그리고 나는 지금까지 이상보다 위대한 역설과 모순의 대가를 만나본 적이 없다. 앞서 말했듯이 '지비', 종이로 된 비석이야말로 '석비'의 역설이 아니던가.

지비
—어디갔는지모르는안해

지비 1

안해는 아침이면 외출한다 그날에 해당한 한 남자를 속이려 가는 것이다 순서야 바뀌어도 하루에한남자이상은 대우하지않는다고 안해는말한다 오늘이야말로 정말 돌아오지않으려나보다하고 내가 완전히 절망하고 나면 화장은있고 인상은없는얼굴로 안해는 형용形容처럼간단히 돌아온다 나는 물어보면 안해는 모두솔직히 이야기한다 나는 안해의일기에 만일 안해가나를 속이려들었을때 함직한 속기速記를 남편된 자격밖에서 민첩하게 대서代書한다.

지비 2

안해는 정말 조류였던가보다 안해가 그렇게 수척하고 거벼웠졌는데도날으지못한것은 그손가락에 낑기웠던 반지때문이다 오후에는 늘 분을바를 때 벽한겹걸러서 나는 조롱을느낀다 얼마안가서 없어질때까지 그 파르스레한주둥이로 한번도 쌀알을 쪼으려들지않았다 또 가끔 미닫이를열고 창공을 쳐다보면서도 고운목소리로 지저귀려들지않았다 안해는 날을줄과 죽을줄이나 알았지 지상에 발자국을 남기지않았다 비밀한발을 늘버선신고 남에게 안보이다가 어느날 정말 안해는 없어졌다 그제야 처음방안에 조분내음새가 풍기고 날개퍼덕이던 상처가 도배위에 은근하다 헤뜨러진 깃부시러기를 쓸어모으면서 나는 세상에도 이상스러운것을얻었다 산탄散彈 아아 안해는 조류이면서 염체 닫과같은쇠를 삼켰더라그리고 주저앉았었더라 산탄은 녹슬었고 솜털내음새도 나고 천근무게더라 아아

지비 3

이방에는 문패가없다 개는이번에는 저쪽을 향하여짖는다 조소와 같이 안해의벗어놓은 버선이 나같은공복을 표정하면서 곧걸어갈것 같다 나는 이방을 첩첩이닫치고 출타한다 그제야 개는 이쪽을 향하여 마지막으로 슬프게 짖는다.

지비 1 「지비」紙碑는 과연 시냐, 수필이냐, 콩트냐. 정답은 '수필로 태어나 시로 품종이 바뀌었다'쯤 된다. 이 작품은 1936년 1월 월간지 『중앙』 신춘 수필란에 발표되었는데, 그후 여러 차례의 편집과정에서 시의 영역으로 포함되었다.

이상의 여동생 증언에 따르면 이상은 성격이 매우 급한 사람이었다. 앞에서도 언급했지만 시·수필·소설을 구분해가면서 글 쓸 시간이 없었던 사람이다. 피카소가 성질이 급해 평면·입체·설치조각 같은 생각 없이 손에 잡히는 대로 해치운 것과 마찬가지다. 그래서 이상의 글은 다 시 같고 수필 같고 또 소설 같다.

이 글을 쓰는 나는 그래서 심심풀이로 「날개」나 「권태」를 시 읽듯이 읽고 「오감도」를 소설처럼 읽는다. 재미가 쏠쏠하다는 얘기다. 여기 「지비」를 단편소설로 읽는다 한들 누가 시비할소냐.

"아내가 외출한다. 그날 해당한 남자를 속이려 가는 것이다." 유부녀가 바람을 피우니 온갖 속임수가 난무할 수밖에 없다. 지금 이 순간에도 대한민국 온천지에 온갖 남녀 간의 속임수가 들끓는다는 건 상상만 해도 흥미롭다. 다행히도 아내는 하루에 한 남자만 받는다. 집 나갔던 아내가 뽀얗게 화장한 얼굴로 아무 일도 없었다는 듯 돌아온다. 아내는 솔직하다. 아내는 자기 일기에 과연 뭐라고 적을까. 어떤 놈을 만나고 왔다는 걸 솔직하게 쓸까. 실제로 자세히 쓰는 여자가 있다. 나는 그렇게 쓴다는 걸 여러 번 제보받은 적 있다. 글쎄 남편에겐 정직했다고 썼을까. 그런 걸 남편이 아닌 객관적 입장에서 독립적으로 쓰는 모양이다.

시인은 아내에 관한 두 가지 이유로 괴로움에 시달린다. 첫째, 아내는 매일 집을 나가고, 둘째, 그런 아내는 남편을 속인다는 것이다.

지비 2 아내는 새를 닮았다. 새인가 보다. 아내가 새처럼 날아서 도망을 못 가는 것은 손가락에 끼어 있는 결혼반지 때문이다. 아내가 분을 바를 때 벽 하나 사이로 그녀가 새장에 갇혀 있다는 걸 느낀다. 조금 있다 빨갛게 칠한 불그스름한 주둥이로 아내는 한 번도 쌀알을 쪼으려 들지 않는다. 남들처럼 그렇게 밥해 먹고 청소하고 살림하는 그런 짓을 안 했다는 얘기다.

아내는 남들처럼 둘러앉아 수다도 떨지 않았다. 그저 조용히 살았다. 있는 듯 없는 듯 맨발을 남에게 안 보이듯 비밀스럽게 살던 어느 날 아내가 정말 없어졌다. 방안에는 새똥鳥糞 냄새가 나고 날개털 몇 개만 맨바닥에 은근히 놓여 있다. 털 부스러기와 날개 부스러기를 쓸어 모으면서, 그녀가 어쨌거나 살아보려고 했던 여러 흔적들을 쓸어 모으면서 괴상한 물건을 하나 발견한다. 그것은 산탄이다. 쏘면 한꺼번에 분산되어 나아가는 총알로, 여기선 닻 모양의 쇠붙이 정도가 된다. 산탄 안에는 작은 탄알이 많이 들어 있다. 새를 닮은 아내는 염세 닻과 같은 쇠를 삼켰다. 일상에 닻을 내리고 살고 싶었다는 의미를 여기선 주저앉았다고 표현했다. 산탄은 녹슬었고 솜털 냄새도 나고 천근 무게였다. 머리 나쁜 남자가 뒤늦게 깨닫는다. 아내가 짊어졌던 천근이 되는 삶의 무게를.

남존여비 때문일까. 시인은 아내를 조류에 비유한다. 반지 때문에 아내가 날지를 못한다는 것도 역시 여성을 비하하는 발상이다. 시인에게 아내는 끝끝내 새다. 새처럼 조용하게 있다가 어느 날 아내는 없어진다. 아내가 떠난 자리에는 새똥 냄새와 힘겹게 살았다는 증거만 남아 있다. 그중에서도 아내가 토해놓은 산탄 총알들이 있다. 시인 당사자가 아닌 다른 남자들을 상대해왔다는 증거다. 아내는 시인보다 훨씬 씩씩하고 건장한 남자들, 각혈하지 않는 멀쩡한 남자들을 상대해온 것이다. 어찌 이럴 수가, 아아!

지비 3 "이 방에는 문패가 없다." 시인이 사는지 여자가 사는지 새가 사는지 개가 사는지 도무지 알 수가 없다. 또 비상한 상상력이 요구된다. "이번에는." 아내가 집을 나간 다음에는, 그 반대로 아내가 집을 지키기로 작정한 다음에는, 해석은 아무래도 좋다. 문제는 개다. 개가 누구냐? 남편이라고 해석해도 상관없고 동네 사람들이라고 설정해도 무방하다. 개가 저쪽을 향해 짖는다. 이 글을 읽는 우리들이야말로 얼마나 방향도 없이 마구 짖어대며 살고 있는가. 아내의 벗어놓은 버선이 나 같은 공복을 표정하면서. 버선은 납작하고, 그 납작하고 주름진 버선의 모양을 배고픈 표정으로 묘사한 것은 정녕 어이없을 정도로 절묘하다. 그 버선이 벌떡 일어나서 걸어나갈 것 같다. '나 나가지롱.' 이렇게 조소하면서 나갈 것 같다. 남자는, 혹은 시인은 문을 때려잠그고 나간다. 잠깐 외출일 수도 있고 살림을 끝낸 상황일 수도 있다. 그제야 개는 이쪽을 향해 마지막으로 슬프게 짖는다.

개 짖는 소리가 종이비석紙碑에 새겨져 있다. "인간들아, 남녀가 하나되어 온전하게 산다는 건 애당초 불가능한 일인 줄 알아라." 시인이 이쪽저쪽으로 아내를 찾아댄다. 개 짖는 소리와 흡사하다. 겨우 아내가 벗어놓고 나간 버선짝이 개 짖는 소리에 대답할 뿐이다. 시인은 홧김에 문패 없는 집의 문을 꼭꼭 걸어 잠그고 출타한다. 그제야 개가 이쪽을 향해 마지막으로 슬프게 짖는다. 나는 어떡하라고! 사람 신세와 개 신세가 결국 따로 논다.

I WED A TOY BRIDE

1 밤

장난감신부살결에서 이따금 우유내음새가 나기도한다. 머(ㄹ)지아니하여 아기를낳으려나보다. 촛불을 끄고 나는 장난감신부귀에다 대이고 꾸지람처럼 속삭여본다.

"그대는 꼭 갓난아기와 같다"고……

장난감신부는 어둔데도 성을내이고 대답한다.

"목장까지 산보갔다왔답니다"

장난감신부는 낮에 색색이 풍경을암송해가지고온것인지도모른다. 내 수첩처럼 내가슴안에서 따근따근하다. 이렇게 영양분내를 코로맡기만하니까 나는 자꾸 수척해간다.

2 밤

장난감신부에게 내가 바늘을주면 장난감신부는 아무것이나 막 찌른다. 일력. 시집. 시계. 또 내몸 내 경험이들어앉아있음즉한곳.

이것은 장난감신부마음속에 가시가 돋아있는증거다. 즉 장미꽃처럼……

내 가벼운 무장武裝에서 피가좀난다. 나는 이 상채기를 고치기 위하여 날만어두면 어둔속에서 싱싱한밀감을먹는다. 몸에 반지밖에가지지않은 장난감신부는 어둠을 커—튼열듯하면서 나를 찾는다. 얼른 나는 들킨다. 반지가 살에닿는것을 나는 바늘로잘못알고 아파한다.

촛불을 켜고 장난감신부가 밀감을 찾는다.

나는 아파하지않고 모른체한다.

겉장이 찢어진 어느 잡지에 수록된 것을 어느 학자가 발견했다는 시다. 1936년 『삼사문학』三四文學에 게재했던 것으로 추정된다. 제목 「I Wed a Toy Bride」는 나는 장난감 인형과 결혼했다는 뜻이다. 1936년 당시에도 이 정도면 꽤 모던한 냄새가 풍기는 시로 평가되었겠지만, 이상의 시 120여 편을 전부 들여다본 사람의 입장에서 보면 비교적 스토리텔링적인 평이한 시로 여겨진다. 시인이 경험했던 수개월의 짧은 결혼생활이 못내 아쉬웠는지도 모른다.

1 밤 장난감 신부한테서 우유 냄새가 풍겨 갓난아이 냄새가 난다고 하자 장난감 신부가 대답한다. "목장까지 산보 갔다 왔답니다." 목장 풍경이라, 물론 젖소가 거기 있었겠지. 갖가지 목장 풍경을 암송해왔기 때문에 목장 냄새가 나고 우유 냄새가 나는 것이다. 장난감 신부가 내 수첩처럼 내 가슴 안에서 따끈따끈하다는 표현에서 우리는 이상의 시어 구사력에 그저 넋을 놓을 수밖에 없다. 개인 수첩이야말로 중요한 말을 기록해놓고 가슴에 담아야 하는 작고 사랑스런 책이다. 그러니까 수첩은 가슴 자체일 수 있다. 가슴의 따끈따끈함이 수첩으로 전달되지 않을 수 없다. 그래서 가슴 안의 수첩은 따끈따끈하다. 그걸 시인이 절묘하게 옮겨놨다.

장난감 신부의 영양분의 냄새를 코로 맡기만 하니까, 다시 말해 자꾸만 우유 냄새를 밝히니까 몸은 수척해질 수밖에 없다.

2 밤 장난감 신부도 내가 자기를 좋아한다는 것을 알아차리고 내가 장난감 바늘을 주면 신이 나서 아무 데나 마구 찌른다. 자신이 인

형이란 존재가 불만스럽기 때문이다. 가시 있는 장미를 건드린 탓일까. 내 몸에서 피가 난다. 마치 장난감 신부를 지나치게 밝혀서 피가 나는 것처럼 말이다.

나는 피가 그칠 때까지 날만 어두워지면 어두움 속에서 또 싱싱한 밀감을 먹는다. 정력을 비축하듯이 말이다. 밤이 오면 또 장난감 신부를 원 없이 밝힌다. 신혼 초의 신랑 노릇을 계속한다. 결혼반지를 꼈다는 이유 하나로 불타는 청춘남녀 한 쌍이 무한대로 성행위의 자유를 만끽한다.

무병장수로 수십 년이나 더 오래 살아 남았던 당시의 장난감 신부가, 신혼 땐 신랑이 정말 굉장했노라고 우회적으로 고백한 기록도 남아 있다. 변동림이 그렇게 회고록에 밝힌 바 있다. 신부도 날이면 날마다 신랑을 밝힌다. 남자를 밝힌다. 나는 아픈 척하지도 않고, 피가 나는 척하지도 않고, 그냥 아무것도 모르는 척 그 짓을 계속하고 있다. 신부는 밀감으로 체력을 보충한 후 또 신랑의 품을 찾고, 신랑은 각혈이 나오는 것을 숨겨가며 그 짓을 이어간다. 신랑은 그토록 사랑스런 신부와 몇 개월 못 산 채 신부와 티격태격하다가 일본으로 훌쩍 떠나간다. 그리고 거기서 맥없이 죽는다. 수개월만 함께 산 신부여서 장난감 신부였을까.

무제

어제ㅅ밤·머리맡에두었든반달은·가라사대사팔득·이라고오늘밤은·조각된이타리아거울조각·앙고라의수실은드렀슴마·마음의켄타아키이·버리그늘소아지처럼흩어진곳이오면

정병호鄭炳鎬의여보소

초鷦는 초·초　혹은　합천陜川따라해인사·해인사면계도系圖

NO.NO.3.MADAME

수직성水直星관음보살하괴구렁에든범에　몸
토직성土直星여래보살신후재에든뀡에　몸

HALLOO……윤·3··　월
자축일·천상에나고 묘유일·귀도에나고 바람불면 배꽃피고 사해일·지옥에나고 인신일·사람이되고 피었도다 산데리아

제목이 「무제」이길 천만다행이다. 그래서인가. 이상 시를 수록한 어떤 책에는 아예 빠져 있는 경우도 있다. 이런 시는 읽는 시가 아니고 보는 시다. 이해할 필요도 없고 이해할 수도 없는 시다. '아! 시인의 취향이 희한해서 이런 시도 썼구나' 하고 지나가면 된다.

미술에서는 콜라주라는 기법이 있고, 이와 비슷한 콤바인Combine이라는 기법도 있다. 이상이 태어난 1910년경부터 피카소·브라크 등에 의해서 생겨난 입체적 표현 방식이니까 미술학에 건축학까지

전공했던 이상이 그런 기법을 몰랐을 리 없다. 이 표현법은 붓에다 물감을 찍어 그림을 그리는 대신 그냥 주변에 아무렇게나 널려 있는 포장지 · 신문지 · 우표 · 기차표 · 각종 인쇄물, 그밖에도 흙 · 털 · 깃털 · 철사 · 자전거 바퀴 등 손에 잡히는 대로 더덕더덕 붙여대는 기법을 말한다. 과격하게 말하면 쓰레기를 값비싼 현대미술로 둔갑시키는 것이다.

이 방면의 대가로는 유럽 다다이즘의 선각자 슈비터스, 미국의 라우센버그가 있다. 나도 화투장을 뜯어 붙이는 콜라주 · 콤바인 기법을 구사해 약간의 성공을 거둔 바 있다. 이런 기법으로 만든 작품들은 용도가 각기 다른 쓰레기 같은 물건에서 우러나오는 부조리한 충동이나 아이러니한 연쇄반응을 불러일으켜 새로움의 조형적 가치를 드높인다.

미술과 건축학을 문학과 맞바꾼 시인 이상은 언어를 소재로 콜라주와 콤바인 기법을 노골적으로 구사한 것으로 추측된다. 「무제」만 봐도 그렇다. 일관된 스토리를 찾기 힘든 언어의 쪼가리들로 길게 연결되어 있다. 어젯밤에 보았던 반달은 사팔뜨기 반달. 오늘밤의 반달은 이탈리아의 거울조각. 앙고라 수실은 거기 들어 있다는 건지, 혹은 들어 있냐고 묻는 건지는 모호하다.

"마음의 켄타아키이." 마음속으로 미국 켄터키주에 가봤다는 건지, 포스터의 민요 「켄터키 옛집」을 불렀다는 건지, 마음이 켄터키 평야처럼 넓고 평화롭다는 건지, 정확한 건 누구도 알 수 없다. 그런 건 모르고 지나쳐도 아무 지장이 없다.

버려진 그늘에 송아지 떼가 흩어진 곳이 있고, 생판 모르는 인물 정병호가 나타나고, 느닷없이 "여보소" 하는 소리가 들린다. 자못 엘리엇 특유의 아무 내용도 없는 듯한 무심 스타일, 덤덤한 작문 냄새도 풍긴다.

시인은 순전히 언어만으로 콜라주와 콤바인 기법의 그림을 그렸을 뿐만 아니라, 심지어 그 그림 속에 복잡 미묘한 드라마도 삽입시킨다. 종횡무진이다. '초'焦는 또 뭔가. 거북이를 불에 태운다는 게 도대체 무슨 소리인가. 그것이 사팔뜨기 달, 앙고라 수실, 켄터키 송아지, 애꿎은 정병호 씨와 무슨 상관이 있단 말인가. '초'라는 글자가 합천 해인사와는 또 무슨 연관이 있기에 지도까지 펼쳐놓고 난리인가.

어차피 시의 제목은 「무제」다. 제목이 없다. 그래서 밑도 끝도 없이 우스꽝스럽게 마담Madame까지 등장한다. 그것도 세 번째 마담이다. 합천 해인사와 세 번째 마담은 도무지 어울리지 않는다. 정병호와 세 번째 마담이 은밀하게 만나 불경을 외우고 있는 걸까. "수직성관음보살하괴구렁에든범에 몸. 토직성여래보살신후재에든꿩에 몸."

"HALLOO", 여보세요! 누가 누굴 부르는지 알 수가 없다. 때는 윤삼월이다. 특정일에 관한 정보가 열거된다. "자축일은 하늘로 피어오르고, 묘유일은 귓구멍 속에 피어오르고, 바람 불면 배꽃 피고, 사해일은 지옥에 피가 나고, 인신일은 사람이 되고 사람이 피었도다. 산데리아." 사람 살려! 졌다. 완전 졌다. 이만 총총.

파첩

1

우아한여적女賊이 내뒤를밟는다고 상상하라
내문 빗장을 내가지르는소리는내심두心頭의동결凍結하는녹음錄音이거나, 그'겹'이거나……
—무정無情하구나—
등불이 침침하니까 여적女賊 유백乳白의나체가 참 매력있는 오예汚穢—가 아니면 건정乾淨이다

2

시가전이끝난도시 보도에'마'麻가어지럽다. 당도의 명을받들고월광이 이 '마'어지러운위에 먹을즐느니라
(색이여보호색이거라) 나는이런일을흉내내어껄껄껄

3

인민이 퍽죽은모양인데거의망해亡骸를남기지않았다 처참한포화가 은근히 습기를부른다 그런다음에는세상것이발아치않는다 그러고야음夜陰이야음夜陰에계속된다
후猴는 드디어 깊은수면에빠졌다 공기는유백으로화장되고
나는?
사람의시체를밟고집으로돌아오는길에피부면에털이솟았다 멀리내뒤에서내독서소리가들려왔다

4

이 수도의폐허에 왜 체신遞信이있나
응?(조용합시다 할머니의하문입니다)

5

시—트위에 내 희박한윤곽이찍혔다 이런두개골에는해부도가참가하지않는다
내정면은가을이다 단풍근방에투명한홍수가침전한다
수면뒤에는손가락끝이농황의소변으로 차겁더니 기어 방울이져서 떨어졌다

6

건너다보이는2층에서대륙계집들창을닫아버린다 닫기전에침을뱉았다 마치 내게 사격하듯이……
실내에전개될생각하고 나는질투한다 상기한사지를벽에기대어그침을 들여다보면 음란한 외국어가하고많은세균처럼 꿈틀거린다
나는 홀로 규방에병신을기른다 병신은가끔질식하고 혈순血循이여기저기서 망설거린다

7

단추를감춘다 남보는데서 '사인'을하지말고…… 어디어디 암살이 부엉이처럼 드새는지—누구든지모른다

8

……보도 '마이크로폰'은 마지막발전을 마쳤다
야음夜陰을발굴하는월광—

사체는 잊어버린 체온보다훨씬차다 회신灰燼위에 서리가 나렸건만……

별안간 파상철판波狀鐵板이넘어졌다 완고한음향에는여운도없다
그밑에서 늙은 의원과 늙은 교수가 번차례로강연한다
"무엇이 무엇과 와야만하느냐"
이들의상판은 개개 이들의선배상판을닮았다
오유烏有된역구내에화물차가 우뚝하다 향하고있다

9

상장을붙인암호인가 전류위에올라앉아서 사멸의 '가나안'을 지시한다
도시의 붕락崩落은 아—풍설風說보다빠르다

10

시청은법전을감추고 산란散亂한 처분處分을 거절하였다
'콘크리—트'전원에는 초근목피草根木皮도없다 물체의음영에생리가없다
—고독한기술사'카인'은 도시관문에서인력거를나리고 항용 이거리를완보婉步하리라.

이 작품은 이상이 죽은 지 약 6개월 후 1937년 10월 『자오선』에 수록된 유고시다. 자신의 죽음 앞에서 쓴 시다. 이 시는 산문체 형식으로 1번에서부터 10번까지 연작시로 구성되었다. 「파첩」破帖은 파괴된 기록부, 찢어진 수첩이라는 뜻인데, 작품 제목은 멋지게 느껴지지만 실제 작품 내용과 제목의 연관을 찾기는 쉽지 않다. 억지로 갖다 대자면 복잡한 도시가 파괴되는 것의 기록부쯤 될까.

이상은 서울 사직동 출신이므로 도시인이다. 황해도 배천온천으로 요양 갔다온 것과 죽기 전 동경에 잠시 건너간 것 빼고는 쭉 서울에서 살았다. 천재의 증상 중에는 아무 내막 없어 보이는 사물에 대해 터무니없는 진지함으로 대하는 버릇이 있다. 젊은 시인은 자신이 살고 있는 도시에 대해 터무니없이 진지해진다. 그리하여 찢겨진 수첩이라는 의미의 「파첩」은 신의 손이 아닌 이상의 손으로 씌어진 서울, 혹은 동경을 대상으로 쓴 창세기이거나 묵시록쯤 되는 시다. 어느 이상 전문가는 이 작품 전체가 출판인쇄 과정을 패러디한 것이라고 똑부러지게 정의를 내렸다. 근거가 충분한 주장이다. 단지 나는 패러디의 이중적 해석이 너무 복잡하고 이상이 쓴 원래의 시보다 더욱 난해해보여 그냥 있는 그대로 가장 쉽게 해석되는 방법을 따르기로 했다.

1 도시에는 많은 여성이 넘쳐난다. 그중 죽음을 앞에 둔 청년에게 우아한 여자는 모두가 적이다. 여적女賊이다. 하나하나 대적해나가야 하고 무찔러야 하는 상대이기 때문이다. 터무니없이 진지한 시를 쓰는 청년은 모든 우아한 여자가 자신의 뒤를 밟는다는 망상에 사로잡힐 줄 알아야 한다. 스스로 우쭐해질 수 있는 유일한 방법이기 때문이다. 그럴 때는 망상 속에서 우아한 여자로부터 도망쳐 집으로 돌아와 괜히 문을 걸어 잠근다. 혼자서 집 문을 잠그는 이유는 여자를 잘못 만나면 큰일나기 때문이다. 신세 망치기 십상이기 때문이다. 그런 생각을 미리 염두에 뒀기 때문에, 아니다 싶으면 문을 걸어 잠가야겠다는 요구가 몇 배나 커졌기 때문이다.

"무정하구나." 청년은 자기가 생각해봐도 자기의 생각이 무정하고 모질게 느껴질 수 있다. 분위기가 스산하다. 게다가 방 안의 등불까지 침침하기 때문에 우아한 여적의 젖가슴과 나체가 매력 있는 추잡스러움으로, 아니면 청결함으로 청년 시인에게 다가온다. 혼자서 북치고 장구 치는 것이다.

2 전쟁터를 방불케 하는 도시의 하루가 막 끝난 길거리의 보도 위에는 피로에 지쳐 죽은 시체 같은 인간들이 서성댄다. 시체를 싸맸던 마 헝겊까지 너저분하게 널려 있다. 우주의 기본 원리에 따라 저녁 달빛이 시체 같은 요령부득의 군상 위에 교교하게 널브러진다. 달빛은 태양빛이 죽은 빛이다. 죽은 시체 위에 죽은 빛이 비치니 이것이야말로 보호색일 수밖에 없다. '아아, 나도 시체구나. 나도 죽은 달빛을 맞고 있구나. 나도 보호색에 잠겨 있구나.' 그래서 우습다. 껄껄껄 웃는다.

"이 '마'麻 어지러운 위에 먹을 즐느니라." 어떤 책에는 조판 식자를 졸라맸던 마 헝겊이 어지럽게 널려 있는데, '먹을 즐느니라'는 편집자 지시에 따라 식자공이 조판하는 과정에서 인쇄활자를 고정하기 위해 틈새에 끼는 나무때기 같은 걸 질러넣는 작업인 것 같은데, 그런 설명을 들어도 어렵게 느껴지긴 마찬가지다.

3 사람들이 도시생활에 찌들어 모두가 죽어 없어진 모양새인데 관 속에 넣을 해골조차 없다. 도처에 골치 아픈 일들이 터져나와서 은근히 불안에 떤다. 제대로 된, 쾌적한 일은 좀처럼 벌어지지 않는다. 어둠이 어둠 속으로 계속해서 이어진다. 원숭이를 닮은 총리 나리는 수도를 옮기는 문제로 탈진된 끝에 드디어 깊은 잠에 빠진다. 깊은 수면 속에서 청년 시인이 스스로 묻는다. "그럼 나는?" 유백색의 공기가 유통되는 것으로 보아 시인도 잠들어 있을 뿐 아직 숨을 거두

지는 않았다.

하루 종일 시체를 밟듯이 사람에 치이고 시달려 집에 돌아오는 길에 공연히 피부 털이 섬뜩하게 삐죽 솟는다. '아, 살기 힘들다.' 멀리 내 뒤에서 누군가 내 책을 읽는 소리가 들려왔다. 인쇄소 식자공들이 원고를 읽으며 활자를 심는 소린지도 모른다.

4 도시가 폐허처럼 삭막해보이지만 그래도 사람끼리 서로 소식을 주고받으며 살아가고 있다. 어디선가 사람 소리가 들린다. "응, 뭐라구?" 조용! 할머니가 누군가한테 뭘 시키고 계신 중인가 보다.

5 시인이 평소 덮고 자던 시트 위에 시인의 몸 자국이 희미하게 남아 있다. 몸 자국이 너무 희박한 윤곽만 남겨놓아, 그런 몸 자국에선 나의 두개골에 관한 해부도를 그릴 수조차 없다.

"내 정면正面은 가을이다." '내 면상 앞은 바로 가을이다.' 세상에 이리도 담백한 표현이 있을 수가. 새빨간 홍수가 터진 것처럼 온통 단풍이 넘쳐 흐른다. 한참을 자고 난 후 손가락 끝으로 아랫도리를 만져보니 누런 진물 같은 소변이 흘러나와 차갑게 느껴진다. 본격적으로 방울져 떨어졌다. 임질 아니면 매독이겠지.

첫 문장의 '시트'를 시험인쇄에 쓰는 종이로 해석해도 무방하다.

6 선너편 이층에 이 나라 저 나라에서 온 창녀들이 창문을 열었다가 다시 닫는다. 창문을 닫기 전에 시인한테 사격을 가하는 것처럼 침을 뱉었다. 저 창녀의 방에선 장차 무슨 일이 벌어질까 상상을 해보니 공연히 질투에 심술까지 난다. 순전히 상상으로 들뜬 시인의 얼굴·팔·다리·몸통의 사지를 몰래 벽에 기대어 창녀들의 그 짓거

리를 들여다본다. 그녀들이 그 짓을 하면서 얼결에 사용하는 자기네들만의 엉터리 외국어가 세균 들끓듯 꿈틀거린다.

창녀의 집에 혼자 몰래 드나들다보니 시인의 몸은 어느새 병이 들어간다. 병든 시인은 이따금씩 호흡도 멈추고 혈액순환도 여의치 않고 이래저래 죽음 앞에서 망설이는 꼬락서니가 된다.

첫 문장의 "**대륙의 계집들**"을 화려한 원고 내용으로 상정하고 해석을 하면 이곳 창녀 부분에선 내용의 흐름이 평탄치 않다.

7 창녀의 집을 드나들 때는 단추를 몰래 열고 닫아야 한다. 남한테 들키지 않도록 흔적을 흘려선 안 되기 때문이다. 그 집에 들어가면 행여라도 신상명세 사인을 해서는 안 된다. 옛날에는 하숙이나 여관에 들어갈 때도 사인을 해야 했다. 창녀의 방에 드나든다는 소문이 나면 그건 쥐도 새도 모르게 암살당하는 거나 마찬가지다. 부엉이 눈깔로 찾아다니는 족속이 있어서 잡히기만 하면 죽는다. 우리 모두가 그런 태도이기 때문이다. 그래서 시인이 창녀의 방을 들락거리는 것을 아직까지는 아무도 모른다.

인쇄활자의 오식에 관한 풀이로 보인다.

8 길거리에 널려 있는 라디오와 전축에서 흘러나오는 소리는 더 이상 들리지 않는다. 장사가 끝났기 때문이다. 한밤을 파고드는 교교하고 청아한 달빛. 창녀의 몸 위에 잠시 죽어 있는 시체는 창녀와 한창 교접할 때의 체온보다 훨씬 차가울 수밖에 없다. 정념의 불기가 타던 화로에는 불기가 없어지고 하얀 재만 남아 있건만.

별안간 얼마 전까지 시끄러웠던 보도 마이크로폰이 넘어졌다. 좀 전까지는 그토록 시끄럽더니 이젠 소리의 여운조차 남아 있지 않다.

마이크로폰은 꺼진 지 오래됐는데 한사코 웬 의원과 대학교수가 순번을 바꿔가며 연신 뭐라고 떠벌린다. "어쩌고저쩌고 설레발레 어떻게 문제를 풀어가야 하냐면……." 이들의 상판때기는 한놈 한놈 만날 똑같은 말만 해대는 이네들 선배의 상판때기를 꼭 빼닮았다. 아무것도 없이 휑한 역 구내에 화물차 한 대가 우뚝 서서 어디론가 갈 폼을 대책 없이 잡고 있다.

대학교수나 의원님들을 인쇄공으로 대비시켜도 얘기의 흐름은 무난하게 지나갈 수 있다.

9 이게 무슨 짓거리냐. 죽음을 암시하는 암호냐, 죽여야 한다는 암호냐. 누군가 암호를 보내는 전류 위에 몸소 올라앉아 신이 약속한 평화의 땅, 그러나 이제는 망해 없어진 지 오래된 젖과 꿀이 흐르는 가나안 땅을 향해 다시 가야 한다고 모세처럼 지시하고 있다. 한 도시의 몰락은 박혁거세나 아트란티스의 풍설보다 훨씬 빠르다.

인쇄용 원판 해체를 가나안 사멸로 대비시킨다.

10 도시 한가운데 있는 시청에선 시민의 기반인 모든 법전을 폐기하고 자질구레한 지시사항의 처분까지 중단해버렸다. 콘크리트 정원처럼 생겨먹은 이 거대한 도시에는 이제 변변히 목숨을 이어갈 먹거리도 없다. 활기찼던 도시의 스카이라인과 풍광에는 이제 살아 움직이는 생명력도 없다. 이런 처지에서도 하나뿐인 동생을 치사한 질투 때문에 죽여 졸지에 원죄의 고독한 인간이 되어버린 아담의 큰아들이자 하나님의 직계 손자인 카인은 그까짓 죄를 지었건 말건 도시로 들어서는 관문 앞에 예전에 왕이 탄 적 있는 롤스로이스에서 몸을 내린다. 그는 아무 일도 없었고 아무렇지도 않다는 듯이 저주받

은 도시의 거리를 거들먹거리며 활보한다.

인간의 언어가 인쇄물로 둔갑한 것을 사악한 카인의 소행으로 보면 얘기의 아구는 그럴듯하게 들어맞는다. 과학의 발전을 비자연적 측면에서 보면 백번 맞는 말이다.

지금 이 글을 쓰고 있는 나는 「파첩」을 '죽음을 앞둔 스물일곱 이상의 비망록'으로 보고 있다. 만 27세에 죽은 작가 이상의 비망록 같다.

무제

내 마음의 크기는 한개 궐련 기러기만하다고 그렇게 보고,
처심處心은 숫제 성냥을 그어 궐련을 붙여서는
숫제 내게 자살을 권유하는도다.
내 마음은 과연 바지작 바지작 타들어가고 타는대로 작아가고,
한개 궐련 불이 손가락에 옮겨 붙으렬 적에
과연 나는 내 마음의 공동에 마지막 재가 떨어지는 부드러운 음향을 들었더니라.

처심은 재떨이를 버리듯이 대문 밖으로 나를 쫓고,
완전한 공허를 시험하듯이 한마디 노크를 내 옷깃에 남기고
그리고 조인調印이 끝난듯이 빗장을 미끄러뜨리는 소리
여러번 굽은 골목이 담장이 좌우 못보는 내 아픈마음에 부딪혀
달은 밝은데
그때부터 가까운 길을 일부러 멀리 걷는 버릇을 배웠더니라.

화가들은 '무제'라는 제목을 애용한다. 그림이 좀 애매하게 그려졌다 싶으면 「무제」라는 제목을 달곤 한다. 그러나 시에서는 「무제」라는 제목이 드문 편이다. 이상은 그런 면에서도 남들과 많이 다르다. 그는 서너 편의 「무제」를 써냈다. 이다음 장의 시 제목도 역시 「무제」다.

첫 번째 「무제」는 시인이 죽고 1년 후에 1938년 10월 어느 시 동인지에 실렸다. 시인이 스물일곱 살 때 발표한 시로 알려졌는데 그렇

다면 몸 상태가 말이 아니었을 것이다. 그래서 이상은 죽음을 목전에 두고 있는 최악의 상황에서 이 시를 통해 고백한다. 엄청 비장하다. 자신이 현재 소유한 마음의 크기는 겨우 담배 한 개비 길이라고 털어놓는다. 직접 손으로 말아서 피는 담배를 옛날엔 궐련이라고 불렀다.

담배를 피워선 안 되는데, 처심處心, 담배를 피우고 싶은 얍삽한 본래의 마음이 숫제 성냥을 그어 담배에 불을 붙여주며 "피워라, 피워라, 딱 한 대만 피워라" 하고 꼬드긴다. 이는 곧 자살을 권유하는 행위다. 시인의 마음은 당장 바지작 바지작 담배가 타들어가는 대로 콩알처럼 작아진다. 끝내는 "처심이고 나발이고 될 대로 되라, 죽게 되면 죽는 거지" 하며 손가락 끝에 불길이 닿을 때까지 빨아댄다. 이때 시인은 끝내 자기 마음의 휑하게 뚫린 터널 위에 마지막 담뱃재가 떨어지는 부드러운 음향을 듣게 된다.

담뱃재 떨어지는 소리를 아름다운 소리로 표현했다. 그래서 좀처럼 서글프게 느껴지질 않는다.

이제는 담배를 피우면 빨리 죽는다는 본심이 불쑥 솟는다. 재떨이에 담배를 피워 생긴 썩을 놈의 꽁초를 내다 버리듯 대문 밖으로 내쫓는다. 니코틴의 살포로 뇌끝에서부터 발끝까지 잠시 잠깐의 공허를 시험을 치듯 체크하고, 한마디 노크처럼 옷깃을 토닥이며 "딱 한 대 피웠는걸 뭘, 또다시 안 피우면 돼" 하고 스스로를 타이른다. 그리고 마치 금연 조인식이라도 끝내듯, 자기 결심의 집 대문을 아무 일도 없었다는 듯 스르르 미끄러트려 열고 들어선다. 그리고 여러 번 꾸불꾸불 굽은 골목과 담장이 똥오줌 못 가리는 자신의 아픈 마음에 쾅쾅 부딪힌다. 아! 달은 밝은데 폐결핵엔 담배가 금물이라는 사실을 알면서도 몰래 피우는 자신의 얄궂은 마음을 알고 나서부터,

직설적인 표현으로 쉽게 죽을 수 있는 것을 괜히 어렵게 죽는 법을 배우게 됐다. 누구나 편하게 갈 수 있는 길을 우리 모두는 일부러 사서 고생하며 먼 길 가는 법만 배우게 된다는 것이다. 담배 한 대 피우면 뭐 그냥 편하게 죽을 수 있는 건데, 그걸 피우네 안 피우네 온종일 실랑이하는 게 더욱 짜증난다는 얘기다.

이 시를 전체적으로 보면 제목으로 뽑을 만한 대목이 꽤 여러 군데 있다. "처심" "내 마음의 크기" "자살 권유" "한마디 노크" "걷는 법" 등등. 그런데 왜 하필 제목을 「무제」로 했을까. 시인은 귀찮았거나 힘에 부쳤을지도 모른다. 우리 독자들에게 알아서 하라는 뜻이었을지도 모른다. 이 글을 해설해가는 나도 슬슬 지루할 지경이다.

무제

선행하는 분망奔忙을 싣고 전차의 앞 창은
내 투사透思를 막는데
출분出奔한 안해의 귀가를 알리는 '페리오데'의 대단원이었다.

너는 어찌하여 네 소행을 지도에 없는 지리에 두고 화판花瓣 떨어진 줄거리 모양으로 향료와 암호만을 휴대하고 돌아왔음이냐.

시계를 보면 아무리 하여도 일치하는 시일을 유인할 수 없고
내것 아닌 지문이 그득한 네 육체가 무슨 조문條文을 내게 구형하겠느냐.

그러나 이곳에 출구와 입구가 늘 개방된 네 사사로운 휴게실이 있으니 내가 분망중에라도 네 거짓말을 적은 편지를 '데스크' 위에 놓아라.

역시 1939년에 처음 발표된 유작시다. 시인이 죽은 지 2년 후에 뒤늦게 세상에 나온 작품이다. 역시 제목이 없다.

앞 풍경을 구분할 수 없을 만큼 쌩쌩 지나가며 세상의 온갖 분주함을 싣고 달리는 전차의 앞쪽 창은 시인의 온갖 잡생각들을 눈앞에서 가려 막는다. 집 나간 아내가 다시 집으로 돌아온다는 페리오데의 대단원이다. 장렬한 결정이란 뜻이다. 약간 음악적인 냄새가 풍긴다. '더 이상 집 나가는 일은 없다.' 이런 결심에 구두점을 찍는 것이었

다. 그래서 따진다.

"아내여! 너는 어찌하여 너의 품행을 함부로 해서 어디를 간다온다 한마디 말도 없이 훌쩍 나갔다가 꽃잎 떨어진 줄기마냥 앙상해져 알 수 없는 몸짓과 알 수 없는 사내 냄새만 풍기며 돌아올 수 있단 말이냐."

집 나간 아내는 도대체 언제 어디서 누구와 어느 시일에 만나 무슨 짓을 했을까. 시계를 봐선 앞뒤가 일치되질 않아 감을 잡을 수조차 없다. 하지만 온몸에 다른 남자의 지문만 새겨져 있는데 육체가 무슨 낯짝과 핑계로 내게 불평을 늘어놓고 모든 게 내 잘못으로 그렇게 된 거라고 얼버무릴 수 있겠는가. 예나 지금이나 여자는 할 말이 참 많다.

"좋다. 내 집의 문은 나가는 문과 들어오는 문이 활짝 열려 있으니, 집은 아무 때나 들랑날랑할 수 있는 네 소유의 개인적인 휴게실로 쓸 수 있다. 그러니 내가 행여 바쁜 중에 왔다 갔다 하더라도 아직 나의 아내 신분인 너는 거짓말이라도 좋으니 누굴 만나 재미있는 시간을 보냈다, 재미없는 시간을 보냈다, 뭐 그런 거짓말이라도 좋으니 그런 걸 기록한 짧은 편지만이라도 데스크 위에 놓아주었으면 원 없이 좋겠다."

아내에게 그동안 완벽한 자유를 주었고 앞으로도 그렇게 하겠다는 남자의 담담한 결의가 담겨 있다.

팔자소관이었지만 이상은 그 짧은 생애에 분명 여자가 가출하는 문제로 골치를 썩었고, 나도 가출을 하는 문제로 몇 차례 피곤했다. 그런데 내 쪽의 여자들은 많이 달랐다. 누구 하나 스스로 가출을 시도하거나 결행하질 않았다. 오히려 그 반대였다. 나와 내 여자가 종종 남남이 된 건 순전히 내가 먼저 가출을 했기 때문이다. 이상은 여자가 가출하는 바람에 집을 지키며 무료한 시간을 때우기 위해 시를 썼던 것이고, 필자인 나는 허구한 날 분망하게 가출해서 다른 여자들과 놀기에 바빠 시를 쓸 새가 없었던 것 같다.

한 개의 밤

여울에서는도도한소리를치며
비류강이흐르고있다.
그수면에아른아른한자색층紫色層이어린다.

12봉봉우리로차단되어
내가서성거리는훨씬후력後力까지도이미황혼이깃들어있다
으스름한대기를누벼가듯이
지하로지하로숨어버리는하류는검으틱틱한게퍽은싸늘하구나.

12봉사이로는
빨갛게물든노을이바라보이고

종이울린다.

불행이여
지금강변에황혼의그늘
땅을길게뒤덮고도오히려남을손불행이여
소리날세라신방新房에창장窓帳을치듯
눈을감는자나는보잘것없이낙백落魄한사람.

이젠아주어두워들어왔구나
12봉사이사이로
하마별이하나둘모여들기시작아닐까

나는그것을보려고하지않았을뿐
차라리초원의어느한점을응시한다.

문을닫은것처럼캄캄한색을띠운채
이제비류강은무겁게도도사려앉는것같고
내육신도천근
주체할도리가없다.

역시 1939년, 세상에 처음 나온 유작시다. 제목부터 특이하다. 「한 개의 밤」. 우선 밤을 한 개의 낱알로 표현한 것부터가 재미있다. '여울'의 뜻을 국어사전에서 찾아보니, 강이나 바다의 수심이 얕아 물살이 빠르게 흐르는 곳이란다. '도도'는 막힘없이 힘차거나 거만하다는 뜻이다.

최희준의 노래 「하숙생」에도 "강물이 흘러가듯 여울져 가는 길에" 라는 가사 속에 '여울'이 등장한다. 비류강沸流江은 평안남도 양덕군에서 발원하여 성천 등지의 산간으로 흘러 대동강과 합쳐지는, 천하에 멋진 이름을 가진 강이다. 「선구자」에 등장하는 해란강海蘭江, 「화개장터」에 등장하는 섬진강 등 우리나라의 강 이름은 산 이름보다도 더 시적으로 들린다. 이는 무슨 까닭이란 말인가. 마치 김소월·윤동주·정지용·김기림·백석·워즈워스·보들레르·릴케·랭보, 심지어 김삿갓 본명 김병연한테 "여보시오! 일류 시인 님네들! 나도 당신들 스타일의 시를 쓸 수 있소" 하고 도도히 소리치며 써내려간 시 같다. 어려운 말도 없다. 죽죽 읽힌다. 이상 시에선 참으로 드문 일이다.

"내가 서성거리는 훨씬 후력까지도 이미 황혼이 깃들어 있다." 도대체 이런 멋진 표현은 어디서 나왔단 말이냐. "지금 강변에 황혼의 그늘."

그렇다. 어둠에도 그늘이 있거늘 왜 황혼엔 그늘이 없겠는가. 황혼에도 그늘이 있음을 우리에게 알려주는 이런 리얼리스틱한 묘사에 나의 등골이 오싹해진다. 특히 그중에서도 "황혼의 그늘"은 예술이다. 정지용의 「향수」에 나오는 여러 대목들, "실개천이 휘돌아 나가고" "게으른 울음을 우는 곳" "검은 귀밑머리 날리는 어린누이와/아무렇지도 않고 예쁠 것도 없는/사철 발 벗은 아내가" 등등의 구절 빰친다.

어떤 책에서는 5연의 세 번째 행 "오히려 남을 손 불행이여"를 "오히려 남을 불행이여"로 번역해놓았는데, 전자가 훨씬 음률적으로 멋져 보인다. 마찬가지로 "문을 닫은 것처럼 캄캄한 색을 띠운 채/이제 비류강은 무겁게도 내려앉는 것 같고"보다는 "무겁게 도사려 앉는 것 같고"가 훨씬 리얼하게 여겨진다.

"내 육신도 천근千斤/주체할 도리가 없다." 아! 이상한텐 절친도 여친도 없었단 말인가. 친구 소설가 김유정이 죽기 전에 그토록 먹고 싶어 했던 바로 그 닭 30마리 고아다 줄 돈 있는 친구도 없었단 말인가.

아홉 번째 묶음

「척각」으로 들어가면서

내가 이상을 그토록 좋아하는 이유는 그가 눈물겹도록 웃기는 시를 쓰기 때문이다. 보통 사람들에게 시란, 페이소스 덩어리이거나 심각함과 긴장감의 덩어리다. 하지만 이상은 한 작품에서 극단의 희극과 비극을 동시에 뽑아내는 기술자다. 긴 얘기로 웃기는 문학가는 많다. 하지만 나는 지금 유머를 말하는 것이 아니다. 짧은 문장으로 웃기는 건 차원이 다른 얘기다.

〈아홉 번째 묶음에 관한 자포자기적 질문〉

이상은 왜 노벨문학상을 못 받았는가

시 낭송이라는 게 있다. 대부분의 사람들은 시 낭송이 뭔지 모르거나 시 낭송을 직접 경험해보지 못했을 것이다. 시는 목소리 좋은 사람이 감정을 잘 살려서 낭송하면 매우 근사하게 들린다. 나는 오래전 영국의 연극배우 출신 영화배우이자 엘리자베스의 한때 남편, 술꾼 리처드 버튼이 시 낭송하는 걸 주워들은 적이 있다. 또 가수 짐 리브스가 에드거 앨런 포의 서정시「애너벨 리」를 저음으로 낭송하는 걸 듣는 것을 엄청 좋아했다. 김동길 교수가 강의하다가 영시를 읊는 것도 매우 멋지게 들렸다. 일찍이 시 낭송으로 나의 코를 팍 죽인 건「그건 너」「나 그대에게 모두 드리리」라는 노랫말로 시를 써낸 내 친구, 가수 이장희였다.

내가 20대 중반 때,「아침이슬」이라는 불멸의 노래를 써낸 가수 김민기의 주선으로 서울 안국동 한국화랑에서 '조영남 그림전시회'를 생애 최초로 열게 되었다. 그때 관람객으로 오셨던 시인 김남조 여사께서 그림을 잘 그렸다며 나와 내 친구들을 몽땅 청파동 자택으로 초대해주셨다. 그때 김민기가 서울미대 2학년이었고, 이장희는 연세대 생물학과에 다녔다. 서너 명이 더 있었다.

대궐 같은 저택에서 저녁을 하기 직전, 이장희가 벌떡 일어나더니 "김남조 선생님, 제가 선생님의 시 한 편을 낭송해드리겠습니다" 하면서 "사랑하게 놔두십시오. 지붕 위에 비둘기가 훨훨" 어쩌고저쩌고 하는 장시를 좔좔좔 낭송해나갔다. 우리는 이장희 때문에 김남조 시인 앞에서 우리 일당은 한껏 우쭐해졌다.

그때 나는 시 낭송의 즐거움을 처음 알았다. 하지만 무슨 국가기념일 행사에 노벨문학상 후보에 올랐다는 시인이 단상에 올라와 깨지고 쉰 목소리로 3류 부흥목사처럼 조국과 세계 평화를 위해 자작시를 길게 낭송하는 데 딱 질려버린 적이 있어, 나에게 시 낭송은 한참이나 물 건너간 것이었다. 그러다가 전남 목포 '문화인의 밤' 행사에서 왕년에 유명한 탤런트였던 김성옥 형의 시 낭송을 듣고 정말 깜빡 죽었다. 완전 매료됐던 것이다.

시와 노래는 한 끗 차이다. 시는 그냥 시이고 노래는 시에 곡조를 붙인 물건일 뿐이다. 내가 「향수」를 수백 번 불렀으면 사실상 정지용의 「향수」를 수백 번 낭송한 것이나 마찬가지다. 그래도 우리한테 시는 시고 노래는 노래일 뿐이다. 그렇게들 알고 있다. 종류가 다르게 취급된다. 시로 낭송할 때는 시의 음률로 들려서 눈물이 나고, 곡조를 얹어서 노래를 부를 때는 곡조까지 합세해서 감동을 준다는 정도의 구별을 정해놨을 뿐이다.

세상은 무심하지 않은 법. 가수 나부랭이인 나에게도 시 낭송의 기회가 왔다. 머리털 나고 생전 처음 있는 일이었다. KBS TV프로그램 「낭독의 발견」에 초대된 것이다. 나는 잔뜩 별렀다. '기회가 왔구나. 때는 이때다. 내가 열광하는 이상의 시를 낭송해야겠구나. 왜 내가 그토록 좋아하는 이상의 시는 한 놈도 낭송을 하지 않는 거냐. 나는 이날 이때까지 어디서 이상의 시가 낭송되는 걸 본 적도 없고 낭송되었다는 소리를 들어본 적도 없다. 그건 참 이상한 일이다. 이상이야말로 대단히 유명하고 인기 있는 시인인데 말이다. 이번에 내가 그 역사적인 일을 해내리라.'

나는 잽싸게 「오감도」의 「시제1호」를 낭송하기로 맘을 굳혔다. 재미있을 것 같았다. 제1의 아해가 도로로 질주하고 이어서 제2의 아해가 질주하고 그런 식으로 13번째 아해까지 쭉 나가는 것이다. 사람들이 웃으면 웃으라지, 그건 상관없는 일이다. 이상의 시도 낭송할 수 있다는 것, 나는 이상의 시를 그냥 낭송하고 싶어 하는 사람이 있다는 걸 보여주기만 하면 되는 거다.

드디어 리허설을 진행할 때, 이상의 시집을 펼쳐 들고 시를 읽어 내려가기 시작했다. 그런데 시 낭송을 다 마치기도 전에 프로그램 수석 작가가 얼굴에 똥색을 하고 내 옆으로 다가와 조심스럽게 말했다. "선생님 그 시는 너무 웃기는데요, 좀 그런데요. 다른 걸로 좀……." 그래서 나는 어쩔 수 없이 급하게 좀 덜 웃기는 시 「가정」을 찾아 낭송을 끝마쳤다.

이상은 애당초 번역 불가능한 시를 썼다. 더군다나 노벨문학상 같은 걸 염두에 두고 시를 썼을 리 없다. 가령 「오감도」의 「시제4호」나 「시제5호」를 읽으면 내 말뜻을 알리라. 전혀 시 같지 않은 시를 썼다. 파격을 넘어서는 파격이었다. 시 부문에서만은 평론조차 함부로 허락할 수 없는 오묘한 시를 썼다. 새로운 시를 창작해낸 것이 아니라 발명해낸 것이었다. 시인 이상은 앞으로 자기의 시가 낭송될 것이라는 사실을 염두에 두고 시를 쓰지 않았다. 시에 낭송이라는 격식을 우습게 아는 똥고집 때문이다. 나는 그의 똥고집이 한도 끝도 없이 좋다.

때는 늦었지만 이상의 시는 다시 발견되어야 한다. 다시 읽혀야 된다. 내가 만일 2010년 이후도 살아 있다면 우리의 이상을 위해 한길사 김언호 대표와 함께 '노벨문학상'에 버금가는, 빌어먹을 'NO벨' 대신 '예스벨문학상'이라도 제정해 제1회 수상자로 이상을 올려놓고야 말겠다.

걱정은 이어진다. 낭송도 불가능하고 번역 또한 불가능(?)하고 어느 세월에 노벨문학상 후보로 오르겠는가. 한숨만 하염없이 깊어진다.

척각

목발의길이도세월과더불어점점길어져갔다.

신어보지도못한채산적散積해가는외짝구두의수효를보면슬프게 걸어온거리가짐작되었다.

종시終始제자신은지상의수목의다음가는것이라고생각하였다.

1956년, 이상이 죽은 지 약 20년 만에 세상에 나오게 된 유고시다. 미발표되었던 일본어 시 가운데 하나였다. 이상 연구가 임종국이 이상의 사진첩에서 발견, 1956년에 우리말로 번역·발표된 시다. 「척각」은 임종국의 열정이 아니면 세상에 나올 수 없는 시였다. 임종국에게 박수를 보내야 한다.

'척각'은 외짝다리라는 뜻이다. 시인은 자신의 신세나 남녀관계, 특히 부부관계를 외다리 혹은 절름발이로 표현했다. 짝을 발견할 수 없는 삶. 완벽한 짝은 없다. 그런 삶을 외다리 절름발이 불구의 삶으로 그려내곤 했다.

이상은 신의 눈을 가졌다. 그게 내 생각이다. 우리는 사람의 눈으로 세상을 보지만 이상은 신의 눈으로 세상을 본 것처럼 느껴진다. 신의 눈이 아니고서는 목발의 길이가 놀랍게도 세월과 더불어 점점 길어져간다는 사실을 들여다볼 수 없기 때문이다. 인간의 눈은 그토록 정교할 수도 없고 그런 걸 감지할 수도 없다.

나는 목발의 길이가 고정되어 있는 것이 아니라 늘어날 수도 있다는 사실을 이상한테서 처음 배웠다. 이것은 내가 아인슈타인의 상대성원리의 기초를 알게 되는 경우와 매우 흡사하다. 시간은 예쁜 여자와 앉아 있으면 빨리 가고, 상대적으로 미운 여자와 앉아 있으면 더디게 간다. 나는 그 사실을 진작부터 알고는 있었지만, 그것이 바로 시간의 상대성원리인 줄은 아인슈타인을 통해 비로소 알게 되었다. 하지만 제아무리 천재 아인슈타인도 목발의 길이까지 세월 따라 길어질 줄은 차마 몰랐을 것이다. 왜냐하면 아인슈타인은 수학자·물리학자의 눈은 가졌지만 시인의 눈, 사차원적인 심리학자의 눈을 갖지 못했기 때문이다. 아니, 정반대로 이상이 아인슈타인한테 일찍이 그 원리를 배웠는지도 모른다.

이상은 세월과 외다리의 관계를 목발로 보았고, 외다리의 길이와 목발의 길이가 똑같아야 평형을 잡을 수 있다는 사실을 터득했으며, 외다리 삶이 얼마나 불편한지를 진작부터 알았다. 양쪽 목발의 길이가 똑같은 건 우리의 이상향이다. 완전한 행복은 목발의 길이가 똑같을 때에만 가능하다.

외다리 불구라면 한쪽 구두만 신게 마련이다. 이상 시의 논리에 따르면 목발과 마찬가지로 외짝 구두도 세월이 갈수록 사이즈가 점점 커진다. 외다리의 주인공이 신었을 법한, 사이즈가 다른 외짝 신 여러 켤레를 보면서 시인 이상은 외다리의 주인공이 걸어온 슬픈 시간을 계산하고 있다. 계산기를 두드리면서 덧셈 뺄셈을 하는 신이라니 우습지 않은가.

「척각」의 반전은 처음부터 자신은 이 세상에 존재하는 모든 나무 나부랭이와 다름이 없다는 주인공의 넋두리에 있다. 자신이 시골 부엌 아궁이 옆에 무심히 놓여 있는 부지깽이나 다름없다는 것이다. 신의 눈으로 봤을 때 「척각」의 주인공은 명색이 남자인데 이제껏 목발을 짚고 살아왔다. 이 사람이 특이한 건 외다리이기 때문이다. 그는 외신을 신고 살아왔다. 신발 짝이 없기 때문이다. 신발이 아니더라도 짝 없이 사는 게 과연 올바르게 사는 것인가. 그래서 외다리로 외짝 구두를 신고 목발을 짚은 불구의 남자가 되어 스스로를 향해 혼자 중얼거린다. "에이! 부지깽이만도 못한 놈." 부지깽이는 목발보다 한참 낮은 계급의 물건이다. 그리고 수목의 찌꺼기다.

「척각」은 남 얘기가 아니다. 우리의 얘기다. 우리 모두는 세상에 태어나면서부터 불구다. 어느 사물에게나 꼭 결함이 있게 마련이다. 나보다도 타인은 언제나 더 심한 불구다. 내 눈에 타인들의 장애는 언제나 내 장애보다 더 심하다. 나는 지금 현실적으로 목발만 안 짚었지 불구자다. 지금 내 다리는 앉은뱅이라는 소리를 안 들을 만큼만 길다. 실제로는 매우 짧다는 얘기다. 다리에 비해 머리통은 가분수마냥 너무 크다. 눈은 근시이고 코는 안경을 버티기가 힘들 정도로 바싹 주저앉았다.

이상하게 시인 이상 형님도 늘 예쁜 짝이 없어 툴툴대고 있다. 그래서 한쪽 다리가 짧은 목발 신세처럼 보이는 것이다. 그러나 나한테는 근근이 예쁜 짝이 있었다. 총체적으로 나의 약점을 커버해주는 각종 사이즈가 다른 짝이 있어주었다. 그래서 목발 신세만은 면해온 듯하다. 남들한테는 그렇게 보인다. 그러나 내가 지금껏 만난 이른바 짝꿍 중에 온전한 두 다리를 가진 짝꿍이 있었던가. 모두가 외다리였다. 척각이었다. 여자 쪽에서 나를 볼 때도 완전히 외짝다리였을 것이다. 너 나 할 것 없이 우리는 모두가 척각이다. 척각민국 국민이다. 모두가 척각이기 때문에 척각으로 보이지 않을 뿐이다. 목발 짚은 시인은 어울리는데 목발 짚은 가수는 완전 안 어울리는 모양이다.

거리

—여인이출분出奔한경우—

백지위에한줄기철로가깔려있다. 이것은식어들어가는마음의도해圖解다. 나는매일허위를담은전보를발신한다. 명?조?도?착?이라고. 또나는나의일용품을매일소포로발송하였다. 나의생활은이런재해지災害地를닮은거리에점점낯익어갔다.

이상 사후 약 20년 만에 세상에 처음 알려진 시다. 우리는 시인이 몇 살 때 여자에게 버림받는 경험을 했는지 자세히 알 길이 없다. 풍문대로 그의 소설 「날개」나 「봉별기」에 나오는 금홍이와의 경험을 빗댄 것이라면 그의 나이 스물다섯쯤의 경험이리라. 어찌 여자가 금홍이와 변동림뿐이었으랴. 시인은 여자를 일방적으로 쫓는 급박한 삶의 늪으로 숙명처럼 빠져들어가는 자신을 덤덤하게 털어놓고 있다.

「거리」의 첫머리에 나오는 "백지 위에 한 줄기 철로"를 원고지로 추정하는 평론가가 있다. 세로줄은 철로, 가로줄은 침목처럼 생겼기 때문에 원고지를 의미한다는 얘기다. 그럴듯한 느낌이 든다. 한편 하얀 백지 상태의 삶에서 끊임없이 만나고 헤어지고 떠나가고 그리워하는 인간사의 보편적인 현상을 빗댄 것으로 이해할 수도 있다. 철로란 말은 생태적으로 평행선, 즉 둘이 함께 가되 끝끝내 만나지 못하는 숙명적 의미를 지닌다. 이 작품의 경우 특히 그렇다.

어쩌다 여자를 만나 사귄다. 처음에는 좋다. 그러나 사랑의 감정은 점점 식어들게 마련, 어느 날 여자는 떠난다. 떠나고 난 자리에는 시인의 표현대로 두 줄 철로만 나란히 평행선을 그리며 남아 있게 된다. 종이 위에 그려진 두 줄의 철로. 이것은 남녀가 식어들어가는 아니, 이미 식어서 냉랭해지고 쇳덩이처럼 딱딱해졌다는 마음의 표시를 나타낸 도표이자 그림이다.

시인은 매일 허위전보를 발신한다. "당신 생각하며 나는 잘 있소. 사랑하오. 당신이 돌아오기만 기다리오. 내일 아침 내가 거기 도착하거나 그대가 이쪽으로 와주오." 또 매일매일 일어나는 일들을 정성스레 적어 소포로 발송한다. 여자가 도망가버린 후부터 남자의 생활은 말 그대로 재해·재난이다. 그런 생활이 시인의 삶 속에 깊숙이 들어와 있고 이제는 그나마 많이 낯익은 것처럼 익숙하다.

밥을 짓고 빨래하고 청소하는 것도 혼자 해야 한다. 점점 심한 재해 지역에 익숙해진다. 무슨 소리냐. 남자와 여자의 거리가 너무 짧거나 너무 멀다는 얘기다. 아, 남자와 여자는 언제 어느 지점에 가서야 적절한 거리가 유지된단 말인가. 집을 나간 여자는 지금쯤 여기 있는 시인과 얼마큼의 거리를 두고 있을까. 시인이 찾아 나설 수 있는 거리인가. 찾아나서봤자 소용없는 아주 먼 거리에 있는가. 남녀 사이에 거리가 없을 때는 단지 섹스 행위를 할 때뿐이다. 이 시인한테는 그렇다. 그래서 죽기 살기로 거리 없애는 일에 몰두하는 것이다. 더럽게 할 일이 없는 남자의 거리 풍경 그대로다.

수인이 만들은 소정원

이슬을아알지못하는다—리야하고바다를아알지못하는금붕어하고가수繡놓여져있다. 수인이만들은소정원이다. 구름은어이하여방속으로야들어오지아니하는가. 이슬은들창유리에닿아벌써울고있을뿐.

계절의순서도끝남이로다. 산반算盤알의고저는여비와일치하지아니한다. 죄를내어버리고싶다. 죄를내어던지고싶다.

1956년에 처음 발표된 유고시다. 재미있으면서 풍자적이며 역설적인 시다. 이상한 가역반응적인 시다. 이 시가 그려내고 있는 두 가지 대상의 대비 · 대칭이 재미있다. 마치 서정성 짙은 노랫말을 닮았다. 약간의 편집으로 그렇게 될 수 있다.

이슬을 알지 못하는 달리아
바다를 알지 못하는 금붕어

방 안으로 못 들어오는 구름
유리창을 못 뚫는 이슬

여기까지는 요절한 가수 김광석이 부른 양병집이 의역한 「두 바퀴로 가는 자동차」와 비슷하다.

두 바퀴로 가는 자동차, 네 바퀴로 가는 자전거
물속으로 나는 비행기, 하늘 위로 나는 돛단배
남자처럼 머리 깎은 여자, 여자처럼 머리 긴 남자
가방 없이 학교 가는 아이, 비 오는 날 신문 파는 애
한여름에 털장갑 장수, 한겨울에 수영복 장수
번개소리에 기절하는 남자, 천둥소리에 하품하는 여자
독사에게 잡혀온 땅꾼만이 긴 혀를 내두른다

복잡하게 생각지 마라, 그게 바로 인생이라는 의미다. 이 시의 멜로디는 「Don's Think Twice It's All Right」에서 따왔다.

다리아와 금붕어는 갇혀 있는 수인이 만든 장식용 유리상자 같은 데 들어 있는 모형 조각품일 것이다. 당연히 구름은 방으로 들어올 수 없고 이슬은 오래전부터 들창유리에 닿아 울다가 금세 울음을 그칠 수밖에 없다. 울음을 그친 풍경이다. 「수인이 만들은 소정원」에는 김광석의 노래 「두 바퀴로 가는 자동차」에선 볼 수 없는 대반전이 있다. 이어지는 세 문장이 그 역할을 맡는다. 그것은 계절의 순서도 끝났다는 것, 결국 모형 정원이기 때문에 사계절의 변화가 있을 수 없다는 것이다.

사람이 주판알을 이래저래 올리고 내리고 해봤자, 인간이 제아무리 머리를 굴려봤자 인생을 어떻게 허비하느냐 하는 문제의 해답이 나올 수 없다. 그래서 사는 게 피곤하다. 머리 굴리는 일을 그만두고 싶다. 주판알을 가지고 장난하는 것이 곧 죄이기 때문이다. 주판알의 높고 낮음은 어딜 떠나는 데에 쓰는 경비 문제와는 다르다. 주판알이 올라가 있고 내려와 있는 건 문제가 아니다. 다시 말해 주판알이 올라가 있는 것도 죄이고 내려와 있어도 죄이기는 마찬가지다.

아담과 이브 이래 우리는 뱃속에서부터 죄를 지었다고 전해져 내려온다. 이상하게도 유독 기독교에서는 그렇게 주장한다. 우리의 문제는 그래서 원죄를 인정할 것이냐, 원죄 따위를 무시할 것이냐, 아니면 "나는 죄를 안 지었다, 난 죄 없다, 배 째"라고 박박 우겨 살아간다.

시인은 지금 수인 신세로 감옥살이를 하듯 살고 있다. 거기서 심심풀이 땅콩으로 얄궂게 소정원도 꾸며봤다. 꾸며봤자 수인이 만든 작은 정원일 뿐이다. 정원을 즐기는 이도 없다. 시인은 죄를 내던져버리고 감옥 밖으로 나가 이슬 맺힌 달리아나 바다에서 노는 금붕어를 보고 싶다. 구름을 방 안에 가득 몰아다 놓고 이슬에 몸을 적시고 싶다.

필자 역시 마찬가지다. 나는 호화판 청담동 빌라에서 감옥 생활을 하는 수인이다. 나는 주판알만 들입다 올려 돈만 긁어모을 뿐 일절 쓰지 않는 악질적인 죄를 저지르며 살고 있다. 자칭 수인 시인 이상은 정원을 만들어 위로를 찾고, 청담동의 수인 가수 조영남은 화투 그림을 그려 위로를 찾는다. 죄를 지은 고통으로부터 벗어나기 위해 똥광을 그리며 생똥을 싸고 뭉개는 것이다. 이것이 우리 모두의 삶의 방식이다. 세상살이라는 울타리가 쳐진 작은 정원이 딸린 감옥 안에서 말이다.

육친의 장

나는24세. 어머니는바로이낫새에나를낳은것이다. 성?세?바?스?티?앙?과같이아름다운동생 · 로?오?자?룩?셈?불?크?의목상을닮은막내누이 · 어머니는우리들3인에게잉태분만의고락을말해주었다. 나는3인을대표하여—드디어—

어머니 우린 좀더형제가있었음싶었답니다.

—드디어어머니는동생버금으로잉태하자6개월로서유산한전말을고했다.

그녀석은 사내댔는데 올해는19 (어머니의한숨)

3인은서로들아알지못하는형제의환영을그려보았다. 이만큼이나컸지—하고형용하는어머니의팔목과주먹은수척하여있다. 두번씩이나각혈을한내가냉청을극하고있는가족을위하여빨리안해를맞아야겠다고초조하는마음이었다. 나는24세나도어머니가나를낳으시드키무엇인가를낳아야겠다고생각하는것이었다.

1956년에 발굴된 유고시다. 내용은 간단하다. 스물네 살 시인의 가족사랑에 대한 푸념이다. 스스로 '육친'이 되고 싶다는, 장가를 가야겠다는 내용이다. 푸념의 근원은 당신의 모친이 바로 지금 시인 나이인 스물넷에 당신을 낳았다는 것이다. 자고로 큰 사람은 사소해 보이는 것에 잔신경을 쓰는 법이다. 옛날 중국의 쑨원 선생께서 했던 얘기 같다. 그로부터 큰아들인 자신을 비롯해, 그 밑으로 유명한 로마의 성자이며 그리스도교 순교자인 성 세바스찬을 닮은 남동생과, 그 유명한 독일의 혁명가이며 공산주의 운동가인 로자 룩셈부르크를 닮은 여동생까지 만드신 모친으로부터 잉태와 분만이 얼마나 힘든 일인지 그 고락에 관한 얘기를 듣곤 한다.

나는 아직 성 세바스티앙의 얼굴과 모습을 전혀 모른다. 로자 룩셈부르크도 마찬가지다. 시인은 3형제를 대표해서 모친께 탄원을 한다. "우리는 좀더 많은 형제를 가지고 싶었습니다!" 드디어 모친으로부터 첨으로 대답이 나온다. 시인의 남동생 바로 밑으로 또 한 번 임신을 한 적이 있는데 6개월 만에 유산을 하게 되었다는 것이다. 그 녀석은 사내였고 지금 컸으면 19세. 어머님의 한숨이 울려 퍼진다. 살아 있는 3형제는 서로 만난 적도 없고 알지도 못하는 그 죽은 형제를 상상으로 잠시 그려본다. "유산으로 죽은 아이가 이만큼이나 컸는데" 하시며 내민 어머니의 팔목은 왠지 수척해보인다. 이때 두 차례나 각혈을 경험한 시인이 스스로 냉정하게 정신을 바짝 차리고 '이제는 나이 스물넷도 됐으니 어서 나도 빨리 어떻해서라도 아내를 얻어야겠다'고 맘을 먹어본다. 그때 나이 스물넷이면 요즘 나이로 마흔 무렵쯤이었을 것이다.

필자의 모친이 살아 계셨을 때 우리는 5형제였다. 큰누나·큰형·작은누나·나·내 밑으로 남동생 하나. 형제 수가 적다고 생각을 안 했기 때문에 누구 하나 우리의 엄마 김정신 권사님께 형제를 더 많이 생산해달라고 요구한 적이 없다. 김 권사님은 식구 얘기가 나올 때 가끔 우리 5형제 사이사이에 4명이 더 태어났다는 얘기를 들려주곤 했다. 한 아버지 밑으로 총 9명을 낳았다는 것이다. 아홉 중에 넷은 중도에 죽었다는 얘기를 아무렇지도 않게 우리에게 들려주었다. 그중 내 형뻘 되는 아이의 이름이 영호였나, 뭐 그랬다. 그때는 그렇게 잘 죽었다고 한다. 홍역하다 죽고 열나서 죽고. 그리하여 지금은 9명 중에 4명만 살아남아 있다. 내가 이상 선배보다 한 가지 잘한 것은 제때에 아내를 얻어 아들 둘, 딸 하나를 얼결에 만들었다는 것이다.

우리 집엔 각혈하는 사람도 없었다. 단지 아버지가 뇌출혈로 13년간 누워 계셨다. 돌아가시기 전날 내가 수염을 깎아드린 기억이 난다. 아버지가 돌아가신 날은 눈이 많이 왔다. 그래서 나를 웃겼다. 관을 들고 내려가던 사람들이 불광동 독박골 비탈진 골목길에서 눈 때문에 길이 미끄러워서 관을 놓친 적이 있다. 덜크덩 덜크덩 저 혼자 내려가는 관을 보며 사람들이 심봉사 도랑 헛짚은 것마냥 소리를 쳤다. "아이쿠! 아이쿠!" 나는 뒤에서 막 웃었다. 그때 난 서울 음대 신참 대학생이었다. 내 생에 그렇게 웃은 장면이 또 어딨을까. 나는 우는 것보다 웃는 편이 훨 낫다고 생각했다.

김정신 권사님이 돌아가시던 야밤엔 내가 웃겼던 것 같다. 나는 김 권사님 귀에 대고 소리쳤다.

"엄마! 송 장로한테 돈 꿔줬지? 고개만 끄덕여봐. 엄마, 최 권사님한테 돈 빌려줬지? 그냥 고개만 끄덕여. 그래야 내가 돈을 받아내지, 엄마 죽은 다음에."

김 권사님은 내가 미8군쇼단에서 알바로 벌어와 눈꼽만큼씩 준 돈을 같은 교회 집사님이니 권사님들한테 빌려주고 세를 받으며 살아왔다. 나는 급했다. 엄마가 돌아가시면 내가 그 돈을 받아내야 했기 때문이다. 김 권사님, 우리 엄마는 미동도 없이 눈을 감았다. 권사님은 내가 미국에 있는 동안 하나밖에 없는 내 재산이었던 한강 시범아파트를 팔아 내 허락도 없이 동생 독일 유학비에 보탰고, 두 번째 아파트도 작은 누이한테 몰래 줘버렸고, 내가 모아두었던 돈을 죄다 교인들한테 빌려주고 이자를 받아 사시다가 이젠 내 허락도 없이 원금을 몽땅 탕감해버려 당신만 생색을 내며 눈을 감으셨다. 나는 김 권사님의 신한테 채무를 보상받아야 하는데 신이 워낙 신출귀몰하다. 빌어먹을! 어디서 신을 찾아야 할지, 어떻게 보상받아야 할지 나는 아직도 그걸 모르겠다.

내과

—자가용복음

—혹은 엘리엘리 라마싸박다니

하이 얀천사 이수염난천사는큐피드의조부님이다.
수염이전연(?)나지아니하는천사하고흔히결혼하기도한다.

나의늑골은2떠—즈(ㄴ). 그하나하나에노크하여본다. 그속에서는 해면에젖은더운물이끓고있다. 하이얀천사의펜네임은성피—터—라고. 고무의전선 똑똑똑똑
버글버글 열쇠구멍으로도청.

(발신) 유다야사람의임금님주무시나요?
(반신) 찌—따찌—따따찌—찌(1) 찌·따—찌—따따찌—(2) 찌—찌따찌—따따찌—찌—(3)

흰뺑끼로칠한십자가에서내가점점키가커진다. 성피—터—군君이나에게세번씩이나아알지못한다고그린다. 순간닭이활개를 친다……

어엌 크 더운물을 엎질러서야 큰일날노릇—

1956년 이상의 사후 20년 만에 발굴된 유고시다.

나는 가수다. 노래는 나의 직업이다. 취미로 노랠 하는 게 아니다. 내 취미는 따로 있다. 그림 그리기, 현대미술이다. 나는 독학으로 취미 생활을 꾸려나가고 있다. 좋아하는 화가는 단연 피카소다. 다양한 그림을 그려냈기 때문이다.

나는 유독 찰리 채플린을 좋아한다. 왜 채플린인가. 웃음과 눈물을 동시에 제공하기 때문이다.

내가 이상을 그토록 좋아하는 이유도 그가 눈물겹도록 웃기는 시를 쓰기 때문이다. 내가 이상을 현대 시문학의 황제로 떠받드는 근

필립 거스턴, 「스튜디오」, 1969
만화를 방불케 하는, 진지하게 웃기는 그림이다.
무슨 자루 같은 것을 뒤집어쓴 주인공이
자신의 초상화를 그리는 중이다.
뉴욕 메트로폴리탄에서 필립 거스턴의
회고전을 관람한 적이 있다.
그때 사람이 너무 감동하면 가슴이 쿵쾅쿵쾅
뛴다는 것을 실감했다.

거가 바로 그 점이다. 보통 사람들이 말하는 시란, 얼른 말하자면 페이소스의 덩어리거나 심각함과 긴장감의 덩어리다. 그런 전통적인 방식의 시를 써서 세계 최고로 알려진 인물이 프랑스의 보들레르다. 보들레르도 가끔은 웃기는 구석이 있다. 너무도 진지해보이고 지나치게 열정적인 게 오히려 웃게 만든다. 뭐든 오버하면 그 자체가 우스꽝스럽게 보이는 법이다. T.S. 엘리엇이나 에드거 앨런 포가 시에서 토끼나 고양이 따위를 즐겨 다루는 것도 그렇다. 진지함과 우스꽝스러움을 배분하는 데 명수였기 때문에 그들은 변함없이 현대 시문학의 선각자로 떠받들어지고 있다.

한 작품에서 극단의 희극과 비극을 동시에 뽑아내는 기술자로 이 땅에 이상만 한 문학가가 또 있을까. 서양엔 내가 아는 마크 트웨인이 있었지만 그는 어디까지나 소설가였고 얘기꾼이었다. 긴 얘기로 웃기는 문학가는 많다. 나는 지금 유머를 말하는 것이 아니다. 짧은 문장으로 웃기는 건 차원이 다른 얘기다.

여기 「내과」의 경우만 봐도 그렇다. 부제가 '자가용복음'이다. 「마태복음」 「요한복음」도 아니고, 멸치복음도 아니고 자가용복음이다. 시인은 폐결핵 환자다. 그래서 내과병원에 들락거린다. 사람들은 거기에 복음, 영어로 말해서 가스펠Gospel이 있는 줄 알고 간다. 기독교 방식으로 진짜 복음은 모든 병을 치유해주지만 시인이 봤을 땐 맨날 내과병원에 가봐도 병세는 거기서 거기다. 그러니까 내과는 인류를 위한 복음이 아닌 자가용복음으로 대폭 축소가 되는 것이다. 거기다가 폐결핵에 걸린 젊은 청년이 자기가 무슨 십자가 위의 예수라고, 알아먹을 수도 없는 중동언어로 "엘리엘리 라마싸박다니"Eli Eli Lama Sabachtani 하면서 "주여, 어찌 저를 버리시나이까"라고 외친다. 결핵을 앓는 조선의 무명 청년 시인이 지상 최고의 수퍼스타 예수 그리스도의 저 유명한 유언을 빌려 신세타령을 하고 있으니 얼마나 처절하고 한편으론 웃기는가 말이다.

수염 난 천사가 수염 나지 않은 천사와 결혼한다는 얘기도 우스꽝스럽기 이를 데 없다. 하얀 천사는 이상 자신이라 해도 좋고 흰 가운을 입은 여자는 의사 선생님이라도 상관없다. 또 수염 난 천사가 의사 선생님일 수도 있고 수염 안 난 천사가 간호사일 수도 있다. 의사와 간호사가 결혼을 한대서가 아니라 수염으로 남녀를 구분한 것이 웃기다. 여기서 '수염 난 천사는 신들과 모든 인간을 지배한다는 사랑의 수호신인 큐피드의 증조할배'라고 큰소리치는 인물이 누구냐, 의사 선생님일 수도 있고 이상 자신이라고 믿어줘도 틀린 소리는 아니다.

"나의 늑골은 2떠—즈(ㄴ)"이라고 어설픈 영어를 섞어 쓴 대목을 보자. 이상은 벌써 수년간 각혈을 해온 처지라 등뼈 하나하나가 성할 리 없다. 그런 처지에서 자신의 늑골 숫자와 나이가 '1떠—즈(ㄴ)^{12} 플러스 1떠—즈(ㄴ)^{12}' 숫자로 열둘에 열둘 이걸 합해서 스물넷이라는 의미의 "2떠—즈(ㄴ)"이라 능청을 떨고 있다. 글쎄, ㄴ자는 왜 붙여놨는지 모르겠다.

24개의 썩어가는 갈비뼈를 하나하나 체크, 노크해본다. 그 속에서는 살 안쪽 썩은 피가 철철 끓는다. 해면을 허파로, 썩은 피를 더운물로 표현했다. 더욱 애처롭다. 진찰하는 의사가 천주교 신자일까. 펜네임 필명이 성 피터, 즉 성 베드로라는 의사는 고무 튜브로 된 청진기를 여기저기 톡톡 쳐보고 고무줄 속으로 들려오는 버글버글 소리를 열쇠구멍으로 도청하듯 훔쳐듣는다. 똑똑버글 똑똑버글. 이 얼마나 음악적인가. 그런데 이를 어쩌나. 하얀 천사의 청진기 도청으로도 해결이 안 될 것 같다. 참고로 살아생전 자신의 스승 예수를 세 번씩이나 안면

몰수했던 것으로 유명해진 베드로는 예수가 죽은 후 제자들의 두목격이 되어 기독교를 전파하는 데 주도적인 역할을 도맡는다.

사태가 급박함을 감지했다. 하늘을 향해 특급 전보를 친다.

"자칭 유대인 임금, 예수 그리스도는 지금 주무시나요?"

세 차례에 걸쳐 답신이 온다. 그런데 히브리어인지 그리스어인지 해석이 안 된다.

"찌—따찌—따따찌—찌(1) 찌 · 따—찌—따따찌—(2)

찌—찌따찌—따따찌—찌—(3)"

흰 페인트를 칠한 십자가는 병원일 수도 있고 모든 병이 다 치유된다는 야바위 사기꾼의 사이비 정신일 수도 있다. 거기서 환자는 키가 커지듯이 병세가 날로 악화되어간다. 성 베드로 군이 세 번이나 스승 예수를 누군지 모른다고 오리발을 내민다. 성 베드로처럼 믿었던 의사조차 모르는 척 오리발을 내밀면 그가 설 땅은 없다. 순간 어디선가 닭이 회를 친다. "꼬끼오!"

십자가 형틀 위에서 그리스도가 내놓은 마지막 말은 장엄했다. "다 이루었노라." 그러나 우리의 시인 이상의 마지막 말은 전혀 장엄하지 않다. 그 반대다. "이크! 더운물은 엎질러서야 큰일날 일이지." 피를 토하고 죽는다는 얘기를 최대한 웃기게 쓴 거다.

지금으로부터 80여 년 전에 시인이 다녔던 내과병원에선 의사도 간호사도 천사도 성 베드로도 심지어 십자가의 그리스도도 시인의 병을 못 고쳤다. 그럼 지금은.

이상은 그가 그토록 비웃고 조롱했던 예수의 마지막 장면을 흉내내고 있다. 약간 변형된 십자가 위에서 장렬하게 죽어간다. 베드로를 등장시켜 그가 세 번 부인하도록 만들고, 심지어 수탉까지 동원해서 "꼬끼오" 하고 홰를 치게 만든다. 정상적인 세상으로 세팅을 한 것이다. 「내과」를 쓴 시인이 이상인지 성 베드로인지 분간을 못 하게 만든다. 자신에게 곧 다가올 죽음을 이 세상에서 가장 유명한 죽음을 맞은 예수와 흡사한 각본으로 짜놓았다. 독자들이여! 이보다 더 웃기는 코미디를 본 적이 있는가.

골편에 관한 무제

신통하게도혈홍으로염색되지아니하고하이얀대로

빵끼를칠한사과를톱으로쪼갠즉속살은하이얀대로

하느님도역시빵끼칠한세공품을좋아하시지—사과가아무리빨갛더라도속살은역시하이얀대로. 하느님은이걸가지고인간을살짝속이겠다고.

묵죽墨竹을사진촬영해서원판原板을햇볕에비쳐보구료—골격과같다.

두개골은자류柘榴같고아니자류의음화陰畵가두개골같다(?)

여보오 산사람골편骨片을보신일있수? 수술실에서—그건죽은거야요살아있는골편을보신일있수? 이빨! 어머나—이빨두그래골편일까요. 그렇담손톱두골편이게요?

난인간만은식물이라고생각커든요.

1956년에 발굴된 유고시다. 이 시는 이상의 시 중에서 그런대로 덜 난해한 편에 속하는 것처럼 스토리텔링식으로 나가지만, 뒷부분으로 향해 갈수록 스토리가 겹겹으로 뒤틀려 결국 독자들을 난감하게 만든다. 제목부터 뒷골을 당기게 만든다. '골편에 관한 문제'라고 했으면 무난했을 것을 왜 구태여 '무제'를 추가시켰을까.

여기서 골편은 사람 몸속에 있는 뼈 줄기를 말한다. 나는 우리나라 떡 중에서 절편을 가장 좋아한다. 가래떡도 절편의 일종이다. 골편과 절편은 어감도 비슷하고 같은 흰색이라서 엇비슷하게 느껴진다. 그런데 왜 이런 으스스한 제목의 시를 썼는지, 왜 이런 엽기적인 내용의 시를 썼는지 우리는 시인의 문학적 취향과 더불어 그것의 다양성에 놀랄 수밖에 없다.

이 시는 얼핏 보면 으스스하고 엽기적이지만 실제 내용을 살펴보면 엄청 귀엽고 흥미롭다. 사과를 빨강으로 칠하지 않고 왜 그 속은 왜 하양으로 제작했냐고 하느님한테 투덜거리는 것부터가 그렇다. "사과를 빨간 뺑끼로 칠했다"는 것은 엽기이고, 사과를 과도가 아닌 톱으로 쪼개봐야 결국 속이 하얗지 않냐는 대목에선 피식 웃음이 샌다. 하느님도 역시 뺑끼칠한 세공품을 좋아한다는 대목에선 웃음이 터질 수밖에 없다. 이 시를 쓰는 작가가 하느님을 동네 목수쯤으로 우습게 보고 비아냥대는 상황이 얼마나 재미있는가.

그렇다. 우리가 지금까지 몰랐지만 하느님은 사과의 표면을 빨갛게 칠해서 우리 인간의 대선배 아담과 이브를 속이려 했다. 하얗게 그대로 놔뒀으면 누가 사과한테 매료됐을 건가. 하느님은 태초에 그렇게 겉 다르고 속 다른 빨간 가공품을 가지고 인간을 살짝 속이겠다고 작전을 짜셨던 것이다. 혹시 뱀이 그 짓을 한 범인이 아닐까? 이것은 대한민국 검찰이 나서야 하는 문제인지도 모른다.

여기까지는 인트러덕션, 전반부에 불과하다. 이제 곧 본론인 후반부로 들어가게 되는데, 독자들은 이쯤에서 막판 반전 드라마가 있다는 걸 미리 알아둘 필요가 있다.

시인의 생각은 이런 것이다. 껍질이 빨간 사과의 속은 하얀색이다. 겉이 진초록색인 대나무의 속도 하얀색이다. 누르스름한 피부로 슬쩍 가린 사람의 속도 하얀색이다. 사람의 척추나 뼈대가 되는 골편도 하얀색이다. 흰 사과의 골편도 흰색, 대나무의 골편도 흰색, 사람의 골편도 흰색이기 때문에 시인은 사람도 식물이라고 박박 우기고 있다.

지구상에 존재하는 수많은 신 중에서 가장 인기 있는 '여호와'라는 이름의 유대 신은 하늘과 땅을 첨으로 만들어놓고 드디어 남녀 인간까지 새로 만들어 에덴동산이라는 멋진 이름의 특수 지역에 살게 하면서 인간에게 딱 한 가지의 조건을 제시했다. 에덴동산 한편에 주렁주렁 열려 있는 빨간 사과를 따먹지 말라는 것이었다. 따먹는 순간 악의 세계에 빠진다는 것이었다. 여기서의 문제는 신이 인간에게 왜 그런 괴상망측한 조건을 내밀었느냐가 아니라, 신이 인간에게 제시한 사과가 바로 빨간 뺑끼를 칠한 가공품이었다는 사실이다. 이미 껍데기 부분은 뺑끼 때문에 먹을 수가 없는 짝퉁 사과였다는 얘기다.

이상은 이렇게 치사한 하느님을 노골적으로 비웃고 있다. 누가 감히 하느님을 이토록 논리적으로 궁지에 몰아넣을 수 있었던가. 니체나 러셀은 애당초 하느님의 존재를 용도폐기하거나 무시해버렸고, 보들레르는 하느님의 선과 악의 개념을 존중하는 의미에서 우리네 인간을 '악의 꽃'으로 규정했다. 어린 랭보는 일찍부터 신이라는 존재에 매달렸다. 글쎄 매달리질 말지, 투덜대다가 그것도 잠시, 뭔가 안 되겠다 싶었는지 졸지에 스무 살 전후로 잠적·증발해 버리고 말았다. T.S. 엘리엇은 나이가 들어 영국으로 돌아가 영국 국교 성공회의 열렬한 기독교 신자가 되었다. 반면에 우리의 시인 이상은 차라리 각혈할 필요도 없고 사과를 따먹을 거냐 말 거냐 고민할 필요도 없는 식물이기를 희망하고 있는 것이다.

가구의 추위
—1933, 2월17일의실내의건

네?온?사?인?은섹?스?폰?과같이수척하여있다.

파란정맥을절단하니새빨간동맥이었다.
—그것은파란동맥이었기때문이다—
—아니! 새빨간동맥이라도저렇게피부에매몰이되어있으면……
보라! 네?온?사?인?인들저렇게가만—히있는것같아보여도기실은부단히네온가스가흐르고있는게란다.
—폐병쟁이가섹스폰을불었더니위험한혈액이검온계檢溫計와같이
—기실은부단히수명이흐르고있는게란다

이 작품이 씌어진 때는 1933년경으로 보이는데, 그로부터 20여 년이 지난 후 유작으로 발표된다. '가구의 추위'는 거리의 추위를 말한다. 부제는 작품제작 일시로 보인다. "1933년 2월 17일의 실내에 관한 문제"가 부제다. 거리 풍경과 실내는 직접 연결이 안 되지만 바깥 풍경과 실내에서 일어나는 얘기가 병행된다는 의미일 수 있다.

2월 17일이면 계절적으로 아직 추울 때다. 이 어쭙잖은 해설문을 작성하고 있는 지금은 2009년 12월. 밖은 금년 들어 최고 추운 날씨라고 난리다. 거리의 네온사인은 색소폰같이 수척해보인다. 친애하는 독자들이여, 악기 색소폰을 자세히 들여다보시라. 정녕 삐쭉하게 생긴 몸체에 위아래로 구멍이 뺑뺑 뚫려 있고 그 사이로 수십 대 닭갈비처럼 옹색해뵈는 뼈대가 줄줄이 붙어 있다. 동맥정맥에 온갖 실핏줄까지 엉켜 있는 모습이다. 시인의 표현대로 수척한 모습이다. 절묘하지 않은가! 팔뚝 위의 핏줄은 파란색이다. 주사를 놓을 때 그 줄을 찾아 바늘을 꽂는다. 파란 핏줄을 끊으면 빨간 피가 나온다. 신기하다. 파란 정맥과 빨간 동맥이 몸속에서 엉켜 돌아간다. 피부 속에 매몰된 채로 말이다. 네온사인도 마찬가지다. 한 몸통에서 수시로 파란색 · 빨간색 치장을 한다.

네온사인은 가만히 있는 것 같지만 사실 네온의 몸통 속에서 정맥 · 동맥이 흐르듯 그 안에서 부단히 색색으로 흐르고 있는 것이다. 부럽다! 정맥 동맥이 저렇게 확실한 색으로 흘러줘야 하는 건데. 평소에 연습이라도 해뒀던가. 폐병쟁이(시인이 스스로 시에 폐병쟁이라고 썼기에 죄송하지만 나도 그냥 폐병쟁이라고 썼다.) 이상이 자신처럼 수척하게 생겨먹은 색소폰을 직접 한번 불어본다. 각혈로 숨을 할딱대는 폐병쟁이가 색소폰을 입에 대고 불었는데, 앗! 소리가 났다. 소리가 났다는 것은 폐병쟁이의 입에서 실제로 호흡의 결과물인 바람이 나와 색소폰 몸통을 통과했다는 증거다. 아뿔싸! 폐병쟁이의 혈액이 온도계 위쪽으로 빨간 줄이 올라가듯이 위험수위까지 바짝 올라간다. 네온이 밝혀진 바깥도 춥고 폐병쟁이가 색소폰을 한번 불어보는 실내도 춥기는 마찬가지다. 색소폰 소리가 시원치 않아도 폐병쟁이의 생명은 끊임없이 이어지고 있다.

아침

안해는낙타를닮아서편지를삼킨채로죽어가나보다. 벌써나는그것을읽어버리고있다. 안해는그것을아알지못하는것인가. 오전10시전등을끄려고한다. 안해가만류한다. 꿈이부상浮上되어있는것이다. 석달동안안해는회답을쓰고자하여상금尙今써놓지는못하고있다. 한장얇은접시를닮아안해의표정은창백하게수척하여있다. 나는 외출하지아니하면아니된다. 나에게부탁하면된다. 네?애?인?을?불?러?줌?세? 아?드?레?스?도?알?고?있?는?데?

1956년에 발표된 유작시다. 아내가 낙타를 닮았다. 왜 낙타인가. 낙타는 소나 돼지와 또 다르다. 낙타는 험난하기 이를 데 없는 모래사막 한복판에 사는 동물이다. 생명력이 말할 수 없이 질긴 동물이다. 먹이를 가장 드라마틱하게 씹어 삼키는 동물이다.

아내는 낙타를 닮아 편지를 삼킨 채로 죽어가고 있다. 불륜 편지다. 남편한테 들키면 큰일이다. 들키기 전에 편지를 입 안에 넣고 씹어 삼키기라도 해야 한다. 영화에 자주 나오는 장면이다. 아내는 그렇게 전전긍긍이다. 그런데 사실, 남편되는 사람은 벌써 그 편지를 읽어버린 상태다. 읽어버렸다는 게 무엇인가. 아내가 불륜 편지를 삼키며 죽어가려고 시도하는 걸 눈치챘다는 건가, 아니면 아내가 삼키고 있는 편지의 내용을 직접 읽었다는 건가. 거기까진 자세히 알 수 없다. 여기서 재미있는 것은 시간이다. 오전 10시로 추측할 수 있다. 아침에 일어난 해프닝이다.

시의 제목은 「아침」이지만 통상 아침과 관계되는 이슬·어둠·안개·새벽·꽃망울 따위의 단어들은 아예 찾아볼 수가 없다. 아침과 관련되는 단어 자체가 없다. 이쯤 되면 다큐멘터리 수준이다. 남편이 오전 10시에 전등을 끄려고 한다. 모든 걸 잊고 싶어 하는 모양이다. 아내와의 실랑이를 끝내고 싶어서다. 아내가 만류하고 나선다. 왜 불을 끄냐, 아내의 사랑, 아내의 꿈이 거기 있기 때문이다. 아내한테는 불륜도 사랑일 수 있다.

아내의 불륜 기간은 대략 3개월이다. 아내는 불륜을 제대로 한번 저질러본다며 야무진 계획을 세웠지만 지금까지 우물쭈물 확실한 회답편지도 못 쓴 상태다. 이제 겨우 편지에 몇 자 적었는데, 아뿔싸, 아침부터 남편한테 들켜 얼결에 편지를 삼켜버리게 된 것이다. 순간 아내는 얇은 접시처럼 창백하고 수척해진다.

한숨 돌린 남편은 외출을 시도한다. 싸움이 진정되었기 때문이다. 남편이 외출 직전 아내한테 말한다.

"왜 그걸 말 안 했어. 나한테 터놓고 말했으면 당신 애인을 내가 직접 불러서 만나게 해줄 수도 있었는데. 그 친구, 내가 잘 아는 친구야. 주소까지 알고 있는걸!"

아내의 불륜을 인정할 뿐 아니라 원조까지 해주겠다는 바다처럼 드넓은 사내대장부의 마음. 시인 이상을 안 좋아할 방법이 없다. 그런 남자를 혹자는 바보 삼룡이로 취급할지도 모르지만.

믿거나 말거나 나도 어떤 아내한테 비슷한 말을 한 적이 있다. "야, 니가 어디서 남자 하나 데리고 와서 '영남 씨, 나 이 남자하고 잠자러 가게 호텔비 좀 줘' 하면 군말없이 나는 돈을 내줄 거야." 이상을 닮고 싶어서 그랬다.

그러나 아내는 한 번도 내 앞에 외간 남자를 데리고 나타나본 적이 없다. 외간 여자를 데리고 나타나 호기롭게 아내한테 호텔비 좀 달라고 했다가 된통 깨진 친구는 있었다. 그의 아내는 다른 아이디어를 가지고 있었음이 분명하다.

1931년(작품 제1번)

1

나의 폐가 맹장염을 앓다. 제4병원에 입원. 주치의도난—망명의 소문나다.

철늦은 나비를 보라. 간호부인형구입. 모조맹장을 제작하여 한장의 투명유리의 저편에 대칭점을 만들다. 자택치료의 묘妙를 다함.

드디어 위병胃病병발하여 안면창백. 빈혈.

2

심장의 거처불명. 위에 있느니, 가슴에 있느니, 이설분분하여 걷잡을 수 없음.

다량의 출혈을 보다. 혈액분석의 결과, 나의 피가 무기물의 혼합이라는 것 판명함.

퇴원. 거대한 샤프트의 기념비 서다. 백색의 소년, 그 전면에서 협심증으로 쓰러지다.

3

나의 안면에 풀이 돋다. 이는 불요불굴의 미덕을 상징한다.

나는 내 자신이 더할 나위 없이 싫어져서 등변형코오스의 산보를 매일같이 계속했다. 피로가 왔다.

아니나다를까, 이는 1932년5월7일(부친의 사일死日) 대리석발아發芽사건의 전조이었다.

허나 그때의 나는 아직 한 개의 방정식무기론의 열렬한 신봉자였다.

4

뇌수체환替換문제 드디어 중대화되다.

나는 남몰래 정충精蟲의 일원론을 고집하고 정충의 유기질의 분리실험에 성공하다.

유기질의 무기화문제 남다.

R청년공작에 해후하고 CREAM LEBRA의 비밀을 듣다. 그의 소개로 이양과 알게 되다.

예例의 문제에 광명 보이다.

5

혼혈아Y, 나의 입맞춤으로 독살되다. 감금당하다.

6

재차 입원하다. 나는 그다지도 암담한 운명에 직면하여 자살을 결의하고 남몰래 한 자루의 비수匕首(길이3척)을 입수하였다.

야음을 타서 나는 병실을 뛰쳐나왔다. 개가 짖었다. 나는 이쯤이면 비수를 나의 배꼽에다 찔러 박았다.

불행히도 나를 체포하려고 뒤쫓아온 나의 모친이 나의 등에서 나를 얼싸안은 채 살해되어 있었다. 나는 무사하였다.

7

지구의地球儀 위에 곤두를 섰다는 이유로 나는 제3인터내셔널당원들한테서몰매를 맞았다.

그래선 조종사 없는 비행기에 태워진 채로 공중空中에 내던져졌다. 혹형을 비웃었다.

나는 지구의에 접근하는 지구地球의 재정이면을 이때 엄밀존세嚴密存細히 검산하는 기회를 얻었다.

8

창부가 분만한 사아死兒의 피부전면에 문신이 들어 있었다. 나는 그 암호를 해제하였다.

그 사아의 선조는 옛날에 기관차를 치어서 그 기관차로 하여금 유혈임리流血淋漓, 도망치게 한 당대의 호걸이었다는 말이 기록되어 있었다.

9

나는 제3번째의 발과 제4번째의 발의 설계중, 혁嚇으로부터의 '발을 자르다'라는 비보에 접하고 악연愕然해지다.

10

나의 방의 시계 별안간 13을 치다. 그때, 호외의 방울소리 들리다. 나의 탈옥의 기사.

불면증과 수면증으로 시달림을 받고 있는 나는 항상 좌우의 기로에 섰다.

나의 내부로 향해서 도덕의 기념비가 무너지면서 쓰러져 버렸다. 중상. 세상은 착오를 전한다.

12+1=13 이튿날(즉 그때)부터 나의 시계의 침은 3개였다.

11

3차각의 여각餘角을 발견하다. 다음에 3차각과 3차각의 여각과의 화和는 3차각과 보각이 된다는 것을 발견하다.

인구문제의 응급수당 확정되다.

12

거울의 굴절반사의 법칙은 시간방향유임문제를 해결하다. (궤적의 광년운산光年運算)

나는 거울의 수량을 빛의 속도에 의해서 계산하였다. 그리고 로케트의 설계를 중지하였다.

별보別報, 이양 R청년공작 가전의 발簾에 감기어서 참사하다.

별보, 상형문자에 의한 사도발굴탐색대 그의 기관지를 가지고 성명서를 발표하다.

거울의 불황과 함께 비관설 대두하다.

시인 사망 24년 후 1960년, 뒤늦게 세상에 알려진 유작시다. 1931년 시인의 나이 스물두 살 때 몸에 치명적인 이상이 생겼음을 알게 된다. 그는 울고불고하며 상심에 빠지지 않고, 아마추어 시인답지 않게 자신의 몸상태와 정신상태를 침착하게 관찰해나간다. 시 「1931년」은 일종의 투병일기쯤 된다. 아니, 청년 이상은 시나 소설 같은 장르에 크게 구애되는 스타일이 아니기 때문에 무슨 일기 따위로 규정짓는 것보다는 그냥 그때그때 생각을 정리한 글이라고 보면 틀림없다. 1931년이면 필자가 태어나기 불과 14년 전 일이다. 열두 단락으로 되어 있는 이 시는 마치 몸 상태에 대한 그해 12개월 동안의 보고서 같은 느낌이 들게 한다.

1 첫 부분이 참 재미있다. 자신의 폐를 하나의 몸으로 상정하고 그 몸, 즉 폐 속에 맹장염이 생겼다고 엄살을 떤다. 폐에 구멍이 뚫렸다는 소리다. 이것은 이상 특유의 은유이며 역설이다. 더 중요한 사실은 이것이 소위 젊은 유머라는 것이다. 천재나 위대한 사람들은 최악의 경우에도 유머를 잃지 않는 경향이 있다. 여유, 그리고 넉넉함

때문이다. "제4병원에 입원"에서 4는 죽음을 상징하는 숫자이기 때문에 은근히 불안감을 조성하지만 여전히 재미를 곁들인다. 숫자 4는 죽음의 병동이란 뜻이다. 주치의는 도난당했거나 멀리 망명을 떠났다는 소문이 들린다. 용한 의사도 폐병 앞에서는 유명무실하다는 얘기다. 그때는 의료기술이 요즘 같지 않았을 것이다. 의사를 도난당했다는 표현은 얼마나 또 재미있는가.

폐결핵 진단을 받은 환자의 눈에 인형처럼 유니폼을 입고 왔다 갔다 하는 간호사가 백의의 천사처럼 보일 리 없다. 그저 철 늦은 나비로 보일 뿐이다. 새봄의 나비는 하늘하늘 사뿐사뿐이지만 콜록대는 폐결핵 환자를 담당한 간호사가 어찌 마냥 유쾌하게 나풀거릴 수 있겠는가. 간호사는 환자를 인형처럼 대한다. 형식적이나마 맹장을 떼내어 한 장의 투명유리 반대편으로 옮겨다놓았다. 치료를 마쳤다는 의미다. 병원에서 할 수 있는 일은 다했다며 이젠 집으로 돌아가라 한다. 자택에서 스스로 치료하는 수밖에 없다.

그 사이에 병이 위장병으로 전이가 되어 환자의 얼굴이 하얗게 변한다. 피가 모자라 빈혈을 일으킨 거다. 폐가 맹장염에 걸렸다는 걸 친절하게 설명해준다. 병원 대신 집에서 병 치료를 했나보다. 돈이 없었겠지. 폐뿐 아니라 위장에까지 문제가 생겼다. 억지로 가볍게 생각하려 했으나 얼굴은 창백해지고 극심한 빈혈 증세를 느낀다.

2 심장은 어디에 있고 폐는 어디에 있느냐. 위에 붙어 있느냐. 그것들을 찾느라고 난리를 친다. 다량의 피를 토한다. 피가 쇠독물 같은 무기물의 혼합으로 판명된다. 그래서 일시적으로 퇴원한다. 죽기 전에 거대하고 밋밋한 기둥 모양의 기념비라도 준비해놓고 죽어야겠다는 망상에 사로잡힌다. 하얀 얼굴빛의 소년. 폼나게 한번 살아보

기도 전에 호흡곤란과 협심증으로 억울한 환자·젊은 환자, 여기 쓰러진다.

3 시인의 안면에 풀이 돋는다. 수염이 자란다는 말이다. 수염이 자란다는 것은 어떠한 경우에도 악착같이 끈질긴 생존의 정신으로 버텨내야 한다는 미덕, 살아 있음의 상징이다. 병 때문에 속상하고 짜증나지만 그래도 건강을 위해 만만한 거리를 매일 걷는다. 운동 중에는 걷는 운동이 최상이기 때문이다. 물론 피로가 쉬 몰려온다.

얼씨구! 내년 1932년 5월 7일이면 시인 아버지 제삿날이다. 앗! 이것은 무덤에서 정기가 솟아나 시인이 기운을 차리고 아들까지 낳을 수 있다는 징조 아닐까? 개뿔, 그러면 뭐하냐, 시인은 어떤 방식으로든 생활을 제대로 꾸려갈 수 없고, 최고의 두뇌나 방정식으로도 무기력해질 수밖에 없다. 시인이 아들을 만들려면 먼저 수놈 노릇을 제대로 해야 하는데, 젠장! 가슴부터 썩어들어가 남자 구실도 못 한다는 걸 자신은 너무도 일찍부터 잘 알게 되지 않았느냐.

4 중대한 문제가 아닐 수 없다. 있는 머리 없는 머리를 다 굴려도 풀기 힘든 문제다. 시인 자신은 정충의 일원화를 고집한다. 자신의 정액이 원만하게 분출되는지, 난자와 결합이 잘될 것인지를 고심한다. 몸의 일부가 썩어가 정충이 장차 자신의 2세까지 만들 수 있다는 생각을 차마 하지 못했기 때문에 백방으로 연구해본 결과, 어쩜 건강한 상대 여자만 있으면 뭐든 가능할 것 같다는 결론에 이른다. 이것이 유기질의 무기화다. 정충 하나가 아기로 진화하는 것이다. 아기를 만드는 일이 정충의 일원화다. 그 실험에 매진한다. 백작 작위까지 받아놓고 있는 친구 R을 만나 남자의 크림, 다시 말해 남자의 정

충에 관한 비밀을 염탐하게 된다. 몰래 정보를 빼낸다. 내친김에 그에게 이화여자전문학교 출신의 여자를 소개받아 만나게 된다. 유기질의 무기화 문제, 곧 남녀의 섹스 관계를 성립시켜 아이를 갖는 문제에 광명이 비치는 듯하다.

5 혼혈아 Y는 해석하기에 달렸다. 시인은 자신의 정충이 여자의 난자와 결합해서 아이가 되는 것을 혼혈의 결과, 피를 섞는 결과로 생각했는지도 모른다. 그래서 이상의 이니셜 Y를 사용한 것이 아닐까. 그런데 사고가 터졌다. 입맞춤으로 정충이 독살된 것이다. 각혈을 쏟아내는 입으로 입맞춤을 했다면 난자건 정자건 독살되었을 수도 있다. 2세 만드는 작업이 단숨에 무산되었다는 뜻일 게다. 무엇이 감금되었다는 것일까. 아마도 아이 만드는 일을 보류해둔 듯싶다.

6 또 입원한다. 충분히 있을 수 있는 일이다. 암담한 운명에 직면해 자살을 결의하고 '이렇게 구차하게 살면 뭐하냐' 하는 생각에 남몰래 3척 길이의 칼 한 자루를 입수한다. 그다음부터는 기록되어 있는 그대로다. 한밤중에 병실을 뛰쳐나온다. 개가 짖는다. 칼을 배꼽 부분에 꽂는다. 불행하게도 아들을 잡으러 뒤쫓아온 어머니가 아들의 등 뒤에서 칼에 찔려 살해된다. 엽기의 연속이다. 아들은 아직 무사하다. 그래서 자살은 물론 미수로 끝난다. 불쌍한 모친만 억울하다. 어머니의 고통을 잊지 않고 있는 착한 아들이다.

7 동그란 지구 모형 위에 거꾸로 물구나무를 섰다. 남이 안 하는 짓거리를 했다는 뜻이다. 튀는 짓을 했다는 이유로 제3인터내셔널 당원인 공산당원들한테 몰매를 맞는다. 공산당이 원하는 바는 간단

하다. 모두가 평등하게 똑같이 살자는 것이다. 튀는 행동은 금물이다. 영웅도 없다. 튀는 행동의 결과는 참혹하다. 조종사도 없는 비행기에 태워 공중에 내던진다. 아아! 끔찍해라. 이것은 형벌 정도가 아니다. 혹형 빰친다. 오히려 비웃음만 만발한다. 이런 경험을 토대로 지구에서 살아가는 방법, 살림하는 방법, 살아 남는 방법을 쫀쫀하게 배우는 기회를 얻는다. 방법은 한 가지, 남보다 튀지 않는 것이다.

나도 한때 지구상에서 모든 사람들로부터 버림받고, 모든 직장으로부터 쫓겨났고, 모든 여자들로부터 버림받는 동시에 뒷구멍裏面으로는 자동 파산에 이르렀다. 그때 확실히, 그리고 엄밀하고 세세하게 지구의 재산상태 뒷면, 혹은 언어를 구사해야 한다는 계산을 할 기회를 얻었다.

8 창부가 분만한 죽은 아기의 피부 전면에 문신이 그려져 있다. 엽기적인 내용이다. 시인은 그 문신에 들어 있는 암호를 해석해낸다. 죽은 아기의 선조는 아주 유명한 사람이다. 옛날 그 언젠가 아기의 선조는 달려가던 기관차를 들이받아 기관차의 앞부분을 깨뜨렸는데, 거기서 피가 콸콸 흘러나와 기겁한 기관차가 도망치게 만들 정도로 유명했다는 말이 지금까지도 전해져 내려온다. 물론 창부가 분만했던 죽은 아기의 선조, 죽은 아기의 아빠는 당연히 시인 이상이다.

9 어떤 책에는 "발을 자르다" 또 다른 책에는 "발을 찌르다"로 인쇄되어 있는데, 찌르건 자르건 그게 그 소리다. 여기선 악연愕然의 의미만 알면 뜻이 전달된다. 별것 아니다. "악!" 하고 깜짝 놀라는 소리가 악연이다. 중국어는 참 대단하다. 비명소리를 표현하는 '악'愕

이라는 글자가 있으니 말이다.

세 번째 발인가 네 번째 발인가를 설계·제작 중이다. 이상과 보성고 동기 동창으로 함께 미술반에 든 화가 지망생으로, 이상의 단짝 친구였던 문종혁의 발 하나가 잘렸다는 소리를 듣고 의족 제작에 돌입한 것이다. 친구의 아픔은 내 아픔이란 얘기다.

10 시인 방의 시계가 별안간 열세 번 친다. 카뮈·사르트르·카프카 같은 사람들이 말했다. "우리 삶에는, 탈출구가 없다. 단지 상상 속에서, 자유의지 속에서만 탈출이 가능하다." 13은 상상의 숫자, 변칙의 숫자, 불길함을 대표하는 숫자다. 그때 호외의 방울소리가 들린다. 긴급 뉴스가 터졌다. 열세 번을 치는 호외의 방울소리에 따라 감옥으로부터의 탈출, 병원으로부터의 탈출, 심지어 시로부터의 탈출이 감행되었다. 완치되었다는 기사, 자유를 찾았다는 기사가 신문과 인터넷에 쫙 깔린다. 시인 방의 시계는 평소에 열두 번밖에 칠 줄 몰랐는데 별안간 열세 번을 쳤을 때의 일이다.

아이러니컬하게도 잠을 못 이루는 병과 너무 심하게 잠에 빠져드는 병으로 시달림을 받고 있는 청년 시인은 늘 오늘 죽을 것인가, 내일 죽을 것인가 하는 기로에 서 있다. 시인의 내부에 굳게 존재했던 도덕의 기념비가 무너지면서 시인한테 상처를 입혔다. 중상이다. 세상은 착오를 진리인 것처럼 전파한다. 아픔 앞에 무슨 놈의 윤리고 도덕이냐. 도덕이 무너진 세상에서 벌어지는 일은 모두가 착오로 이루어지는 일들이다.

12는 사느냐 +1은 죽느냐다. 12개월을 반복해 살다가 딱 한 번 죽는다. 그래서 둘을 더하면 13이다. 그래서 13은 어쩔 거냐. 그후 13이라는 불길한 숫자를 부적처럼 달고 다닌다. 주인공네 방 시계의 침은 두 개가 아니고 세 개였다. 삶·죽음·불길함을 가리키는 세 개의 시계침. 그래서 시인의 시계는 초현실적이고 다다적이다.

11 삶과 죽음, 그 사이의 불길함, 이 3차각에서 남은 각 하나는 그저 견디는 각, 버티어보는 각뿐이다. 행운을 기다려보는 것이다. 다른 방법이 없다는 사실을 발견하게 된다. 원래 3차각이라는 단어는 존재하지도 않는 명사다. 시인 자신이 만든 창작품이다. 여각이라는 어려운 단어를 집어다 쓴 것도 특이하다.

어디서 응급수당을 받아내서라도 인구증가 문제를 해결해야 하는데 어쩔 것이냐. 계속 2세 문제에 관한 압박이 지속된다.

12 거울의 굴절반사의 법칙이란 3차각의 법칙을 말한다. 둘 다 이 세상에는 존재하지 않는 법칙이다. 시간방향유임 문제도 그냥 말장난에서 나온 용어다. 삶·죽음·불길함, 이 세 가지의 관계다. 그 법칙은 오로지 시인 자신이 허비한 시간의 방향과 그것의 길이에 의해서 해결된다. 20년을 버티어왔다. 참으로 긴 세월이었다. 광년光年이라는 시간의 개념으로도 측정할 수 없는 길고 긴 세월이었다.

시인은 너무나 심심했기 때문에 지금까지 20년간 살아온 울적했던 거울들의 수량과 무게를 직접 측량해본다. 거울은 시인이 심심할 때 가지고 노는 장난감이다. 시인은 일찍이 최고 학부의 측량 전문 건축학도가 아니었던가. 빛의 속도, 그것을 광년으로 계산을 뽑는다. 몸이 피곤하기 때문에 그동안 추진해왔던 로켓의 설계를 일시 중지한다. 삶을 중지하거나 포기했음을 암시한다.

긴급 뉴스가 있다. 시인이 잠시 사귀었던 이양과 그녀를 소개해줬던 R청년공작 사이에 정분이 난 모양이다. 늘 사랑 얘기는 그렇게 이어진다. 아! 쳐죽일 년놈들. 긴급 뉴스가 또 있다. 쥐꼬리만 한 의학기술로 썩어 문드러져가는 시인의 폐를 복구해가던 의료진이 그들의 기술을 총동원해 최종진단을 내린다. 결론, 거울의 불황과 함께 비관설 대두하다. 또 다른 결론, 매우 비관적임! 의료기술의 한계 때문에 비관설만 대두할 뿐이다. 더 이상 거울을 가지고 놀 수 없게 된다. 동시에 모든 여성관계를 접게 된다.

습작 쇼오윈도우 수점

북을 향하여 남南으로 걷는 바람 속에 멈춰 선 부인
영원의 젊은 처녀
지구는 그와 서로 스칠 듯이 자전한다

○

운명이란
인간들은 1만년 후의 어느 해 달력조차 만들어낼 수 있다
태양아 달아 한 장으로 된 달력아

○

달밤의 기권은 냉장한다
육체가 식을 대로 식는다
혼백만이 달의 광도로써 충분히 연소한다.

1932년 작품이지만 1976년에 발표되었다. 이상이 죽은 지 40년 후에 발견된 시다. 쇼윈도 안에 있는 세 가지 풍경을 연습 삼아 써본 것이다. 세 가지 풍경은 각기 세 단락의 에피소드로 나뉜다. 첫째는 마네킹, 둘째는 운명, 셋째는 현실쯤 된다.

어느 평론가는 첫 번째 구절의 "북을 향하여 남으로 걷는 부인"을 북풍을 피하기 위해 바람을 등지고 뒷걸음치며 북을 향해 걷고 있는 풍경을 묘사한 것이라고 그럴싸하게 풀이해놓았는데, 참 안타까운 노릇이다. 시를 그렇게 가전제품 설명서처럼 풀이해나가면 재미가 덜하다는 게 내 생각이다. 시 고유의 향이 안 나기 때문이다. 이 구절

은 어떤 상황이나 정경을 설명하는 것이 아니다. 걸음을 멈춰선 이 부인은 마네킹이기 때문에 어차피 방향 따위는 무관하다. 마네킹에게 생명력을 불어넣어주기 위해 방향을 따라 역설의 멋을 한번 부려봤을 뿐이다.

마네킹은 마네킹이기 때문에 영원히 늙지 않는 젊은 처녀다. 이 마네킹 처녀한테 무슨 방향이 있으며 무슨 바람의 영향이 미칠 수 있겠는가. 북풍을 피하기 위해 뒷걸음친다는 식으로 중학교 국어 선생님처럼 융통성 없게 설명하다보면, 이 시에 등장하는 부인은 누구며, 처녀는 누구며, 그들의 관계는 무엇이며, 지구는 부인과 왜 자전하는지, 처녀와 왜 자전하는지, 그런 것까지 구차하게 설명해야 하고 그러다 보면 진도를 나갈 수 없게 된다. 시는 어디까지나 시적으로 해석해야 한다.

여기서 멈춰선 부인, 또는 젊은 처녀는 어디까지나 마네킹이다. 그래서 혼백이 없는 물건도 지구의 자전에 영향을 받는가 하는, 한편으로는 재미있고 다른 한편 바보 같은 의구심 때문에 스칠 듯이 자전을 한다고 절묘하게 표현해놓았을 것이다.

한편 마네킹과 시인의 차이는 무엇인가. 마네킹은 운명이 없다. 시인은 마네킹이 아니므로 그에게는 운명이 있다. 시인, 인간은 만년 후의 어느 해 달력까지 만들어낼 수 있다. 인간을 한편 전지전능한 물체로 여긴다. 인간은 태양과 달을 한 장으로 된 달력에 묶어버렸다.

태양이나 달의 운명까지도 좌지우지하고 분석하는 인간의 위대함 앞에 태양이나 달도 무릎을 꿇고 통곡해야 한다. 아! 인간의 죽음 앞에선 한없이 덧없는 자연아! 놀랍다. 지금까지는 보통 위대한 자연 앞에서 통상 인간의 덧없음을 한탄했으나 여기서 시인 이상은 당당하게 자연을 통제하고 있다.

그러나 달밤은 달빛과 함께 차가워지고 우리의 육체도 결국은 급속도로 식어간다. 늙어 죽는 것이 급속도요, 자살이나 교통사고 사망은 초급속도라 말할 수 있다. 혼백조차도 달빛의 밝기로 충분히 연소되어 식어가고 있다. 그래서 우리의 육체는 마네킹이 되고 만다. 영원히 늙지 않는 처녀 마네킹으로 변하고 마침내 바람 속에 멈춰선 부인이 된다. 거기엔 지구의 자전과 공전만 있을 뿐 육체의 운명 따위는 아예 없다.

혼백이 있느냐 없느냐 하는 마네킹과 시인 사이의 차이를 꼭 대립관계로 볼 필요는 없다. 육체는 소멸되고 혼백만 남는다는 주장도 너무 딱딱해서 재미가 없다. 이상은 그렇게 시를 쓴 적이 없다. 육신은 죽으면 금방 식어 없어지고 혼백도 결국엔 달빛에 연소하면서 천천히 사라진다. 빅뱅 버금가는 현상이다. 육신과 혼백이 사라지는 모습을 각기 다르게 표현했다. 육신보다 혼백을 우위에 놓은 것 같다. 얼마나 웃기는 저울질이냐.

먼저 세상을 떠난 필자의 여자 지인들인 시인 장영희나 화가 김점선이나 행복전도사 노릇을 하던 최윤희 경우를 봐도 아직 혼백이 육신보다 더 생생히 살아 있는 듯하다. 나는 아직도 그들의 육신이 세상에서 사라졌다는 걸 의식하지 못하고 있다. "어이!" 하고 부르면 금방 우리가 늘 만나곤 했던 신촌 이대 후문 길 건너 '프로방스' 2층으로 튀어나올 것 같아 하는 소리다.

회한의 장

가장 무력한 사내가 되기 위해 나는 얼금뱅이었다
세상에 한 여성조차 나를 돌아보지는 않는다
나의 나태懶怠는 안심安心이다

양팔을 자르고 나의 직무를 회피한다
이제는 나에게 일을 하라는 자는 없다
내가 무서워하는 지배는 어디서도 찾아볼 수 없다

역사는 무거운 짐이다
세상에 대한 사표 쓰기란 더욱 무거운 짐이다
나는 나의 문자들을 가둬버렸다
도서관에서 온 소환장을 이제 난 읽지 못한다

나는 이젠 세상에 맞지 않는 옷이다
봉분封墳보다도 나의 의무는 적다
나에게 그 무엇을 이해해야 하는 고통은 완전히 사그라져버렸다

나는 아무때문도 보지는 않는다
그렇기 때문에 나는 아무것에게도 또한 보이지 않을 게다
처음으로 나는 완전히 비겁해지기에 성공한 셈이다

시인이 죽은 지 30년 만에 발굴되어 1966년 7월 『현대문학』에 처음 발표된 유고시다. 이 시가 애초 언제, 어디서 발표되었던 시인지

정확한 출처는 알려져 있지 않다. 이 시의 정체성이 궁금한 이유는 왠지 「회한의 장」이 이상의 시를 닮지 않은 듯해 보이기 때문이다. 시가 이상의 시답지 않게 평이하여 너무 해독하기가 쉽다. 보통급의 일반 서정시다. 이상 시 애호가의 입장에서 보면, "나의 나태는 안심이다" "역사는 무거운 짐이다" "도서관에서 온 소환장을 이제 난 읽지 못한다" "나는 이젠 세상에 맞지 않는 옷이다" "처음으로 나는 완전히 비겁해지기에 성공한 셈이다" 같은 표현들은 너무나 식상하고 퇴행적이다.

그러나 서정시의 구성으로 따지자면 나름대로 탄탄한 구조를 구축한 구석도 있다. 내용도 괜찮다. 노자가 말한 바 우리 인간은 누구나 나비처럼 가뿐하게 훨훨 날아다닐 수 있다. 예수가 말한 바 인간은 진리를 통해 완전한 자유를 얻고 해방된다. 뭐, 이런 인간선언임에 틀림없다. 그러나 다른 초현실적이고 다다적인 이상 딱지가 붙은 시들을 읽다보면, 이 시는 너무 심심하고 싱거워보인다는 게 문제다.

본인의 얘기를 직접 들어보자. 시인은 무력해지기 위해 일부러 곰보 얼굴이 된다. 고의적 못난이가 되어본다. 그랬더니 세상의 한 여자도 그를 거들떠보지 않는다. 젊은 시인한테 가장 시급한 문제는 여자다. 그는 솔직하고 정직해지기 위해 시인을 자청한 사람이다. 정직은 진리이기 때문에 그것을 말하기가 참 어렵다.

시인 이상은 떳떳하게 진리를 말한다. "곰보가 되었더니 여자가 거들떠보지 않더라." 세상에 이보다 더 절절한 고해성사가 어디 있겠는가. 이건 여자가 거들떠보건 말건 상관 않겠다는 포기와 나태의 바닥에 스스로 빠져버리는 거다. 나태의 바닥. 거기는 안락한 자리다. 맘 푹 놓이는 자리다.

친아버지가 곰보였다는 설이 강력해서 이런 소재가 떠올랐는지 모른다. 아! 우리 남자들은 여자가 우리를 거들떠볼까, 그렇지 않을까에 얼마나 전전긍긍해왔는가. 이 문제만 해결된다면 무서울 것이 없다. 공부와 일을 왜 하느냐, 명예가 왜 중요하냐, 돈을 왜 버느냐, 여자가 거들떠보기를 바라기 때문이다. 그런 판국에 누가 이래라저래라 하며 우리의 시인을 지배할 수 있단 말이냐. 시인은 지금 힘들다. 삶도 역사도 그한테는 무거운 짐이다. 그렇다고 이제 와서 삶을 포기하고 역사 속으로부터 빠져나올 수도 없는 노릇이다.

시인은 아예 글 쓰는 일까지 중단해버린다. 도서관에 가서 책을 억지로 읽을 필요도 없다. 세상으로부터 버림받은 몸인데 무엇을 위해 노력해야 하느냐. 세상과 첨부터 맞지 않는 몸이다. 그가 할 수 있는 일은 무덤보다도 적다. 죽은 사람이 들어 있는 관 위에 수북이 쌓인 흙더미 봉분이 하는 일은 간단하다. 그냥 하염없이 봉분으로 쌓여 있기만 하면 그만이다. 시인이 하는 일은 봉분이 하는 일만도 못하다.

무엇을 이해하려고 애쓰지 않아도 된다. 뭔가를 제대로 이해해야 한다는 건 고통스런 일이다. 공부를 많이 해야 하기 때문이다. 이제 시인은 무엇을 따로 보고 들을 필요도 이유도 없다. 반대로 시인은 누구에게도 보이지 않을 것이다. 시시비비에 걸리고 싶지 않기 때문이다. 이것은 처음 있는 일이다. 시인은 삶으로부터 완전히 물러섰고 세상으로부터 완전히 발을 뺐다. 고의로 비겁해진 것이다. 비겁해지기에 성공한 것이다.

여기서 비겁해졌다는 표현을 액면 그대로 이해했다면 그 사람은 굳이 시를 읽을 필요가 없다. 조크를 다큐로 읽는 고지식한 사람한테는 시도 문학도 현대미술도 어울리지 않는다. 비겁해졌다는 것을 읽는 순간 그 즉시 반어적으로 이해할 수 있어야 한다. 비겁의 반대인 당당함, 혹은 떳떳함으로 이해했어야 하는 것이다. 그것이 시를 읽는 재미기 때문이다.

제목만 봐도 그렇다. 시의 어느 구석을 봐도 회한하는, 뉘우치면서 한탄하는 구석은 한군데도 없다. 일부러 얼금뱅이 곰보가 되는 것, 일부러 나태해지는 것, 완전히 비겁해지는 것이 모든 것을 뉘우치며 후회한다는 의미다. 우리는 세계 최고의 시인 이상한테 배워야 한다. 매 순간마다 보통어법과 반어법을 구사할 수 있는 법을 말이다.

최후

능금한알이추락하였다. 지구는부서질정도만큼상했다. 최후. 이미여하如何한정신도발아하지아니한다.

이 지구상에서 두 줄짜리로 된 시 중에 이상의 「최후」보다 더 위대한 시가 있으랴. 셰익스피어의 "사느냐 죽느냐, 이것이 문제로다." 짧고 좋다. 그러나 이는 단일 제목의 시가 아니라 연극 대사의 한 대목일 뿐이다. 그래서 완벽한 비교 대상이 못 된다. 설령 실제로 비교를 해봐도 셰익스피어 선생은 그냥 죽을 거냐 살 거냐 문제만 제기했을 뿐 감동도 없고 재미있는 구석도 없다. 짧은 시로서 가장 유명한 것은 아마도 장 콕토의 「귀」쯤 될 것이다. "내 귀는 소라껍질/바다소리 그리워라." 귀엽다. 하지만 이상의 「최후」에 비해 스케일이 작다. 콕토·아폴리네르와 함께 피카소의 절친한 친구였던 유대계 시인 막스 자코브가 쓴 시 「지평선」도 좋다. "그 소녀의 하얀 팔이 내 지평선의 모두였다." 앙증맞다. 이상의 「최후」와 맞대고 비교할 때, 소녀의 팔이 사과 한 알보다는 길지만 「지평선」은 스케일상 이상의 지구에는 턱없이 미치지 못한다.

우리에겐 '시조'라는 짧은 시처럼 일본에는 우리보다 더 짧은 '하이쿠'라는 형식의 시가 있다. 그래서 짧은 시는 일본에 가서 찾아야 한다. 가령 "개구리 폴짝." 이것이 일본의 하이쿠다. 짧고 재미있다. 내가 좋아하는 구사노 신페이草野心平의 하이쿠 한 편을 소개하겠다. 신체가 시원치 않았던 요절 시인 나카하라를 그리며 쓴 「공간」이라는 시다. "나카하라여, 지구는 겨울이라 춥고 어둡다. 그럼 안녕." 청아하다. 그래도 어딘가 너무 일본적이어서 빈약해보인다.

짧은 시로는 요즘 내가 진행하는 MBC 라디오방송 「지금은 라디오 시대」에 한 애청자가 보내온 「권태기」도 추천할 만하다.

꽝! 문 열고 들어오는 소리
꽝! 나가는 소리
우리는 권태기인가 보다

좀 싼티가 나는 듯하지만 정겹긴 하다. 그런데 진짜 싼티의 원조는 이상의 시 「최후」에 대한 문학비평가들의 평론이다. "뉴턴과 유클리드로 상징되는 근대적 합리주의의 부정이다" "뉴턴의 자연학, 곧 비타협적 주지주의로 실존세계가 손상되었음을 알리는 과학적 세계관의 부정이다" "근대 합리주의 정신의 불모성을 노래한 것이다" 어쩌고저쩌고 하며 자꾸만 난해한 시로 몰아가 독자들을 더욱 혼돈스럽게 만든다. 시에서 멀어지게 만든다는 얘기다. 이 시의 뭐가 난해하단 말인가. 그냥 쉽게 읽으면 된다.

"사과 한 알이 지구 위에 떨어졌다. 지구가 부서질 정도로 아팠다." 사과 한 알에 얻어맞은 지구, 땅, 육지. 얼마나 앙증맞은 과장인가. 시를 읽는 독자는 한바탕 웃기만 하면 된다. '와! 사과 한 알이 땅에 떨어졌는데 지구가 아파하다니.' 얼마나 재미있는가. 지구한테 생명이 있다는 얘기 아닌가.

원만한 해석을 위해서라면 구태여 뉴턴의 만유인력, 유클리드의 기하학, 합리주의, 주지주의 같은 어려운 말들은 찾아나서지 않아도 된다. 단지 이 시를 재미있게 읽기 위해선 최소한의 사전 지식이 필요하다. 즉, 사과 한 알이 지구 위에 떨어지는 대목을 읽는 순간, 독자께서는 지구를 자신의 머리통으로 날렵하게 자리바꿈해놓을 줄 알아야 한다. 상상력을 동원할 줄 알아야 한다. "내가 어느 날 공중에서 우연히 떨어지는 사과 한 알을 머리통에 얻어맞고 장렬한 최후를 맞았다." 얼마나 시트콤같이 재미있는 드라마인가.

비교는 다른 말로 대비다. 떨어지는 사과 한 알과 지구, 얼마나 어이없고 어처구니없는 대비인가. 현대미학은 대비의 게임이라 해도 과언이 아니다. 현대미술사에 길이 남는 작품 중에는 어처구니없는 대비 미학으로 일약 현대미술의 총아로 올라선 작품이 많다. 실례로 남성용 소변기통을 떼어다 전시장에 올려놓은 뒤샹의 「분수」나 필자가 소중한 생명과 허접스러워 보이는 화투 쪼가리를 대비시키는 것도 필자 스스로는 감히 미술혁명으로 여기고 있다. 이상은 대비의 최후 주자다. 떨어지는 사과 한 알과 지구의 대비는 여타 시인뿐 아니라 현대미술의 창시자 뒤샹의 「분수」조차 할 말을 잃게 만든다.

나는 이상의 「최후」를 읽을 때마다 이따금씩 거기에 나오는 사과 한 알을 내 어머니의 엉덩이로 바꿔치곤 했다. 내가 조승초 씨와 김정신 권사님의 아홉 자식 중 일곱 째로 태어난 날, 어머니는 힘에 겨워 당신의 엉덩이로 내 얼굴을 잠시 깔고 앉은 적이 있다고 전해져 내려온다. 엉덩이가 내 얼굴 중앙으로 덮쳤다는 얘기다. 아픈 건 고사하고 나는 숨을 쉴 수가 없었다. 그것이 지금 내 코가 다른 사람의 코에 비해 턱없이 납작한 이유다. 나는 그때 숨이 막혀 만 1세에 장렬하게 요절할 뻔했다. 이상의 28세 요절에 비해 조영남의 요절은 도무지 얼마나 빠른가.

다시 책을 펴내는 이유

• 책을 쓰고 나서

뭐 특별할 게 없다. 약간의 군더더기 같은 부분을 제거하고 다시 책을 펴내고 있을 뿐이다.

왜 책을 다시 펴내는가. 팔리지도 않는 책을 말이다. 이유가 있긴 하다. 이상이라는 시인이 있었다는 걸 알리고 싶기 때문이다.

현재 나의 직업은 한물간 화수(그림을 그리는 가수)다. 그러니까 나는 본업에 어긋나는 딴짓을 하고 있는 것이다.

알량한 자부심도 있다. "내가 최초로 이상이 남겨놓은 시들을 몽땅 해설해놨다" 이거다. 해설을 잘했는지 못 했는지는 이 책을 읽는 사람의 몫이리라.

결국 나는 뻥을 심하게 쳐놨다. '아니면 말고' 식으로 말이다. 나는 우리의 이상을 미술에서의 파블로 피카소, 음악에서의 구스타프 말러, 철학에서의 프리드리히 니체, 심지어는 과학에서의 알베르트 아인슈타인과 맞먹는다고 써놨다. 그렇게 쓴 책의 제목이 바로 『시인 이상과 5인의 아해들』이다. '서태지와 아이들'에서 슬쩍 빌려온 제목이다.

나는 내일모레면 나이 80이다. 쓰는 김에 이상이 쓴 소설 「날개」나 수필 「권태」 같은 걸 해설해보고 싶은데 병날까봐 생각 중이다. 믿거나 말거나 나는 이 책을 해설하던 막바지에 뇌경색 판정으로 석 달간이나 하던 방송(MBC 「지금은 라디오시대」)을 중단했었다. 이상이 나를 거의 죽여준 셈이다. 그래도 나는 상관없다. 어차피 한 번은 죽는 건데 말이다.

한길사 김언호 대표와 백은숙 편집자님께 그 마음 전하며 끝을 맺겠다.

2023년 5월

조영남

이상은 이상 이상이었다

지은이 조영남
펴낸이 김언호

펴낸곳 (주)도서출판 한길사
등록 1976년 12월 24일 제74호
주소 10881 경기도 파주시 광인사길 37
홈페이지 www.hangilsa.co.kr
전자우편 hangilsa@hangilsa.co.kr
전화 031-955-2000~3 **팩스** 031-955-2005

부사장 박관순 **총괄이사** 김서영 **관리이사** 곽명호
영업이사 이경호 **경영이사** 김관영 **편집주간** 백은숙
편집 박희진 노유연 이한민 박홍민 김영길
관리 이주환 문주상 이희문 원선아 이진아 **마케팅** 정아린
디자인 창포 031-955-2097
인쇄 제책 신우

제1판 제1쇄 2010년 6월 26일
개정판 제1쇄 2023년 5월 25일

값 22,000원
ISBN 978-89-356-7826-6 03800

• 잘못 만들어진 책은 구입하신 서점에서 바꿔드립니다.